MORTELLE DÉFENSE

Délit d'innocence, Belfond, 1999, et Pocket, 2000

BRAD MELTZER

MORTELLE DÉFENSE

Traduit de l'américain
par Bernard Ferry

LE GRAND LIVRE DU MOIS

Titre original :
DEAD EVEN
publié par Rob Weisbach Books, an imprint of
William Morrow and Company, Inc.,
New York.

ISBN 2-7028-4265-8
© Forty-four Steps, Inc., 1998. Tous droits réservés.
© Belfond 2000 pour la traduction française.

Pour Cori,
qui ne pourrait être plus pour moi,
puisqu'elle est déjà tout.

Et pour mes parents, qui m'ont inondé
d'amour, m'ont appris à rire et m'ont
toujours laissé rêver.

Dites-moi qui vous aimez,
et je vous dirai qui vous êtes.

Arsène HOUSSAYE

1

— Et si c'est un désastre ? demanda Sara en se glissant dans le lit.

— Mais non, ça ne sera pas un désastre, rétorqua Jared. Tu seras fabuleuse.

— Et si je ne suis pas fabuleuse ? Si je suis simplement moyenne ? C'est peut-être ce qu'ils essayaient de me dire. C'est peut-être ça, la leçon.

— Il n'y a pas de leçon, et tu n'as jamais été moyenne, reprit Jared en rejoignant sa femme sous les couvertures. C'est simplement ta première journée de travail. Tout ce que tu as à faire, c'est te pointer là-bas et être toi-même. (Il éteignit sa lampe de chevet et prit le réveil posé à côté.) À quelle heure veux-tu te réveiller ?

— Six heures et demie ? Ou plutôt six heures et quart. Euh, non, six heures moins le quart. Au cas où le métro aurait du retard.

— Chuuuuut. Respire profondément. (Il s'appuya sur son coude.) Je comprends que tu sois un peu anxieuse, mais ce n'est pas la peine de devenir cinglée.

— Excuse-moi. C'est seulement que...

— Je sais, dit-il en lui prenant la main. J'imagine ce que tu éprouves... je me souviens de la fois précédente. Mais je suis sûr que tu vas bien t'en sortir.

— Tu crois vraiment ?

— Tout à fait.

— Mais tu es vraiment sûr ?

— Bon, Sara, à partir de maintenant, je ne t'écoute plus !

— Ça veut dire oui ou ça veut dire non ?

Jared saisit alors son oreiller et l'appuya sur le visage de Sara.

11

— Je refuse de répondre à cette question.

— Donc on ne parle plus du travail ? demanda Sara, le rire étouffé par l'oreiller.

— Exactement, on ne parle plus du travail, lança Jared.

— Mmmm, tu es en train de réaliser tes fantasmes ? (Sara tenta d'écarter l'oreiller, mais Jared appuya plus fort.) Arrête, c'est pas drôle ! Ça commence à faire mal.

— Suffit, les jérémiades.

— Quoi ?

Il ne répondit pas.

— Je ne plaisante pas, Jared. Je n'arrive pas à respirer.

Il se mit à califourchon sur elle, lui écrasant les épaules sous ses genoux.

— Jared, qu'est-ce que tu fais ?

Elle lui enfonça les ongles dans les bras.

Il n'en pesa que plus fort sur elle.

— Jared ! hurla-t-elle. Lâche-moi ! Lâche-moi !

Elle se tordait en tous sens, lui griffant les bras et les jambes, cherchant à aspirer goulûment de l'air, mais il la maintenait toujours solidement. Elle aurait voulu cesser de lutter, mais n'y parvenait pas. À moitié étouffée par ses propres larmes, elle hurla son nom. *Jaaaared ! Jaaaared...*

Réveillée en sursaut, le visage ruisselant de sueur, elle s'assit dans le lit. Un silence total régnait dans la chambre. Jared était endormi à ses côtés. Ce n'était qu'un mauvais rêve, se dit-elle, tandis que son cœur reprenait petit à petit un rythme normal. Ça va. Ça va. Mais en se rallongeant, elle ne pouvait se défendre contre cette impression de réalité. Plus encore que dans d'autres rêves. Ses peurs à elle, sa façon à lui de réagir, le poids de son corps. Tout cela semblait si réel. Mais Jared n'était pas en cause. C'était le travail. Pour se le prouver, elle se blottit contre son mari et lui passa le bras autour de la poitrine. Il était chaud sous les couvertures. Mais oui, c'était le travail. Un coup d'œil au réveil de Jared, sur la table de nuit : encore deux heures. Plus que deux heures.

— Bon, voilà ce que je veux, dit Jared au serveur roux, derrière son comptoir du Mike's Deli. Un petit pain au sésame dont vous aurez enlevé la plupart des graines mais pas toutes, une lichette de fromage à la crème, et un café... très léger, avec une cuiller de sucre.

— Ça, c'est sympa, mon chéri, dit Sara. Tant que tu y es, pourquoi ne pas lui demander d'ôter le nougat des Snickers ?

— Ne lui donnez pas de mauvaises idées, dit le serveur derrière son comptoir. De ma vie entière, je n'ai jamais vu personne donner plus de détails pour un malheureux café avec un petit pain. On dirait une œuvre d'art !

— Quand vous l'aurez préparé, ça sera une véritable œuvre d'art, fit Jared avec un clin d'œil.

— Pas de basse flatterie, dit Mikey avant de se tourner vers Sara. Et maintenant, que désire la moitié normale de la famille ?

— Ce que vous voudrez, pour qu'on en finisse. Mais quelque chose de spécial, pas comme d'habitude.

— Ah ! voilà pourquoi vous êtes ma préférée, chantonna Mikey. Avec vous, pas de prise de tête, pas de commande à la mords-moi-le-nœud, normale, polie et tout…

— C'est vous, le patron ? l'interrompit une femme aux cheveux gris, avec de grosses lunettes.

— C'est bien moi, madame. Je peux vous aider ?

— J'en doute. Je suis seulement venue me plaindre.

Elle tira d'un sac marqué *Love is a piano teacher* un bon de réduction qu'elle jeta sur le comptoir.

— D'après ce bon, reprit-elle, on a une réduction d'un dollar sur une boîte de Cheerios goût originel. Mais en regardant vos étagères, je constate que vous n'en avez pas, or ce bon expire demain.

— Désolé, m'dame, mais c'est un tout petit magasin, et on a très peu de place. Si vous voulez, vous pouvez utiliser ce bon pour les autres variétés de Cheerios. On a le mélange de grains, le miel-noix, et le…

— Je ne veux pas d'autres Cheerios. Je veux ceux-là ! hurla la femme, attirant sur elle les regards des autres consommateurs. Et puis j'ai bien compris votre manège, allez ! Quand vous imprimez ces prospectus avec les bons, vous cachez tous les produits dans votre réserve. Comme ça, on ne peut jamais les obtenir.

— En fait, m'dame, c'est qu'on n'a pas la place de…

— Je ne veux pas entendre vos justifications ! Ce que vous faites, c'est de la publicité mensongère ! Et c'est illégal !

— Non, ça n'est pas exact ! s'écrièrent en chœur Jared et Sara.

Surprise, la femme se tourna vers le couple qui attendait encore ses petits pains.

— Mais si, insista-t-elle. Quand il sort ces bons, il fait une offre pour ses produits.

13

— Désolée de vous contredire, dit Sara, mais une publicité n'est pas une offre.

— Sauf si elle spécifie une quantité exacte ou indique exactement qui peut l'accepter, renchérit Jared.

— Oh ! oh ! fit un homme qui faisait la queue derrière eux. Ça sent les avocats.

— Vous feriez mieux de vous mêler de vos affaires, lança la femme.

— Dans ce cas, pourquoi ne pas laisser notre ami tranquille ? rétorqua Sara.

— Je ne vous ai pas demandé votre avis.

— Et notre ami n'a pas demandé à être traité comme une serpillière, riposta Sara. Moi aussi j'aime les Cheerios, et je comprends que vous soyez mécontente, mais ici, on n'est pas habitués à ce genre de propos désagréables. La courtoisie est de règle. J'admets que vous ne vouliez pas faire partie de notre cercle d'habitués, mais ici, c'est comme ça qu'on se comporte. Alors si ça ne vous plaît pas… prenez votre bon de réduction et disparaissez !

Jared eut du mal à ne pas éclater de rire, tandis que la femme, furieuse, se tourna vers Mikey.

— Je ne remettrai plus jamais les pieds ici !

— Je m'en consolerai, fit Mikey.

Le menton levé, la femme quitta la boutique en trombe.

— « Prenez votre bon de réduction et disparaissez ? » répéta Mikey à l'adresse de ses deux clients préférés.

— Que voulez-vous que je vous dise ? J'étais énervée.

— En tout cas, ça l'a fait partir, fit remarquer Jared.

— Ça, c'est sûr, dit Mikey. Ce qui veut dire que je vous offre le petit déjeuner.

Un quart d'heure plus tard, Sara et Jared se retrouvaient dans une voiture de métro bondée. Sara avait revêtu son plus beau tailleur-pantalon, tandis que Jared arborait un sweat-shirt « Faculté de droit de Columbia » et un short. Il pratiquait la course de fond depuis ses premières années de lycée et avait conservé une carrure d'athlète, bien que, en raison d'une calvitie naissante en haut du crâne, il se sentît plus âgé qu'il ne l'était en réalité. Son complet soigneusement plié dans un sac à dos, il commençait ses lundis, mercredis et vendredis par une demi-heure de course à pied.

— Si ça se passe comme pour mon précédent travail, dit soudain Sara, collée contre son mari, j'ai peur que ça soit encore la catastrophe.

— Ça n'est pas parce que tu as fait un faux pas dans un grand cabinet d'avocats que tu ne vaux plus rien sur le marché du travail, dit Jared d'un ton rassurant.

— Écoute, Jared, ça fait six mois que je cherche du travail. Et maintenant, je vais devoir me confronter à de vrais criminels.

— Peu importe, je suis sûr que tu vas très bien t'en tirer. (Sara leva les yeux au ciel.) Ne me fais pas cette tête ! Je sais ce que tu penses, et ça n'est pas vrai.

— Ah ! bon, parce que maintenant tu lis dans mes pensées.

— Oui.

— Vraiment ?

— Vraiment.

— Parfait. Dans ce cas, qu'est-ce qui trotte en ce moment dans ma petite cervelle affolée ?

Jared ferma les yeux et se frotta les tempes.

— Je vois une grande anxiété. Une profonde névrose. Non, attends, je vois… un mari brillant, fort bel homme, vêtu de façon décontractée. Mon Dieu, comme il a l'air bien, ce type…

— Jared.

— C'est ça ! C'est son nom, Jared ! Bon sang, on partage la même vision.

— Je n'ai pas envie de plaisanter. Et si ça ne marchait pas, ce boulot ? L'article du *Times*…

— Laisse tomber le *Times*. La seule chose qu'ils racontaient, c'est que le maire annonçait des coupes sombres dans tous les budgets. Même si ça se traduit par des réductions de personnel, ça ne veut pas dire que tu seras licenciée. Mais si tu veux être rassurée, tu n'as qu'à appeler le juge Flynn et…

— Je te l'ai déjà dit hier soir, je ne l'appellerai pas ! Si je dois conserver mon poste, je veux que ce soit grâce à mes mérites, et pas grâce à un piston.

Jared préféra ne pas insister. Dès les premiers temps de leur rencontre, elle lui avait annoncé qu'elle ne désirait aucun traitement de faveur. À tel point que lorsque l'oncle de Jared avait proposé de favoriser son embauche dans le cabinet juridique où il travaillait, elle avait refusé tout net. Jared jugeait son attitude irrationnelle et même susceptible de lui nuire.

15

— Excuse-moi d'avoir abordé le sujet, finit-il par dire. De toute façon, si ce boulot ne marche pas, tu pourras toujours en trouver un autre.

— Non. Pas question. J'ai suffisamment encaissé comme ça.

— C'est exactement ce que j'allais dire, se hâta de déclarer Jared. Finis les coups, pour toi. Tu verras, ils vont t'adorer, là-bas, se rendre compte rapidement que tu es un génie. Ça ne sera pas comme chez Winick & Trudeau, ils ne te licencieront jamais. Dès aujourd'hui, ils t'inonderont de parfum, t'éventeront dans ton fauteuil avec des plumes d'autruche. Tu n'auras jamais à te préoccuper des réductions budgétaires, plus jamais d'angoisses.

— Dis-moi une chose, fit Sara avec un sourire tendre, tu crois vraiment à toutes les sornettes que tu racontes ?

— Je suis avocat de la défense. C'est mon travail.

— Tous les autres avocats se sentent minables à côté de toi, moi y compris.

— Tu n'es plus avocate. À partir d'aujourd'hui, tu es substitut du procureur.

— Ce qui veut dire que je ne suis plus juriste ?

— Dès qu'on rejoint le parquet, on devient un vampire. Tout ce qui vous intéresse, c'est de faire condamner des innocents.

— Dit l'homme qui fait libérer des coupables.

— Dit la vertueuse procureur.

— Dit l'homme qui ne fera plus jamais l'amour avec sa femme.

Jared éclata de rire au moment où le train s'immobilisa à la station 15ᵉ Rue.

— Dit la femme qui a toujours raison, jamais tort, et dont on ne doit jamais douter.

— Merci, dit Sara.

Il l'embrassa longuement.

— Tu vas manquer ton arrêt, dit-elle en s'écartant de lui.

Les portes du wagon se refermèrent.

— Ne t'inquiète pas. Aujourd'hui je descends plus loin.

— Tu as à faire au tribunal ?

— Non, dit-il en souriant. Je veux seulement repérer un nouveau trajet de jogging. Je crois qu'il me mènera du tribunal à mon bureau.

— Attends un peu. Tu vas courir tout ce trajet simplement pour m'accompagner au travail ?

— C'est ton premier jour, non ?

16

Elle ne put s'empêcher de sourire.
— Tu n'es pas obligé.
— Je sais.

Quittant le train n° 9 à Franklin Street, Sara et Jared rejoignirent le flot des banlieusards qui se déversait dans les rues de New York. C'était une chaude matinée de septembre, aussi ensoleillée que le permettait le ciel de Manhattan.
— En forme ? demanda Jared.
— En forme. Ils ne savent pas ce qui les attend.
— Ah ! ça fait plaisir d'entendre ça.
— Je me sens capable d'engager une nouvelle bagarre rien que pour le plaisir, fit Sara.
— D'accord, mais pas plus de deux par jour.
— Promis. De toute façon, je ne peux pas plus.
Jared embrassa rapidement son épouse, puis lança un dernier regard à la femme qu'il aimait. Lors de leur première rencontre, il avait été subjugué par ses yeux verts et son regard profond. Il avait aussi aimé le fait qu'elle ne se maquillait pas, en dehors d'une touche de blush. L'esprit encore occupé par ces doux souvenirs, il fit demi-tour et se rendit à son travail à petites foulées.
— Bonne chance ! lança-t-il par-dessus son épaule, et n'oublie pas que tu es la plus maligne de tous !
Sara le regarda s'éloigner en riant. Mais aussitôt elle se rendit compte à quel point il se trompait. À présent, elle se retrouvait seule. Tenaillée par l'angoisse.
Elle glissa une mèche rebelle derrière son oreille et s'efforça de retrouver une contenance. Elle était le seul point fixe dans le flot de ces gens pressés, tous vêtus de costumes sombres, tous avec une serviette à la main. Tous des juristes, se dit-elle. Les dents serrées, elle s'avança alors d'un pas décidé vers Centre Street. Finie l'angoisse, se disait-elle, finie l'angoisse, finie l'angoisse.

Au 80, Centre Street, siège du parquet du district de Manhattan, Sara gagna les ascenseurs, à l'arrière du bâtiment. Dans le hall carrelé de marbre, des hommes et des femmes en complet ou tailleur bleu marine se croisaient à une allure vertigineuse. Un homme, les bras chargés de dossiers, la heurta et poursuivit sa route sans un mot. Une femme en tailleur à fines rayures lui courut après en s'écriant : « N'oubliez pas que nous avons l'audience Schopf à deux heures ! » Un autre homme poussait un chariot plein de dossiers en criant : « Chaud devant ! Chaud devant ! » L'air hagard, les yeux cernés, certains semblaient ne pas avoir dormi depuis plusieurs jours. Et pourtant, le poste de substitut du procureur était l'un des plus recherchés de la ville. Il suffisait pour s'en convaincre de jeter un coup d'œil à la liste d'attente pour les entretiens préalables : elle s'étalait sur six mois.

En observant les multiples saynètes qui se jouaient autour d'elle, Sara sentit la panique se muer en excitation. Après six longs mois d'attente, le monde de la justice semblait à nouveau s'animer. Voilà pourquoi elle avait tant voulu rejoindre le parquet : dans son ancien cabinet d'avocats, les jeunes associés en complet italien de bonne coupe manquaient totalement de cette vitalité qu'on observait ici. Certains n'y auraient vu qu'un chaos indescriptible, mais pour Sara cela constituait l'attrait principal de ce poste.

Au sixième étage, après avoir franchi le détecteur de métaux, Sara se retrouva dans un large couloir moquetté de bleu terne, qui lui rappelait son ancien collège. En cherchant le numéro de sa porte, elle remarqua les vêtements encore enveloppés de leur plastique du nettoyage à sec, pendus aux portemanteaux, à tous les endroits possibles et imaginables, ce qui en disait long sur le temps libre dont disposaient les gens qui travaillaient là. Elle arriva enfin devant le bureau 727. Le numéro était peint sur la vitre opaque de la lourde porte en chêne, et il n'y avait personne à la table installée devant le bureau. Sara entra.

Le bureau était tel qu'elle s'y attendait. Une grande table en métal ; un ordinateur vieux modèle sur une tablette en formica ; un fauteuil de bureau en skaï ; deux chaises pliantes en métal ; deux grandes armoires métalliques ; une bibliothèque remplie de statuts de la ville de New York, de manuels de jurisprudence et autres ouvrages juridiques ; un portemanteau avec un vêtement encore dans son emballage du nettoyage à sec. Le bureau administratif typique.

— Sara Tate, je ne me trompe pas ? dit un jeune homme trapu en pénétrant dans la pièce.

— Oui. Et vous êtes…

— Alexander Guff, votre APP.

En voyant l'air ébahi de Sara, il ajouta :

— Assistant à la préparation des procès.

— Ce qui veut dire ?

— Ce qui veut dire que je fais tout ce que vous me demandez de faire.

18

À l'extrême rigueur, je suis votre secrétaire. Mais si vous acceptez de me prendre sous votre aile, je serai votre assistant, votre bras droit, votre garde du corps, le Jimmy Olsen de Superman, le Watson de Sherlock Holmes, le…

— Le capitaine de Tennille ?

— Mouais, quelque chose comme ça, consentit Guff en riant.

C'était un homme de petite taille, râblé, avec des cheveux noirs en bataille, un visage rond et un nez épaté. Enfin, sa posture voûtée lui donnait presque l'air d'être bossu.

— Je sais ce que vous pensez, dit Guff en fourrant les mains dans ses poches. Non, je ne suis pas bossu… c'est seulement la façon dont je me tiens. Je suis un gars nerveux et c'est là le symptôme de mes angoisses intérieures. Et sachez aussi que j'aime bien mettre mes mains dans mes poches. Ça m'aide à réfléchir.

— Comme vous voudrez, commenta Sara en haussant les épaules.

— Ah ! je peux déjà vous dire que je vous aime bien. Vous constatez, vous écoutez, et vous laissez tomber. C'est bon signe. Je sens qu'on va s'entendre.

— Êtes-vous toujours aussi effronté ?

— Je suis comme ça, c'est tout. Parfois les gens apprécient, parfois ça les hérisse.

— Bon, en résumé, je suis le nouveau chef et vous êtes l'assistant indispensable ? demanda Sara en prenant place à son bureau.

— Ça ne vous paraît pas évident ? dit Guff en s'asseyant de l'autre côté du bureau.

— Mon idée n'est pas encore faite. Continuez à parler. (Elle aurait voulu lui parler des restrictions budgétaires, mais ne savait pas encore si elle pouvait lui faire confiance. Inutile de se livrer trop tôt.) Depuis combien de temps vivez-vous à New York ?

— Seulement depuis que j'ai quitté l'université, ce qui fait un peu plus de deux ans. Personnellement, j'aurais préféré rester chez mes parents et économiser un peu d'argent, mais je commençais à me révolter contre mon éducation bourgeoise.

— Ah, vraiment ? Et comment procédez-vous ? En travaillant au parquet ?

— Bien sûr que non. Simplement en étant comme je suis. Enfin regardez-moi. Avec cette façon de me tenir et ces cheveux en bataille, est-ce que vous devineriez que mon père est médecin ?

— Oh ! je vous en prie, s'écria Sara. On dirait mon mari !

— Donc, l'alliance, c'est pour de vrai ?

— Vrai depuis six ans, dit-elle en tapotant contre le bureau son alliance d'or et de platine.

— Vous voyez, c'est bien ma chance, dit Guff. Toutes les filles bien sont prises. Je ne rencontre que des femmes mariées, des psychopathes, des filles qui veulent mettre le feu à mon futon, qui…

— Et jamais une femme qui comprendrait les anarchistes des quartiers chics qui se croient beaucoup plus rebelles qu'ils ne le sont en réalité ?

Guff s'enfonça dans son siège en éclatant de rire.

— Excusez-moi, Guff, mais la gent féminine dans son ensemble ne complote pas contre vous.

— Ah vraiment ? Et ma collection de disques des Beatles, et ma chaîne stéréo qui a disparu ? Ma vie entière est bien la preuve du contraire.

— Hummm. Paranoïa chronique. Vous êtes persécuté à ce point ? Vraiment cinglé ?

— Ça dépend ce qu'on entend par cinglé. Je ne suis pas un fanatique de ces conspirations que Hollywood n'arrête pas de recycler, mais je pense quand même qu'il y a un certain nombre de phénomènes qu'on n'arrive pas à expliquer. Par exemple, prenez un jeu de cartes. Si on ajoute le nombre de lettres des mots « as », « deux », « trois », « quatre »… jusqu'à « valet », « dame », « roi », on obtient le nombre cinquante-deux… celui du nombre de cartes dans un jeu.

Sara demeura un instant songeuse.

— Et alors ?

— C'est un code secret, ma chère. (Elle secoua la tête d'un air amusé.) Ne m'en veuillez pas… tout ça, c'est à cause de mon éducation.

— Là, je ne peux qu'être d'accord avec vous.

— Mais bien sûr que vous êtes d'accord ! Nous sommes tous le produit de notre famille. Voilà pourquoi il faut que vous me parliez de la vôtre. Vous avez des frères et sœurs ? Vos parents sont aussi cinglés que les miens qui…

Elle interrompit Guff au milieu de sa phrase.

— Mes parents sont morts tous les deux lors de ma première année de droit. Ils revenaient d'un petit voyage dans le Connecticut, quand ils ont dérapé sur une plaque de verglas ; ils ont traversé la route et heurté de plein fouet une voiture qui venait en sens inverse. Ils ont été tués sur le coup.

— Oh ! excusez-moi. Je ne voulais pas…

— Ce n'est rien, dit-elle en feignant le détachement. Vous ne pouviez pas savoir.

— Mais je…

— Guff, je vous en prie, ne vous sentez pas coupable. Tout le monde ici-bas a des souvenirs dont il préfère ne pas parler. Il se fait qu'on a évoqué les miens un peu tôt, c'est tout. Et maintenant reprenons… notre conversation était plutôt bien engagée.

Sara se rendit alors compte que Guff était réellement bouleversé de l'avoir ainsi touchée. Il ne lui en fallait pas plus. C'était un brave garçon. À présent, elle pouvait s'ouvrir franchement à lui. Elle se jeta tête baissée.

— On a parlé, ici, de l'article paru hier dans le *New York Times* ?

— Ah, vous l'avez lu…

— Ça n'est pas de bon augure, hein ?

Guff hésita un instant.

— Vous devriez peut-être aller voir Monaghan, dit-il en faisant référence au procureur de district.

— Allez, Guff. Si vous savez quelque chose, dites-le-moi.

— Tout ce que je sais, c'est que le maire cherche à réduire le nombre de fonctionnaires municipaux et promet des coupes claires dans tous les budgets.

— Cela veut-il dire que je vais être licenciée ?

— Je ne sais pas pour vous précisément, mais lorsqu'il y a des réductions de poste dans nos services, les derniers arrivés sont toujours les premiers à partir. Dans la maison, on ne parle que de ça ; j'ai croisé un type dans l'ascenseur qui m'a dit que tous les nouveaux allaient être prévenus.

— Personne ne m'a rien dit.

— C'est pour ça qu'il y a des corbeilles à courrier, dit Guff en montrant une corbeille métallique sur le bureau de Sara.

Sara saisit l'unique feuille qui s'y trouvait et prit connaissance de la note adressée à tous les magistrats et employés du parquet de Manhattan. Il y était expliqué qu'à la suite des récentes déclarations du maire de la ville il faudrait « réévaluer l'importance de nos effectifs ». « Conformément aux dispositions qui ont déjà été prises dans le passé, des suppressions de postes sont envisagées dans les services administratifs, chez les assistants judiciaires et parmi les substituts du procureur. Nous savons bien que ces décisions seront difficiles pour les intéressés, mais nous espérons que cette période de réorganisation n'affectera pas le travail quotidien de nos services. »

21

— C'est incroyable, dit Sara d'une voix tremblante. Je ne peux pas perdre ce boulot.

— Ça va ? demanda Guff.

— Oui, ça va, répondit-elle sans conviction. Mais je n'y comprends rien. Pourquoi maintenant ?

— Vous plaisantez ? Vous savez bien que les élections ont lieu l'année prochaine. Le maire n'est pas fou, il sait qu'une administration pléthorique n'est plus de mise. Et en ne favorisant pas un service par rapport à un autre, il aura l'air à la fois impartial et efficace. C'est un coup politique.

Sara se mit à se masser la nuque, dans l'espoir d'éliminer de trop grandes tensions. Les pensées se bousculaient dans son esprit. C'était pire que ce qu'elle avait craint… un nouveau coup était porté contre son narcissisme. Pourquoi est-ce que ça recommence ? se demandait-elle. Pourquoi est-ce que ça ne se passe jamais bien ? Gagnée par le découragement, Sara gardait le silence.

— Excusez-moi, je ne voulais pas vous gâcher la journée aussi rapidement.

Pendant un long moment, Sara ne dit rien. Mais lorsqu'elle se rendit compte qu'elle ne pouvait pas rester là comme ça, effondrée, le découragement céda la place à la révolte. Que ferait Jared dans une telle situation ? Non, il ne faut pas réagir comme ça ! Ça n'est pas son histoire à lui. C'est la tienne. Et ça n'est pas si terrible que ça. Tu as vécu pire. Bien pire. Ici, au moins, tout n'est pas joué d'avance. Ici, au moins, tu n'es pas toute seule. Tu peux te servir de ton intelligence. C'est ce qu'il avait dit : « Tu es intelligente. Plus intelligente que les autres. » Elle leva les yeux sur Guff.

— Quand pensez-vous que Monaghan va passer à l'action ?

— Probablement d'ici une semaine ou deux. Pourquoi ?

— Je veux savoir de combien de temps je dispose.

— Apparemment, vous avez un plan.

— Pas du tout. Mais il m'a fallu six mois pour obtenir ce poste, alors je ne vais pas le lâcher sans réagir.

Impressionné par la détermination de sa supérieure, Guff demanda :

— Alors que faisons-nous, maintenant ?

— À vous de me l'apprendre. Vous êtes là depuis plus longtemps que moi.

— Tout ce que je sais, c'est que vous allez avoir une session d'orientation jusqu'à l'heure du déjeuner ; quant à moi, j'ai un rendez-vous chez le médecin cet après-midi, alors on ne pourra pas réfléchir à une solution avant demain.

— Fabuleux, dit-elle en jetant un coup d'œil à l'horloge murale. À votre avis, j'ai des chances ?

— Vous voulez que je sois franc ?

— Bien sûr.

— Alors disons que si je devais parier…

Il s'interrompit.

— Oui ? Je vous écoute.

— Je parierais sur un autre cheval.

Il n'était que treize heures lorsque Sara revint à son bureau, mais son visage trahissait déjà l'épuisement. La session d'orientation de quatre heures ne se voulait qu'une introduction aux services du parquet, mais Sara n'avait cessé, pendant tout ce temps, de se demander qui serait le premier à être licencié. Elle s'effondra dans son siège, toujours hantée par cette question. Avant qu'elle ait pu reprendre son souffle, la sonnerie du téléphone retentit.

— Allô ?

— Alors ? demanda Jared. Comment ça se passe ? J'ai appelé toute la matinée, mais tu n'étais pas là.

— Parce que, dès mon arrivée ici, j'ai appris que j'allais être licenciée.

— Tu as été licenciée ?

— Pas encore… mais ce matin Monaghan a annoncé des suppressions de postes, et tout le monde pense que je vais être la première à partir.

— Qui a dit ça ?

— Mon assistant…

— Qu'est-ce qu'il en sait, ton assistant ?

— … et mon responsable d'orientation, reprit Sara, et la femme qui m'a aidée à remplir mon dossier, et le magistrat que j'étais chargée d'interroger au cours de la simulation d'audience, et les quatre collègues que j'ai rencontrés dans le… (Sa voix se brisa, ses yeux se remplirent de larmes.) Je ne suis pas comme toi, Jared… je ne réussis pas à tous les coups. C'est pour ça que tout le monde me prend pour une ratée.

— Bah, bah, bah ! s'écria Jared. Personne ne pense que tu es une ratée. Ça n'a rien à voir avec toi… ce sont des réductions budgétaires.

— Mais tu sais ce qui m'attend. Il va falloir me remettre à chercher du travail, les entretiens vont recommencer, les lettres de refus….

— Chuuuuuut, calme-toi. Tu verras, tu vas très bien te débrouiller.

— Tu es le seul à le penser.

— Pas du tout. Pop m'a appelé tôt ce matin pour me demander si tu avais déjà remporté ta première affaire.

— Écoute, Jared, tu parles de mon grand-père. Ça n'est pas un modèle d'objectivité.

— Peu importe. Tu vas te débrouiller comme un chef.

— Mais non. Je ne suis pas préparée à…

— Tu sors du Hunter College. Mention très bien avec félicitations.

— Tu parles. Ça n'est qu'une petite université.

— Et la fac de droit de Columbia ?

— Mes parents ont versé de l'argent au doyen pour m'y faire entrer.

— Ça m'étonnerait, rétorqua Jared. Et même si c'était le cas, est-ce que tu n'as pas fait de bonnes études, là-bas ?

— Si, je crois. (Sara bondit de son siège et fit le tour de son bureau.) Mais bon sang ! pourquoi est-ce que je m'apitoie comme ça sur moi ? J'ai l'impression d'être encore au lycée. Changeons de sujet. Que se passe-t-il, chez toi ?

— Rien. Je t'en parlerai plus tard.

Or Sara avait perçu quelque chose.

— Parle-m'en tout de suite.

— Ça n'est pas si important que ça.

— Jared, j'espère que tu n'es pas en train de faire ce que je te soupçonne de faire.

— C'est-à-dire ?

— C'est-à-dire de me cacher une bonne nouvelle simplement parce que tu t'inquiètes pour moi.

— Je ne cache rien du tout. Et puis ça n'est pas une nouvelle si…

— Je le savais bien ! Alors, crache le morceau !

Jared s'exécuta à contrecœur.

— Quand je suis revenu de déjeuner, Wayne est venu me voir et m'a dit que j'étais, je cite, « en bonne voie ».

— Wayne ? s'écria Sara, tout excitée. Thomas Wayne ? Il a dit quand tu serais admis ?

— L'opinion générale, c'est que je serai reçu comme associé dans les six mois à venir… mais ça dépend du nombre d'affaires que je ramènerai.

— C'est fantastique.

Jared ne répondit rien.

— Ne me dis pas que tu es encore inquiet pour les affaires que tu vas rapporter, ajouta-t-elle.

— C'est pour ça que je ne voulais pas t'en parler tout de suite...

— Écoute, Jared, j'apprécie ta délicatesse, mais je suis capable de mener deux histoires de front. Et maintenant, arrête de te défiler et raconte-moi tout. Où en es-tu de la liste qu'on a dressée ensemble ? Que reste-t-il encore ?

— Personne... je les ai tous contactés. Nos associations d'anciens élèves, la chambre de commerce, la synagogue, l'église, la YMCA de la 92e Rue, les démocrates, les républicains, le club Kiwanis, le Rotary, les Toatsmasters... quand ils ont un bulletin, j'y ai passé une annonce ; je suis allé à leurs réunions. Je ne comprends pas pourquoi ça ne marche pas.

— Mon chéri, je sais que tu n'as pas l'habitude des épreuves qui nous affectent, nous autres, simples mortels, mais il faut bien admettre que c'est très difficile. Ça ne veut pas dire que c'est ta faute.

— Je ne suis pas d'accord. Il y a quelque chose que je dois mal faire. Peut-être que la prochaine fois je devrais m'habiller de façon moins stricte... qu'ils n'aient pas l'impression que je fais l'article.

— Tu n'arrêtes pas, hein ?

— Pas avant d'avoir compris. Il y a toujours une solution.

— Te voilà bien hardi !

— Je le suis toujours.

— Écoute, Jared, si tu ne mets pas de ceinture à ton pantalon, c'est uniquement parce que ton père le fait.

— Ça n'a rien à voir avec un manque d'audace. Le côté pantalon qui tire-bouchonne est élégant, c'est tout. C'est à la mode.

— Je ne voudrais pas te vexer, mon chéri, mais tu n'as aucune idée de ce qui est ou non à la mode. Et sans moi, tu aurais l'air d'un sac.

— Dis tout de suite que je suis coincé.

— Tout ce que je dis, c'est qu'on n'est pas encore sortis de l'auberge. À ce moment-là, Guff fit son apparition dans le bureau.

— Qui a envie de sauver son poste ? lança-t-il à la cantonade.

— Une seconde, je suis à vous, lui dit Sara en couvrant de sa main le micro du combiné. Jared, il faut que je te laisse.

— Tout va bien ?

— Oui. Espérons. Au fait, merci de m'avoir écoutée.

— Tu plaisantes ? C'était un plaisir.

Sara raccrocha et leva les yeux vers son assistant.

25

— Messieurs-dames, j'ai posé une question : Qui a envie de sauver son poste ?

— Mais qu'est-ce que vous faites ici ? demanda Sara. Je croyais que vous aviez rendez-vous chez le médecin.

— J'ai appris que les Transports allaient licencier trois cents personnes, alors j'ai décidé de l'annuler. Si ça tombe aussi rapidement que je le crains, je ne peux pas vous laisser comme ça.

— Et comment saviez-vous que je n'étais pas sortie déjeuner ?

— Une fois encore, je me suis fié à ce que j'appelle le raisonnement déductif. Je me suis dit que si vous teniez à votre boulot, vous deviez être restée ici à bosser. Et à voir vos yeux rouges, on dirait que j'ai raison.

— Vous êtes malin pour un petit gars de la banlieue.

— On apprend la vie, là-bas. Bon, vous êtes prête à commencer ? Je crois savoir comment vous pouvez sauver votre poste.

— Ah bon ?

— On ne le saura jamais si on reste assis ici toute la journée.

Sara jeta le mémo de Monaghan dans la corbeille.

— Guff, je vous suis très reconnaissante d'avoir annulé votre rendez-vous. Vous n'étiez pas obligé.

— Écoutez, ce matin vous m'avez traité en égal, et pour moi ça représente beaucoup. Vu que d'habitude toutes les femmes que je rencontre me traitent comme un moins que rien, ça suffit pour que je reste loyal envers vous pour la vie entière.

Sara suivit Guff jusqu'à la porte.

— Où allez-vous ?

— Au tribunal, de l'autre côté de la rue. Si vous voulez être substitut du procureur, il vous faut une affaire.

2

Assis dans son bureau immaculé, Jared regardait son téléphone dernier cri.

— Allez, saleté, sonne !

— C'est pas comme ça que ça marche, dit Kathleen, son assistante, en pénétrant dans le bureau, une brassée de dossiers serrée contre sa poitrine. Il ne sonne que quand on détourne le regard.

Kathleen avait eu vingt-cinq ans trois semaines auparavant, mais avec son visage constellé de taches de rousseur et ses cheveux raides jusqu'à la taille, elle en paraissait cinq de moins. Elle avait commencé à travailler chez Wayne & Portnoy presque sept ans auparavant, après avoir dû renoncer à sa carrière d'infirmière parce qu'elle ne supportait pas la vue du sang. Depuis quatre ans, elle travaillait pour Jared et se targuait d'être encore plus obsessionnelle que lui pour tout ce qui touchait à l'ordre et à la propreté. Comme on le disait plaisamment autour d'elle, Kathleen était si méticuleuse qu'elle était capable de ranger la poussière par ordre alphabétique. Certains disaient que son dévouement pour Jared trahissait son goût pour l'ordre, tandis que d'autres y voyaient le signe d'un petit béguin pour son chef.

Le bureau de Jared rappelait son salon, chez lui : élégant, confortable, et rempli d'objets relatifs à l'histoire du cinéma. Jared avait acquis cette fascination pour les objets de la culture populaire à l'université, où il avait notamment étudié l'histoire et le cinéma. Pour son diplôme, ses parents lui avaient offert une affiche originale d'un film avec Humphrey Bogart, *Le Grand Sommeil*. Celle-ci avait constitué le déclencheur. À présent, deux grandes affiches encadrées ornaient son bureau, l'une d'un grand classique du cinéma italien, *Le Voleur de bicyclette*, et l'autre de la version française d'un film de Woody Allen, *Manhattan*. Sur le meuble derrière son bureau en acajou, on apercevait un trophée de cross datant de ses années à Yale. Aussi loin que remontaient ses souvenirs, Jared, obsédé par la compétition, avait toujours couru. Il n'avait rien d'un sprinter, et la vitesse pure ne l'intéressait pas. Ce qui le passionnait, en revanche, c'était la préparation des courses de fond et le réglage de l'allure.

Il avait remporté ce trophée lors de sa première année d'université, lors d'une compétition internationale organisée par l'université de Madrid. Sur les trois cents Américains participant à la course, il avait été le seul à se renseigner sur la nature du terrain. Après quelques coups de téléphone judicieux et un saut dans une agence de voyages, il avait appris que, pour attirer les jeux Olympiques d'été en Espagne, les édiles de Madrid avaient fait remplacer l'asphalte de certaines rues par des pavés, censés faire plus authentiques aux yeux des touristes. Pendant des mois, Jared et ses coéquipiers s'étaient donc entraînés dans les rues les plus irrégulièrement pavées de New Haven, et l'équipe de Yale avait remporté les épreuves de fond.

Jared envisageait la course à pied de façon logique, rationnelle, pragmatique ; cette activité physique lui servait à aiguiser ses capacités cérébrales. Ce défi perpétuel lui permettait de rester dans la course, et c'était ce même défi qui l'attirait dans le droit. Seulement, après ses années d'études, la compétition sportive s'était muée en compétition pour le statut d'associé.

— Puis-je vous poser une question ? demanda Jared, les yeux toujours rivés sur le téléphone. À votre avis, pourquoi est-ce que je n'arrive pas à décrocher de nouveaux clients ? Parce que c'est dur ou bien parce que je m'y prends très mal ?

— Que vous a dit Sara ? demanda Kathleen.

— Elle m'a dit que c'était dur.

— Et vous, qu'en pensez-vous ?

— Je pense que je m'y prends très mal.

— Je n'ai pas besoin d'en entendre plus... je refuse de répondre.

Jared leva les yeux.

— Pourquoi faites-vous toujours la même chose ?

— Vous vous rappelez, la dernière fois où j'ai été en désaccord avec vous ? Vous vous demandiez quoi acheter à votre mère pour son anniversaire... Sara et moi pensions à des savons parfumés et à un bain moussant ; vous, vous penchiez pour un bouquet de fleurs. Alors vous avez failli nous rendre folles toutes les deux en achetant tous les magazines féminins, et en passant au moins une semaine à essayer de nous prouver que nous avions tort. Finalement, quand vous avez été persuadé qu'on pouvait prouver par *a* plus *b* ce qu'il fallait offrir à un anniversaire, vous n'avez eu de cesse de nous convertir à votre idée.

— J'avais quand même raison. Le bain moussant n'est plus à la mode. Du moins cette année…

— Ça n'est pas… (Elle renonça, elle ne voulait pas s'écarter de son rôle.) Quand il s'agit de travail, de droit, d'une affaire importante, j'adore vous regarder travailler. Mais quand il s'agit de mes opinions personnelles, je ne veux pas qu'on me fasse la leçon.

— Donc vous convenez que Sara…

— S'il vous plaît, Jared, cessez de critiquer les conseils qu'on vous donne. Sara sait faire face aux problèmes difficiles. Elle vous connaît et elle sait ce qu'elle fait.

— D'accord. Ça veut donc dire que vous pensez vraiment…

— La seule chose que je pense vraiment, c'est que votre femme est une femme intelligente. Et comme je ne suis pas complètement idiote moi-même, je ne vois aucune raison de me mêler de vos histoires. Est-ce que maintenant on pourrait reprendre notre affaire ?

— Non, vous avez raison, dit Jared en regardant à nouveau le téléphone.

— Quand devait-il appeler ? demanda Kathleen.

— Il y a vingt minutes. Peu importe qu'il soit en retard… je veux seulement avoir les informations avant que Hartley arrive ici.

Jerry Hartley était l'avocat de la partie adverse dans une affaire où la société Rose Microsystems était accusée de discrimination sexuelle. Rose était un des plus gros clients de Jared et, bien que le dossier de Hartley fût plutôt faible, Jared savait que la discrimination sexuelle était un terrain miné.

— Quelle est votre stratégie ? demanda Kathleen.

— Dans une situation pareille, je fais le maximum pour que l'affaire n'aille pas jusqu'au procès. La négociation ou la mort.

— Et si Hartley ne veut pas négocier ?

— Tous les avocats négocient. Il faut simplement retrouver Barrow.

— En attendant, votre détective favori a disparu corps et biens, fit Kathleen. Depuis un quart d'heure, je l'ai appelé à son bureau, chez lui, sur son portable, je lui ai laissé un message et lui ai envoyé un fax. Si je savais exactement où il se trouve, je lui enverrais un pigeon voyageur. (Elle ouvrit le dossier qu'elle tenait à la main.) On devrait peut-être faire appel à un autre détective privé. Rien que sur cette liste, j'ai quatorze

29

autres détectives, six flics qui arrondissent leurs fins de mois, et trois indicateurs de bas étage. Tous sont prêts à travailler.

— Barrow travaille déjà là-dessus depuis une semaine. Faites-moi confiance, je le connais… il va se manifester.

Avant que Kathleen ait pu répondre, le téléphone de Jared sonna.

— Oui, Jared Lynch. Oui. Non. Faites-le monter. (Il reposa l'appareil sur le combiné et se passa la main dans les cheveux.) Prêts ou pas, il va falloir recevoir Hartley.

— Et vous n'avez aucune carte en main.

— Et je n'ai aucune carte en main.

Pour se rendre au 100, Centre Street, Sara dut hâter le pas pour rester à la hauteur de Guff. Tout en slalomant au milieu des avocats et des magistrats qui faisaient la navette entre les deux bâtiments, Guff expliqua :

— Ça n'est pas seulement l'endroit où se trouvent la plupart des salles d'audience, mais aussi le BAJ.

— Le BAJ ? Qu'est-ce que c'est ?

— Pas d'inquiétude. Vous verrez bien.

Après avoir franchi le portique de sécurité, ils gagnèrent les ascenseurs. Les portes de la cabine allaient se refermer lorsque quelqu'un glissa le bras entre les deux battants. Un homme de haute taille, les cheveux poivre et sel coupés en brosse lança un regard inquisiteur à Sara et pénétra à l'intérieur.

— Bonjour, Victor, dit Guff.

— Mmm, fit froidement le dénommé Victor.

Avec son complet bleu marine impeccablement repassé et sa cravate Hermès rouge et bleu, Victor Stockwell offrait une allure particulièrement imposante.

Cherchant à apaiser la tension, Guff se risqua une nouvelle fois.

— Victor, je vous présente Sara Tate. Sara, je vous présente Victor Stockwell. (Stockwell et Sara échangèrent un signe de tête.) Sara a commencé hier seulement. Je l'amène au BAJ pour lui montrer comment fonctionne la boutique.

— Mieux vaut lui montrer rapidement, dit Stockwell. Ils ont déjà licencié soixante personnes.

— Soixante ? s'exclama Sara tandis que les portes de l'ascenseur s'ouvraient sur le premier étage.

Sara et Guff suivirent Stockwell dans le couloir.

— D'où tenez-vous ce chiffre ? demanda Guff.

— D'Elaine, répondit-il en faisant ainsi allusion à la secrétaire du procureur. Cela dit, ça concerne tout le personnel, pas seulement les magistrats. (Il jeta un regard à Sara.) Mais si j'étais vous, je ne déferais pas mes paquets. Dernier arrivé, premier parti !

— Merci, fit Sara, effondrée par l'avertissement.

— Désolé de ne pouvoir vous présenter les choses plus sereinement.

Et en poursuivant son chemin, il ajouta :

— À tout à l'heure.

Lorsque Stockwell se fut suffisamment éloigné, elle demanda à Guff :

— Il est toujours aussi marrant ?

— Ne prenez pas ça pour vous. Il est comme ça, c'est tout. C'est un ancien marine, alors il se montre toujours dur avec les nouvelles recrues. Ça lui donne l'impression d'être encore à l'armée.

— Il y aurait une chance qu'il soit licencié à ma place ?

— Pas une sur un milliard. Victor Stockwell est probablement le meilleur substitut du tribunal, sinon de l'État tout entier.

— Ah bon, monsieur le dur-à-cuire au regard d'acier ? Les jurys l'écoutent ?

— C'est peut-être une peau de vache, mais dans les salles d'audience, on l'adore. Les jurys l'estiment, les témoins l'aiment, les juges lui font les yeux doux. C'est vraiment incroyable.

— Pourquoi ?

— Il est brutalement honnête. Il y a trop d'avocats et de magistrats qui ergotent à n'en plus finir. Stockwell, lui, fonce avec ce qu'il a dans le dossier, rien de plus, et rien de moins. S'il n'a pas réussi à prouver quelque chose, il le reconnaît d'emblée ; mais s'il a administré la preuve, il ne vous l'envoie pas dire. Les gens sont tellement impressionnés par son honnêteté qu'ils en tombent amoureux. Il est peut-être rugueux sur les bords, mais depuis vingt ans il est passé maître dans son art.

— Il est vraiment si bon que ça ?

— Ouais, ouais, c'est le meilleur. (Guff ouvrit la porte portant l'inscription BAJ.) Bienvenue au Bureau des attributions judiciaires.

En saluant de la main la secrétaire, Guff pénétra en compagnie de Sara dans l'un des bureaux au fond de la pièce, puis referma la porte derrière lui.

— C'est donc ici qu'on attribue les affaires ? demanda Sara.

— Exactement, dit Guff en s'installant derrière le bureau. Personne ne le sait, mais c'est ici le cœur du parquet. Presque tous les crimes commis en ville, c'est-à-dire cent vingt-cinq mille affaires par an, passent par ce bureau. Quand la police procède à une arrestation, le policier remplit une fiche expliquant les raisons de cette arrestation. Tous les jours, ces fiches atterrissent ici, où le superviseur du BAJ, l'un des magistrats les plus anciens du service, attribue les affaires aux substituts.

« Cela dit, il ne les attribue pas au hasard. Ça se fait en fonction de l'expérience, plus vous en avez et plus vous aurez d'affaires intéressantes. Comme c'est votre première semaine au parquet, vous aurez probablement une petite affaire ennuyeuse qui n'intéresse personne.

— Au moins j'aurai une affaire, rétorqua Sara. C'est un début.

— Mais ça n'est pas suffisant. Tout le monde a des affaires. Il y a tellement d'histoires à New York, que trouver un crime c'est aussi facile que de trouver une femme. Il y en a à tous les coins de rue ; le plus difficile, c'est d'en trouver une bonne.

— Alors comment obtenir une bonne affaire ?

— C'est là que ça se corse. Et franchement, c'est l'un des secrets les mieux gardés de la maison. Pour y arriver, il faut contourner le BAJ et trouver quelqu'un qui vous confiera une affaire avant qu'elle arrive ici.

— Mais qui confierait une affaire à un nouveau substitut ?

— C'est ça le problème, reconnut Guff. Parfois, si une affaire tient particulièrement à cœur à un policier, par exemple si un de ses collègues a été blessé, il contournera le BAJ et transmettra le dossier directement au substitut de son choix. Ou alors un juge choisit une affaire qui l'intéresse et la donne à un substitut.

— Et c'est légal ?

— C'est une véritable loi du silence au sein du parquet, mais c'est aussi comme ça que le système fonctionne. C'est en remportant de grandes affaires que les gens gardent la foi dans le système, et la foi est le meilleur rempart contre le crime.

— Voilà un prêche admirable, mais comment trouver un flic ou un juge qui me confie une affaire ?

— Vous n'en trouverez pas. À votre niveau, la seule personne susceptible de vous aider, c'est la réceptionniste du BAJ, la reine des abeilles en personne. C'est elle qui reçoit toutes les fiches des différents commissariats. Elle les agrafe au formulaire réglementaire du parquet, puis les transmet au superviseur du BAJ. Seulement, et ça, il y a très peu de personnes qui le savent, si vous êtes très gentille avec elle, elle peut retirer une affaire intéressante avant qu'elle arrive chez le superviseur.

— Et c'est réglo ? demanda Sara.

— Je ne sais pas si c'est vraiment réglo, mais c'est comme ça que ça marche.

— À votre avis, c'est comme ça qu'il faut que je m'y prenne ?

— Sans aucun doute. Si vous obtenez une affaire et que vous allez jusqu'au procès, les huiles sauront que vous n'êtes pas venue ici pour jouer aux billes. Et même si je suis trop en bas de l'échelle pour convaincre un inspecteur ou un juge de vous confier une affaire, je peux vous montrer comment obtenir un bon dossier au BAJ. Faites du charme à la réceptionniste et elle vous glissera une affaire. Il ne vous restera plus qu'à la gagner.

Un sourire apparut lentement sur les lèvres de Sara.

— Sept cent mille dollars ? demanda Jared, sidéré. D'où tirez-vous un chiffre pareil ?

Il s'attendait bien que Hartley demande une grosse somme, mais pas à ce point-là. Et même s'il ne proposait sept cent mille dollars que pour pouvoir en accepter la moitié, ces trois cent cinquante mille dollars représentaient quand même le double de ce que son client était disposé à payer.

— Allons, fit Hartley en passant la main dans ses fins cheveux gris. Ce chiffre n'est pas complètement ridicule.

— Écoutez, Hartley, si je propose une somme pareille, ils vont me massacrer. Vous-même vous rendez bien compte que c'est absurde !

— Que voulez-vous que je vous dise ? Notre dossier est solide. Si notre offre vous paraît aussi folle, faites-nous une contre-proposition.

Bien que Jared eût l'autorisation d'aller jusqu'à deux cent mille dollars, il espérait s'en sortir avec moins. Et avec de bonnes informations, il savait qu'il pouvait descendre à cinquante mille. Le seul problème, c'était que ces informations, il ne les avait pas encore.

— Je ne sais pas, dit Jared, l'air dubitatif. Nous devrions peut-être aller au procès. Vous et moi savons pertinemment que votre cliente a exagéré.

— Et quand bien même ça serait le cas ? Vous n'avez aucun intérêt à aller jusqu'au procès. Ce genre d'affaires entraîne toujours une mauvaise publicité.

Jared lança un regard glacial à son adversaire.

— Là, vous venez de vous montrer sous votre vrai jour. Vous savez pertinemment que votre dossier est inconsistant, mais vous avez accepté de défendre cette cinglée parce que les affaires de discrimination rapportent facilement de l'argent.

— Ne me faites pas la morale, mon garçon. Vous devez nourrir votre famille, et moi la mienne.

— Je ne suis pas votre garçon, et il n'est pas question qu'on discute sur la base de sept cent mille dollars. Alors choisissez un autre montant.

— J'ai l'air nerveuse ?

— « Nerveuse » n'est pas le mot exact, répondit Guff. Je dirais plutôt « calme extérieurement, mais terrifiée intérieurement ».

— Vous trouvez ça étonnant ? C'est mon poste qui est en jeu, là.

— Ne pensez plus à votre poste. Vous vous rappelez notre plan ?

— Tout à fait. Vous me présentez ; je lui fais un brin de causette ; elle me donne une affaire.

— Parfait. (Il ouvrit la porte du bureau et sortit dans le couloir.) On y va !

Assise derrière un petit bureau en chêne à la réception, Evelyn Katz semblait noyée dans les papiers. Sachant que les substituts rentraient de déjeuner vers quatorze heures, elle se hâtait de préparer ses dossiers pour la répartition.

— Bonjour, Evelyn, dit Guff en s'approchant de son bureau. Comment ça va ?

— Je vous connais ? demanda Evelyn.

— Je m'appelle Guff, je suis assistant d'un substitut, à côté. Je travaillais avant pour Conrad Moore, mais je voulais vous présenter mon nouveau chef, Sara Tate. Elle vient de commencer aujourd'hui. C'est sa première visite au BAJ.

— J'en suis ravie pour vous deux, fit Evelyn en retournant à ses dossiers.

Avant que Guff ait pu prononcer un mot, la porte du bureau s'ouvrit, livrant le passage à un homme vêtu d'un complet vert olive, portant une pile de dossiers.

— Encore ? s'écria Evelyn.

— On n'est qu'au début de l'après-midi, dit l'homme en quittant le bureau. À tout à l'heure.

Lorsqu'il eut refermé la porte, Evelyn déposa les dossiers dans sa corbeille et retourna à son ouvrage, ignorant Guff et Sara.

Celle-ci lança un regard à son assistant, puis s'adressa à la réceptionniste.

— Écoutez, je m'excuse de vous ennuyer, mais c'est que je suis nouvelle ici et que…

— Non, c'est à vous de m'écouter, fit Evelyn en posant son agrafeuse. Je sais que vous êtes nouvelle ici, et je sais que vous voulez une affaire intéressante. Mais je ne vous connais ni d'Ève ni d'Adam. Alors si je vous laissais passer avant les autres, je porterais tort à tous les gens que non seulement j'aime mieux que vous, mais qui encore m'importunent moins que vous.

Abasourdie, Sara ne savait quoi répondre.

— Je ne voulais pas vous importuner. Je cherchais seulement à…

Une nouvelle fois, la porte marquée BAJ s'ouvrit. Cette fois-ci, ce n'était pas l'homme en complet vert qui sortit, mais Victor Stockwell. Tout en traversant le bureau à grands pas, il se tourna vers Sara.

— Pas encore licenciée ?

Sara s'efforça de sourire.

— Aussi incroyable que cela paraisse, j'ai réussi à gagner encore vingt minutes.

— Salut, Vic, fit alors Guff.

Et comme Stockwell ne répondait pas, il ajouta :

— Moi aussi je vous aime bien, mon vieux. Non, pour de vrai, je vous apprécie beaucoup.

Sans un mot, Stockwell gagna le bureau du superviseur. Evelyn prit une pile de dossiers et le suivit.

Lorsqu'elle eut disparu, Sara s'appuya au petit bureau en chêne.

— C'est incroyable.

— Ça pourrait être pire, dit Guff.

— Ah bon ? Et comment cela ?

— Vous pourriez être brûlée au troisième degré, empoisonnée. Vous pourriez avoir la variole… ça, ça serait pire.

— Guff, je vous en prie, pas maintenant.

— Bon, écoutez-moi : je vais aller supplier Stockwell. Peut-être nous prendra-t-il en pitié.

Avant que Sara ait pu protester, Guff avait suivi Stockwell et Evelyn.

Une fois seule, Sara se massa lentement les tempes et les paupières. La porte s'ouvrit à nouveau. C'était l'homme qui apportait les dossiers.

— Où est Evelyn ? demanda-t-il, une pile de dossiers dans les bras.

— Elle est au fond, avec Stockwell. (Il déposa les dossiers dans la corbeille d'Evelyn.) Il y a de bonnes choses, là-dedans ? demanda-t-elle.

— Aucune idée. Mais celui qui est dans la chemise en carton est une demande pour Stockwell. Ça, on peut être sûr que c'est du bon.

En haut de la pile, Sara avisa alors un dossier tout simple, de couleur beige, avec un Post-it jaune portant les mots « Pour Victor Stockwell. »

— Tant mieux pour lui, mais vous n'auriez rien pour moi ? demanda Sara.

— Laissez-moi deviner : il vous faut une bonne affaire pour impressionner votre chef.

— Quelque chose comme ça.

— New York ne vous a donc rien appris ? Si vous voulez quelque chose, prenez-le.

— Je ne comprends pas, dit Sara.

— L'affaire, dit-il en montrant le dossier. Si vous la voulez, elle est à vous.

— Comment ça, elle est à moi ? Elle est marquée pour Stockwell.

— Elle n'est pas marquée pour lui. C'est une demande. Ça veut dire que le policier qui a procédé à l'arrestation, s'il avait le choix, aimerait que l'affaire soit confiée à Victor Stockwell. (Il alla jeter un coup d'œil dans le couloir pour voir si Evelyn ne revenait pas, puis retourna vers Sara.) S'ils demandent Stockwell, c'est une bonne affaire. Vous devriez la prendre.

— Vous êtes fou ? Je ne peux pas la prendre... ça n'est pas mon affaire à moi.

— Elle n'est à personne. Personne n'a encore été désigné.

— Mais si elle est marquée pour Stockwell...

Il arracha le Post-it et le froissa dans sa main.

— Plus maintenant. Elle n'est plus marquée pour personne.

— Attendez un peu...

— À New York, pour la moitié des affaires, ils demandent Stockwell. Croyez-moi, il ne peut pas les voir toutes. En plus, Stockwell est un véritable emmerdeur. Ça serait bien qu'un certain nombre d'affaires intéressantes lui échappent. Si vous en avez vraiment besoin, prenez-la.

— Je ne sais pas, dit Sara nerveusement.

— C'est vous qui voyez, hein. Je ne peux pas vous dire ce que vous avez à faire. (Il se dirigea vers la porte.) Mais je peux vous affirmer qu'à Stockwell, ça ne lui manquera pas. Il en a des dizaines.

Et avant de quitter le bureau, il ajouta :

— J'espère que ça marchera pour vous.

À nouveau seule dans le bureau, Sara contempla, pétrifiée, le dossier désormais sans marque. C'est une affaire garantie intéressante, se dit-elle. Et elle ne manquera pas du tout à Stockwell. Toujours indécise, elle entendait Guff et Stockwell discuter. Apparemment, ce dernier ne proposait nullement de l'aider.

36

— Ça n'est pas ma faute, fit Stockwell depuis son bureau. Bienvenue dans la vie !

Quelques secondes plus tard, Guff revint à la réception.

— Que se passe-t-il ? demanda-t-il en remarquant l'air soucieux de Sara.

Elle lui montra le dossier de Stockwell.

— L'employé a dit que celui-ci était en béton.

— Mon Dieu, fit Guff en souriant. Vous pensez l'emporter, c'est ça ?

Sara ne répondit pas.

— Vous êtes sûre que c'est une affaire intéressante ?

— Oui, tout à fait sûre. Pourquoi ? Qu'en pensez-vous ?

— Prenez-la. Sans hésiter. Croyez-moi, si vous voulez une affaire intéressante, ça n'est pas eux qui vous la confieront.

Dans l'autre bureau, Evelyn et Stockwell semblaient mettre un terme à leur conversation.

Hésitante, Sara tendit la main vers la corbeille de la réceptionniste.

— Je ne devrais pas faire ça.

— Mais vous allez le faire. Allez-y. Ça n'est pas bien grave.

Elle prit le dossier.

— J'espère que ça ne me causera pas d'ennuis.

— Mais non, dit Guff en se dirigeant vers la porte.

Lorsque Evelyn retrouva son bureau, Guff et Sara avaient disparu. Comme le dossier marqué Victor Stockwell.

— Mais est-ce que vous avez écouté ce que je vous ai raconté depuis une demi-heure ? demanda Jared. Quatre cent mille, c'est encore beaucoup trop. Si vous continuez à avancer des chiffres pareils, vous êtes mal barré.

— Écoutez, Jared, je commence à me fatiguer de vos histoires, dit Hartley en soupirant. Vous dites que vous voulez parvenir à un accord, mais vous montez sur vos grands chevaux chaque fois que je propose quelque chose.

— Mais parce que vous proposez des sommes absolument aberrantes. Écoutez…

Jared fut interrompu par la sonnerie de son téléphone. Il avait donné des instructions très strictes à Kathleen : il ne devait être dérangé que si Lenny Barrow appelait. Lenny Barrow était le meilleur détective privé de Jared. Alors que les procureurs disposaient de commissariats pleins d'agents de police et d'inspecteurs pour fouiner dans la vie de la partie adverse, les avocats de la défense devaient avoir recours à des enquêteurs privés. Depuis une semaine, Barrow recueillait des informations sur le client de Hartley, et Jared, souriant, se voyait déjà sur le point de conclure un arrangement raisonnable. Comme toujours, les recherches se révéleraient payantes. En prenant le combiné, il se demandait même si cinquante mille dollars n'étaient pas une somme trop importante. Ils se contenteraient peut-être de vingt-cinq mille assortis d'excuses. Ou simplement de vingt-cinq mille.

— Jerry, vous voulez bien m'excuser un moment ? Allô ! Ici Jared Lynch.

— Bonjour, c'est moi, dit calmement Barrow, comme à son habitude.

— Je me demandais quand vous alliez appeler. Des bonnes nouvelles ?

— En fait, je n'ai rien trouvé. Rien de crasseux, rien de salace, pas le plus léger soupçon. Cette femme est une vraie sainte-nitouche.

— Ah, c'est magnifique ! s'exclama Jared, feignant la satisfaction Je le lui dirai dès que nous aurons raccroché.

— Hartley est dans votre bureau ? demanda Barrow.

— Exact, dit Jared en souriant. Il est assis en face de moi.

— Alors laissez-moi alourdir votre fardeau. Vous savez, votre client à vous...

— Oui ?

— C'est une vraie pourriture. Dans la dernière société où il a travaillé, il y a eu quatre plaintes contre lui... dont deux se sont révélées fondées. Il ne vous reste plus qu'à espérer que Hartley n'ait pas de bons amis comme moi, sans ça, vous allez vous retrouver dans la mouise.

— Ah ! c'est encore mieux, dit Jared. Que demander de plus ?

— Désolé, patron. Mes amitiés à Hartley. Et à Sara.

— Je n'y manquerai pas. Et merci encore.

Il raccrocha et regarda Hartley avec un sourire forcé.

— Désolé, je me renseignais sur votre client. Et maintenant revenons à ces chiffres.

Sara et Guff parcouraient le couloir à grands pas.

— Laissez-moi le voir, dit Guff.

— Pas ici, dit Sara en lançant un coup d'œil par-dessus son épaule.

— Je suis sûr que c'est une affaire fabuleuse ! Un meurtre. Non, attendez, encore mieux : un double meurtre.

— Ne pourriez-vous pas essayer de maîtriser votre goût du sang ? demanda Sara.

L'ascenseur était vide lorsque Guff et Sara y pénétrèrent. Guff appuya frénétiquement sur le bouton de fermeture de la porte.

— Allez, allez, ferme-toi, ferme-toi !

Lorsque la porte se referma enfin, Sara ouvrit le dossier et feuilleta les pages jusqu'à la rubrique « Description du crime ou du délit ». Déchiffrant avec peine l'écriture manuscrite du policier, Sara découvrit l'affaire.

— Oh, non, ce n'est pas possible ! Dites-moi que je me trompe, dit-elle en tendant le dossier à Guff.

— Qu'y a-t-il ?

— Je n'arrive pas à y croire, reprit Sara tandis que Guff prenait connaissance du dossier. Ça n'est pas un double meurtre, pas même un meurtre tout simple, ni même des coups et blessures. Simplement, un type nommé Kozlow qui a été surpris en train de pénétrer dans une maison de l'Upper East Side. L'affaire qui doit assurer mon avenir n'est qu'un vulgaire petit cambriolage. Pas d'arme à feu, pas de couteau, rien.

— C'est la poisse, reconnut Guff tandis que l'ascenseur atteignait le rez-de-chaussée. Mais il faut prendre les choses du bon côté : au moins vous avez une affaire.

— Apparemment, dit Sara tandis qu'ils quittaient le 100, Centre Street. Espérons seulement que ça ne sera pas une source d'ennuis.

Stockwell se tenait devant le bureau d'Evelyn.

— Je devais recevoir une affaire. Le nom du suspect est Kozlow.

— Kozlow, Kozlow, Kozlow, répéta Evelyn en feuilletant les nouvelles fiches arrivées sur son bureau. Je ne la vois pas ici. Désolée.

— Et cette pile, là ? lança sèchement Stockwell en montrant la corbeille.

Elle examina les fiches. En vain.

— Désolée. Je ne vois rien.

— Une affaire de cambriolage. Le suspect se nomme Kozlow.

— Je vous ai bien entendu, mais je ne l'ai pas. Avez-vous vérifié chez les autres substituts ?

— Je voudrais vous poser une question, fit Stockwell, l'air mauvais. Qui commande, ici ? Vous ou moi ? Ou pour parler plus franchement, lequel de nous deux est le superviseur du BAJ ?

— Excusez-moi. Je ne voulais pas…

— Peu importe ce que vous vouliez ! Tout ce que je veux, c'est récupérer ce dossier. Alors vous allez passer le service au peigne fin et me dire qui l'a pris. Tout de suite !

3

— Alors qu'est-ce qu'on fait, maintenant ? demanda Sara, assise dans son bureau, face au dossier Kozlow.

— Comment ça, « qu'est-ce qu'on fait ? » Qu'est-ce que c'est que cette question ?

— Je veux dire par là que cette affaire ne vaut pas un clou, alors comment s'en débarrasser ? On peut la rendre ? Retourner là-bas et en obtenir une autre ?

— On ne peut pas renvoyer une affaire une fois qu'on l'a reçue. C'est comme acheter un pantalon et le faire raccourcir... après ça, on ne peut plus le rendre.

— Mais je n'ai pas fait raccourcir ce pantalon. Je l'ai seulement décroché de son cintre. (Elle se mit à agiter le dossier Kozlow.) C'est un pantalon en parfait état !

— Même dans ce cas, vous ne pouvez pas le rapporter. Ni échange ni remboursement.

— Pourquoi ?

— Parce que si on acceptait les retours, les petits délits, qui sont quand même les plus nombreux à New York, ne feraient jamais l'objet de poursuites. Tout les substituts attendraient de recevoir la grosse affaire.

— Guff, je me fiche de savoir quelle est la politique de la maison, je veux seulement me tirer de ce guêpier. Revenons au point de départ. Pourquoi ne pourrais-je pas retourner au BAJ, et jeter le dossier sur le bureau de la réceptionniste en disant : « Désolée, le préposé m'a transmis cette affaire par erreur » ?

— Ça serait possible, fit Guff, pour autant que...

La sonnerie du téléphone l'interrompit.

— Pour autant que quoi ? demanda Sara, ignorant le téléphone.

— Pour autant que la réceptionniste du BAJ ignore que le dossier est parti. Mais si elle s'aperçoit que…

— Attendez une seconde, dit Sara en décrochant le téléphone. Allô ? Ici Sara.

— Sara ? Evelyn, du BAJ. Avez-vous une affaire de cambriolage impliquant un certain Kozlow ? Si c'est vous qui avez pris ce dossier, il faut me le dire. C'est important.

— Vous ne quittez pas une seconde ?

Elle mit Evelyn en attente et leva les yeux vers Guff.

— Les ennuis commencent.

— Deux cent cinquante mille ? s'écria Marty Lubetsky, rouge de colère. Mais qu'est-ce que c'est que cet arrangement ?

— Vu la façon dont l'affaire se présente, je crois qu'on s'en sort bien, répondit Jared. Au départ, il demandait sept cent mille.

Chez Wayne & Portnoy, Marty Lubetsky était l'avocat associé chargé de superviser les dossiers Rose Microsystems.

— Je me fous éperdument qu'ils aient demandé sept cent mille dollars, pour moi ils auraient aussi bien pu demander sept cent millions ! Votre travail, c'était de les ramener à un niveau acceptable par notre client. De ce point de vue-là, c'est un échec. Un échec cuisant !

Agacé à l'idée d'avoir à fournir des explications, Jared savait aussi que Lubetsky n'aimait pas les explications. Il aimait les résultats, il aimait crier. Et lorsqu'il criait, il n'entendait pas être interrompu. Alors pendant dix minutes, Jared garda le silence.

— Mais enfin, Jared, si vous aviez besoin d'aide, pourquoi ne pas en avoir demandé ? Maintenant j'ai l'air d'un con. Et en plus vous avez accepté cinquante mille de plus que ce qu'avait autorisé Rose.

— Je leur ai dit que ça dépendait de l'acceptation de Rose.

— Peu importe ce que vous leur avez dit ! On ne peut pas remettre le diable dans sa boîte, maintenant.

Jared demeura un moment silencieux.

— J'ai fait de mon mieux, finit-il par répondre. Je n'aurais pas accepté de compromis si je n'avais pas pensé que ça servait au mieux les intérêts de Rose. Si vous voulez, c'est moi qui leur annoncerai la chose.

— Bien sûr que c'est vous qui allez leur annoncer la chose ! S'ils doivent vider leur compte pour cette histoire, autant qu'ils sachent à qui ils le doivent.

Incapable de regarder Guff dans les yeux, Sara tapotait nerveusement son crayon sur le bureau. Devant elle, un croquis représentant un personnage pendu à une potence, sous lequel elle inscrivit quatre lettres : S.A.R.A. Puis elle transperça la silhouette avec son crayon, dont elle brisa la mine.

— Vous avez fini de vous flageller ? demanda Guff.

— Cette affaire n'était même pas pour moi.

— Elle n'était pour personne. Et puis dites-vous que si elle voulait vraiment récupérer ce dossier, elle vous l'aurait demandé.

— La seule raison pour laquelle elle ne l'a pas fait, c'est que c'est une affaire minable.

— Eh oui, on n'a pas toujours ce qu'on veut. Et maintenant, cessez d'être négative.

— C'est vrai, vous avez raison. Il faut réfléchir à la suite. Assez d'apitoiement sur soi-même !

— Exactement. C'est une bien meilleure atti...

— Une dernière chose, l'interrompit Sara. Vous savez ce qui est le plus bête, dans cette histoire ?

— Non, dites-moi.

— Le plus bête, c'est qu'avec ça je n'arriverai même pas à sauver mon boulot ! Je suis une vraie demeurée ! Je vole le seul dossier qui n'ait strictement aucune valeur ! Et non seulement il n'a aucune valeur, mais encore il m'attire des ennuis !

Reprenant son souffle, elle repoussa le dossier Kozlow vers un coin de la table.

— Affaire, un. Sara, zéro, annonça Guff.

— Ce n'est pas drôle. Avec un seul faux pas, j'ai mis en danger ma carrière et je me suis fait un ennemi.

— Ne vous inquiétez pas pour Evelyn... elle aura vite oublié.

— Je ne pensais pas à Evelyn, mais à Stockwell.

Guff eut l'air surpris.

— Stockwell est au courant ?

— J'imagine. C'est lui qui a demandé à Evelyn où était passé le dossier. Pourquoi ? C'est grave ?

— Disons que s'il y a une personne avec qui il ne faut pas se fâcher, c'est bien Victor Stockwell.

— Il faut trouver de l'aide. Vous connaissez quelqu'un qui soit en bons termes avec Stockwell ? Quelqu'un qui pourrait intercéder en ma faveur ?

— Je vais aller passer quelques coups de fil, dit Guff en se dirigeant vers la porte.

Un silence soudain dans la pièce suivit le départ de Guff. Promenant le regard autour d'elle, Sara fut frappée par la quasi-absence de meubles, et une manière de vertige s'empara d'elle. Sentant les murs se rapprocher, elle posa la tête sur le bureau pour tenter de conjurer la réalité. Pendant près d'une minute, le stratagème fit son effet. Puis la sonnerie du téléphone rappela avec elle la totalité de ses problèmes.

— Sara à l'appareil. Si ce sont des mauvaises nouvelles, je préfère ne pas les écouter.

— Apparemment, nous vivons une après-midi semblable, fit Jared.

— Il est bien possible que la mienne soit pire.

Après avoir expliqué comment elle avait subtilisé le dossier, elle ajouta :

— Et maintenant je me retrouve avec cette affaire minable sur les bras et ça ne suffira même pas à sauver mon poste.

— Il y a quelque chose que je ne comprends pas, dit alors Jared. Si c'est une petite affaire sans importance, pourquoi était-elle destinée à une huile ?

— Visiblement, un flic tenait à ce que ce soit lui qui en soit chargé.

— Tu en es sûre ?

— Où veux-tu en venir ?

— Les flics ne sont pas aussi bêtes que ça. Ils savent que les grosses légumes ne prennent pas d'affaires minables.

Sara demeura un instant songeuse.

— Je n'avais pas envisagé les choses sous cet angle, dit-elle, visiblement excitée. Finalement, cette affaire est peut-être une mine d'or.

— Calme-toi, Sara. Ne commence pas à nourrir des espoirs qui…

— Tu l'as dit toi-même, l'interrompit-elle. Si ce dossier était destiné à Stockwell, c'est qu'il doit bien y avoir une raison.

— Attends une minute. Tu as dit Stockwell ? Victor Stockwell ?

— Oui. Tu le connais ?

— De réputation seulement.

— Bon. Mais tu as sans doute raison : ce n'était pas pour rien que le nom de Stockwell était marqué sur le dossier.

— Ça ne veut pas dire pour autant que c'est une affaire en or, fit remarquer Jared. Sans ça il l'aurait réclamée.

— Ça n'est pas parce que ça n'est pas assez bon pour Stockwell que ça n'est pas assez bon pour moi.

— Ah ! tu redeviens raisonnable. Tu en as parlé à ton assistant ? Il a peut-être une idée sur la question.

— C'est l'autre problème, dit Sara, accablée. J'ai avoué à Guff que j'avais volé le dossier, mais je ne lui ai pas dit qu'il était destiné à Stockwell.

— Pourquoi ?

— Je ne sais pas.

— Allez, Sara, j'ai l'impression de lire en toi comme à livre ouvert.

— C'est qu'il me fait confiance, et cette confiance, je ne veux pas la perdre.

— D'accord, mais il faut que tu ailles jusqu'au bout. Prends cette affaire et remporte une victoire. À mon avis, c'est la seule façon de conserver ton boulot.

— Tu as mille fois raison. À partir de maintenant, j'ai la situation bien en main.

Après avoir raccroché, Sara fut à nouveau assaillie par le silence mais, au lieu de se sentir piégée, elle réagit. Il faut se battre, se dit-elle. Elle se leva et gagna le bureau de Guff.

— Vous avez trouvé de l'aide ? demanda-t-elle.

— Pas encore. Vous tenez le coup ?

— Je crois que, finalement, je suis décidée à me battre.

— Vraiment ? Qu'est-ce qui nous vaut ce changement subit ?

— Rien d'autre qu'un retour à la réalité. Et aussi fou que ça paraisse, je commence à me dire que cette affaire doit valoir le coup.

Les poings serrés autour des barreaux de cellule, Tony Kozlow avait du mal à ne pas élever la voix.

— Comment ça, elle a volé le dossier ?

— C'est ce que je viens de vous dire, dit Stockwell, qui se tenait à prudente distance des barreaux. Elle l'a volé. Elle a pris le dossier avant qu'il me parvienne. Il y avait certainement mon nom marqué dessus, et elle a dû se dire que c'était une affaire importante. Malheureusement pour elle, elle a tiré le mauvais numéro.

— Arrêtez de vous foutre de moi.

Les cheveux noirs, un bouc noir très fourni, vêtu d'une veste trois-quarts en cuir noir, Tony Kozlow était le type même de ce qu'au parquet on qualifiait d'« abruti ». Grossier et facilement irritable, il semblait visiblement exaspéré par le ton de Victor Stockwell.

— M. Rafferty est au courant ?

Stockwell se raidit.

— Pas encore. Je n'ai pas réussi à le joindre. En fait, c'est la seule raison de ma présence ici… je pensais qu'il serait peut-être venu vous rendre visite.

— Lui, me rendre visite ? lança Kozlow d'un ton méprisant. Si j'ai un bon conseil à vous donner, c'est d'essayer encore.

Stockwell s'approcha calmement de la cellule, passa un bras derrière les barreaux et saisit Kozlow par la nuque.

— Écoutez-moi bien, vous, dit-il en lui appliquant le visage contre les barreaux, ne me dictez plus jamais ce que j'ai à faire, compris ?

Furieux, Kozlow saisit Stockwell par les deux oreilles et lui cogna à son tour le visage contre les barreaux.

— C'est une menace ? hurla-t-il. Touche-moi encore une fois et je t'éclate la gueule !

Un gardien qui se tenait à quelques mètres de là bondit et arracha Stockwell des mains de son agresseur. Après quoi, il enfonça violemment sa matraque dans le ventre de Kozlow, qui tomba à genoux.

— Ça va ? demanda le gardien à Stockwell.

Sans répondre, Stockwell s'éloigna et quitta le couloir des cellules.

— Mais qu'est-ce que c'est que cet arrangement ? hurla Joel Rose.

— C'est ce que nous avons pu obtenir de mieux, répondit Jared, les yeux fermés, le combiné coincé contre son épaule.

Avant même de composer le numéro, Jared savait qu'il allait passer un mauvais moment. Lubetsky n'appréciait pas le montant de la transaction, mais Joel Rose, président de Rose Microsystems, risquait de l'apprécier moins encore, puisque c'était lui qui allait devoir régler la facture. S'efforçant de paraître satisfait du résultat, Jared ajouta :

— Et vu ce qui nous attendait, le chiffre n'est pas si élevé que ça.

— Ah ? vraiment, fit Rose. Pourriez-vous me le redire, monsieur Lynch ?

— Deux cent cinquante mille dollars.

— Alors écoutez-moi bien. C'est un chiffre de six syllabes. Et comme les syllabes, c'est de l'argent, ça fait beaucoup – beaucoup d'argent. Ça ne vous paraît vraiment pas si élevé que ça ?

— Monsieur Rose, je sais que vous n'étiez pas disposé à verser une telle somme, mais je vous assure que l'arrangement est équitable. Croyez-moi, cela aurait pu vous coûter beaucoup plus cher.

— Vous croire ? s'écria Rose, fou de rage. Mais on n'est pas chez les scouts, ici ! Bon, passez-moi Lubetsky. J'en ai marre de traiter avec des imbéciles.

— Êtes-vous sûr qu'il va nous aider ? demanda Sara en s'asseyant à son bureau.

— Lorsque Conrad dit qu'il va faire quelque chose, il le fait, répondit Guff.

— Comment est-il ?

— Conrad Moore est un procureur extraordinaire… l'un des plus respectés du parquet. Mais surtout, c'est pour lui que j'ai travaillé en arrivant ici. Je lui ai demandé s'il accepterait de vous donner des conseils, et il a accepté.

— Parfait. Merci beaucoup, Guff.

— Ne me remerciez pas encore. Attendez de faire sa connaissance. Il est un peu excessif.

— Qu'entendez-vous par « excessif » ?

— Depuis quatre ans, c'est Conrad qui amène le plus d'affaires jusqu'au procès. Si quelqu'un commet un crime ou un délit grave, il l'envoie en prison. Point. Pas de négociations, pas de marchandage sur la qualification des faits, pas de faveurs. Et comme il a des affaires importantes, il peut se le permettre.

— S'il est tellement occupé, comment va-t-il trouver le temps de m'aider ?

— Tout ce que je sais, c'est qu'il venait de donner des conseils à quelqu'un d'autre, alors quand il a dit oui, j'ai sauté sur l'occasion.

— En tout cas, je les accepte. Quand doit-on commencer ?

Guff consulta sa montre.

— Il m'a dit qu'il appellerait aussitôt après le…

La sonnerie du téléphone retentit.

— Disons maintenant, reprit Guff en croisant les bras sur la poitrine.

— Ici Sara, dit-elle en décrochant.

— Ça n'est pas comme ça qu'on répond au téléphone, dit une voix. Quel est votre travail, à présent ?

— Je suis procureur, bredouilla Sara.

— Non, vous n'êtes pas procureur, rétorqua sèchement Conrad. À la télé, tout le monde est procureur. Au cinéma, il n'y a que des procureurs. Mais dans la réalité, il n'y a qu'un seul procureur : Arthur Monaghan. Notre patron. Dans la réalité, vous êtes substitut du procureur. Alors quand vous répondez au téléphone, votre interlocuteur doit savoir qui vous êtes. Vous avez compris ?

Conrad raccrocha. Cinq secondes plus tard, la sonnerie retentit à nouveau. Elle décrocha d'un geste hésitant.

— Bureau du substitut du procureur. Sara à l'appareil.

— Non ! hurla Conrad. C'est la première impression que vous donnez de vous. Vous voulez que votre interlocuteur vous prenne pour la secrétaire ? Quel est votre nom ?

— Tate.

— Alors présentez-vous sous votre nom de famille. Ici, nous avons affaire à des criminels. Et à la différence du cabinet d'avocats pour lequel vous travailliez avant, nous ne tenons pas à avoir plus de clients... nous en aimerions moins. Alors inutile d'être aimable. Il convient d'être désagréable. Il faut que les gens qui ont commis des infractions aient peur de nous. Pas besoin de faire copain-copain. À partir de maintenant, vous êtes le substitut du procureur Tate. Un point, c'est tout. Allez, on recommence.

Conrad raccrocha.

Cinq secondes plus tard, nouvelle sonnerie de téléphone. Elle décrocha.

— Ici le substitut du procureur Tate ! aboya-t-elle. Qui est à l'appareil ?

— Parfait, dit Conrad. Voilà l'attitude bien intimidante qu'il convient d'adopter.

— Merci. Et maintenant, aurai-je le plaisir de vous rencontrer ou bien allons-nous converser au téléphone toute la journée ?

— Venez maintenant, dit Conrad, radouci. Je suis au fond du couloir sur votre droite. Bureau 755.

Sara raccrocha et se tourna vers Guff.

— C'est bon. Vous voulez venir ?

— Vous plaisantez ? J'attends ça depuis ce matin. Alors, quel effet vous a-t-il fait ?

— C'est sûr qu'il a quelque chose d'agressif, dit Sara en gagnant le couloir. J'espère seulement qu'il pourra nous tirer de ce mauvais pas.

Stockwell regagna Centre Street d'un pas rapide. Les événements de l'après-midi l'avaient occupé plus que prévu, et il n'avait toujours pas eu le temps de joindre Rafferty. Mais alors qu'il traversait la rue devant le vieux bâtiment du tribunal, la sonnerie de son portable retentit. Inconnu des services du parquet, ce numéro personnel ne devait être utilisé qu'en cas d'urgence. Il ouvrit l'appareil.

— Allô, oui ?

— Allô, oui ? répondit Kozlow en imitant la voix grave de Stockwell. Comment allez-vous, Victor ? Ça fait longtemps que je ne vous ai pas foutu la gueule sur les barreaux.

Stockwell s'immobilisa au bord du trottoir.

— Comment faites-vous pour m'appeler ?

— Tout le monde sait téléphoner, connard. Même moi, je sais le faire. Et quand M. Rafferty me donne un numéro, j'ai carte blanche. Vous comprenez ?

— Pourquoi vous aurait-il donné mon numéro ?

— Parce qu'il est fâché contre vous, Victor. Les choses ne se passent pas comme prévu.

Stockwell jeta un regard aux piétons qui se pressaient près du tribunal. Aucun n'était suffisamment près pour entendre.

— Alors pourquoi ne m'appelle-t-il pas ?

— Il ne veut pas vous parler. Il veut seulement savoir ce que nous devons faire.

— Pas « nous », rétorqua Stockwell, maîtrisant à grand-peine sa fureur. Moi, c'est terminé. Vous êtes seuls, les gars.

— Ce n'est pas comme ça que ça marche.

— Justement, si. J'ai accepté de rendre service à notre ami commun, maintenant je me retire.

— Mais vous pouvez toujours récupérer l'affaire.

— Je vous l'ai dit, c'est terminé. Je suis surchargé de travail… je n'ai pas en plus l'intention de mettre ma carrière en danger. Vous m'avez compris, espèce de psychopathe ?

Silence glacial à l'autre bout du fil.

— Une dernière chose, murmura Kozlow. Que doit-on faire, à présent ?

— Ça n'est pas compliqué, répondit Stockwell. Il doit s'arranger de manière que vous soyez déclaré innocent… en cas de culpabilité, votre patron plonge. Alors si j'étais à sa place, j'essayerais d'obtenir le maximum de renseignements sur le nouveau substitut qui a hérité de l'affaire. C'est elle que vous devez vaincre.

— Son nom ?

— Sara Tate.

4

Devant le bureau de Conrad, Sara étudia les deux citations qui ornaient la porte : *Crimine ab uno disce omnes*, Virgile, « À partir d'un seul crime on connaît une nation » ; et « La gloire est quelque chose qu'il faut gagner ; l'honneur, quelque chose qu'il ne faut pas perdre », Arthur Schopenhauer.

Sara se tourna vers Guff d'un air perplexe.

— Comment aviez-vous dit ? Excessif, c'est ça ?

En souriant, Guff frappa à la porte vitrée.

— Entrez, grommela une voix.

Ce qu'ils firent.

Debout derrière son bureau, Conrad fouillait dans ses papiers. Il était plus petit que Sara ne l'avait imaginé, de taille plutôt moyenne, solidement bâti. Mais avec ses cheveux d'un noir de jais et ses yeux marron au regard acéré, il semblait en revanche aussi intimidant que sa voix le laissait entendre. Pourtant, un sourire chaleureux venait démentir cette allure inquiétante.

— Conrad, voici Sara Tate.

Sara saisit la main qu'il lui tendait.

— Enchantée de faire votre connaissance.

— Je vous en prie, asseyez-vous, tous les deux, dit Conrad en prenant place sur son siège.

— Sara, je vous présente le cauchemar ambulant des criminels new-yorkais.

— C'est ce que j'ai entendu dire. Guff m'a dit que vous aviez énormément de travail.

— Je ne m'en plains pas ni ne m'en excuse, fit Conrad en s'enfonçant dans son fauteuil. Les Américains n'ont peut-être d'yeux que pour les avocats célèbres et très chers, mais, en ce qui me concerne je n'ai d'estime que pour une seule des deux parties.

— C'est-à-dire nous ? dit Sara d'un ton un peu hésitant.

— Bien sûr. Chaque fois que nous remportons une affaire, nous débarrassons les rues d'un criminel. Ça peut paraître bêbête, mais cela veut dire que nous rendons la vie plus sûre à nos concitoyens. C'est la seule raison qui justifie ce métier.

Et, croisant les mains derrière la nuque, il ajouta :

— Racontez-moi pourquoi vous avez quitté votre cabinet d'avocats ? Vous avez dû renoncer à des honoraires substantiels, j'imagine.

— Quelle importance, mes honoraires ? Je croyais que vous vouliez m'aider à trouver une solution pour cette affaire !

— Mais oui. Après avoir écouté votre réponse à ma question. Alors, pourquoi avoir quitté votre cabinet d'avocats ?

— Pour dire les choses rapidement, je gagnais beaucoup d'argent, mais le travail était épouvantable. En six ans, je n'ai participé qu'à deux procès. Le reste du temps, je le passais en bibliothèque à faire des recherches et à rédiger des conclusions.

— Alors vous en avez eu assez et vous avez décidé de passer du bon côté ?

— Pas exactement. Le travail au cabinet ne me passionnait pas, mais je devais devenir associée d'ici un an ou deux. Et comme j'avais mangé de la vache enragée pendant mes études, j'étais prête à tenir le coup. Et puis un jour, à l'occasion de la réunion bisannuelle, on m'a annoncé que je ne deviendrais pas associée. D'après eux, je n'avais pas les qualités nécessaires pour leur cabinet.

— Mais vous n'avez pas été licenciée pour ça.

— Non. J'ai été licenciée quand… (Elle s'interrompit.) Comment savez-vous que j'ai été licenciée ?

— C'est ma neuvième année à ce poste, répondit Conrad. J'ai des amis dans tous les cabinets juridiques de la ville… y compris dans le vôtre.

— Vous vous êtes renseigné sur moi ?

— Écoutez, Guff m'a demandé de vous aider. Apparemment, il vous apprécie. Mais avant d'enseigner à quelqu'un les ficelles du métier, vous comprendrez que j'aie envie de savoir à qui j'ai affaire.

— Alors pourquoi m'avoir posé une question dont vous connaissiez déjà la réponse ?

— Pour voir si vous alliez mentir, répondit simplement Conrad. Mais je tiens toujours à savoir pourquoi vous avez été licenciée.

— Si vous connaissez tellement de gens, comment se fait-il que vous ne sachiez pas déjà la réponse ?

Conrad sourit.

— On m'a dit que vous étiez combative.

— Ça, c'est sûr, approuva Guff.

— Et pour répondre à votre question, reprit Conrad, peut-être ai-je envie d'entendre votre version de l'histoire.

— Pourquoi ne pas garder ça pour une autre fois ? proposa Sara. J'ai déjà eu mon lot de questions embarrassantes.

— Accordé. Et maintenant, parlons de ce problème qui vous amène. Vous vous demandez comment traiter cette affaire.

— Je sais comment la traiter… il faut poursuivre. Ce que je me demande, c'est si Stockwell va me laisser faire.

— Si Victor et Evelyn savent que c'est vous qui avez le dossier et qu'ils ne l'ont pas encore réclamé, l'affaire est pour vous. Que ça vous plaise ou pas.

— Croyez-vous que Stockwell va m'en vouloir ?

— Il va être furieux. Tous les superviseurs tiennent à leur territoire, mais, à votre place, je ne m'inquiéterais pas trop.

— Si vous le dites.

Sara n'en continuait pas moins à se demander pourquoi cette affaire était destinée à Stockwell.

— Et le fait que ce soit une affaire minable ? demanda Guff. Croyez-vous que ce soit assez pour sauver son poste ?

— Elle est peut-être minable, mais c'est la seule affaire que j'aie, fit valoir Sara.

— Vous avez tout à fait raison, dit Conrad. Et si vous voulez impressionner la hiérarchie du parquet, mieux vaut une affaire que pas du tout. (Il se leva et gagna la porte.) Et maintenant, allons-y.

— Le moment est venu de vous apprendre à combattre le crime, annonça Guff.

— Je dois apporter ma cape et mes accessoires ? demanda Sara à Conrad.

— Je vous demande pardon ?

— Non, ce n'est rien. Où allons-nous ?

— On retourne au BAJ.

Et, remarquant la main de Sara, il ajouta :

— Au fait, laissez-moi vous donner un autre conseil : enlevez votre alliance.

— Hein ?

— Vous m'avez bien entendu : enlevez votre alliance. Maintenant que vous êtes substitut du procureur, vous allez devenir l'ennemie de gens particulièrement dangereux. Moins ils en sauront sur vous, mieux ce sera. Et croyez-moi, vos adversaires sauront utiliser contre vous le moindre renseignement que vous leur fournirez.

Après avoir pris une barre au chocolat à la cafétéria, Jared retourna à son bureau, accablé. Entre Hartley, Lubetsky et Rose, l'après-midi avait été calamiteuse. En parcourant les couloirs tortueux lambrissés de merisier, Jared s'efforçait d'oublier ses récentes déconvenues et songeait à Sara, la seule personne capable de lui redonner confiance en lui. En riant sous cape, il imaginait ce qu'elle aurait répondu à Rose. Jamais elle ne se serait laissé maltraiter de la sorte. Elle aurait permis à Rose de l'attaquer, puis l'aurait taillé en pièces de belle façon. Voilà ce qu'il aimait chez elle. Elle arrivait à accomplir ce dont lui était incapable. Si Jared satisfaisait chez Sara un besoin d'ordre et de sécurité, elle-même lui apportait fantaisie et spontanéité. Lentement, sûrement, Jared parvint à se détendre. C'est alors qu'il sentit une main se poser sur son épaule.

— Pourrais-je vous voir un moment en privé ? demanda Thomas Wayne en lui indiquant son bureau.

Thomas Wayne était l'un des associés fondateurs du cabinet Wayne & Portnoy, et il était rare qu'un avocat non associé s'entretienne en privé avec lui. Mesurant près d'un mètre quatre-vingt-dix, Thomas Wayne était plus grand que la plupart de ses subordonnés, et le bruit courait que le cabinet n'engageait jamais personne de plus grand que M. Wayne lui-même. La rumeur était fausse, bien sûr, mais Wayne n'avait jamais essayé de la démentir, estimant que de telles rumeurs avaient valeur de légendes, ce qui lui convenait tout à fait.

— J'ai entendu dire que la journée avait été rude pour vous, fit Wayne en refermant la porte de son bureau.

— J'en ai connu de meilleures, en effet, répondit Jared.

Wayne prit place derrière un bureau en noyer, vaste mais plutôt quelconque.

— Ce n'est pourtant pas avec de telles journées que le cabinet s'est bâti. Vous devez comprendre, Jared, que notre cabinet d'avocats s'est construit grâce à un travail acharné.

— Je comprends ce que vous voulez dire, monsieur, l'interrompit Jared. Mais il faut que je vous explique les choses franchement... Rose Microsystems va peut-être payer une grosse somme, mais je crois sincèrement que je leur ai évité d'en débourser une infiniment plus importante. Ils ont beau hurler comme si on les écorchait vifs, je reste persuadé d'avoir fait du bon travail.

— Dites-moi, Jared, avez-vous déjà entendu parler de Percy Foreman ?

— Ce nom me dit quelque chose, mais je ne me souviens pas qui...

— Percy Foreman a été l'avocat de James Earl Ray, l'assassin du pasteur Martin Luther King. Quoi que vous puissiez penser des questions morales, Percy a été l'un des plus grands avocats de tous les temps. Au cours de sa carrière, il a assuré la défense d'une femme riche accusée d'avoir tué son mari. Pour prendre l'affaire, Percy lui a demandé cinq millions de dollars. Cinq millions ! Même selon les normes actuelles, c'est un chiffre obscène. Or la femme lui a versé ces honoraires, et Percy s'est mis au travail. Tout au long du procès, il a combattu pied à pied, peaufinant le moindre argument. Et à la fin, il a obtenu l'acquittement. Mais la presse n'arrêtait pas de faire des gorges chaudes sur les honoraires exorbitants qu'il avait obtenus. Alors, à l'issue du procès, sur les marches du palais de justice, des journalistes lui ont demandé pourquoi il avait exigé cinq millions de dollars. Le visage impassible, Percy leur a répondu : « Parce que c'était tout ce qu'elle avait. »

Wayne plongea son regard dans les yeux de Jared.

— Voilà le genre d'avocat qu'il nous faut ici. Être intelligent, c'est bien ; être honnête, c'est bien ; même être agressif, c'est bien. Mais pour ramener des affaires intéressantes, la qualité la plus importante, c'est d'avoir confiance dans ses capacités à gagner. Les clients veulent aller là où il y a du succès... s'ils sentent que vous avez confiance en vous, eux aussi vous feront confiance. Alors, ils vous suivront quoi qu'il arrive, et ils ne discuteront jamais vos décisions.

« C'est le problème que vous avez rencontré aujourd'hui, Jared. Si Rose avait eu une totale confiance en vous, il aurait signé ce chèque avec le sourire. Au lieu de ça, il menace de s'en aller en emportant son compte de trois millions de dollars. Évidemment, si vous ameniez de nouveaux clients, peu nous importerait de perdre Rose Microsystems. Mais en regardant vos chiffres, il semble que la recherche de nouveaux clients ne soit pas votre point fort.

— Je sais, dit Jared. Mais je fais de mon mieux pour...

— Pour attirer de nouveaux clients, il ne suffit pas de faire de son mieux. Il faut convaincre les gens de remettre leur sort entre vos mains. Si nous ne bénéficions pas d'une telle confiance, nous ne pourrons pas garder nos vieux clients et ne pourrons pas en attirer de nouveaux. Et si nous n'en attirons pas de nouveaux, notre cabinet ne se développera pas. Et s'il ne se développe pas, il deviendra extrêmement difficile de devenir associé. Vous voyez ce que je veux dire, Jared ?

— Tout à fait, monsieur, répondit Jared en s'efforçant de paraître enthousiaste. Mais ne vous inquiétez pas. Je connais la valeur des vieux clients, et celle des nouveaux. Et je sais aussi tout l'intérêt qu'il y a à devenir avocat associé.

— Parfait, dit Wayne. Je suis heureux que nous ayons eu cette petite discussion.

Au BAJ, Sara, Conrad et Guff se dirigèrent directement vers un bureau, au fond. Sara s'installa derrière la table.

— Bien, dit Conrad. Posez-lui la question.

— Un homme prétendant avoir des pouvoirs occultes, dit Guff, promet à une charmante vieille dame d'exorciser les mauvais esprits qui se sont emparés de sa petite chatte nommée Kitty. Que pouvez-vous retenir contre lui ?

— Quoi ?

— L'infraction, expliqua Guff. Pour quel délit pouvez-vous l'inculper ?

Conrad surprit le regard de Sara vers le Code pénal de l'État de New York, posé sur le bureau.

— Ne vous servez pas du livre. Utilisez vos connaissances.

— Je ne suis pas sûre, dit Sara. Je crois que ce serait l'escroquerie.

— Vous croyez ? fit Conrad. Vous ne pouvez pas vous contenter de croire. Vous êtes substitut du procureur. Quand un flic procède à une arrestation, il vous amène un formulaire, et c'est vous qui décidez du chef d'inculpation. Ce qui veut dire que vous devez connaître les caractères de chaque infraction, ainsi que les règles de la procédure pénale.

— C'est vrai, vous avez raison. J'aurais dû…

— Inutile de battre votre coulpe. Allez-y… consultez le Code et trouvez la nature du délit.

Sara feuilleta le Code pénal de New York, cherchant la réponse à la question de Guff. Pendant près de trois minutes, Conrad et Guff l'observèrent sans un mot. Finalement, elle leva la tête.

— Pratique de la bonne aventure.

— Argumentez, dit Conrad.

Sara lut l'article concerné.

— Dans l'État de New York, quiconque prétendra utiliser des pouvoirs occultes pour exorciser des esprits malins ou agir sur eux pourra être inculpé de pratique de la bonne aventure.

— Et quelle est la défense ?

— On peut s'y livrer dans un but d'amusement ou de divertissement, répondit-elle en s'essuyant le front.

— Exactement, dit Conrad. Voilà pourquoi nous n'avons pas arrêté le Grand Zamboni et tous les autres du même acabit.

— Qu'est-ce que ça à voir avec mon affaire de vol qualifié ?

— Êtes-vous sûre qu'il s'agisse d'un vol qualifié ? rétorqua Conrad. Il s'agit peut-être d'une effraction. Ou d'un vol simple. Et pourquoi pas d'un vol avec violence ? Le seul moyen de le savoir, c'est d'étudier les faits. Quand on connaît les faits, on connaît l'infraction. Par exemple, si vous volez de l'argent à quelqu'un et que vous le frappez, il s'agit d'un vol avec violence. Mais si vous lui volez son argent, le lui rendez parce qu'il s'est mis à hurler et que vous le frappez ensuite pour le faire taire, ça n'est plus un vol avec violence puisque vous n'êtes plus en possession de ses biens. L'important, c'est d'avoir tous les détails.

— Il faut considérer chaque affaire comme un film, dit Guff. Décomposez tout plan par plan. S'il vous manque un plan, vous n'avez pas l'image complète.

— D'accord, dit Sara, refusant de se laisser submerger. Je peux y arriver. (Elle se mit à lire le rapport.) Après avoir reçu un appel radio signalant une effraction avec la description du suspect, le policier a procédé à l'interpellation dudit suspect à deux blocs du lieu du vol qualifié. Lorsqu'ils sont retournés au 201 de la 82e Rue Est, la victime a identifié le suspect comme étant le voleur. En fouillant les poches de l'homme, le policier a découvert une montre Ebel sertie de diamants, une balle de golf en argent massif, et quatre cent dix-sept dollars ; l'argent et tous les objets appartenaient à la victime.

— Bien, dit Conrad. Ça vous donne environ trois pour cent de ce qui s'est vraiment passé.

— Pourquoi ? demanda Sara, troublée.

— À cause de la façon dont se passent les arrestations… tout le monde cherche à se donner le beau rôle. (Conrad prit le rapport des mains de Sara.) Ça se voit tout de suite : Le flic utilise les termes « vol qualifié ». Ça n'est pas son rôle de déterminer la nature de l'infraction, c'est le vôtre. Et comment savoir que la description donnée par la radio correspondait à la façon dont Kozlow était vêtu ? Et qui a signalé le vol ? La victime ou bien un tuyau anonyme ? Si c'est anonyme…

— … le juge peut rejeter les éléments de preuve si la source ne peut pas être identifiée, compléta Sara. Donc, d'après vous, il faut que je parle au flic.

— Exactement. (Il montra la minuscule caméra vidéo juchée sur l'ordinateur du BAJ.) Face à face au visiophone.

— C'est de la haute technologie, dit Sara en regardant la caméra. Bon, d'accord, j'appelle le flic et j'obtiens tous les détails. Ensuite, je rédige la plainte officielle et je recommence tout à zéro.

— Qu'entendez-vous par « tout recommencer à zéro » ?

— Ça veut dire que si je veux vraiment conserver mon poste, il me faudra autre chose qu'une petite affaire minable.

— Je vous avais dit qu'elle était ambitieuse, dit Guff.

— Il ne fait pas de doute que vous devrez prendre toutes les affaires qui vous tomberont sous la main, conseilla Conrad. Mais n'oubliez pas une chose : tant que Stockwell sera superviseur, vous n'aurez que les rogatons. Vous poursuivrez tous les voleurs à la tire de Manhattan.

— Y a-t-il moyen d'éviter ça ?

— Vu que vous vous êtes déjà mise Evelyn à dos, j'en doute.

— D'accord. Ce n'est pas grave. C'est ce qu'on appelle payer ses dettes, dit Sara, feignant de prendre les choses du bon côté. De toute façon, je suis prête à tout accepter.

— Conservez cet état d'esprit, dit Conrad. Mais après avoir fait la chasse aux affaires, je vous conseille de rentrer chez vous et de prendre un peu de repos. L'inculpation doit avoir lieu vers onze heures ce soir.

— Ce soir ? s'écria Sara. Je ne savais pas qu'on procédait aux inculpations aussi tard.

— Nous sommes à New York. Seize millions d'habitants qui se détestent tous cordialement. Ici, on inculpe vingt-quatre heures sur vingt-quatre.

— J'y serai.

Mais au moment où elle composait le numéro de téléphone du policier Michael McCabe, Conrad se leva.

— Où allez-vous ? demanda Sara.

— J'ai mon propre travail qui m'attend. Je vous verrai à la lecture des inculpations. C'est au rez-de-chaussée de ce bâtiment. Soyez en avance pour plus de sûreté.

— À tout à l'heure.

Lorsque le policier répondit à son appel, Sara lui expliqua qu'elle voulait lui parler de l'affaire Kozlow au visiophone. Puis elle raccrocha et attendit qu'il la rappelle. Deux minutes plus tard, la sonnerie retentit.

— Décrochez et cliquez sur « Receive », dit Guff en montrant une icône sur l'écran de l'ordinateur.

Le visage de l'agent McCabe apparut alors en couleurs.

— Vous m'entendez ? demanda Sara en se penchant vers la minuscule caméra vidéo.

— Ah ! manquait plus que ça ! fit le policier en levant les yeux au ciel. Une débutante !

— Épargnez-moi vos réflexions ! Je sais ce que j'ai à faire.

— Elle a passé six ans dans un cabinet d'avocats, lança Guff en penchant la tête dans le champ de la caméra.

— Qui êtes-vous, vous ? demanda McCabe.

— Personne, fit Sara en repoussant Guff. Et maintenant si on commençait ? Racontez-moi tout ce qui s'est passé.

Derrière son bureau français du XIXe siècle, assis dans son fauteuil marocain en cuir, Oscar Rafferty parcourait lentement le contrat allemand de *La Chatte sur un toit brûlant*. Il ne fallait qu'un coup de téléphone. Enfin… pas tout à fait. Un coup de téléphone et un saut à son bureau. Ensuite, l'affaire serait conclue. Dès ses débuts dans le monde de la propriété intellectuelle, Rafferty avait compris l'importance de l'apparence. Depuis les tapis tissés à la main jusqu'au mobile de Calder dans un coin de la pièce, il s'entendait à cultiver ces apparences. Et s'il lui fallait s'en convaincre davantage, il lui suffisait de jeter un coup d'œil à l'encre à peine sèche du contrat. Il lui avait fallu moins de quarante-cinq minutes pour gagner ces quatre millions de dollars. Même d'après les normes bancaires, c'était un salaire horaire plus que convenable.

Pour rester dans la note, Rafferty avait toujours trois téléphones sur son bureau. Avec les progrès techniques, il aurait très bien pu se contenter d'un seul, mais l'effet produit sur ses clients valait bien cet espace perdu sur la table. En entendant sonner l'appareil du milieu (son téléphone personnel), il décrocha à la première sonnerie.

— J'espère que ce sont de bonnes nouvelles, dit-il.

— Je ne sais pas si elles sont bonnes, répondit le détective privé à l'autre bout du fil, mais ce sont toujours des informations. Elle s'appelle Sara Tate. Trente-deux ans, a toujours vécu à Manhattan. Il y a six mois, elle a été licenciée de son ancien cabinet d'avocats, ce qui lui en a fichu un sacré coup, et elle vient tout juste de commencer au parquet. D'après certains de ses anciens associés, c'est une battante, une passionnée. L'un deux trouve qu'elle a plutôt tendance à se raviser ensuite et qu'elle manque de constance, mais il pense quand même qu'elle est loin d'être bête.

— Qu'ont-ils dit d'autre ? demanda Rafferty, à la recherche d'une faille. Comment est-elle, aux audiences ?

— Un seul d'entre eux l'a déjà vue plaider. D'après lui, elle fait preuve d'une sacrée personnalité, ce qui est plutôt rare de nos jours.

— Vous croyez qu'elle peut être dangereuse ?

— Tous les nouveaux substituts sont dangereux. Pour leur première affaire, ils cherchent à tout prix à l'emporter. Mais ce qui est particulièrement inquiétant chez elle, c'est que, en raison des coupes budgétaires, il ne s'agit pas seulement de l'emporter, elle a absolument besoin de ce poste pour survivre. Ce qui veut dire qu'elle est prête à tout.

— C'est ce qu'a dit Victor.

— Il connaît son affaire.

Rafferty demeura un instant songeur.

— Sait-on pourquoi elle a été licenciée ?

— Pas encore, mais je peux trouver. À mon avis, elle a dû mécontenter quelqu'un d'important. Personne n'a voulu s'appesantir sur l'affaire, mais j'ai compris que c'était le genre à ne pas se laisser faire si on lui marchait sur les pieds.

— Et sa famille ?

— Classe moyenne. Son père était un commercial, sa mère secrétaire juridique. Mais les deux sont partis du bas de l'échelle, ce qui n'est pas évident quand on la regarde, elle. Ils sont morts il y a quelques années dans un accident de voiture ; d'après ses anciens collègues, c'est encore un sujet douloureux pour elle.

— Bien. Ça fait déjà une faille. Qui d'autre ?

— Elle a un grand-père et un mari.

— Parlez-moi du mari.

— Il s'appelle Jared Lynch. Originaire d'une banlieue chic de Chicago, mais il a travaillé dur pour en arriver là où il est. Son père est agent de change à la retraite, sa mère s'occupe de la maison. Il a deux frères plus jeunes ; toute la famille vit à Chicago. Financièrement, Sara et Jared ont un petit plan d'épargne ouvert par la famille de Jared, mais à part ça ils ont du mal à joindre les deux bouts. Quand Sara a perdu son travail, leurs revenus ont sérieusement baissé. Au cours des six derniers mois, ils ont croqué presque toutes leurs économies.

— C'est ce qui arrive quand on perd un boulot très bien payé, commenta Rafferty. Qu'est-ce qu'il fait, ce Jared ?

— Ça fait six ans qu'il travaille comme avocat dans un cabinet célèbre, Wayne & Portnoy.

— Il est avocat ?

— Incroyable, non ? Un couple de deux juristes.

— En fait, c'est une excellente nouvelle.

— Comment ça ?

— Disons que je commence à entrevoir des possibilités intéressantes.

Sara escalada deux à deux les marches de leur immeuble dans Upper West Side, à un bloc du Muséum d'histoire naturelle. Le salon était plongé dans l'obscurité. Elle étouffa un juron. Jared n'était pas encore rentré. Elle alluma les lumières et écouta le répondeur. « Sara, c'est Tiffany. Tu es là ? » Sara écouta la voix de la jeune fille qu'elle aidait dans le cadre de l'association Big Sisters. « Tu veux savoir comment ça ferait si j'étais une chanteuse de rock ? Saaaaaaaara ! Saaaaaaaara ! » Une pause. « Saaaaaaaaara ! Saaaaaaaaara ! » Nouvelle pause. « T'aurais pas cru que je le ferais une deuxième fois, hein ? Bon, rappelle-moi. N'oublie pas qu'on doit faire quelque chose ensemble jeudi soir. Salue Jared de ma part. Au revoir. »

Sara se mit à rire, puis gagna la cuisine. Entre eux, la répartition des tâches était simple : le premier arrivé à la maison préparait le repas, le deuxième faisait la vaisselle. Par choix, Sara préférait la vaisselle et Jared la cuisine. Il tenait cela de son père, qui avait toujours aimé préparer des petits plats.

Leur deux pièces occupait le premier étage de l'immeuble en pierres brunes qui en comptait cinq. Avec son canapé moelleux et son énorme fauteuil, le salon, plus grand que la chambre, offrait un espace de détente idéal.

« Héritage baroque » selon Sara, la décoration de l'appartement reflétait la désinvolture de Sara et l'amour de Jared pour les collections. Tout au long de ses études de droit, Jared avait amassé affiches rares et photos de cinéma placardées dans les halls d'entrée. Après son diplôme, il était passé aux accessoires. Et lorsqu'ils eurent payé exactement la moitié des quatre-vingt mille dollars que Sara avait empruntés pour ses études, Jared s'était offert son premier accessoire vraiment cher, l'un des boucliers utilisés par Kirk Douglas dans *Spartacus*, et l'avait accroché

61

au-dessus du canapé. Par la suite, il avait acheté un sachet de grains de maïs de *Fatal Games*, un ensemble salière-poivrière de *Dîner*, un manuscrit enluminé d'*Un homme pour l'éternité*, et, joyau de sa collection, le couteau utilisé par Roman Polanski pour frapper Jack Nicholson dans *Chinatown*. Jared considérait sa collection comme une façon de préserver le passé, et Sara un moyen de rendre Jared heureux.

Sara, de son côté, goûtait fort les six dessins encadrés accrochés sur le mur de droite. Au cours des six dernières années, à chaque anniversaire de mariage, Sara avait dessiné un portrait de Jared. Sans avoir jamais suivi de formation artistique, elle avait toujours aimé dessiner. Elle n'aimait pas peindre, ne faisait jamais d'esquisse et ne dessinait jamais au crayon, toujours à la plume. La perfection n'était pas son but.

Elle éplucha de l'ail, coupa en tranches des oignons et des poivrons, et prépara les autres ingrédients pour sa sauce tomate. En réalité, elle se serait volontiers contentée d'une sauce en boîte, mais, pensant être en bonne voie pour sauver son poste, elle tenait à faire plaisir à Jared. Un quart d'heure plus tard, ce dernier fit son apparition. En voyant Sara, il se mit à sourire.

— J'ai l'impression que ça s'est arrangé, dit-il.

— Ça a été incroyable. (Elle se précipita vers lui et le serra dans ses bras.) J'ai seulement commencé à travailler dessus, mais ce sont mes affaires à moi toute seule. Rien qu'à moi.

— Attends un instant. Tu en as plusieurs ?

— Cinq ! Le cambriolage, plus deux vols à l'étalage, un vol à la tire et une possession de drogue. Le cambriolage est la seule affaire qui peut aller jusqu'au procès, mais ça n'a pas vraiment d'importance. Finalement ça a marché, exactement comme tu l'avais prédit.

— Tu sais quoi ? Tu es incroyable ! Absolument incroyable !

— Et comment s'est passée ta négociation ? Comme tu voulais ?

— Oui, très bien, fit Jared en posant sa mallette par terre et en défaisant sa cravate. Y a pas grand-chose à raconter.

Sara contempla longuement son mari. Elle connaissait bien cette voix-là.

— Tu veux bien me redire ça, mon chéri ?

Jared la regarda droit dans les yeux. Il aurait aimé tout lui raconter, mais pas aujourd'hui. Alors qu'elle commençait à savourer son succès, il n'allait pas tout lui gâcher. Il se contenta d'un vague « ce n'est rien ».

— Et tu t'imagines que je vais te croire ?

— Je pense, oui.

— Eh bien, pas du tout ! Alors si tu me racontais tout, au lieu de perdre du temps ?

Jared se laissa tomber sur le canapé et appuya la tête contre le coussin ventru.

— Il n'y a pas grand-chose à raconter. J'ai passé l'après-midi à essayer de leur épargner un procès risqué et une mauvaise presse. Ensuite, en guise de remerciements, Lubetsky m'a engueulé pendant une demi-heure, puis ça a été le tour de Rose et, pour couronner le tout, Thomas Wayne, le grand manitou.

— Tu t'es défendu ?

— Que voulais-tu que je dise ? Ils avaient raison.

— Pourquoi n'avoir pas dit « Arrêtez de m'engueuler comme ça, bande de pinailleurs ! J'ai fait de mon mieux ! »

— Je suis peut-être idiot, mais, vu la situation, ça ne me paraissait pas être la meilleure réaction.

— Attends, laisse-moi deviner… Tu as réagi comme tu le fais d'habitude. Tu es resté droit comme un piquet, et puis….

— Et puis je les ai laissés m'engueuler, dit Jared, effondré. Je pensais que c'était le meilleur moyen de les calmer.

— Écoute, mon chéri, même s'ils ont raison, tu ne peux pas te laisser traiter de cette façon. Tu es quand même un être humain. Je sais que tu détestes l'affrontement, mais tu ne peux pas toujours filer doux comme ça.

— Ça n'est pas que je déteste l'affrontement…

— Seulement tu aimes que les choses soient propres et en ordre, le coupa Sara. Et je sais pourquoi. Et ça me plaît bien… je regrette de ne pas avoir la même maîtrise que toi. Mais avec tes patrons, tu ne peux pas toujours éviter la bagarre.

— Écoute, dit-il en se massant les tempes, on pourrait peut-être arrêter de parler travail ? J'ai eu suffisamment de tensions dans la journée.

— D'accord, dit Sara. Parce que maintenant le moment est venu d'ouvrir ton cadeau.

— Tu m'as acheté un cadeau ?

— Oh ! rien d'extraordinaire… seulement quelque chose pour te dire que je t'aime. Ton aide m'a été tellement précieuse, ce matin.

— Tu n'étais pas obligée…

Dans la chambre, Sara alla chercher sa serviette en cuir.

— Voilà, dit-elle en la tendant à Jared.

— Tu m'offres ta serviette ?

— Ton cadeau est à l'intérieur. Je n'avais pas le temps de faire un paquet, alors on fait semblant que la serviette est un paquet-cadeau. Aide-moi, sers-toi de ton imagination.

— Quel beau paquet ! s'écria Jared d'un ton admiratif.

Il l'ouvrit et en sortit un tourniquet d'enfant en métal, bleu, rouge et blanc.

— Je t'avais dit que ce n'était rien d'extraordinaire, dit Sara. C'est un SDF qui vendait ça dans le métro. Tiens, lis ce qu'il y a marqué sur le manche : « Bienvenue à Puerto Rico. »

— Ça me plaît beaucoup, dit Jared en soufflant sur son cadeau. (Le sourire revint sur ses lèvres.) C'est très joli. Non, c'est vrai... Vas-y, Puerto Rico, tourne !

En riant, Sara lui prit la main, le fit lever du canapé et le ramena à la cuisine.

— Ce n'est pas tout : attends un peu de voir ce que j'ai préparé pour le dîner. Ferme les yeux !

— Je sais ce que tu as préparé. Je l'ai senti en entrant...

— Chut. Ferme les yeux. (Il obéit.) Et maintenant tire la langue. (Elle plongea le doigt dans la sauce, puis le lui passa sur la langue.) Alors, c'est bon ?

— Comme invite sexuelle, on peut dire que tu n'as jamais fait mieux.

— Donc ça marche ?

— Ça marche toujours, répondit Jared en souriant.

Les yeux toujours fermés, il sentit les mains de Sara autour de sa nuque. Elle l'attira à elle et l'embrassa. D'abord sur les lèvres. Puis sur la pointe du menton. Puis dans le cou. Tout en l'embrassant, elle défit sa cravate et déboutonna les boutons de son col de chemise. Il fit de même avec le chemisier de Sara.

— On reste ici, demanda-t-il, ou on va...

— Ici, dit-elle en le poussant contre le comptoir de la cuisine. Ici même.

5

— Alors ? demanda Sara.

— Mais c'était merveilleux. Ah, quand tu étais sur le comptoir…

— Je parle du dîner, gros bêta !

Vêtue seulement d'un tee-shirt, Sara était assise à la table de la cuisine, face à Jared qui, lui, avait enfilé un pantalon de jogging.

— Ah ! (Il baissa les yeux sur son assiette vide.) Magnifique. Tout était magnifique. Surtout toi.

— Ne me décerne pas tous les compliments ; tu en mérites la moitié, dit Sara en lui prenant la main. Au fait, quelle heure est-il ?

— Pourquoi ? Tu as un rendez-vous ?

— Eh oui. Avec la Justice. Je dois retourner au palais de justice. L'inculpation doit être prononcée vers onze heures.

— Ah, oui, ton affaire ! Je ne t'en ai pas reparlé, excuse-moi. J'étais tellement pris par mes…

— Ne t'excuse pas. L'affaire se présente bien. Enfin… peut-être. Mais tout de même, je crois que ça va marcher. Si j'ai de la chance.

— Tu as l'air tellement sûre de toi !

— Ne te moque pas. Tu sais comment je suis quand je suis sous pression ; je passe par des phases de dépression et d'exaltation. Quand j'ai décroché cette affaire, j'étais gonflée à bloc ; une heure plus tard, je me retrouvais effondrée, terrifiée par mon boulot ; et puis on m'a montré les ficelles du métier, j'avais peur, mais enfin la confiance revenait ; et puis une fois de retour à la maison, je me suis dit que tout se passait à merveille.

— Et maintenant ?

— Maintenant je suis au fond du trou. Non seulement je suis inquiète pour cette affaire, mais je suis inquiète pour la façon dont je l'ai obtenue. Quand je regardais ce dossier, j'étais paniquée ; et puis brusquement j'ai compris que c'était ma seule chance, alors je l'ai pris. (S'arrachant aux bras de son mari, elle se leva.) Dis-moi la vérité. Est-ce que j'ai eu tort de prendre ce dossier de cette façon ?

— Peu importe ce que je pense, répondit Jared, avec sa diplomatie coutumière. Ce qui importe c'est ce que tu ressens.

— Eh bien, ça ne va pas du tout. Maintenant que les premiers moments d'excitation sont passés, je n'arrête pas d'y penser. Ça me reste sur l'estomac. Et le pire, c'est que je ne sais pas au juste pourquoi ça me hante à ce point ; parce que j'ai mal agi ou bien parce que j'ai été attrapée ?

— Écoute, ce qui est fait est fait. Tu l'as vu, tu l'as pris, maintenant il faut assumer. En plus, vu ce que tu me racontes, tout le monde s'en fiche.

— Sauf Stockwell. Je n'ai pas encore eu affaire à lui.

— À propos, as-tu dit à ton assistant qu'au départ cette affaire lui était destinée ?

— Pas encore. On a couru toute l'après-midi, alors je n'en ai pas eu le temps. De toute manière, je crois que je ne vais pas le lui dire tout de suite… je préfère attendre d'avoir un peu plus d'informations avant de compromettre cette relation.

— Tu crois toujours qu'il pourrait y avoir quelqu'un d'autre impliqué ?

— Je ne sais pas, dit Sara en ramassant sa petite culotte bleue sur le sol. Mais si cette affaire n'est pas si importante que ça, je ne sais pas comment je vais réussir à sauver mon poste.

Après s'être rhabillée, Sara se dirigea vers la porte.

— Bonne chance ! lui lança Jared. Fais-les souffrir !

— T'inquiète pas. La défense n'a qu'à bien se tenir !

À vingt-deux heures trente précises, Sara pénétra au 100, Centre Street. Devant la salle réservée aux inculpations, elle eut la surprise de trouver Guff appuyé contre la porte.

— Que faites-vous ici ? Vous n'étiez pas obligé de venir.

— Vous êtes mon chef. Je vous accompagne.

— Eh bien ! merci, Guff. J'apprécie votre soutien. Il ne nous reste plus qu'à attendre le…

— Substitut Tate ! s'écria une voix de stentor dans le couloir. Quelle inculpation allez-vous réclamer ?

— Vol qualifié, aboya Sara alors que Conrad se trouvait encore à dix mètres d'elle.

Lorsqu'il eut rejoint Guff et Sara, il demanda à cette dernière :

— Quelles sont les raisons de votre choix ?

— Parce que, pour un vol avec violence, il faut une arme ou un instrument dangereux, ou bien que la victime ait été blessée, et aucun élément de preuve ne permet, en l'espèce, de soutenir une telle inculpation.

— N'en va-t-il pas de même pour un vol qualifié ? risqua Conrad.

— Pas si le local est un lieu d'habitation, répondit Sara, qui se sentait de plus en plus sûre d'elle. Et d'après le cadastre, le 201, 82ᵉ Rue Est est bel et bien un local d'habitation. La victime y dort tous les soirs. Je l'ai moi-même appelée.

— Très bien, fit Conrad en souriant. Mais alors pourquoi pas effraction délictueuse ? Pourquoi ne pas avoir choisi ce chef d'inculpation ?

— Parce que, en dérobant la montre, la balle de golf et les quatre cents dollars, le suspect a commis un véritable vol qualifié, ce qui rend l'inculpation d'effraction délictueuse trop légère.

— Alors pourquoi pas vol avec bris de clôture ?

Sara plongea son regard dans celui de Conrad.

— Là, vous exagérez. À New York, un tel délit n'existe pas.

— Vous en êtes sûre ?

— Tout à fait ! Ça m'a pris une heure pour le vérifier. Et maintenant, si on entrait pour de bon dans la salle ?

— C'est vous le chef, dit Guff avec un geste vers la porte.

Il était tard et Sara s'attendait à trouver la salle presque vide, mais elle constata avec surprise que s'y pressait une foule de substituts, policiers, employés du tribunal et avocats. Les substituts du procureur étaient assis du côté droit, les avocats de la défense du côté gauche. Les suspects, eux, attendaient dans une salle voisine que leur affaire soit appelée. Au centre, le juge présidait à chaque inculpation, qui durait environ quatre ou cinq minutes. Ce laps de temps était suffisant pour annoncer les charges retenues et fixer éventuellement la caution.

En pénétrant dans la salle, Sara savait déjà qui elle cherchait. Du point de vue juridique, les inculpations représentaient une garantie fondamentale pour les libertés publiques, mais elles jouaient également un autre rôle, non négligeable, en permettant aux acteurs de la défense et de l'accusation de se voir pour la première fois. Un bon avocat de la défense peut représenter un véritable cauchemar pour un substitut du procureur, tandis qu'un avocat faible est le signe d'une victoire facile. De toute façon, comme des capitaines d'équipe de football espionnant leurs adversaires prévus pour la semaine suivante, les substituts aimaient savoir qui ils auraient à affronter. À cet égard, Sara ne faisait pas exception à la règle.

— Vous savez qui ça pourrait être ? demanda-t-elle à Conrad tandis qu'ils prenaient place sur la première rangée de bancs.

Conrad examina la dizaine d'avocats occupés à rédiger des conclusions ou à remplir des papiers de dernière minute.

— On ne le saura qu'au moment où l'affaire sera appelée.

— Oh, non ! s'exclama soudain Sara.

— Que se passe-t-il ?

Elle montra un grand blond, assis de l'autre côté de la salle, vêtu d'un élégant complet, une mallette Gucci en cuir noir sur les genoux.

— C'est Lawrence Lake, un des associés de mon ancien cabinet juridique.

— Je crois que c'est lui qui sera votre adversaire, dit Guff.

— Comment le savez-vous ? demanda Conrad.

— Parce que je sens l'ennemi dès qu'il entre dans la pièce. C'est mon instinct de bête sauvage.

— Vous êtes fou.

— Ça, c'est sûr, fit Guff en plissant des yeux pour se donner l'air cruel. Fou comme un renard.

— Ou fou comme un psychopathe, rétorqua Conrad. (Il se tourna vers Sara.) Avez-vous découvert autre chose, à propos de Kozlow ?

— Je n'ai que ce qui figure dans son dossier. Il a déjà été arrêté deux fois : une fois pour coups et blessures avec arme, une fois pour homicide volontaire. Pour les coups et blessures, il a utilisé un couteau à cran d'arrêt ; pour l'homicide, il a enfoncé un tournevis dans la gorge de quelqu'un.

— Grands dieux ! s'écria Guff. Il n'est pas du genre commode.

— Ce n'était pas l'avis des jurés. Les deux fois, il s'en est tiré.

— Donc c'est un menteur habile, dit Conrad. Mais si j'étais vous, j'examinerais avec soin ces deux affaires. Il a l'air d'avoir de l'imagination dans la violence.

— Je regarderai demain.

— Vous avez décidé d'un montant, pour la caution ? (Sara acquiesça.) Combien ?

— Au moins dix mille dollars. Il ne pourra pas les sortir. Mais je vais demander quinze mille, parce que je sais que les juges baissent toujours un peu.

— Je crois que vous n'avez pas à vous inquiéter, dit Conrad. Lorsque les juges sont de service pour les inculpations de nuit, ils sont en général d'une humeur massacrante et ils ont tendance à enfoncer les suspects. Rien que pour le plaisir.

— Espérons, dit Sara en glissant un coup d'œil vers la mallette Gucci de Lawrence Lake.

Un quart d'heure plus tard, lorsque le greffier annonça l'affaire État de New York contre Anthony Kozlow, Sara vit Lawrence Lake lever la tête.

— Merde ! souffla-t-elle.

— Pas de panique, fit Conrad.

Tandis que Sara gagnait à grands pas la table de l'accusation, Anthony Kozlow traversa la salle, escorté par un policier. Il portait une veste de cuir noir râpée et semblait ne s'être pas rasé depuis plusieurs jours. Sara ne put s'empêcher de se demander comment une petite fripouille dans son genre pouvait s'offrir les services d'un ténor du barreau comme Lake. Arrivé devant la table de la défense, Kozlow serra la main de Lake comme s'ils étaient deux vieux amis.

En regardant Kozlow, Sara sentit des gouttes de sueur perler sur son front. La situation n'était plus la même que dans son ancien cabinet juridique. Elle n'affrontait plus une quelconque société commerciale sans visage. Elle affrontait Tony Kozlow, un homme qui se tenait à trois mètres d'elle. Elle ne l'avait jamais rencontré, ne le connaissait pas, et pourtant elle allait faire tout son possible pour le maintenir en prison.

Sans lever les yeux, le juge lut la demande d'inculpation préparée par Sara. Il expliqua que l'accusation demandait une inculpation de vol qualifié, et vérifia que son avocat était présent. Après avoir lu silencieusement les attendus, le juge tourna les yeux vers Sara.

— Réclamez-vous une caution ?

— Nous demandons que la caution soit fixée à quinze mille dollars. Le suspect a une longue histoire criminelle derrière lui, et…

— Deux arrestations, ce n'est pas vraiment une longue histoire, l'interrompit Lake.

— Excusez-moi, fit Sara. Je croyais être en train de dire quelque chose.

— Je comprends le point de vue du substitut, dit le juge. Et je vois bien les antécédents de M. Kozlow. Et maintenant, monsieur Lake, faites-moi part de votre point de vue.

Lake adressa un petit sourire à Sara.

— Mon client a été arrêté deux fois. De toute évidence, on ne peut parler là d'une longue histoire. Pour rester concis, disons que M. Kozlow est bien intégré dans son quartier, qu'il y a vécu presque toute sa vie sans interruption et qu'aucune condamnation ne figure à son casier judiciaire. Il n'y a aucune raison que la caution soit aussi élevée.

Le juge réfléchit un instant, puis annonça :

— Le 180.80 aura lieu vendredi. Je fixe la caution à dix mille dollars.

Soulagée, Sara pensa que même si Kozlow pouvait s'offrir les services d'un Lake, il lui faudrait au moins quelques jours pour réunir une telle somme.

Pourtant, Lake répondit aussitôt :

— Votre Honneur, mon client aimerait verser la caution.

— Voyez cela avec le greffier, dit le juge en abattant son marteau.

Le greffier appela l'affaire suivante. En tout, l'audience n'avait pas duré plus de cinq minutes.

Sans un mot, Sara quitta la salle, suivie de Guff et de Conrad.

— Bon, d'accord, il a versé la caution, dit Conrad. Où est le problème ?

— Le problème, c'est Lawrence Lake. Ça n'est pas le genre d'avocat commis d'office. Pour parler à ce monsieur, ça coûte environ cinq cents dollars de l'heure.

— Donc Kozlow a de l'argent de côté. Ça arrive tout le temps.

— Je ne sais pas, dit Sara, qui avait envie de leur révéler que l'affaire était destinée à Stockwell. J'ai un mauvais pressentiment. Kozlow n'a pas l'air de rouler sur l'or, alors, où trouve-t-il l'argent et les relations pour pouvoir s'adresser à quelqu'un comme Lake ?

— Je n'en ai aucune idée, dit Conrad en consultant sa montre. Mais il est l'heure d'aller dormir, et nous ne résoudrons pas ce problème ce soir. On en reparlera demain matin.

Plantée au beau milieu du couloir, Sara ne parvenait pas à s'en aller.

— Et puis le…

— Rentrez chez vous et pensez à autre chose, conseilla Conrad. Votre journée de travail est terminée.

Avant que Sara ait pu répondre, Kozlow sortit de la salle d'audience et l'effleura au passage.

— Désolé, Sara, murmura-t-il. On se reverra dans la rue.

— Qu'avez-vous dit ? demanda Sara.

Mais Kozlow poursuivit son chemin sans répondre.

Peu désireux d'affronter la pluie matinale, Jared se rendit à son travail à huit heures et gagna directement la salle de gymnastique privée (équipée également d'un terrain de basket-ball), espérant chasser avec l'exercice physique la tension des jours précédents. Située au 70ᵉ étage, la salle avait été installée à la demande de Thomas Wayne, grand amateur de basket, qui l'avait ainsi emporté sur ses associés, plus tentés par une grande bibliothèque. Les avocats de Wayne & Portnoy avaient affectueusement baptisé cette salle « le plus haut tribunal de la ville », et par ses trois immenses baies vitrées on avait une vue époustouflante sur Manhattan.

Pendant sa demi-heure de course sur le tapis roulant, Jared se repassa mentalement les conversations de la veille. D'abord celle avec Lubetsky, puis celle avec Rose et enfin celle avec Wayne. Lorsque le compteur annonça cinq kilomètres, il alla prendre une douche et descendit à son bureau.

— Ça va mieux, aujourd'hui ? lui demanda Kathleen.

— Bah ! dit-il en haussant les épaules. Et vous ?

— Moi, ça va très bien. C'est pour vous que je m'inquiétais. (Elle tira un crayon de derrière son oreille et l'agita en direction de son patron.) Si vous voulez être de meilleure humeur, pourquoi ne pas me demander ce qu'il y a de nouveau ? Ça vaudrait le coup.

Jared croisa les bras sur la poitrine.

— Bon, d'accord. Alors, qu'y a-t-il de nouveau ?

— Pas grand-chose. Lubetsky veut vous voir, Rose veut vous parler, et un nouveau client veut vous engager.

— Quelqu'un veut m'engager ?

— Il est venu ici il y a environ dix minutes et vous a demandé personnellement. Il patiente dans la salle de réunion.

— Attendez un instant. C'est une blague pour alléger l'atmosphère ?

— Pas du tout. Vous vouliez de nouveaux clients, non ? Eh bien, les voilà. Il m'a dit que vous lui aviez été recommandé par un ami. Si vous voulez, je peux le faire entrer dans votre bureau.

— Très bien, dit Jared, qui sentait son pouls s'accélérer. Je dirais même plus, extraordinaire !

Deux minutes plus tard, Kathleen revint dans le bureau de Jared en compagnie d'un homme de haute taille, très maigre, aux cheveux noirs.

— Jared, je vous présente M. Kozlow.

— Appelez-moi Tony, dit l'homme en lui tendant la main.

— Comme le tigre dans le dessin animé, fit Jared d'un ton plaisant.

— Exactement, dit Kozlow en souriant. Comme le tigre.

— Vous ne trouvez pas bizarre que Kozlow ait un avocat aussi cher ? demanda Sara en pénétrant dans le bureau de Conrad, en début d'après-midi.

— Pas du tout. Ça arrive tout le temps. Ces corniauds-là ont de l'argent dans un bas de laine pour de telles occasions.

— Et le fait que son avocat appartienne à mon ancien cabinet ? Il y a quand même des milliers de cabinets d'avocats à New York. Vous croyez à une coïncidence ?

— Sara, il faut que vous vous calmiez. Je sais ce que cette affaire représente pour vous, mais vous risquez de perdre le sens de la mesure. Croyez-moi, je sais ce que vous êtes en train de vivre : à mes débuts ici, je voulais que toutes mes affaires soient de la première importance. Mais parfois, il faut se résigner à ne traiter que des affaires minables, dont on ne parlera même pas dans les journaux.

— Vous croyez donc que je me fais des idées.

— Tout ce que je dis, c'est qu'il faut cesser de vous intéresser au portefeuille de Kozlow, et vous occuper vraiment de l'affaire. Lundi prochain, vous avez une réunion du grand jury.

— Sans parler de mes autres affaires, ajouta Sara.

— À propos, comment ça s'est passé, ce matin ?

— Les inculpations ? Comme hier soir, en plus rapide. Le détenteur de drogue et le voleur à l'étalage étaient tous les deux des primaires, et ils ont reconnu les faits. Ensuite, j'ai demandé deux mille dollars de caution pour chacun des voleurs.

— J'imagine qu'ils ont des antécédents.

— Une cinquantaine d'arrestations à eux deux. Le voleur à la tire a déjà été arrêté vingt-trois fois, et il a toujours nié ; il a au moins le mérite de la cohérence. Le voleur à l'étalage n'est pas loin derrière.

— Bon. Apparemment, vous pouvez déjà demander le non-lieu pour les deux premiers. Quant aux autres, il faudra voir ce que plaident leurs avocats. Mais n'y consacrez pas trop de temps. Occupez-vous surtout de l'inculpation de Kozlow.

— Puis-je vous poser une dernière question ? demanda Sara. Que voulait dire le juge par le « 180.80 » ?

Conrad fronça les sourcils.

— On ne vous a donc rien appris dans ce cabinet d'avocats ?

— Je ne faisais que du civil. Allez, dites-le-moi.

— Eh bien voilà : le 180.80, c'est le jour où vous aurez à mettre en accusation l'inculpé s'il est emprisonné. Mais Kozlow a payé sa caution, vous n'aurez à vous occuper que du grand jury, où…

— Je sais ce qu'est un grand jury.

— Vous en êtes sûre ?

— Quand vous tenez quelque chose, vous ne le lâchez pas, hein ? dit Sara en souriant. Au grand jury, je devrai convaincre douze citoyens moyens de mettre en accusation Kozlow pour vol qualifié. S'ils prononcent la mise en accusation, alors le procès pourra avoir lieu. S'ils la rejettent…

— … s'ils la rejettent, cette affaire ne vous mènera nulle part.

En retournant à son bureau, Sara songea au conseil de Conrad. Peut-être avait-il raison. Peut-être tenait-elle absolument à ce que son affaire soit vraiment importante. Peut-être Kozlow avait-il de l'argent de côté. Et peut-être était-elle victime de son imagination. Néanmoins, elle avait beau retourner ces arguments dans tous les sens, un fait lui revenait sans cesse en mémoire : au départ, l'affaire Kozlow était destinée à Victor Stockwell.

En s'approchant de son bureau, elle s'aperçut que Guff n'était pas à sa table, et que la porte était entrouverte, alors qu'elle était sûre de l'avoir fermée. Elle se rappela alors le conseil de Conrad : mettez tout sous clé… les murs ont des yeux et des oreilles. À travers la porte translucide, elle aperçut une silhouette assise devant son bureau. Elle jeta un coup d'œil derrière elle : en ce début d'après-midi, la plupart des gens étaient partis déjeuner, et le couloir était désert. Avec précaution, elle poussa la porte. Victor Stockwell l'attendait.

— Puis-je vous aider ? demanda-t-elle calmement.

— Non, répondit Stockwell. Je voulais seulement savoir comment se déroulait votre affaire.

— Comment êtes-vous entré dans mon bureau ?

— Il était ouvert. J'espère que ça ne vous ennuie pas.

— Justement, si !

— Je ferai plus attention la prochaine fois. Et maintenant, dites-moi comment ça se passe.

— Pourquoi ? Il y a quelque chose qui ne va pas ?

— Non, non, tout va bien, Sara.

— Alors pourquoi venez-vous fureter ici et cherchez-vous à m'intimider ?

Elle espérait l'impressionner par son ton courroucé, mais elle en fut pour ses frais.

— Vous avez de l'imagination. Mais vous devriez faire attention, ça ne vous réussit pas.

— Que voulez-vous dire, au juste ?

— Très exactement ce que j'ai dit : Faites attention. Au point où vous en êtes, vous ne pouvez plus vous permettre la moindre erreur. Peu importe que vous vous soyez sentie aux abois, ni comment vous vous êtes insinuée dans les bonnes grâces de Conrad, mais si vous recommencez une seule fois, je peux vous garantir une chose : je ne vous lâcherai plus.

Elle était bien forcée d'admettre qu'il avait raison.

— Je m'excuse, je…

— Épargnez-moi vos excuses. Je n'en ai que faire ! (Il se leva et gagna la porte.) À votre place, je me méfierais. On ne sait jamais quand le couperet va tomber.

Guff arriva sur les talons de Stockwell.

— Que s'est-il passé ? demanda-t-il.

— Je ne sais pas très bien.

— Il n'avait pas l'air heureux, en sortant d'ici.

— Vu la façon dont il m'a menacée, on sentait qu'il était ravi. D'autres mauvaises nouvelles, avant que j'aille déjeuner ?

— Justement, oui, fit Guff en agitant deux pages de fax. Ça vient d'arriver. C'est une désignation d'avocat. Apparemment, Kozlow en a désigné un autre.

— Et alors ?

— Alors, regardez le nom de ce nouvel avocat, et dites-moi si ça vous dit quelque chose.

Elle prit les feuilles et lut la signature en bas de la dernière. En découvrant le nom de son mari, elle se laissa tomber dans son fauteuil.

— Incroyable ! Il ne va quand même pas faire une chose pareille.

— En tout cas, je n'ai jamais rien vu de semblable auparavant, constata Guff.

— Il faut qu'il abandonne cette affaire, déclara Sara en décrochant son téléphone et en composant le numéro de Jared.

Lorsque Kathleen répondit, Sara demanda à parler à son mari.

— Il vient de partir. Il m'a dit que vous aviez rendez-vous pour le déjeuner. Il y a un problème ?

— Non, non, tout va bien.

Elle raccrocha et quitta le bureau en trombe, Guff sur ses talons.

— Que voulez-vous que je fasse, quand vous serez partie ?

— Essayez de voir si ce genre de situation est licite. Le dernier que j'aie envie d'affronter dans cette affaire, c'est bien mon mari.

Vingt minutes plus tard, un taxi déposait Jared devant Forlini, le restaurant italien non seulement le plus proche du palais de justice, mais également le plus fréquenté. Il fourra un billet de dix dollars dans la main du chauffeur et s'engouffra précipitamment à l'intérieur du restaurant.

— Salut, ma belle, lança-t-il à Sara, impatient de partager avec elle la bonne nouvelle du jour.

— Ça fait longtemps que je t'attends.

— J'étais bloqué dans les embouteillages, dit Jared en prenant place à table. Tout va bien ?

— Non, tout ne va pas bien.

Il lui posa la main sur le bras.

— Dis-moi ce qui...

— Je ne comprends pas comment tu as pu accepter cette affaire... surtout en sachant que mon poste en dépend. C'est quand même toi qui as un boulot assuré, moi tout ce que j'ai, c'est...

— Houla, houla, du calme ! l'interrompit Jared. Lève un peu le pied. De quelle affaire parles-tu ?

— De mon affaire de vol qualifié. Pourquoi as-tu accepté d'assurer la défense ?

— La défense ? Je ne vois pas ce que tu...

— L'affaire Kozlow. Je viens de recevoir la désignation de l'avocat.

— Attends un peu. C'est ton affaire ? C'est toi qui poursuis dans l'affaire Kozlow ?

— Je te l'ai dit l'autre soir.

— Tu ne m'as jamais donné son nom. Tu as simplement dit qu'il s'agissait d'une affaire de vol qualifié.

— Et ça ne t'a pas paru bizarre, quand on t'a engagé, toi aussi, pour un vol qualifié ?

— Il ne m'a pas présenté les choses comme ça... il m'a dit qu'il s'agissait d'un délit mineur. Et qu'on m'enverrait le dossier par la suite.

— Et le mémo de la défense ?

— Tout ce qu'on avait, c'était le numéro d'ordre de l'affaire. Kathleen a tapé le mémo et l'a faxé au parquet. Ils vérifient le numéro et le transmettent au substitut. Je te jure que jamais je n'aurais fait une chose pareille si j'avais su...

— Alors tu vas renoncer à cette affaire.

— Hein ?

— Je ne plaisante pas. Vas-tu renoncer à cette affaire ?

— Mais pourquoi ? dit Jared en gémissant. C'est un nouveau client. C'est très important pour moi.

— Écoute, Jared, pour toi, c'est un nouveau client, mais pour moi, c'est…

— Oui… c'est vrai. C'est ton boulot qui est en jeu. Tu étais la première. Je vais renoncer.

— Vraiment ?

Un moment de silence.

— Bien sûr… Pour toi.

Elle posa la main sur la sienne.

— Tu es un type bien, Charlie Brown. Je sais ce que…

— Tu n'es pas obligée de me remercier.

— Mais si, dit-elle. Et je voudrais que tu saches que je regrette de t'avoir mis dans cette situation. Simplement, ce nouveau boulot me rappelait…

— L'histoire du cabinet d'avocats, ce n'était qu'un incident de parcours, tu n'as pas à t'en vouloir. Il n'y a aucune nécessité à devenir associé dans un cabinet d'avocats new-yorkais.

— Alors que fais-tu, toi ?

— Je fais de mon mieux pour conjurer le sort. Et pour remonter le moral à ma femme.

— Eh bien ! je peux te dire que tu y réussis à merveille.

Mais en promenant le bout du doigt autour de son verre, elle ajouta :

— Je voudrais te demander une chose : si nous devions nous affronter au tribunal, à ton avis, lequel de nous deux l'emporterait ?

— Toi, répondit Jared avec un sourire suffisant.

Elle se mit à rire.

— Tu es tellement imbu de toi-même, mon pauvre ami !

— Qu'est-ce que j'ai dit ?

— Tu n'avais pas besoin de le dire. Il suffisait de voir ta tête.

— Une tête de quoi ?

— Arrête de jouer avec le feu, Jared ! Là, je t'avertis.

— Alors que veux-tu que je te dise ? Tu m'as demandé qui l'emporterait. Tu veux la vérité ou tu préfères qu'on te mente ? C'est toi qui choisis.

Elle rit à nouveau.

— Est-ce que tu te rends compte à quel point tu es prétentieux, parfois ?

— Moi ? Tu me traites de prétentieux ?

— Non, je te traite de sourd. (Elle éleva la voix.) Tu es prétentieux !

Jared s'efforça d'éviter les regards des gens attablés autour d'eux.

— Tu sais que je déteste quand tu fais ça.

— Voilà pourquoi tu n'aurais pas une chance face à moi. Tu es trop empêtré.

— Qu'est-ce que tu ferais, alors ? Tu convoquerais le jury dans un restaurant et tu te mettrais à hurler comme une folle ?

— Je fais ce qu'il y a à faire. Toujours.

— Avec ça, tu n'iras pas bien loin devant un tribunal. N'oublie pas, tu n'as jamais assuré le ministère public dans un procès criminel.

— Techniquement, tu as raison, rétorqua Sara. Mais on ne parle pas de nos connaissances juridiques. On se demande qui remporterait l'affaire. Et si tu avais fait un tout petit peu attention, tu aurais compris que face à moi tu n'aurais pas la moindre chance.

— Ah, vraiment ?

— Oui.

— Et pourquoi ça ?

— Parce que même si tu joues les monsieur-je-connais-le-Code-par-cœur, tu ne sais absolument pas te battre.

— Et toi, tu sais ?

— Et comment ! Ça fait six ans que je te fouette le cul !

Jared éclata de rire.

— C'est une nouvelle invite ?

— Je suis sérieuse. Pour mener un combat, il faut connaître les faiblesses de l'adversaire. Et je connais toutes les tiennes.

— Cites-en une.

— Tu détestes qu'on dise que tu as toujours tout reçu sans le moindre effort.

Jared demeura un instant silencieux.

— Une autre.

— Oh ! tu es tellement prévisible.

— Ne sois pas si contente de toi. Nommes-en une autre.

— Tu n'aimes pas me voir souffrir… ce qui veut dire que tu ne serais pas très efficace dans une bataille contre moi.

— Crois-moi, s'il le fallait, je ne prendrais pas de gants.

— Tu ne supportes pas quand tout n'est pas parfait.

— Et toi, tu es terrifiée par l'échec, riposta Jared. Allez, une vraie faiblesse !

— Tu as peur des chats.

— Je n'en ai pas peur. Je crois seulement qu'ils m'en veulent.

— Quand tu étais petit, tu as lu un dictionnaire du début à la fin.

— Seulement les volumes *J* et *Li* à *Lz*, mes initiales.

— Tu as un éditorialiste préféré.

— Comme la plupart des gens.

Les coudes appuyés sur la table, Sara pointa l'auriculaire vers lui en murmurant :

— Ton pénis… il est tout petit.

— Ça, ce n'est pas drôle, fit Jared en riant. Retire ce que tu viens de dire.

— Bon, bon, d'accord, je le retire. Mais ne me dis pas que je ne sais pas appuyer là où ça fait mal.

— C'est vrai, tu sais où appuyer. Mais moi aussi.

— Voilà pourquoi je ne veux pas t'avoir en face de moi au tribunal, dit Sara. Ce serait un bain de sang.

— Eh bien, heureusement qu'on n'en arrivera pas là. Dès mon retour au bureau, je renonce à cette affaire.

— Tant mieux. (Elle se pencha et prit les deux mains de Jared dans la sienne.) Je te sais gré de faire attention à moi.

— Tu n'as pas besoin que je fasse attention à toi. Je le fais seulement parce que la vue me plaît. (Il déposa un baiser sur la main de Sara.) Je ne ferai jamais rien qui puisse te blesser. Et maintenant cessons de nous empoisonner l'existence avec cette affaire. Pour une fois, nous avons résolu le problème.

Le déjeuner fini, ils quittèrent le restaurant. Dehors, le jour était encore gris et pâle, et les nuages menaçants.

— Il va encore pleuvoir, dit Sara.

Jared hocha la tête.

— Tu veux que je te dépose ?

— Non. Pour toi, c'est à l'opposé. Je peux marcher.

Il l'embrassa et la regarda s'éloigner. Elle balançait légèrement les hanches en marchant, et, même s'il la taquinait à ce sujet, il adorait la regarder marcher. Lorsqu'elle eut tourné le coin, il gagna le taxi garé juste devant le restaurant, mais en ouvrant la portière il eut la surprise de découvrir quelqu'un déjà installé à l'arrière. Kozlow.

— Comment ça va, monsieur ? demanda Kozlow. Montez.

Jared hésita.

— Ne vous inquiétez pas, reprit Kozlow. Vous ne risquez rien.

Jared prit place à côté de son client.

— Que se passe-t-il ? demanda l'avocat. Que faites-vous ici ?

— Vous verrez.

— Qu'est-ce que vous racontez ? s'écria Jared tandis que le taxi démarrait. Que faites-vous…

— Fermez-la. On est bientôt arrivés.

Le taxi s'arrêta devant une maison cossue de la 58ᵉ Rue Est, dont les poignées de porte et les rampes d'escalier en cuivre étincelaient malgré l'absence de soleil. Un valet en uniforme ouvrit la portière pour Jared qui descendit de voiture. Kozlow ne le suivit pas.

— Vous ne venez pas ?

— Ce n'est pas le genre d'endroit que j'aime, répondit Kozlow. À vous de jouer, maintenant.

Il claqua la portière et le taxi repartit.

— Monsieur Lynch, dit le valet. Par ici, s'il vous plaît.

Jared le suivit en hésitant.

Le valet le conduisit dans un couloir orné de boiseries, avec un superbe miroir ancien, puis ils descendirent un large escalier recouvert d'un tapis. Nerveusement, Jared passa la main sur sa barbe naissante, tout en observant les lieux avec attention. Personne aux alentours, mais de toute évidence ils se trouvaient dans un club privé. Au pied de l'escalier, il avisa sur sa gauche un bar magnifique, et, en face, un vaste salon décoré de façon inhabituelle, puisque s'y mêlaient du mobilier Louis XV et des masques africains accrochés aux murs. Des haut-parleurs dissimulés diffusaient une musique africaine en sourdine.

Puis le valet conduisit Jared à une porte du fond, qui donnait sur un cabinet privé. À l'intérieur, face à une cheminée en marbre, un canapé et deux fauteuils anciens. Dans l'un de ces fauteuils était assis un homme grand et élégant, au visage anguleux, vêtu d'un blazer noir visiblement taillé sur mesure. Ses cheveux blonds, qui commençaient à grisonner, étaient coiffés en arrière, et, bien que l'on ne pût s'en apercevoir au premier coup d'œil, il avait une jambe très légèrement plus courte que l'autre. Cette infirmité résultait d'une vieille blessure, qu'il arborait comme un blason. Car pour lui il ne s'agissait pas d'un simple handicap, mais d'une blessure reçue dans l'équipe de football de Princeton. Ce qui en faisait tout le prix.

En les entendant approcher, il se leva et tendit à son hôte une main soigneusement manucurée.

— Ah, je suis très heureux de faire enfin votre connaissance, monsieur Lynch.

— Pourriez-vous me dire ce que tout cela signifie ? demanda Jared.

L'homme l'ignora.

— Je me présente : Oscar Rafferty. Voulez-vous vous asseoir ?

D'un geste il désigna le canapé, puis se tourna vers le valet en uniforme.

— Ce sera tout, George, merci.

Dans la douceur ferme de sa voix, on devinait un homme habitué à être obéi.

Jared en eut confirmation en avisant le B doré sur les boutons noirs du blazer Brioni. Même Thomas Wayne ne portait pas de vestes Brioni à deux mille dollars. Pour Jared, ces boutons avaient valeur de message : il ne s'agissait pas d'une réunion de routine avec un client.

En prenant place précautionneusement sur le canapé, Jared ramassa une pochette d'allumettes dans un bol placé entre eux, sur la table basse.

— Je crois que vous êtes de Highland Park, dit Rafferty d'un ton engageant. Connaissez-vous la famille Pritchard, le juge Henry Pritchard ? Ses deux fils sont mes clients. L'un est auteur dramatique, l'autre producteur, ce qui veut dire qu'il ne fait pas grand-chose.

Ébahi par cette tentative de trouver entre eux un terrain commun, Jared répondit :

— Je ne voudrais pas être grossier, monsieur Rafferty, mais en quoi puis-je vous aider ?

L'expression de Rafferty changea instantanément. Il n'aimait pas être interrompu.

— Eh bien, oui, Jared, vous pouvez m'aider. Et comme c'est moi qui paye les frais de justice de Tony Kozlow, je pense que nous allons devoir nous entendre. Il y a un certain nombre d'informations qui vous manquent encore.

— S'il s'agit de cette affaire, j'ai le regret de vous annoncer que je vais devoir renoncer à assurer la défense de M. Kozlow. Je viens de découvrir que ma femme sera substitut du procureur dans le camp adverse.

— Peu importe. Cela ne nous dérange pas.

— Mais moi, oui. Voilà pourquoi je renonce. Toutefois, si vous le désirez, je serais heureux de vous recommander un de mes confrères au cabinet.

Rafferty toisa son interlocuteur.

— Je crois que vous ne saisissez pas. Vous ne renoncez pas. Vous serez notre avocat dans cette affaire.

— Ah, vraiment ?

— Oui, dit sèchement Rafferty. Que vous le vouliez ou non, Jared, il vous faudra remporter cette affaire. Et bien que vous sembliez très fier de votre ascension professionnelle, permettez-moi de vous dire que pour nous vous n'offrez qu'un seul avantage : vous êtes le mari du procureur. Donc vous savez ce qu'elle pense, comment elle aborde une question et, surtout, vous connaissez ses faiblesses. En résumé, vous savez comment la vaincre.

— Mais je ne prends pas l'affaire, insista Jared.

— Jared, je crois que vous ne comprenez pas ce que je suis en train de vous dire. Il n'est pas question que notre ami Anthony Kozlow soit reconnu coupable. Et si vous entendez poursuivre vos exploits sexuels sur le comptoir de la cuisine, vous ferez en sorte que ça n'arrive pas.

— Comment savez-vous que nous...

— Écoutez-moi bien, reprit calmement Rafferty. Nous serons tous plus heureux si vous remportez la partie.

— « Tous plus heureux ? » Mais qu'est-ce que ça veut dire, tout ça ?

Sans répondre, Rafferty lui tendit une grande enveloppe en papier kraft. En l'ouvrant, Jared découvrit une vingtaine de photos en noir et blanc. Toutes de Sara.

— Voici Sara en route pour son travail, fit Rafferty en montrant l'une des photos. Et là, elle revient chez elle.

On la découvrait ainsi dans la plupart des endroits où elle s'était rendue au cours des dernières vingt-quatre heures. Et lorsque Jared en fut arrivé à un cliché où l'on voyait Sara dans le métro, proche de la bordure du quai, Rafferty ajouta :

— Ça, c'est quand elle rentrait chez elle après les inculpations de nuit. J'imagine qu'elle avait hâte de rentrer, parce qu'elle ne cesse de pencher la tête au-dessus de la voie, pour voir si le train arrive. C'est imprudent, ça, Jared. Il suffirait d'une petite poussée...

Jared sentit la nausée l'envahir. Les roulements des tambours africains semblaient sourdre de toutes les directions à la fois. Les photos de Sara se mêlaient en un tourbillon vertigineux. Il ferma les yeux, tentant de rassembler ses esprits. Finalement, il leva le regard vers Rafferty.

— Que voulez-vous ?

— Je veux que vous gagniez. C'est tout.

— Et si je ne gagne pas ?

Sans un mot, Rafferty prit les photos et les remit dans l'enveloppe.

— Répondez-moi, reprit Jared. Et si je ne gagne pas ?

Rafferty referma l'enveloppe.

— Jared, vous connaissez la réponse, je crois. Et maintenant écoutez bien ce que je vais vous dire, parce que je sais à quoi vous pensez. Si vous prévenez la police ou la justice, je vous promets que vous regretterez votre décision toute votre vie. Le silence est d'or Si jamais vous parlez à qui que ce soit, y compris à votre femme, nous la tuerons. Si vous ouvrez la bouche, elle meurt. Kozlow s'occupera d'elle avant même que vous ayez reposé votre téléphone. Mais bien sûr, je suis persuadé que nous n'en arriverons pas là… vous êtes un homme intelligent, Jared, et un bon avocat. Pour les semaines à venir, tout ce que nous vous demandons, c'est de faire votre métier. Préparez-vous au procès, soyez un bon avocat, et gagnez la partie. C'est comme ça que les choses doivent se passer. Pas d'arrangements. Obtenez un non-lieu ou un acquittement. Dans ce cas-là, nous disparaissons de votre vie. Plus de migraines, plus d'ennuis. Ai-je été clair ?

Lentement, Jared acquiesça, les yeux rivés sur le tapis bordeaux.

— Je prendrai ce silence gêné pour un oui, dit Rafferty. Ce qui veut dire que Kozlow sera à votre bureau demain matin à la première heure. Je vous souhaite une bonne fin de journée.

Rafferty se leva et accompagna Jared jusqu'à la porte principale du club. Dehors, une voiture particulière l'attendait. Alors qu'il montait en voiture, Rafferty lui lança : « Au revoir, Jared », mais ce dernier l'entendit à peine. Ce fut seulement lorsque la portière se fut refermée bruyamment sur lui qu'il prit la mesure de ce qui venait de lui arriver. Assis seul à l'arrière, Jared revit mentalement toute la scène. Il revit Rafferty et la photo où Sara se tenait près de la bordure du quai, dans le métro. Puis Kozlow. « Mon Dieu, songea-t-il en desserrant sa cravate, dans quel pétrin nous ai-je fourrés ? »

6

— Allô ? Bonjour, je voudrais parler à Claire Doniger, dit Sara en lisant le nom sur son carnet.

— C'est moi, dit une voix rendue rauque par des années d'alcoolisme mondain et de cigarettes.

— Je suis Sara Tate, substitut du procureur de New York. Nous nous sommes entretenues hier du vol commis chez vous.

— Ah ! mais oui. Comment allez-vous ?

— Bien, merci. Nous travaillons sur votre affaire, et je voudrais revoir encore une fois tous les éléments avec vous.

— Écoutez, je ne sais pas très bien quoi vous dire. J'étais profondément endormie, et vers trois heures et demie du matin, j'ai entendu la sonnette de la porte d'entrée. Je me suis donc levée, et en regardant par le judas j'ai vu un policier. Quand j'ai ouvert, je l'ai trouvé en compagnie d'un homme jeune, qui, d'après lui, venait de cambrioler ma maison. J'étais évidemment très choquée, et je lui ai dit que ce devait être une erreur. Alors il m'a tendu ma montre et ma balle de golf en argent et m'a demandé si ça m'appartenait.

— Et c'était bien à vous ? demanda Sara en prenant des notes sur son calepin.

— Je les ai reconnues tout de suite, sans la moindre hésitation. La montre est une Ebel de 1956 que mon père avait offerte en cadeau à ma mère pour ses vingt-cinq ans ; ils ont cessé de fabriquer le modèle en platine cette année-là. Quant à la balle de golf, c'est un cadeau de mon association de lutte contre le cancer du sein ; j'avais fait de la collecte de fonds pour leur tournoi de golf réunissant des célébrités. Mon nom est gravé dessus. Apparemment, le jeune homme venait de les voler, et le policier l'avait attrapé alors qu'il remontait la rue.

Sara se rappela alors le conseil de Conrad : oublier le rapport de police et poser des questions ouvertes.

— Comment le policier savait-il que Kozlow se trouvait là ?

— C'est son nom ? Kozlow ?

— C'est lui, notre criminel préféré, dit Sara d'un ton plaisant, espérant ainsi encourager Mme Doniger à parler.

— Eh bien, d'après ce qu'il m'a dit, il avait reçu un appel radio signalant qu'on avait vu quelqu'un se glisser furtivement hors de chez moi.

— Savez-vous qui a averti la police ?

— Ma voisine, de l'autre côté de la rue, Patty Harrison. Sa maison se trouve juste en face de la mienne. Elle m'a raconté qu'elle n'arrivait pas à dormir, alors elle se préparait une petite collation nocturne. Enfin, c'est ce qu'elle dit.

— Vous avez une raison de mettre sa parole en doute ?

— Elle est un peu fouineuse. Elle connaît tout sur tout le monde. J'ai l'impression qu'elle était plutôt à sa fenêtre pour voir qui rentrait tard dans la rue. En tout cas, elle aurait vu cet homme quitter ma maison. Elle lui a trouvé une allure suspecte, et elle a appelé la police en donnant sa description. Par chance, l'agent de police remontait Madison Avenue, alors il n'a eu qu'à tourner le coin et l'arrêter. C'est proprement incroyable.

— Ça, c'est sûr, renchérit Sara.

Parcourant rapidement ses notes, elle s'efforçait de découper la suite des événements séquence par séquence, cherchant le détail qu'elle aurait pu manquer.

— Madame Doniger, avez-vous un système d'alarme ?

— Pardon ?

— Votre maison. Est-elle équipée d'un système d'alarme ?

— Oui. Mais ce soir-là j'ai dû oublier de le brancher, parce qu'il ne s'est pas déclenché.

— Y avait-il des signes d'effraction ? Des vitres brisées ? Y a-t-il d'autres entrées par lesquelles il aurait pu passer, en dehors de la porte principale ?

— Pas que je sache, non. Et puis… je m'excuse de vous interrompre, mais je suis en retard à un rendez-vous. Pourrions-nous reprendre cet entretien une autre fois ?

— En fait, je crois vous avoir à peu près tout demandé. Mais si ça ne vous dérange pas, j'aimerais que nous revoyions encore tout cela une dernière fois avant la réunion du grand jury, lundi.

— D'accord. Entendu, dit Mme Doniger. Nous en reparlerons la prochaine fois.

Après avoir raccroché, Sara prit quelques notes pour elle-même sur son calepin.

— À votre place, je ne ferais pas ça, dit Guff en pénétrant dans le bureau.

— Faire quoi ?

— Prendre des notes comme ça. Vous n'êtes pas censée prendre de notes.

— Et pourquoi cela ?

— Parce que, à New York, tous les éléments recueillis auprès d'une personne que vous entendez citer comme témoin doivent être communiqués à la défense avant le procès. Alors il vaut mieux ne rien écrire.

— Ce qui veut dire que, si mon témoin change sa déposition d'ici au procès, la défense peut utiliser ces notes contre nous devant le tribunal ?

— C'est la loi, dit Guff en jetant un dossier sur le bureau de Sara. Au fait, j'ai les informations que vous m'avez demandées sur les nouveaux substituts. (Sara ouvrit le dossier.) Dix-huit substituts ont commencé le même jour que vous. Jusqu'ici, chacun a réussi à obtenir plusieurs affaires. Je les ai classées par catégories.

En parcourant la liste, Sara s'aperçut que chaque substitut avait récupéré au moins trois affaires mineures. En outre, neuf de ses collègues s'occupaient d'infractions majeures, et deux d'homicides.

— Bon sang ! s'écria Sara. Pourquoi les gens à New York ont-ils tellement l'esprit de compétition ?

— C'est la règle du jeu. Dans cette ville, quand vous avez décidé de faire quelque chose, il y en a cinq cents qui ont déjà eu la même idée que vous. (Il ouvrit les bras en un grand geste circulaire.) Ça peut paraître idiot mais, en ce moment même, à New York, il y au moins une dizaine de personnes qui sont en train de faire ce que je fais. Dans notre ville, il n'existe pas de pensée originale. Le visage hideux de l'ambition a néanmoins cette beauté-là.

— Une ambition qui va me coûter cher.

— Je ne comprends pas que vous soyez aussi étonnée. Quand les coupes budgétaires ont été annoncées, le moindre grouillot dans le service a cherché à être plus productif.

— Dans ce cas, je devrais peut-être trouver d'autres affaires.

— Ce n'est pas le tout d'en avoir beaucoup, ce qu'il faut, c'est en gagner, rétorqua Guff. Et comme vous en avez déjà cinq, à votre place je n'en prendrais pas d'autres.

— Mais je vais déjà demander un non-lieu pour deux de ces…

— Écoutez, Sara, à votre avis, qu'est-ce qui fera le plus d'impression : obtenir une dizaine d'affaires et les perdre toutes, ou en mener cinq correctement ?

— À New York ? Je pencherais pour la dizaine.

— Allez, vous savez bien que ça n'est pas vrai.

— Je sais seulement…

— Vous êtes tentée de prendre d'autres affaires. Je comprends. Mais croyez-moi, à vouloir jongler avec trop de balles, on finit par les laisser toutes tomber. Demandez un non-lieu pour les broutilles, attachez-vous aux bonnes affaires et remportez-les. C'est comme ça que vous vous ferez remarquer.

En sa qualité de membre du bureau d'information du parquet de New York, Lenore Lasner passait le plus clair de son temps à s'entretenir avec des journalistes et de simples citoyens du travail accompli dans le service. On lui demandait où en était telle affaire ; les antécédents de certains juges ; et parfois des renseignements sur tel ou tel substitut du procureur.

— Sara Tate, Sara Tate, répétait Mlle Lasner en feuilletant l'annuaire, je crois que je ne l'ai pas, ici.

— Elle n'a commencé que lundi dernier, dit l'homme appuyé au comptoir en admirant les longs ongles manucurés de la demoiselle. Il avait une voix profonde, qui résonnait, et des joues creuses qui lui donnaient l'air malade.

— Pourquoi ne pas l'avoir dit plus tôt ?

Elle consulta une feuille de papier agrafée à la dernière page de couverture de l'annuaire.

— Tate, Tate, Tate, fit-elle tandis que son ongle descendait la liste. Ah ! la voici.

— Vous avez de très jolis ongles, dit l'homme.

— Merci, dit Mlle Lasner en rougissant un peu. Et maintenant, que voulez-vous savoir à propos du substitut Tate ?

— Je veux seulement savoir où se trouve son bureau.

— C'est une information que nous ne pouvons pas communiquer. Mais je peux vous donner son numéro de poste, si vous voulez.

— Parfait. Si vous aviez aussi un stylo et un bout de papier…

Tandis que la jeune femme se tournait pour prendre un calepin sur son bureau, l'homme baissa les yeux sur l'annuaire. À côté du nom de Sara figurait son numéro de poste et son adresse professionnelle : 80, Centre Street. Bureau 727.

— Finalement, je viens de me rappeler que j'avais déjà son numéro de poste, dit l'homme. Je l'appellerai plus tard.

— Vous êtes sûr ? demanda la jeune femme en se retournant vers le comptoir.

— Tout à fait. Je sais exactement où je l'ai mis.

— Ça va ? demanda Kathleen en voyant Jared revenir au bureau, l'air hagard.

— Oui, ça va. Mais je suis un peu en bisbille avec mon déjeuner.

Une fois dans son bureau, Jared referma la porte derrière lui, s'effondra dans son fauteuil, appuya sur le bouton « Ne pas déranger » de son téléphone, et se prit la tête dans les bras. Qui appeler ? La police ? Les fédéraux ? Son frère connaissait quelqu'un au FBI. Mais il ne parvenait pas à chasser de son esprit la menace de Rafferty. Et surtout, il ne cessait de penser à Sara. Il ferait tout pour protéger sa femme. Pour la propre sécurité de Sara, il fallait la prévenir. Pourtant, en décrochant le combiné, il ne put s'empêcher de se dire qu'il ne parviendrait pas à la convaincre. Elle en parlerait aussitôt à ses collègues du parquet. Et si elle convoquait Rafferty, cela ne ferait qu'aggraver les choses. Pour tous les deux. En outre, Rafferty l'avait peut-être déjà placé sur écoute. Non, c'est impossible, tenta-t-il de se raisonner, c'est trop tôt. Pourtant, avec le matériel adéquat, cela pouvait se faire sans même entrer dans le bureau. Il raccrocha, pétrifié. Il était vaincu.

Puis il saisit à nouveau le combiné et composa le numéro de Sara. Il fallait tout lui dire.

— Bureau du substitut Tate, répondit Guff. Je vous écoute.

— Ici Jared, le mari de Sara. Est-ce que je pourrais lui parler ?

— Bonjour, Jared. Je regrette, mais elle n'est pas à son bureau. Puis-je prendre un message ?

— Pouvez-vous lui dire de me rappeler dès son retour ? C'est urgent.

— Tout va bien ?

— Oui. Dites-lui seulement que je veux lui parler. C'est important.

Au moment où il raccrocha, on frappa fort à sa porte. Avant qu'il ait pu lancer un « je suis occupé », Marty Lubetsky pénétra dans le bureau.

— Où étiez-vous, toute la journée ? demanda Lubetsky. Je vous laisse des messages depuis ce matin.

— Désolé. J'ai été débordé.

— C'est ce que j'ai appris. Je viens de recevoir un appel d'Oscar Rafferty.

— Vous le connaissez ?

— Comme on peut connaître quelqu'un après trois minutes de conversation au téléphone. Il m'a dit qu'il vous avait engagé pour défendre une de ses connaissances.

— Pourquoi vous a-t-il appelé ?

— Pour s'assurer que vous avez suffisamment de temps à consacrer à cette affaire. Pour être franc, je me suis dit que c'était vous qui le lui aviez suggéré. Il savait que j'étais votre superviseur, et il m'a dit qu'il vous avait retenu en raison de votre bonne réputation. Si cette affaire se terminait bien, il pourrait nous confier toutes ses affaires, a-t-il ajouté. Et apparemment, c'est un homme qui doit en brasser pas mal.

— Ce serait bien, non ?

— Ça, c'est sûr, répondit Lubetsky. Quoi qu'il en soit, je tenais à vous féliciter. Je regrette ce qui s'est passé hier, mais apparemment vous avez retourné la situation. Continuez comme ça.

— J'essaierai.

Dès que Lubetsky eut quitté le bureau, Jared tira de sa poche la boîte d'allumettes du club portant en lettres d'or les deux mots *Two Rooms*. Il appuya sur l'interphone de son poste téléphonique.

— Oui ? dit Kathleen.

— J'ai besoin d'un renseignement, tout de suite. Il y a un club nommé le Two Rooms, dans la 58ᵉ Rue Est. Pouvez-vous demander à Barrow de faire une enquête rapide et de me rappeler ?

— Pas de problème. À qui dois-je imputer la facture ?

— À personne. C'est moi qui règle.

— Alors, qu'avez-vous découvert ? demanda Jared au téléphone, vingt minutes plus tard.

— Vous avez eu le fax ? ajouta Barrow.

Avant que Jared ait pu répondre, Kathleen fit son entrée dans le bureau avec une liasse de papiers à la main.

— Et voilà, fit-elle en les déposant sur sa table.

Jared feuilleta rapidement les coupures de presse et les fiches cadastrales.

— Pas de quoi, dit Kathleen.

Comme il ne répondait toujours pas, elle eut envie de dire quelque chose, mais se ravisa et quitta le bureau.

— Comme vous voyez, c'est un club de la haute, expliqua Barrow. Il n'y a pas d'enseigne au-dehors, mais les gens bien placés le connaissent. Ça s'appelait autrefois Le Club, jusqu'à ce que quelqu'un ait eu la bonne idée de le rebaptiser. À part ça, je n'ai pu trouver que des mentions dans les rubriques mondaines des journaux et quelques critiques gastronomiques. C'est un endroit sérieux, très sélect. Apparemment, il est impossible d'y entrer, ce qui veut dire que les grosses légumes squattent l'endroit de façon régulière.

— Le club est-il réservé aux membres ?

— Je ne sais pas. Ça ne répond pas au téléphone. Si vous voulez, le numéro est en haut de la première feuille.

— Merci.

— Je me suis aussi renseigné sur votre ami Kozlow. Vous avez déjà vu son dossier ?

— Son ancien avocat ne nous l'a pas encore fait parvenir. Quelque chose d'intéressant ?

— Je ne sais pas si j'appellerais ça intéressant, mais je vais vous dire quelque chose : ce type est un malade, et un malade dangereux. Parce que se servir d'un tournevis pour...

— Je lirai ça moi-même, l'interrompit Jared.

— Écoutez quand même : il a pris un tournevis et il a...

— Lenny, je vous en prie, je n'ai pas du tout envie d'entendre ça en ce moment.

Silence à l'autre bout du fil.

— Ça a quelque chose à voir avec ce qui n'a pas passé au déjeuner ? finit par demander Barrow.

— Comment savez-vous que mon déjeuner n'est pas passé ?

— Par Kathleen. Elle m'a dit que vous êtes revenu tout retourné.

— Ça n'est même pas vrai. J'ai seulement plein de choses en tête en ce moment.

— Écoutez, Jared, ça fait longtemps qu'on travaille ensemble. Vous n'allez quand même pas me mentir.

— Mais pas du tout, insista Jared. Même s'il peut m'arriver de mentir, je ne le fais jamais avec vous. Et maintenant, combien vous dois-je pour vos recherches ?

— Vous croyez que j'accepterais de l'argent de vous ? Je risquerais de réduire Sara à la famine, dit Barrow en s'esclaffant. Si c'est personnel et important, c'est gratuit. Faites seulement en sorte d'avoir de quoi dîner demain.

— Merci, Lenny.

— Ce n'est pas grand-chose. Faites-moi signe si vous avez besoin d'autre chose.

Jared raccrocha et composa le numéro du Two Rooms.

— Two Rooms, bonjour.

Jared reconnut la voix du valet en uniforme.

— Bonjour, j'aurais besoin de quelques informations sur votre club. Est-ce un club privé ou est-il ouvert au public ?

— Nous sommes ouverts au public, monsieur.

— Alors la pièce, en bas, n'importe qui peut la retenir pour un déjeuner ?

— Désolé, nous n'ouvrons pas pour le déjeuner. Seulement pour le dîner.

— J'étais chez vous il y a une heure à peine, fit Jared, surpris. J'avais rendez-vous avec Oscar Rafferty.

Il y eut un court moment de silence à l'autre bout du fil.

— Il n'y a eu aucune réunion aujourd'hui.

— Mais bien sûr que si, fit Jared. Je reconnais même votre voix… c'est vous qui m'avez accompagné en bas.

— Excusez-moi, monsieur, mais je ne sais pas de quoi vous voulez parler. Croyez-moi, il n'y a eu aucune réunion.

Un déclic. Le valet avait raccroché.

En sortant du métro pour rentrer chez lui, Jared se sentait épuisé. Tout au long du trajet, il avait regardé par-dessus son épaule au moins trente fois pour voir si on le suivait. Il avait changé de voiture à trois reprises et sauté sur le quai juste avant la fermeture des portes, puis il était descendu à la station de la 72ᵉ Rue au lieu de la 79ᵉ comme il le faisait d'habitude. En remontant Broadway, il observa son reflet dans chaque vitrine pour s'assurer que personne ne se trouvait dans les parages. Puis, soudain, il se mit à courir. Mais pas en petites foulées. Il piqua un véritable sprint et se jeta dans une encoignure de porte de la 78ᵉ Rue, en fait l'entrée de service d'une épicerie. Apparemment, personne ne le poursuivait. Rafferty a peut-être bluffé, se dit-il en s'approchant de chez lui. C'est peut-être une simple menace.

En tirant ses clés pour prendre son courrier, il entendit du verre crisser sous ses semelles. Il écarta les débris avec le côté de sa chaussure et les poussa dans un coin. En montant l'escalier, il marcha sur d'autres morceaux de verre et ne comprit qu'en arrivant sur le palier : le grand cadre représentant des tournesols était fracassé. Il remarqua alors la porte de son appartement entrouverte. Un frisson glacé lui parcourut l'échine. Ignorant le verre crissant sous ses pas, il vérifia qu'il n'y avait personne dans la volée de marches menant à l'étage supérieur, puis poussa la porte et risqua un coup d'œil à l'intérieur.

La première chose qui s'offrit à son regard fut la bibliothèque en chêne que Sara et lui avaient eu tant de mal à installer : renversée. Puis les chaises en pin jetées dans un coin. Puis la table les quatre pieds en l'air. Puis la cuisine dévastée.

Il gagna le salon, s'efforçant d'éviter les centaines de livres recouvrant le sol. Son affiche de Bogart avait été arrachée, le coussin jeté loin du fauteuil, le canapé renversé, les lampes halogènes brisées, la table basse en verre pulvérisée, le téléviseur gisait par terre, les cassettes vidéo étaient éparpillées un peu partout, et la terre des plantes en pot souillait la moquette. Les six portraits de Jared exécutés par Sara étaient encore accrochés au mur, mais leurs cadres brisés. Aucun objet n'avait été épargné.

En cherchant le téléphone pour appeler la police, il entendit un coup sourd dans la chambre à coucher. Il y avait encore quelqu'un dans l'appartement ! Lorsqu'il se dissimula derrière le canapé renversé, il entendit des pas quitter la chambre et se diriger vers la cuisine. Des pas lourds résonnèrent sur le carrelage. Du remue-ménage dans les tiroirs. Au milieu du salon, Jared avisa un coupe-papier en argent. Lentement, il rampa sur la moquette, évitant soigneusement les disques compacts disséminés un peu partout, et parvint à s'emparer du coupe-papier. À pas de loup, il se rendit ensuite dans la cuisine et au premier coup d'œil s'aperçut que tous les tiroirs étaient renversés sur le sol. Du bruit lui parvenait à présent de la chambre à coucher.

Lentement, le cœur battant, il s'approcha de la porte. La peur commençait à faire place à la colère. Pourtant, il tremblait en tournant le bouton de la porte. Un... deux... trois, il se rua à l'intérieur, brandissant son coupe-papier, mais il ressentit une violente douleur aux tibias et s'effondra sur le sol, lâchant son coupe-papier ! Avant qu'il ait pu le récupérer, une voix familière résonna à ses oreilles.

— Tu n'es pas fou ?

Sara se tenait au-dessus de lui, un couteau de cuisine à la main.

— Je t'ai pris pour le cambrioleur, dit-elle en jetant le couteau. J'aurais pu te tuer.

91

— Excuse-moi, dit Jared en se relevant. (Il la serra fort dans ses bras.) Heureusement, tu es saine et sauve. Heureusement.

— C'est bon. Je vais bien.

— Quand es-tu rentrée ?

— Il y a environ dix minutes, répondit Sara. J'ai failli m'évanouir en entrant. J'ai appelé la police, puis je suis allée voir dans la chambre s'ils avaient trouvé les bijoux de ma mère.

— Et alors ?

— Heureusement, ils ne les ont pas trouvés. D'après ce que j'ai vu, ils ont pris du liquide dans le tiroir du haut de ma commode, la montre-gousset en or que papa t'avait donnée et quelques cadres en argent, mais ils n'ont pas trouvé les bijoux.

Ils regagnèrent le salon, et, tandis que Sara remettait les plantes dans leurs pots, Jared aperçut son couteau de *Chinatown*, posé bien en vue sur l'un des coussins du canapé.

En le ramassant, il aperçut une petite note collée sur le fond de la boîte contenant son précieux accessoire. *Fermez-la*, y avait-il écrit sur le papier.

— Ils ont dû prendre ça pour un couteau banal, dit Sara.

— Hein ?

— Ton couteau. S'ils avaient su ce que c'était, ils l'auraient sûrement emporté.

— Oui, c'est sûr, fit Jared en froissant le billet au creux de sa main.

— C'est incroyable, dit Sara en décrochant le téléphone. Je commence à travailler pour la bonne cause et des petits voyous viennent casser notre appartement. Je vais appeler Conrad pour m'assurer que…

— Non ! s'écria vivement Jared.

Mais en voyant l'air surpris de Sara, il ajouta :

— La police va arriver d'un moment à l'autre. On verra à ce moment-là tout ce qui a été volé.

— Oui, je crois que tu as raison, dit Sara en ramassant une pile de livres. Mais laisse-moi te dire quelque chose : si on attrape les salauds qui ont fait ça, je te jure que c'est moi personnellement qui mènerai les poursuites. Faut pas venir saccager ma tanière : je sors les griffes !

— Oui, fit Jared sans émotion apparente.

— Ça va, toi ?

— Oui, oui, très bien.

— Tu es sûr ? Tu fais une de ces têtes !

— Que veux-tu que je te dise ? On vient de se faire cambrioler, toutes nos affaires sont sens dessus dessous, et il faudrait que j'aie le sourire ?

— Bien sûr que non. Mais ça aurait pu être plus terrible. Ils étaient déjà partis quand on est arrivés, personne n'a été blessé, et il y a de fortes chances qu'on n'en entende plus jamais parler.

— Oui, dit Jared qui savait bien que Rafferty n'allait pas disparaître ainsi. C'est vrai que, d'une certaine façon, on a eu de la chance.

— À part ça, pourquoi as-tu appelé cette après-midi ? Qu'y avait-il de si important ?

Jared serra plus fort le petit bout de papier dans sa main.

— Oh, ce n'était rien.

— Guff m'a dit que ça avait l'air urgent.

— Non, non, ce n'était rien. Rien que mon imagination.

Après que la police eut pris leurs dépositions et relevé les empreintes, Sara et Jared entreprirent de remettre de l'ordre dans leur appartement. Il était près de minuit lorsqu'ils en eurent fini.

— Les flics ont été très minutieux, dit Sara en s'allongeant sur le canapé.

— Ils ont intérêt, répondit Jared en prenant place dans son fauteuil préféré, tu es l'une des leurs, à présent.

Il avait beau s'efforcer de jouer l'indifférence, il ne pouvait détacher les yeux de sa femme. Il avait l'impression, en agissant ainsi, de conjurer le malheur.

— Au fait, maintenant qu'on en a terminé avec tout ça, fit Jared, laisse-moi t'annoncer une autre mauvaise nouvelle : je ne peux pas abandonner l'affaire Kozlow.

Sara se redressa d'un bond.

— Comment ça, tu ne peux pas ? Tu es majeur, tu peux faire ce que tu veux.

— Non, je ne peux pas.

— Pourquoi pas ? On t'a mis un pistolet sur la tempe ?

— Non. Seulement, il faut que je m'occupe de cette affaire.

— Ne me dis pas ça, Jared. Tu avais promis que tu…

— Je sais ce que j'ai promis, mais c'est impossible, voilà tout.

— Écoute, la seule raison pour laquelle Kozlow t'a choisi, c'est parce que tu es mon mari. De toute évidence, il joue avec nous.

— Merci du compliment.

— Tu sais très bien ce que je veux dire.

— Eh bien, en dehors des raisons qui l'ont amené à me choisir,

Lubetsky a appris que le type qui règle mes honoraires est plein aux as. D'après lui, si je prends cette affaire, il nous confiera toutes les siennes.

— Alors laisse Lubetsky assurer la défense. J'adorerais lui faire bouffer son triple menton, à celui-là !

— C'est moi que Kozlow veut engager. Et Lubetsky ne veut absolument pas que j'abandonne l'affaire. J'ai essayé, tu sais. Vraiment.

— Pas suffisamment, rétorqua Sara en élevant la voix. Si tu gardes cette affaire, tu interfères dans mon travail. Et si je perds face à mon mari, je perds la seule chance, bien maigre, de garder ce poste.

— Calme-toi, veux-tu.

— Ne me dis pas de me calmer ! Essaye un peu, toi, de passer six mois à envoyer des CV à tous les cabinets d'avocats de New York ! Et imagine un peu que tu reçoives deux cent cinquante lettres de refus ! Sur le marché juridique, je ne vaux plus rien. Et comme l'image que j'ai de moi-même en a déjà pris un vieux coup, ça me suffit.

— Attends un peu, dit Jared en s'asseyant à côté de sa femme. Crois-tu vraiment que j'agisse ainsi pour nuire à ta carrière ? Sara, tu es l'être le plus important au monde pour moi. Je ne ferai jamais rien qui puisse te blesser. Seulement…

— Quoi ?

— Rien. Je…

— Quoi ? demanda sèchement Sara. Vas-y !

Il demeura un instant silencieux avant de répondre.

— Lubetsky m'a dit que si je ne prenais pas l'affaire et si je n'amenais pas ce type comme client, je ne deviendrai pas associé. Je serais licencié sur-le-champ.

— Tu plaisantes ? s'écria Sara, sidérée. Il t'a vraiment dit ça ?

— Après ce qui s'est passé hier, il n'en démord pas. Ils doivent se prononcer sur mon adhésion dans six mois. En six ans et demi de présence au cabinet, je n'ai pas amené un seul client.

— Mais tu as traité certaines de leurs plus grandes…

— C'étaient des affaires amenées par d'autres avocats. Maintenant, il faut que je traite les miennes. C'est peut-être un cabinet d'avocats, mais c'est aussi une société commerciale. Si je ne participe pas à l'expansion du groupe, je me retrouverai dans la même position que toi il y a six mois.

Sara garda le silence.

Jared comprit qu'il lui fallait enfoncer le coin plus profond encore.

— Je ne sais pas quoi faire d'autre, reprit-il. Avec tous nos crédits, on ne peut pas se permettre de…

— Ils envisagent vraiment de te licencier ?

— C'est ce qu'il a dit. Je sais que ça te blesserait si tu perdais, mais au parquet on se rendra quand même compte que tu es un substitut zélé. Ils ne vont pas se débarrasser de toi simplement parce que tu as perdu ta première affaire.

— Qui a dit que j'allais perdre ? demanda Sara en réprimant un sourire.

Jared laissa échapper un soupir de soulagement.

— Merci, ma chérie, j'apprécie ton geste.

— Je ne fais aucun geste. Peu importe que ce soit toi la partie adverse, je ne ferai pas de quartiers.

— Je n'en attendais pas moins de toi.

Jared se leva et quitta la pièce, suivi de Sara. Tandis qu'ils gagnaient la chambre, Sara demanda :

— Alors si ce n'est pas Kozlow qui paye ses frais, qui est-ce ?

— Ça, je ne peux pas te le dire, lança Jared, sur la défensive. Tu représentes la partie adverse.

— Ah, ah ! nous y sommes ! La vraie bataille vient de commencer.

Rafferty s'enfonça dans son siège et regarda en souriant le petit récepteur noir posé sur son bureau.

— Alors ?

— J'ai l'impression que notre homme vient de remporter la première manche, fit son interlocuteur en ôtant ses écouteurs. Il sait comment la manipuler.

— C'est pour ça qu'on l'a choisi, dit Rafferty. Espérons seulement qu'il y arrivera aussi bien devant un tribunal.

— Et s'il n'y arrive pas ?

— C'est une possibilité que je n'envisage pas.

— Mais d'après Kozlow…

— Ne me parle pas de lui. J'aurais dû lui faire sauter la cervelle après ce qu'il a fait.

— Je t'en sais capable, sauf que… sauf qu'il l'aurait fait en premier.

Rafferty ignora la remarque.

— Ne te laisse pas intimider par lui. Il a eu l'intelligence de trouver cette idée de cambriolage, mais ça ne résout pas notre problème. Tant que Kozlow ne s'en sera pas sorti, nous serons nous aussi dans la merde. Il faut absolument qu'il gagne.

À deux heures moins le quart du matin, Jared était étendu nu sur son lit. Au cours de l'heure précédente, il avait somnolé quatre fois, mais chaque fois s'était réveillé avant de sombrer à nouveau dans le sommeil. Et tout lui revenait en mémoire. Il se tournait alors vers sa femme, observant sa poitrine qui se soulevait, comme pour s'assurer qu'elle respirait encore. Il l'aimait tant ! Tant qu'elle était en sécurité, il se chargeait du reste.

Le mercredi matin à sept heures, Jared attendait le métro, loin de la bordure du quai, jetant des regards inquiets par-dessus son épaule, observant la foule. L'homme à la chemise bleue avec une cravate rouge semblait suspect. Ainsi que l'homme en complet vert olive. Et aussi la femme lisant son journal et le jeune homme avec ses écouteurs. Jared luttait pour ne pas se laisser submerger par la peur. Mais, tandis que de nouveaux voyageurs arrivaient sur le quai, il sursautait à chaque regard. Pour finir, il quitta la station et prit un taxi.

Il était près de sept heures et demie lorsqu'il arriva au bureau. Entre le cambriolage, les insomnies et le trajet, il se sentait mentalement et physiquement épuisé. Il avait les yeux cernés, les épaules lourdes, et les mensonges qu'il avait dits à Sara lui laissaient un goût amer dans la bouche. Il n'était guère en forme pour commencer la journée, mais, s'il voulait protéger Sara, une lourde tâche l'attendait. Face à quelqu'un comme elle, il ne fallait négliger aucun détail. Comme il l'avait appris depuis sa première plaidoirie, un bon avocat doit s'engouffrer dans la moindre brèche pour faire tourner la situation à son avantage.

Pourtant, dans le couloir, Jared ne songeait pas à la stratégie qu'il allait adopter, ni au travail préparatoire avec les témoins, ni à la sélection du jury. Il cherchait dans sa mémoire les moindres arguments permettant à un avocat de se récuser. En arrivant devant le bureau de Kathleen, il accrocha un sourire à son visage.

— Bonjour, dit Kathleen. Vous commencez tôt, aujourd'hui.

— Oui. Annulez tous mes rendez-vous pour le mois à venir. L'affaire Kozlow sera la priorité absolue.

— Pourquoi ? Ce n'est qu'un simple cambriolage.

— Ça ne veut pas dire que ça ne soit pas important ! rétorqua-t-il sèchement.

— Ne vous fâchez pas. Je ne faisais que poser une question.

Jared se pencha vers Kathleen et lui dit, sur le ton de la confidence :

— Je tiens à ce que personne ici ne le sache, mais le substitut chargé de l'affaire est Sara.

— Vous êtes opposée à votre femme ? s'écria Kathleen.

Jared fit la moue.

— Croyez-moi, j'aimerais autant ne pas assurer cette affaire. Voilà pourquoi j'ai besoin de votre aide. À mon avis, le fait que mari et femme se retrouvent face à face à la défense et à l'accusation peut représenter un conflit d'intérêts. Éthiquement, ça peut sembler inacceptable, surtout pour le client. Alors je voudrais que vous alliez demander à un juriste pointu d'éplucher les règles de déontologie, pour voir si ce genre de situation n'est pas interdite.

— Pourquoi ne pas la tailler en morceaux ? Ce serait plus simple.

— Ne redites jamais une chose pareille, gronda Jared.

Kathleen cessa d'écrire et leva les yeux vers son chef.

— Ne le prenez pas mal, ce n'est qu'une plaisanterie. Je vous dirai ce qu'ils auront trouvé.

Jared gagna alors son bureau et en ouvrant la porte il eut la surprise d'entendre une voix connue :

— Salut, patron. Quel est le programme, aujourd'hui ?

Kozlow était vautré dans un fauteuil, les pieds sur la corbeille à papiers.

— Comment êtes-vous entré ici ? demanda Jared, agacé.

— C'est un vieux secret chinois. Mais à votre place, je n'en parlerais pas à Kathleen. Visiblement, c'est le genre à ne pas aimer les surprises.

Jared s'avança et toisa son nouveau client.

— Écoutez-moi bien, dit-il en ôtant les pieds de Kozlow de la corbeille. Je sais que c'est vous qui avez cambriolé mon appartement.

— Votre appartement a été cambriolé ? demanda Kozlow, l'air innocent.

— Faites pas le malin.

Kozlow bondit alors de son siège, attrapa Jared par la cravate et l'attira à lui.

— Alors ne prenez pas ce ton-là avec moi ! C'est compris ?

Surpris par la violence de Kozlow, Jared acquiesça.

— Vous avez un travail à faire, et on veut s'assurer que vous le ferez. Ça n'est pas dirigé contre vous.

— Voilà ce que je veux, dit Sara en s'asseyant à son bureau, tandis que Guff prenait des notes. D'abord, trouver si un mari et une femme peuvent être parties adverses dans un tribunal. Cette histoire-là pue, alors si vous trouvez quoi que ce soit qui puisse nous sauver, Jared abandonnera peut-être l'affaire. Deuxièmement, je veux…

— Vous avez peur d'être confrontée à lui, n'est-ce pas ? demanda Guff.

— À qui ? À Jared ? Certainement pas ! Pourquoi ? J'ai l'air d'avoir peur ?

— Non, oubliez ce que je viens de dire. Bon, alors, que voulez-vous d'autre ?

— Je suis peut-être un peu nerveuse, mais je ne crois pas avoir peur.

— D'accord, j'ai compris. Vous n'avez pas peur.

— Non, c'est vrai. Ça ne me touche pas.

Puis, comme Guff ne répondait pas, elle ajouta :

— Que voulez-vous que je vous dise ? Bien sûr que j'ai peur !

— Pourquoi ? Simplement parce que c'est votre mari ?

— Il y a de ça, mais aussi parce que Jared a une veine insolente. On dirait que tout lui réussit.

— Je ne comprends pas.

— Tenez, écoutez : en troisième année de droit, nous avions un cours sur les aspects juridiques de la présidence américaine. Le premier jour, le professeur nous a demandé de nous lever tous. Ensuite, il a dit : « Toutes les filles, assises. Tous ceux qui ne sont pas nés aux États-Unis, assis. Tous ceux qui font moins d'un mètre soixante-dix-neuf, assis. » Et ainsi, petit à petit, tous les gens dans la salle se sont retrouvés assis. Lorsque la liste a été close, la seule personne encore debout, c'était Jared. Le professeur a alors déclaré : « À part l'âge légal, voici la seule personne dans cette salle qui a les qualités requises pour devenir président des États-Unis. »

— La belle affaire ! Ça veut seulement dire que Jared est blanc comme neige et qu'il mesure plus d'un mètre quatre-vingts.

— Il ne s'agit pas seulement de cela. Même face à un adversaire intelligent, retors ou agressif, Jared se débrouille pour retourner la situation à son avantage. C'est comme ça qu'il a fait son droit, et comme ça qu'il est bien près de devenir associé dans son cabinet d'avocats, bien qu'il ne trouve pas de nouveaux clients. C'est difficile à expliquer, mais c'est le genre de type qui a l'air de tout réussir sans difficulté, même quand il se donne un mal de chien.

— Je déteste ce genre de types.

— J'en ai pourtant épousé un comme ça. Ce qui veut dire que nous allons devoir travailler encore plus dur pour l'emporter. Et maintenant, au travail ! Je veux avoir la voisine de Doniger au téléphone.

— Patty Harrison, dit Guff.

— Appelez-la. C'est de loin notre meilleur témoin pour le grand jury… elle est la seule à avoir vu Kozlow sortir de la maison. Deuxièmement, je veux reparler à Mme Doniger. Il faut s'assurer qu'elle est prête avant d'aborder le grand jury. Et troisièmement… Qu'est-ce que c'était, en troisièmement ?

— Vous voulez interroger à nouveau l'agent McCabe. Il vous attend dans le couloir.

— Hein ? Il est déjà là ?

— Mais oui. Vous étiez tellement occupée, hier, que je l'ai appelé pour le faire venir. Il travaille tard le vendredi soir et pendant le week-end, alors je lui ai demandé de passer aujourd'hui.

— Parfait. Faites-le entrer.

Une minute plus tard, l'agent Michael McCabe pénétra dans le bureau de Sara. Il avait le regard vif, une bouche un peu lasse, aux commissures tombantes, et il était plus maigre que Sara ne l'aurait cru après leur entretien au visiophone. Il ôta sa casquette, révélant une épaisse chevelure noire, et s'assit devant le bureau de Sara.

— Alors, comment ça se passe, ces débuts au parquet ? demanda-t-il avec un fort accent de Brooklyn.

— Tout le monde est épatant, répondit Sara en ouvrant son calepin à une page déjà écrite. Bon, nous allons revoir votre témoignage pour le grand jury. Redites-moi ce qui s'est passé cette nuit-là.

— En fait, c'était très simple. Je couvre l'East Side, entre la 80ᵉ et la 90ᵉ Rue, et de Lexington à Madison. Vers trois heures et demie du matin, j'ai reçu un appel radio : quelqu'un venait de signaler un cambriolage au 201 de la 82ᵉ Rue Est. Ils décrivaient l'individu, alors je me suis dirigé vers la 82ᵉ Rue.

— Vous vous êtes précipité ?

— Bien sûr que je me suis précipité. C'est mon secteur d'îlotage, n'oubliez pas.

— Oui, bien sûr, dit Sara, feignant d'être au courant, c'est votre secteur d'îlotage.

— En tout cas, à environ deux blocs du lieu du délit, j'ai aperçu quelqu'un qui correspondait à la description du suspect, alors j'ai procédé à son interpellation.

— Et quelle était cette description ?

— Un jean noir, une veste longue en cuir noir, un bouc.

— Avait-il par ailleurs une attitude suspecte ? Courait-il ? A-t-il résisté à l'interpellation ?

— À trois heures et demie du matin, dans une rue déserte, à deux blocs du lieu du délit, et il correspondait à la description qu'on avait donnée du cambrioleur ! Que vous faut-il de plus ?

— L'avez-vous fouillé aussitôt ?

— Oui. J'ai trouvé la montre, la balle de golf et l'argent.

— Reprenons, voulez-vous. Lorsque vous comparaîtrez devant le grand jury, ils vous demanderont plus d'informations que ça. (Elle lui tendit une copie du rapport.) Bien, monsieur l'agent, et maintenant dites-nous ce que vous avez trouvé sur le suspect.

En lisant le rapport, McCabe répondit :

— Une montre en platine Ebel, une balle de golf en argent et quatre cent dix-sept dollars en liquide.

— Parfait, dit Sara. Comme ça. Bon, quand vous avez ramené Kozlow au 201, 82ᵉ Rue Est, vous avez réveillé Mme Doniger.

— Ouais. Elle ne savait même pas qu'elle venait d'être cambriolée.

— Mais elle a reconnu les objets ?

— Oh, oui ! Elle a hésité une seconde, mais elle les a reconnus. Il y avait le nom de sa mère sur la montre et le sien sur la balle de golf.

— En dehors de ces objets et de l'argent, autre chose avait-il disparu ?

— C'est tout ce que j'ai trouvé sur lui, et d'après Mme Doniger il ne manquait rien d'autre chez elle. À mon avis, Kozlow était en train de voler quand il a été dérangé par je ne sais quoi, et il s'est enfui.

— Et avez-vous parlé à la voisine de Mme Doniger, Mme Harrison ?

— Non. Je ne savais pas que c'était elle qui avait signalé le cambriolage.

— Attendez un instant, cette nuit-là vous n'avez pas procédé à une identification ?

— Non, je ne savais pas que c'était la voisine qui avait appelé.

— C'est bon, c'est bon, dit Sara. Mais vous avez relevé les empreintes chez Mme Doniger ?

McCabe secoua la tête en signe de dénégation.

— Je tenais déjà le suspect… je ne pensais pas avoir besoin de ses empreintes.

— Vous plaisantez ? s'écria Sara. Bien sûr qu'il vous fallait ses empreintes. C'est probablement le meilleur moyen de prouver qu'il se trouvait bien dans la maison.

— Hé, ne vous fâchez pas contre moi ! Je ne suis pas un inspecteur. Je fais mes tournées et j'épingle les délinquants, c'est tout. En plus, on a des restrictions budgétaires. On relève pas les empreintes à chaque délit. Faut qu'y ait un cadavre, ou que ça soit une affaire grave, sans ça l'identité judiciaire se déplace pas, et nous on se débrouille comme on peut.

— Voilà qui n'arrange pas les choses, fit Sara. Si je perds face à la défense, je n'aurai plus qu'à remercier encore une fois les restrictions budgétaires. (Elle parcourut ses notes.) Bon, plus que quelques questions. Il y a longtemps que vous êtes ami avec Victor Stockwell ?

— Qu'est-ce que ça veut dire, cette question ?

— C'est important, insista Sara.

— Je sais qui c'est, mais je l'ai jamais vu.

Sara eut l'air étonné.

— Alors pourquoi avoir demandé que l'affaire lui soit confiée ?

— Je ne comprends pas.

— Quand j'ai pris cette affaire au Bureau des attributions judiciaires, le dossier était destiné à Stockwell. Si vous le connaissez à peine, pourquoi l'avoir demandé, lui ?

— Je n'ai demandé personne, répondit McCabe. C'est Stockwell qui m'a demandé s'il pouvait avoir l'affaire.

Un instant de silence.

— Vraiment ? Stockwell vous a contacté ?

— Oui, il m'a appelé quelques heures après l'arrestation, quand je faisais la paperasse. Il voulait l'affaire Kozlow et m'a demandé de mettre son nom sur le dossier. J'ai pensé qu'il avait une raison personnelle pour ça, alors j'ai fait comme il m'avait demandé.

Remarquant l'air ébahi de Sara, il ajouta :

— Il y a quelque chose qui ne va pas ?

— Je ne sais pas. C'est ce que je vais devoir découvrir.

Après le départ de McCabe, Sara referma la porte derrière lui et retourna à sa table. Il y avait bien une raison pour qu'un des meilleurs substituts du parquet réclame une affaire aussi anodine. D'un air songeur, elle ramassa un trombone et se mit à l'enrouler autour de son doigt. Stockwell trouvait peut-être l'affaire intéressante. Ou alors il voulait alléger sa charge de travail. Ou il connaissait l'un des protagonistes. Claire Doniger ? Lui rendait-il un service ? Ou peut-être Kozlow. Tout en entortillant son trombone, elle se disait qu'il valait mieux garder ses soupçons pour elle. Son doigt commençait à s'empourprer quand elle comprit qu'elle ne savait quelle décision prendre. Le parquet était encore pour elle un territoire inconnu. Elle avait besoin d'aide.

Elle ôta le trombone et chercha le bouton de l'interphone. Il n'y en avait pas. Elle ne se trouvait plus dans son ancien cabinet. Penchée en avant sur son bureau, elle lança d'une voix forte :

— Guff, pouvez-vous venir un instant ?

Une fois celui-ci entré, elle lui demanda de refermer la porte derrière lui.

— Oh, oh, que se passe-t-il, à présent ?

— J'ai quelque chose à vous révéler. Vous vous rappelez le jour où nous étions au BAJ, quand j'ai pris le dossier ? (Guff acquiesça.) Quand on a apporté les dossiers, vous étiez en train de parler avec Stockwell et Evelyn. Alors ce que vous ne savez pas, c'est qu'au départ l'affaire Kozlow était destinée à quelqu'un d'autre... c'est pour ça que j'ai décidé de la prendre.

— Et alors ? Les flics demandent très souvent qu'une affaire soit confiée à tel ou tel substitut, qu'ils jugent compétent.

— C'est exactement ce que je me suis dit. Mais je viens de me rendre compte que ce n'était pas le flic qui avait demandé le substitut, mais le substitut qui avait demandé qu'on lui confie l'affaire.

— Quel substitut ?

Sara garda le silence.

— Dites-le-moi, Sara. Ça n'est pas drôle. Ça peut être très...

— Stockwell, dit-elle enfin. Ce dossier était destiné à Victor Stockwell.

— Oh, non ! Pourquoi avez-vous fait une chose aussi stupide ? C'est comme ôter son os à un chien enragé.

— Le jeune homme qui amenait les dossiers a enlevé le Post-it. Il a dit que ce n'était jamais qu'une demande... je n'ai pas réfléchi.

— Effectivement.

— Écoutez, Guff, je sais que c'était un geste idiot de ma part, mais j'ai besoin de votre aide. Il n'y a personne d'autre à qui je puisse faire confiance.

— Je ne sais pas... Là, je crois que ça sort du champ de mes compétences. À votre place, j'irais voir Conrad.

— Conrad va me tailler en pièces si je lui dis que j'ai volé un dossier destiné à un autre substitut.

— C'est à vous de voir. Mais si j'avais à choisir entre les deux, moi, à votre place, je choisirais Conrad.

— Comment ça s'est passé ? demanda Conrad lorsque Sara pénétra dans son bureau.

— De quoi parlez-vous ?

— De votre entretien avec McCabe. N'était-ce pas prévu pour ce matin ?

— Oui, répondit Sara, s'efforçant de ne pas brusquer les choses. Ça s'est bien passé. Sans plus. (Elle prit place sur le canapé recouvert de vinyle vert olive.) Où avez-vous trouvé ce canapé ?

— J'ai demandé à Guff d'aller me le chercher au service des fournitures. Vous en aurez un l'année prochaine. Et maintenant, parlez-moi de cet entretien.

— Que voulez-vous que je vous dise ? Ce flic a l'air d'un brave type, mais il a commis des erreurs. Il n'a pas relevé les empreintes et n'a pas procédé à une identification.

— Ah ! ça ne m'étonne pas... Il fait partie des quatre-vingts pour cent.

— Pardon ?

— Au parquet, vingt pour cent des substituts font quatre-vingts pour cent du travail, expliqua Conrad. C'est la même chose chez les magistrats du siège, chez les flics en uniforme et chez les inspecteurs. Quatre-vingts pour cent de ces gens-là se contentent d'un neuf heures-cinq heures peinard. La vraie bureaucratie.

— Ici, ça n'est pas la bureaucratie, rétorqua Sara. Les gens...

— Sara, savez-vous combien il y a de mandats d'arrêt décernés à Manhattan ? Cinq cent mille. Cela veut dire qu'un demi-million de délinquants et de criminels que nous connaissons se promènent dans les rues... sans compter tous ceux que nous n'avons pas réussi à identifier. Ici, c'est un peu comme une chaîne de montage. Quatre-vingts pour cent des gens attendent surtout leur chèque. Ils n'ont aucune intention de risquer leur vie et celle de leur famille pour arrêter un quelconque voyou, et ils ne font rien pour cela. Ils ne sont pas méprisables pour autant ; simplement, ce sont de mauvais fonctionnaires et de mauvais magistrats.

— Et vous pensez que j'appartiens aux vingt pour cent restant ?

— Eh bien, oui. Vous avez trente-deux ans, ce qui veut dire que vous savez à quoi vous vous engagez. Et à cet âge-là, que vous le vouliez ou non, vous débutez une carrière. Vous êtes peut-être encore un peu rugueuse, vous êtes peut-être nouvelle, mais vous ne mâchez pas vos mots, et Guff vous fait confiance, et ça, croyez-moi, ça en dit plus que vous ne pouvez l'imaginer. Si vous arrivez à obtenir la mise en accusation et si vous amenez cette affaire jusqu'à l'audience, Monaghan saura que vous n'êtes pas venue ici pour vous tourner les pouces. Et comme je suis sans cesse à la recherche de gens capables de faire partie de ces fameux vingt pour cent, je ferai tout ce qui est en mon pouvoir pour vous garder dans la maison. Alors dites-moi ce qui s'est passé d'autre avec ce flic et je vous indiquerai comment procéder.

— Eh bien, comme je vous l'ai dit, il n'a pas procédé à une identification.

— Ce n'est pas bien grave. Vous mettrez Kozlow dans une rangée de types qui lui ressemblent à peu près et la voisine viendra le reconnaître. Si vous n'avez pas le temps, faites faire cette reconnaissance devant le grand jury. Ainsi, les jurés verront ça de leurs propres yeux.

— Et les empreintes digitales ?

— Là, effectivement, c'est cuit.

— Ah, ces quatre-vingts pour cent ! grommela Sara.

Conrad sourit.

— D'autres problèmes ?

Sara baissa les yeux.

— Rien qu'un seul, dit-elle d'un ton hésitant. Il y a un point sur lequel je n'ai pas été très honnête avec vous : quand le dossier est arrivé au BAJ, il y avait un papillon dessus : « Pour Victor Stockwell. »

Un air soupçonneux apparut sur les traits de Conrad.

— Qu'est devenu ce papillon ?

— Le garçon qui apportait les dossiers l'a enlevé et l'a jeté ; je l'ai laissé faire.

Et avant que Conrad ait pu l'interrompre, elle se hâta d'ajouter :

— Je sais que ce n'est pas bien, mais je me suis dit que Stockwell avait tellement de demandes qu'une en moins ne lui manquerait pas. Mais quand j'ai interrogé McCabe, je me suis aperçue que ce n'était pas lui qui avait demandé Stockwell, mais que c'était Stockwell qui avait réclamé l'affaire.

Un silence suivit ses paroles. Elle osait à peine regarder Conrad dans les yeux.

Finalement, le magistrat se pencha en avant.

— Vous aimez les situations compliquées, on dirait.

— Face à ce genre de situation, je me débrouille plutôt bien. (En levant les yeux, elle s'aperçut que Conrad n'avait plus l'air soupçonneux qu'il arborait quelques instants auparavant.) Vous n'êtes pas furieux ?

— Dites-moi, Sara, si vous aviez su que Stockwell voulait cette affaire, la lui auriez-vous prise ?

— Certainement pas. Je voulais seulement…

— C'est tout ce que je voulais savoir. Jamais je ne vous reprocherai de vouloir courir en tête du peloton. Nous avons besoin de gens comme vous.

Elle ne s'attendait pas du tout à une telle réaction et lui adressa un signe de tête reconnaissant.

— Vous n'avez pas à vous inquiéter, reprit-il. Je suis de votre côté.

— Alors que dois-je faire, pour Stockwell ?

— Vous a-t-il parlé de l'affaire ?

— Je sais qu'il est furieux, mais il ne m'a pas demandé de la lui rendre.

— Alors où est le problème ?

— Vous ne trouvez pas ça un peu bizarre ? Enfin, pourquoi est-ce que Stockwell réclame une affaire aussi minable ?

— Comment voulez-vous que je le sache ? Les gens réclament tout le temps des affaires… souvent parce qu'ils tiennent à s'occuper personnellement d'un délinquant auquel ils ont déjà eu affaire… ou bien parce qu'ils connaissent quelqu'un d'impliqué. Stockwell a peut-être déjà requis contre Kozlow et est furieux qu'il s'en soit tiré. C'est peut-être aussi un ami de Mme Doniger et il a voulu lui rendre un service.

— Ou peut-être cette affaire est-elle plus qu'un simple cambriolage.

Conrad secoua la tête.

— Vous n'avez toujours pas abandonné l'espoir d'avoir une affaire retentissante, hein ?

— Ma foi, non. Je me raccroche à ça. Mais il ne s'agit pas seulement de mon imagination.

— Vous en êtes sûre ?

— À peu près. Enfin, ce cambrioleur, au lieu de voler tout un tas de choses précieuses, s'empare de deux petits objets ; et puis il y a le fait que ce petit malfrat de rien du tout s'offre les meilleurs avocats de New York ; et puis, sur ses deux avocats, l'un est un ancien confrère de mon cabinet et l'autre mon mari. Et, comme si ça ne suffisait pas, le plus célèbre substitut de la ville réclame cette affaire et vient ensuite fouiner dans mon bureau. Que vous faut-il de plus ? Un grand écriteau au néon avec marqué « Bizarre, bizarre » ?

— Je continue à penser que vous exagérez… il y a certainement une explication logique à tout ce que vous venez de citer.

— Vraiment ? Alors si tout est aussi simple, pourquoi Stockwell n'a-t-il pas demandé que je lui rende l'affaire ?

— Attendez un peu, de quoi accusez-vous Stockwell ?

— Je n'accuse personne de rien du tout. Simplement, reconnaissez que ça mérite qu'on y regarde à deux fois.

— Je réserve mon jugement, fit Conrad. Mais puisque apparemment vous vous êtes lancée dans une véritable enquête, que comptez-vous faire, à présent ?

— Je ne sais pas exactement. Je comptais commencer par Stockwell, mais je ne sais pas comment.

— Si vous voulez, vous pouvez consulter les AJ, les antécédents judiciaires… vous saurez quels ont été les substituts pour les affaires précédentes de Kozlow. Vous pouvez également voir si Stockwell n'a pas eu une autre affaire impliquant Mme Doniger. Mais je vous préviens encore une fois : il peut y avoir une dizaine de bonnes raisons pour que Stockwell ait réclamé ce dossier. Alors si j'étais vous, je ferais mon deuil des gros titres de la presse. Vous risquez une sérieuse déconvenue.

— Ne vous inquiétez pas, dit Sara d'une voix où perçait l'excitation. J'ai suffisamment de distance.

En regardant Sara prendre fébrilement des notes, Conrad secoua la tête.

— Qu'y a-t-il ? demanda Sara en levant les yeux.

— Rien. Autre chose ?

— Oui, une dernière question : comment faire pour attraper les salauds qui ont cambriolé mon appartement ?

— Oui, Guff m'en a parlé. Pendant que vous receviez McCabe, nous avons téléphoné au 20e commissariat. Ils sont sur l'affaire, mais ils n'ont pas le moindre indice. Vous allez devoir passer ça par pertes et profits.

— Qu'est-ce que vous racontez ? Et votre discours de tout à l'heure ? Lorsque vous avez dit que vous feriez tout votre possible pour lutter contre la criminalité ?

— Bah, c'était de la vantardise, fit Conrad en plaisantant. Mais vous aurez peut-être une bonne surprise lorsqu'ils obtiendront le résultat des empreintes digitales.

Au même moment, Guff pénétra dans le bureau.

— Qu'est-ce que j'entends ! Vous parlez comme les quatre-vingts pour cent, maintenant ?

— Vous surveillez toutes les conversations ? demanda Conrad.

— Seulement les plus intéressantes, répondit Guff.

Et, se tournant vers Sara, il ajouta :

— J'ai des nouvelles du front. D'abord, la voisine de Mme Doniger, Patty Harrison, a dit qu'elle accepterait bien volontiers de témoigner. Vous pouvez l'appeler aujourd'hui pour fixer rendez-vous.

Deuxièmement, j'ai regardé les articles concernant les conflits d'intérêts. Un mari à la défense s'opposant à sa femme à l'accusation, cela représente bien un conflit d'intérêts. Malheureusement, on peut passer outre pour autant que le client donne son accord par écrit après avoir été mis au fait de la situation.

— Oh, non ! s'écria Sara. Donc Jared n'a qu'à…

— Attendez un instant, l'interrompit Conrad. Votre mari est l'avocat de la défense ?

— Je vous avais bien dit que ça n'était pas mon imagination, dit Sara. Vous avez un conseil à me donner, là-dessus ?

— Dites-lui d'abandonner l'affaire, sans ça vous divorcez, répondit aussitôt Conrad. J'ai déjà vu une fois une situation semblable… attendez-vous au pire.

— Alors c'est autorisé ? demanda Sara nerveusement.

— Seulement en certaines circonstances, répondit Guff. Le cabinet d'avocats doit faire un certain nombre de démarches, et, au minimum, Jared doit obtenir le consentement écrit de Kozlow. Votre mari doit également affirmer par écrit que, en dépit de votre présence sur le banc de l'accusation, il peut défendre correctement les intérêts de son client.

— Et il vaut mieux obtenir toutes ces pièces par écrit, ajouta Conrad. Il ne faudrait pas que, après avoir gagné, votre victoire soit remise en cause en appel parce que Kozlow plaiderait avoir été victime d'un procès inique.

— Alors si Jared obtient le consentement de son client, il peut conserver l'affaire ? demanda Sara qui connaissait déjà la réponse.

— Désolé, j'aurais préféré vous apporter de meilleures nouvelles, dit Guff.

Conrad agita le doigt en direction de Sara.

— Faites attention à cette histoire. Je sais que vous tenez absolument à remporter la partie, mais ne laissez pas cette affaire envahir votre vie privée.

— Trop tard, dit Sara.

Ignorant les affres de la faim et la pile de messages de couleur rose, Jared, absorbé par son travail, sauta son déjeuner. Il relut les articles du Code relatifs au vol, dressa une liste des principaux moyens de défense et se mit en quête de toutes les affaires qui au cours des dix années précédentes présentaient des similitudes avec la sienne.

Même son bureau témoignait de sa nouvelle obsession. L'affiche de

Woody Allen accrochée derrière sa table était à présent remplacée par un vaste tableau sur lequel était fixée une photo agrandie du lieu du délit : depuis les maisons de Doniger et Harrison jusqu'à l'endroit où l'agent McCabe avait reçu l'appel radio, en passant par celui où il avait procédé à l'interpellation de Kozlow. Jared avait décidé de commencer chaque fois sa journée de la même façon : regarder intensément la photo et rejouer chaque seconde des événements qui s'étaient succédé. Tous les jours, il passerait en revue les moindres détails, à la recherche du plus petit incident susceptible de tourner à son avantage. Au procès, il ne lui faudrait que des fautes minuscules, un lapsus, une identification douteuse, un moment oublié. Il ne lui en fallait pas plus pour remporter la partie sur les faits ; pas plus pour protéger sa femme.

Même s'il ne pouvait l'emporter sur les faits, il pourrait essayer de l'emporter grâce à son client. Comme il l'avait vu au cours d'innombrables procès, certains inculpés paraissaient tellement sincères que le jury ne pouvait faire autrement que voter « non coupable ». Mais en observant Kozlow ronger ses ongles et en jeter les débris dans une tasse à café, il comprit qu'il n'en allait pas de même pour lui.

Kathleen pénétra alors dans son bureau et lui tendit une petite liasse de papiers. Après les avoir parcourus rapidement, Jared alla les déposer sur les genoux de Kozlow.

— Tenez, lisez ça et, si vous êtes d'accord, signez, lui dit-il en lui tendant un stylo.

— Qu'est-ce que c'est ?

— Ce sont des imprimés par lesquels vous me désignez comme votre avocat. Mais surtout, vous reconnaissez avoir pris connaissance du fait que le substitut du procureur est mon épouse, et que vous acceptez que j'assure tout de même votre défense. Comme ça, si nous perdons, vous ne pourrez pas faire appel au motif que vous ne saviez pas que nous étions mari et femme.

— Alors si je ne signe pas ces papiers, je peux quand même faire appel.

— Bien sûr. Mais si vous ne les signez pas, Sara n'assurera pas l'accusation. Elle est trop intelligente pour ne pas exiger ces papiers.

Tandis que Kozlow apposait sa signature, Jared se tourna vers Kathleen.

— Vous avez pu joindre la voisine de Doniger ou l'agent de police ?

— Pourquoi si tôt ? demanda Kathleen. D'habitude on le fait après le grand jury. Pour l'instant, on ne sait même pas s'ils vont procéder à la mise en accusation.

— Peu importe, je veux que vous les appeliez, dit Jared sans quitter Kozlow du regard. Dans cette affaire, il faut agir comme si le pire était déjà arrivé.

À seize heures, Sara téléphona à Jared. Kathleen lui passa son mari.

— Qu'est-ce que tu veux ? demanda Jared.

— Quel accueil ! fit Sara. Quel enthousiasme !

— Excuse-moi, je suis débordé en ce moment. Tu vas bien ?

— Ça va.

— C'est sûr ?

— Tout à fait. Pourquoi est-ce que ça n'irait pas ?

— C'est vrai, il n'y a aucune raison. Alors, que veux-tu ?

— Mais qu'est-ce que tu as ? demanda Sara, surprise par le ton de son mari.

— Simplement que je suis très occupé par cette affaire. Bon, que se passe-t-il ?

— Je voulais m'assurer que tu étais au courant pour les imprimés de désignation, en sorte que nous puissions…

— Ils sont déjà remplis et je les ai fait transmettre. Ils seront là-bas demain matin.

— Bien. C'est toujours d'accord pour le dîner de ce soir ?

— Le dîner ? Oh, merde, j'ai oublié ! Excuse-moi. Je n'y arriverai jamais ; je suis complètement débordé.

— Ah, non, Jared, ne te sers pas de cette excuse-là. Tu as promis à Pop que tu serais là.

— Je sais, mais…

— Mais quoi ? Tu as trop de travail ? Kozlow n'a pas encore été mis en accusation.

— Ne commence pas. Si tu fais bien ton boulot, je dois être prêt pour les résultats.

— Parfait, passes-y la nuit si tu veux. Ça ne te servira à rien… à l'audience, je te descendrai en flammes.

Jared ne réagit pas.

— Allô ? dit Sara. Il y a quelqu'un au bout du fil ? Quelqu'un susceptible de comprendre la plaisanterie ?

— Écoute, il faut que je te laisse. On se verra à la maison.

Un déclic. Jared avait raccroché.

— Tout va bien ? demanda Guff en regardant à travers une pile de dossiers.

— Je n'en ai pas l'impression. Il travaille comme un fou, alors même qu'il n'y a pas encore de mise en accusation.

— Il essaye probablement d'anticiper les choses.

— Peut-être. Mais je sais reconnaître quand mon mari est nerveux, et en ce moment il y a quelque chose qui le rend fou. À partir de maintenant, la lune de miel est terminée.

7

Ce soir-là à dix-neuf heures, Sara et Guff se tenaient devant le Delika-tessen de la 2ᵉ Avenue, au milieu des relents de *pickles* casher et de *knishes* frits. La narine frémissante, un flot ininterrompu d'habitants de l'East Side s'engouffrait à l'intérieur, au pays des sandwichs géants au *pastrami* et des serveurs grossiers.

— L'hiver arrive, fit Sara en frissonnant.

— Vous croyez ? répondit Guff en soufflant dans ses mains et en se dandinant sur place pour se réchauffer. Et maintenant, redites-moi pour-quoi votre grand-père tient absolument à ce qu'on se gèle ici dehors au lieu de l'attendre au chaud à l'intérieur.

— Guff, je vous l'ai déjà répété dix fois, ne dites pas mon « grand-père ». Il veut qu'on l'appelle Pop. C'est comme ça qu'on s'adressera à lui. Et si on veut dîner avec lui, il faut l'attendre dehors. Sans ça, il croira qu'on ne l'a pas attendu et il rentrera chez lui. Ça a l'air ridicule, mais c'est comme ça. Ça m'est arrivé suffisamment souvent, et j'ai fini par comprendre.

— Un sacré personnage, hein ?

— C'est pour ça que je vous ai invité. Il ne me reste plus que lui comme famille, mais en tête à tête il est assez envahissant. Si on est deux contre lui, il se calme un peu.

— Pourquoi Jared n'est-il pas venu ?

— Il m'a dit qu'il était occupé, mais je crois que c'est surtout parce que Pop et lui ne s'entendent pas toujours très bien.

— Pour quelles raisons ?

— Quand Jared et moi avons commencé à sortir ensemble, Pop m'a dit que Jared n'était pas mon genre.

— Et alors ?

— Eh bien, il l'a dit en face à Jared le soir même où ils se sont rencontrés.

— Vous n'étiez pas d'accord, j'imagine.

— Évidemment. En dépit de tout ce que peut dire mon vieux Pop, Jared est l'homme de ma vie.

— Comment le savez-vous ?

— Comment ça, comment je le sais ? Il n'y a pas vraiment de raison. C'est le genre de choses qu'on sait.

— Ne me la jouez pas au sentiment. Il y a bien quelque chose qui ressort… un événement que vous pourriez me raconter.

Sara demeura un instant songeuse.

— Maintenant que vous me le dites, il y a effectivement quelque chose. Quand j'étais petite, vers neuf ou dix ans, mon père a commencé à faire plein de voyages d'affaires… il était représentant d'une maison de confection pour femmes. Au même moment, je me suis mise à rêver que j'étais sourde. C'était terrifiant. Tout le monde parlait, mais moi je n'entendais rien. Et même si je criais à pleins poumons, personne ne pouvait m'entendre. Ça a duré pendant presque deux ans.

— Parce que votre père vous manquait.

— Exactement. Ma mère m'a emmenée chez un psychologue qui lui a expliqué que mes cauchemars venaient de ma peur de rester seule. Comme j'étais enfant unique et que mes parents quittaient souvent la maison, c'était assez normal. Avec un peu d'aide, j'ai fini par surmonter ces peurs enfantines. Et puis, douze ans plus tard, mes parents sont morts. Le cauchemar est revenu. Le même rêve terrible, angoissant : j'avais de nouveau dix ans, j'étais sourde, et j'avais beau crier comme une folle, je n'arrivais pas à m'entendre et personne ne m'entendait. Mais cette fois-là, j'ai eu beau essayer toutes les techniques psychologiques imaginables, je n'ai pas pu m'en débarrasser. C'était une véritable torture. C'est seulement quand j'ai commencé à sortir avec Jared que ce cauchemar a disparu. Comme ça, subitement. Depuis, je ne l'ai plus jamais refait. Voilà au moins une raison pour laquelle je crois que c'est l'homme de ma vie. Évidemment, Pop n'est pas du même avis, mais il est comme ça, c'est sa nature.

— Je ne comprends pas… comment peut-on être aussi méchant ?

— Vous verrez bien, dit Sara en souriant. Et laissez-moi vous donner un dernier conseil : si vous cherchez un sujet de conversation, ne lui parlez pas de l'industrie du vêtement.

S'attendant à voir un vieillard grincheux, Guff fut agréablement surpris en découvrant un homme âgé, certes, mais souriant, le regard vif et l'allure sympathique. Il était également grand et costaud. Ancien îlotier à Brooklyn, Pop n'était plus la montagne de muscles qu'il avait été mais, en le voyant approcher à grands pas, on devinait l'athlète d'autrefois.

Pop embrassa sa petite-fille, puis dévisagea Guff.

— Qu'est-ce qu'ils ont, vos cheveux ? demanda-t-il enfin. C'est une perruque ?

— Non, ils sont vrais. Et moi je m'appelle Guff. Bonsoir, Pop.

— C'est ça, appelez-moi Pop, répondit le vieil homme en serrant la main de Guff. Et pour vos cheveux, je plaisantais. Faut bien rigoler, pas vrai ? (Tandis qu'ils se dirigeaient vers le restaurant, Guff lança un regard ébahi à Sara.) Où est-il, ton nigaud de mari ? demanda-t-il à Sara.

— Il travaille sur une affaire. Il m'a dit de te saluer.

— Inutile de me mentir, ma chère petite-fille. Je ne suis pas né de la dernière pluie.

— Je n'en doute pas, répondit Sara.

L'hôtesse les conduisit à une table au fond du restaurant.

— C'est bien, ici ? demanda Guff.

— Si c'est bien ? s'écria Pop. C'est le meilleur Deli de la Deuxième Avenue ! Ils servent du *pastrami* depuis l'époque où cette grosse tête d'Eisenhower était à la Maison Blanche.

— Eisenhower avait une grosse tête ? demanda Guff.

— Ça, c'est sûr ! Une vraie pastèque. Comme John Kennedy. Sauf que Kennedy avait des cheveux. Regardez les photos… c'est vrai ce que je dis.

— Je l'ignorais, dit Guff en réprimant un sourire. Qui d'autre avait une grosse tête ?

— Mais, à l'époque, tout le monde avait une grosse tête. C'est pour ça qu'on portait tous des chapeaux. Goldwater, Nixon, Milton Berle, même ce Français, là, de Gaulle… il en portait un énorme. C'était comme un code secret.

— Un code secret ?

— Bien sûr. Porter un chapeau, ça voulait dire quelque chose. C'est comme les lettres d'un jeu de cartes. Faites le total et vous obtenez…

— Le nombre cinquante-deux ! s'écria Guff, tout excité. Je connais ce code-là !

Sara et Pop éclatèrent de rire en même temps.

— Qu'est-ce qu'il y a de si drôle ? Attendez un peu… Vous lui avez parlé de mon histoire de jeu de cartes, n'est-ce pas ?

— Et vous êtes tombé dans le panneau ! dit Pop.

— Excusez-moi, dit Sara, je n'ai pas pu m'en empêcher.

— Magnifique ! lança Guff en s'abritant derrière un menu. Allez-y, ne vous gênez pas. Si la tête de Turc peut réjouir la famille Tate, vous auriez tort de vous en priver !

Devant le Delikatessen, l'homme aux joues creuses s'appuyait à une voiture gris métallisé. Il devait avoir la trentaine, mais, avec ses traits durs, on aurait eu du mal à lui donner un âge. De là où il se tenait, il apercevait fort bien Sara, Guff et Pop. Il les observa pendant cinq minutes, gravant dans sa mémoire le visage de Pop. Voilà un autre défaut à sa cuirasse, songea l'homme en croisant les bras sur sa poitrine.

— Alors, ce nouveau travail ? demanda Pop en prenant son sandwich au *pastrami* et au corned-beef. Marrant ou ennuyeux ?

— Marrant, répondit Sara.

— Et bientôt ça sera encore plus marrant, renchérit Guff. Parlez-lui donc de l'affaire.

— Quelle affaire ? demanda Pop.

— Rien…

— Raconte, insista Pop. Écoute ton ami.

— Oh, rien de bien grave. Pour ma première affaire, Jared et moi allons nous retrouver face à face.

— C'est donc ça. Pas étonnant qu'il ne soit pas ici ce soir. Vous êtes à couteaux tirés ?

— Non, pas encore, répondit Sara en piquant une galette de pomme de terre au bout de sa fourchette. Seulement il travaille beaucoup, ce qui me…

— Ce qui te rend nerveuse, c'est ça ? demanda Pop.

Sara posa sa fourchette et repoussa son assiette.

— Ça n'est pas seulement un grand avocat, en plus il me connaît mieux que personne.

— Bah, tu n'as pas à t'inquiéter. Pour convaincre un jury, tu es infiniment plus crédible que lui, même s'il travaille dur. Dans la vie, tout lui est toujours tombé tout rôti dans la bouche, et les gens sentent ce genre de choses.

— Pop, je t'en prie, ne dis pas ça. Il a travaillé très dur pour en arriver là… il n'a pas tout obtenu sans efforts.

114

— Bien sûr que si. Je l'ai vu tout de suite, le premier jour où je l'ai rencontré, avec ses boutons de manchette de Yale, et ça continue aujourd'hui. Je l'aime comme un fils, mais il ne sait pas ce que c'est que de se battre. Il ne connaît pas le prix des choses. (Il se tourna vers Guff.) Le jour où j'ai fait sa connaissance, on est venus ici, dans mon Deli favori, et il a voulu régler l'addition. Ensuite, comme il n'avait mangé que la moitié de son sandwich, je lui ai dit de le faire emballer, comme ça il pourrait l'emporter chez lui. Alors il m'a dit : « Vous ne voulez pas le prendre ? Si je le prends, il finira à la poubelle. » Vous vous rendez compte, ce toupet ?

— Je suis étonné que vous ayez laissé Sara l'épouser.

— Guff, ne l'encouragez pas, supplia Sara. Et toi, Pop, je t'en prie, laisse tomber.

— D'accord, d'accord, je laisse tomber. Mais crois-moi, un jury ne marchera pas dans ses combines. Toi, tu sauras les impressionner. Tu es authentique. Tu es une vraie Américaine, dure à la tâche.

— Ah, Pop, si mon patron pouvait t'entendre.

Sara rentra chez elle à vingt-deux heures. Elle accrocha son manteau dans le placard et gagna la cuisine. Elle ouvrit machinalement le frigo et sentit à ce moment-là une main se poser sur son épaule. Elle saisit une bouteille de vin, pivota sur ses talons et la leva vivement avant d'arrêter son geste. C'était Jared.

— Ne fais plus jamais ça ! s'écria-t-elle. Tu m'as fait une de ces peurs !

— Excuse-moi, je ne voulais pas te faire peur, dit-il en la prenant dans ses bras.

— Que se passe-t-il ? Brusquement, tu es gentil avec moi ?

— Tu m'as manqué. J'étais inquiet pour toi.

— Alors pourquoi as-tu été aussi désagréable, au téléphone ?

— J'étais vraiment occupé. Tu sais comme je suis quand je suis débordé. Est-ce que tu te rends compte à quel point je t'aime ? demanda-t-il en la serrant plus fort contre lui.

— Bien sûr.

— Non, pas vraiment, dit-il en plongeant son regard dans le sien. Est-ce que tu sais combien je tiens à toi ? Et combien je m'inquiète pour toi ? Est-ce que tu sais que je ferais n'importe quoi pour toi ?

— Parfaitement, dit Sara, un peu étonnée par ce brusque débordement d'émotion. Dis-moi, Jared, tout va bien à ton cabinet ?

— Oui, oui, très bien.

— Bon. Je préfère ça. (Elle l'embrassa.) Je ne veux pas que cette affaire vienne s'insinuer entre nous.

— Ça n'arrivera pas.

Par-dessus son épaule, il aperçut les six portraits de lui que Sara avait exécutés. Ils avaient ôté le verre brisé ; les dessins étaient à présent sans protection. En regardant ces images de lui, si vulnérables, il la serra encore plus fort.

— Il ne se passera rien, murmura-t-il, je te le promets.

— Pouvez-vous m'appeler Barrow ? demanda Jared à Kathleen dès son arrivée au bureau, le lendemain matin. C'est important.

— Il vous a vraiment fait peur, n'est-ce pas ? demanda Kathleen.

— De quoi parlez-vous ?

— De Kozlow. C'est pour ça que vous voulez parler à Barrow, non ? Vous voulez qu'il enquête sur lui.

Comme toujours, Kathleen avait vu juste, mais il n'entendait pas lui confier le reste. Cela aurait pu être dangereux pour elle.

— Pourquoi voudrais-je enquêter sur mon client ?

— Allez, Jared, ne me prenez pas pour une idiote. Vous avez les yeux cernés, ça fait plusieurs jours que vous ne dormez pas. Depuis le jour où vous l'avez rencontré, vous êtes tout retourné. Et vous arrivez au travail si tôt que vous allez bientôt me rattraper. En outre, nul besoin d'être un génie pour voir que ce type est un malfrat.

Jared promena le regard autour de lui. Personne ne pouvait les entendre.

— Qu'est-ce qui vous fait croire ça ?

— Vous n'avez pas encore lu son dossier ?

— Je sais qu'il a déjà été arrêté deux fois, mais je n'ai pas encore eu le temps de tout lire. J'ai été tellement occupé.

— Ou alors vous avez eu peur de ce que vous alliez découvrir.

Il serra les dents.

— Dites-moi ce qu'il y a dans ce dossier.

Jetant elle aussi un regard vers le couloir, Kathleen se pencha vers lui.

— À votre place, je serais très prudent. Ce type est une bombe à retardement. Il y a deux ans, il a eu une dispute avec un voyou de Brooklyn, un certain Joey Gluck. D'après le dossier, Gluck est rentré un soir chez lui, complètement soûl, au bras d'une prostituée. Ils se sont déshabillés, mais, ce qu'ils ne savaient pas, c'est que Kozlow, ce fou furieux, était

116

caché sous le lit. Au moment où Gluck allait se mettre au lit, Kozlow lui a cloué le pied dans le sol avec un couteau à cran d'arrêt. Puis il est sorti de dessous le lit, et il a poussé le type, rien que pour lui faire un peu plus mal. Mais le plus terrifiant, c'est que, devant la justice, Gluck a brusquement décidé de modifier son témoignage. Il ne se souvenait plus de rien.

— Et la prostituée ?

— On a retrouvé son corps le lendemain soir. D'après l'autopsie, c'était une surdose d'héroïne.

— Vous pensez que Kozlow l'a tuée ?

— À vous de me le dire. Deuxième affaire : un ouvrier du bâtiment du nom de Roger Hacker revient un soir chez lui après une dure journée de travail, se rend directement à la salle de bains et s'assied sur les toilettes. Brusquement, il entend du bruit dans la douche. Avant que le malheureux ait pu se relever, le rideau s'ouvre et Kozlow jaillit de la douche. D'après la reconstitution, Kozlow frappe Hacker sur la pomme d'Adam et le jette à terre. Puis il le bourre de coups de pied au visage, sur la tête et enfin un dernier dans l'épaule droite. Clavicule pulvérisée. Kozlow, lui, a l'impression qu'il a transmis le message. Mais le malheureux Hacker a un mauvais réflexe. Il se remet debout, prend un tournevis dans sa ceinture à outils et se précipite sur Kozlow qui est en train de quitter l'appartement. D'après le voisin de palier, qui a bien sûr modifié son témoignage au procès, on aurait dit qu'on était en train de torturer un chat. Quand les policiers sont arrivés, ils ont trouvé Hacker étendu sur le sol, un tournevis planté dans la gorge et les yeux…

— Je ne veux pas en entendre plus, l'interrompit Jared.

— Laissez-moi quand même vous raconter ça. À l'autopsie, ils ont trouvé au moins une dizaine de coups de tournevis donnés post mortem… ce qui veut dire que même après la mort de son adversaire, Kozlow a continué à s'acharner sur lui, rien que pour le plaisir.

— J'ai dit que je ne voulais pas en entendre plus.

— Écoutez, Jared, je sais que ça vous déplaît, mais vous avez affaire à un tueur. Il faut que…

— Ne me dites pas ce que je dois faire. Appelez Barrow et dites-lui que je veux qu'il rassemble des renseignements sur deux personnes : Kozlow et Oscar Rafferty.

— Qui est Oscar Rafferty ?

— C'est ce que j'aimerais savoir.

— Bon, dans ce cas, je vais lui demander le maximum : antécédents, comptes bancaires, femmes, appartenance à des clubs, tout ce qui peut être intéressant.

— Et dites-lui de faire attention. Je ne veux pas que Rafferty ait vent de ce qui se passe.

Elle n'avait pas l'habitude de voir Jared aussi inquiet.

— C'est dangereux, n'est-ce pas ?

— S'ils s'en rendent compte, oui.

— Vous voulez m'en parler ?

Jared hésita une seconde.

— Non. Pas pour l'instant.

Kathleen regarda intensément son patron. Depuis quatre ans, elle avait appris à reconnaître les moments où il était sérieux et ceux où il voulait qu'elle insiste. Ce jour-là, mieux valait ne pas insister.

— Si vous avez besoin de moi, je suis là, dit-elle.

Dans le couloir, elle aperçut Kozlow, conduit par l'une des réceptionnistes. Elle adressa un signe de tête à Jared, et, à haute voix, lança :

— … et après ça, je rassemblerai toutes les affaires de vol qualifié. Vous les aurez pour l'heure du déjeuner.

— Merci, dit Jared en apercevant Kozlow.

Vêtu de son éternel trois-quarts en cuir, Kozlow pénétra dans le bureau. Une petite chaîne pendait de l'une des poches de devant de son jean usé.

— Alors, qu'est-ce qu'on fait, aujourd'hui ? Encore du juridique ?

— Oui, encore du juridique. Aujourd'hui, nous allons travailler sur votre témoignage.

— Je vais témoigner ? Devant le grand jury ?

— Sans aucun doute, répondit Jared en s'enfonçant dans son siège Si nous arrivons à donner à votre histoire une forme un peu plus crédible, peut-être arriverons-nous à convaincre le grand jury de ne pas vous mettre en accusation. Et si, par quelque miracle, ils vous aiment bien, il y a peut-être une chance qu'ils ne votent pas contre vous.

— Tout le monde m'aime bien, dit Kozlow en s'asseyant face à Jared. Bon, qu'est-ce qu'il faut que je fasse ?

— D'abord, achetez un beau complet.

— J'ai déjà un beau complet.

— Je n'en doute pas, mais je veux que vous ayez un complet strict. Comme le mien.

Kozlow regarda le complet de Jared, bleu marine à fines rayures.

— Pourquoi y faudrait que j' sois habillé comme vous ?

— Il y a une bonne raison. (Il appuya sur le bouton de l'interphone.) Kathleen, voulez-vous venir une seconde ?

Dès que sa secrétaire fut entrée, il lui dit :

— Vers dix heures, j'aimerais que vous emmeniez M. Kozlow faire des courses. Il lui faudra un complet strict, une belle cravate, discrète, des mocassins, et des lunettes à monture d'acier. Il faut qu'il ait l'air crédible.

— C'est impressionnant, dit Kozlow. Je n'aurai jamais été aussi bien habillé depuis mon service.

— Vous avez fait l'armée ?

— Ouais, pendant un bout de temps. Et maintenant, dites-moi, qui c'est qui va payer tout ça ?

— La facture sera adressée à M. Rafferty, répondit Jared. Rien de ce que nous faisons ici n'est gratuit. Mais si vous voulez convaincre les gens que vous êtes innocent, la première chose, c'est d'en avoir l'air.

Après le départ de Kathleen, Jared tira un calepin de sa mallette. Il s'efforçait de traiter cette affaire comme n'importe quelle autre, mais il sentait l'énervement le gagner.

— Racontez-moi votre version de l'histoire.

— Je marchais dans la rue, je réfléchissais, quand un flic m'a attrapé en me disant que j'étais en état d'arrestation. Ensuite il m'a conduit chez une femme, dans une maison, et il lui a demandé : « C'est bien le type qui a cambriolé votre maison, n'est-ce pas ? »

— Est-ce bien ainsi qu'il a posé la question ? questionna Jared en prenant des notes. C'était aussi précis que ça ?

— C'est sûr. Elle ne pouvait pas répondre autre chose que oui.

« Ça marchera », songea Jared.

— Et maintenant, où avez-vous trouvé la montre Ebel ?

— Je l'ai trouvée dans la rue, en marchant.

— Et la balle de golf en argent ?

— Dans une poubelle. Je me suis dit que c'était mon jour de chance.

Jared regarda Kozlow avec colère.

— Il va falloir trouver de meilleures réponses. Le grand jury n'est pas composé que d'imbéciles.

— Et si je disais que c'est le flic qui me les a mises dans les poches ?

— Si le flic a des antécédents douteux, ça peut marcher. Et les quatre cent dix-sept dollars ?

— Ça, c'était à moi. Ils étaient même dans ma pince à billets quand le flic les a tirés de ma poche. Demandez-le-lui, il vous le dira.

— Très bien, je le lui demanderai, fit Jared avec agacement. Autre question : si vous vivez à Brooklyn, que faisiez-vous dans l'Upper East Side à trois heures du matin ?

Kozlow hésita.

— Ça, c'est une bonne question. Je n'y avais pas réfléchi avant.

Jared jeta son carnet sur la table.

— Eh bien, je vous conseille d'y réfléchir, et tout de suite ! Sans ça, ils vont vous manger tout cru, là-bas.

— Pourquoi ? Rafferty m'a dit qu'il n'y avait pas de contre-interrogatoire dans un grand jury. Si c'est comme ça que ça marche, vous n'avez qu'à me poser des questions faciles.

— Il n'y a pas de contre-interrogatoire pour la bonne raison que seul le substitut du procureur est autorisé à poser des questions. Sara pourra vous demander ce qu'elle voudra, et moi je n'aurai pas le droit d'intervenir.

— Alors peut-être que je ne devrais pas témoigner.

Jared bondit de son siège et fit le tour du bureau.

— Écoutez bien, vous ! L'avocat, ici, c'est moi. Pas vous. Si vous étiez n'importe quel client, je me foutrais pas mal que vous perdiez ce procès. Mais je vais faire tout ce qui est en mon pouvoir pour gagner, et je ne vais pas laisser un petit con me casser la baraque ! Alors si vous ne voulez pas prendre les choses sérieusement, dites-le-moi tout de suite, et je...

Kozlow bondit à son tour sur ses pieds et poussa violemment Jared, le projetant contre le mur. Puis il l'agrippa par les revers de son veston, lui enfonçant les coudes dans les côtes.

— Qu'est-ce que je vous avais dit, hier ? J' suis pas un con, alors ne me traitez plus comme ça ! Compris ?

Jared comprit surtout qu'il était en fâcheuse posture.

— Excusez-moi, je ne voulais pas...

— Je sais exactement ce que vous vouliez dire, dit Kozlow en le relâchant.

Tandis que Jared rajustait sa cravate, Kozlow regardait silencieusement au-dehors, se tapotant le front contre la vitre.

— Si je témoigne, est-ce qu'on a vraiment une meilleure chance de gagner ?

— Si vous témoignez et si vous êtes crédible, on peut déjà se préparer à la victoire. On peut facilement convaincre un jury avec une mauvaise identification. Trouvez-moi une bonne raison à votre présence dans le quartier à cette heure-là, et le reste sera facile. Savez-vous combien de New-Yorkais portent un jean noir et une veste en cuir noir ?

— Un demi-million ?

— Au moins. Allez, on reprend toute votre histoire depuis le début.

— Ainsi Stockwell n'a jamais poursuivi Kozlow auparavant ? demanda Sara, penchée sur l'écran de l'ordinateur, par-dessus l'épaule de Guff.

— Apparemment pas. Les deux fois, Kozlow a été poursuivi par des substituts qui ne travaillent plus ici. Mais ça ne veut pas dire que Stockwell et Kozlow ne se connaissent pas. Stockwell a pu utiliser Kozlow comme témoin, comme informateur, ou que sais-je encore.

— Peut-on le vérifier, à partir d'ici ?

— Pas vraiment. Les Antécédents judiciaires sont une base de données sans passerelles, il n'y a que les faits principaux. Il existe une section avec les listes de témoins, mais la plupart ne sont pas répertoriés ici. Si on veut connaître toutes les personnes impliquées dans une affaire, il faut compulser les dossiers manuellement.

— Très bien. Allons-y.

— Écoutez, Sara, Stockwell exerce au parquet depuis presque quinze ans. Il va falloir éplucher près d'un millier de dossiers, qui font chacun vingt centimètres d'épaisseur. Il nous faudra au moins une semaine rien que pour sortir ces dossiers.

— Peu importe. Je les veux.

— Mais…

— S'il y a une relation entre Stockwell et Kozlow, je vais la trouver. Et peu importe le temps que j'y passerai ou le nombre de pages qu'il faudra lire.

— Après tout, c'est vous qui allez vous esquinter les yeux.

— Mais non, vous aussi ! rétorqua Sara. Bon, maintenant on a jusqu'à une heure avant l'arrivée de Doniger. Si vous pouvez obtenir les dossiers les plus récents, on commencera par là.

— Vous ne les voulez pas tous en même temps ?

— Non… Je ne tiens pas à ce que Stockwell s'en rende compte. Sinon, on est fichus. Demandez cinquante dossiers de Stockwell, cinquante de Conrad et cinquante d'un autre ponte. Si on vous demande pourquoi, dites que nous étudions la méthode qu'ont employée les meilleurs substituts pour remporter leurs affaires.

Un large sourire éclaira le visage de Guff.

— Vous y allez à fond, hein ?

— Et comment ! Pour la première fois depuis le début de cette histoire, je sais exactement où je vais.

Quatre heures et demie plus tard, la table de Sara et le moindre recoin de son bureau étaient envahis de piles de dossiers et de boîtes d'archives.

— Mais qu'est-ce que je fabrique, là ? s'écria soudain Sara. C'est absolument sans espoir !

— Je vous avais prévenue, dit Guff. Mais est-ce que vous m'avez écouté ? Non. Est-ce que vous m'avez fait confiance ? Non. Vous avez préféré n'en faire qu'à votre tête et vous accrocher à votre idée. Résultat, des tonnes de poussière ! Sur nos mains, sur ma cravate, sur mon pantalon ! Franchement, c'est à vous dégoûter.

— Dites-moi, Guff, quelqu'un vous a-t-il vu demander tous ces dossiers ?

— Je ne le crois pas.

— Y a-t-il moyen de savoir si quelqu'un a fait la même demande que nous avant ?

— Ça devrait être possible, pourquoi ?

— Parce que je me demande si Stockwell sait ce qui se passe. Peut-être est-il passé avant nous pour modifier certains dossiers.

— Là, on nage en pleine névrose. La vérité, c'est qu'il n'y a trace de personne. Ni Kozlow, ni Doniger, ni la voisine de Doniger, personne.

— À propos, où est Mme Doniger ? dit-elle en consultant sa montre. Elle devait être ici à treize heures.

— Elle n'a qu'une demi-heure de retard. Elle va arriver.

— Je n'en suis pas si sûre, dit Sara en feuilletant un dossier posé sur ses genoux. J'ai un mauvais pressentiment.

— Pourquoi ? Simplement parce que votre témoin principal est en retard à son rendez-vous ? Et alors ? Dans l'affaire du vol à la tire, le témoin n'est pas venu non plus.

— Guff, vous savez bien que ça n'est pas la même chose.

— Écoutez, on est en train d'éplucher la moitié des dossiers du parquet ; comme ça on saura si Stockwell a des accointances avec Kozlow ou avec Doniger. Mais d'ici là, il faut arrêter de prendre tous les gens pour des loups-garous.

— Et si c'était le cas ?

— Oubliez un peu les monstres et revenez à la réalité. Vous avez encore à traiter quatre affaires mineures, puis ce délit majeur et une audience du grand jury. Et comme les tribunaux d'instance sont débordés, c'est avec cette affaire-ci que vous aurez une chance de vous faire reconnaître. Donc, si vous n'arrivez pas à convaincre le grand jury de prononcer une mise en accusation, vous n'aurez pas de procès. Et si vous n'avez pas de procès, peu importe que vous trouviez tout le monde suspect.

— Je sais, je sais… vous avez raison. Si je foire ce procès, je n'ai aucune chance de sauver ma…

Sara fut interrompue par la sonnerie du téléphone.

— Substitut Tate, dit-elle en décrochant.

— Bonjour, ici Claire Doniger.

— Ah ! madame Doniger. Que se passe-t-il ? Tout va bien ?

— Je vais bien, merci. Je voulais seulement vous toucher un mot de cette affaire de cambriolage. J'y ai réfléchi, hier soir, et je me suis dit que je n'avais vraiment pas de temps à y consacrer. J'ai décidé de retirer ma plainte. Étant donné que j'ai récupéré toutes mes affaires, je passe l'éponge.

— Passer l'éponge ? s'écria Sara, sidérée. Mais ça ne…

— Je sais, je vous préviens au dernier moment, mais ma décision est prise, l'interrompit-elle. Alors vous pouvez clore le dossier.

— Vous savez, ça ne se passe pas comme ça. Une fois que quelqu'un a été arrêté, nous seuls pouvons décider de clore une affaire. Pas vous.

— Eh bien, j'espère que vous savez ce que vous faites, répondit sèchement Mme Doniger, visiblement piquée au vif. En tout cas, vous cesserez d'abuser de mon temps.

— Mais enfin, madame, je n'ai jamais…

— Inutile de poursuivre. Je suis suffisamment occupée comme ça. Au revoir.

Lorsque Sara eut raccroché, Guff lui demanda :

— Que se passe-t-il ? Elle veut que vous abandonniez les poursuites ?

— C'est ce qu'elle a dit.

— Vous croyez qu'elle viendra quand même témoigner ?

— Je n'en suis pas sûre, dit Sara en reprenant le combiné du téléphone. Mais au cas où elle refuserait…

— Qui appelez-vous ?

— La voisine de Doniger. Si on ne peut pas avoir la victime, je veux être sûre d'avoir quand même Patty Harrison. C'est notre meilleur témoin, la seule à avoir vu Kozlow quitter la maison de Doniger.

Elle composa le numéro.

— Allô ? répondit une voix.

— Madame Harrison ? Ici Sara Tate, substitut du procureur. Je sais que nous devons nous voir cette après-midi, mais est-ce que ça vous dérangerait que nous avancions notre rendez-vous ?

— Oh, non, je regrette, madame Tate, mais je ne vais plus pouvoir témoigner.

— Pardon ?

— Je… je ne peux pas, bredouilla Mme Harrison. Je suis beaucoup trop occupée… il vous faudra trouver quelqu'un d'autre. Vraiment, je regrette. Bonne journée.

Et elle raccrocha.

Sara leva les yeux vers Guff.

— Mais qu'est-ce qui se passe, bon sang ? demanda-t-elle.

— Ne me dites pas qu'elle aussi refuse de témoigner !

— Si elle persiste, on est dans de beaux draps, dit Sara en recomposant le numéro de Mme Harrison.

La sonnerie retentit cinq fois avant qu'elle décroche.

— Allô ? dit-elle d'une voix anxieuse.

— Madame Harrison ? C'est encore moi, Sara Tate.

— Je regrette, mais…

— Écoutez, madame Harrison. Je ne sais pas qui vous a menacée, mais sachez que si vous nous donnez leurs noms, vous n'en entendrez plus jamais parler.

— Personne ne m'a menacée. Personne. Et maintenant, s'il vous plaît, laissez-moi tranquille.

— Madame Harrison, hier, vous nous avez dit que vous étiez tout à fait disposée à témoigner. Aujourd'hui, je ne peux pas vous garder au téléphone plus de trente secondes. Je comprends que vous ayez peur, mais en ne témoignant pas vous ne faites qu'encourager ce genre de pratique. Si vous voulez vraiment vous sentir en sécurité, dites-moi qui vous a menacée et je les ferai arrêter séance tenante. Il n'y a aucune raison d'avoir peur.

— Je n'ai pas peur.

— Et si je venais chez vous tout de suite ? Comme cela, nous pourrions parler, et…

— Non ! Vous ne pouvez pas venir chez moi ! Vous faites beaucoup d'efforts, c'est très bien, mais ma décision est prise. Au revoir.

— Dites donc, fit Guff lorsque Sara eut raccroché, vous y êtes allée carrément, avec elle !

— Il n'y avait aucune raison de tourner autour du pot. Kozlow en est à sa deuxième intimidation… ça ne peut être que lui. (On frappa à la porte.) Qui est-ce ? s'écria-t-elle d'une voix de stentor.

Stockwell pénétra dans le bureau. D'un même geste, Sara et Guff refermèrent les dossiers qu'ils étaient en train de compulser.

— En quoi puis-je vous être utile ? demanda Sara en s'efforçant de dissimuler avec son corps les dossiers entassés sur son bureau.

— Je suis simplement venu voir comment ça allait, dit Stockwell. (Il promena le regard autour de lui.) Pourquoi tous ces vieux dossiers ?

— Des recherches supplémentaires, répondit Sara. Nous essayons d'être aussi méticuleux que possible.

— Si ça peut vous rassurer… Mais ne perdez pas le fil de vos affaires.

— Merci pour le conseil. Je peux encore vous être utile ? Je suis débordée, vous savez.

— Je crois que ça ira, dit Stockwell en tapotant du bout du doigt une boîte d'archives. Mais faites quand même attention. Je sais que c'est difficile à admettre, mais vous n'êtes pas aussi maligne que vous le croyez.

Stockwell sortit en claquant la porte derrière lui.

— Qu'est-ce que c'est que cette histoire ? demanda Guff.

— Il sait, dit Sara en s'effondrant sur son siège.

— Qu'est-ce qu'il sait ?

— Que nous avons demandé ses anciens dossiers. C'est pour ça qu'il est venu ici : pour nous dire qu'il nous surveille. Il sait pour les dossiers, il sait pour l'affaire, et je suis sûre qu'il sait ce qui est arrivé à nos témoins.

— Comment ça, ils ne vont pas témoigner ? demanda Jared.

— Comme je vous le dis, fit la voix nasillarde de Rafferty au téléphone. Ils ne vont pas témoigner. Pour quelque raison inconnue, elles se sont toutes les deux ravisées.

Jared lança un coup d'œil vers Kozlow, qui feuilletait un magazine.

— Ne quittez pas, une seconde, dit-il à Rafferty. (Il posa le combiné et se rendit dans le bureau de Kathleen.) À quelle heure avez-vous terminé vos courses avec Kozlow, ce matin ?

— Vers midi moins le quart, pourquoi ?

— Et ensuite, qu'avez-vous fait ?

— Il m'a dit que de son côté il avait aussi des courses à faire, alors je suis allée acheter quelques cravates. On s'est retrouvés… environ une heure plus tard, ajouta Kathleen avec hésitation. Pourquoi ? Il y a un problème ?

— Donc il est resté seul pendant au moins une heure, c'est ça ?

— Il est revenu plus tard que prévu, donc ça a duré au moins une heure et quart…

— Bon Dieu !

Jared se rua dans son bureau et reprit son téléphone.

— Vous n'auriez pas dû les menacer, dit-il à Rafferty.

— Les menacer ? Mais je n'ai jamais fait une chose pareille. Ce serait illégal.

— Ça n'est pas drôle.

— Allez, ne faites pas la tête. Ça devrait vous faciliter la tâche.

Au moment où Jared raccrochait, on frappa à sa porte.

— Entrez, dit-il.

Kathleen passa la tête par la porte.

— Excusez-moi, je ne voulais pas…

— Ne vous inquiétez pas, vous ne pouviez pas savoir. (Il remarqua dans sa main une feuille rose de message.) Quelqu'un a appelé ?

— Lubetsky veut savoir si vous avez terminé les conclusions pour AmeriTex.

— Oh, merde ! lança Jared en fouillant au milieu des papiers encombrant son bureau. Dites-lui qu'il les aura demain matin à la première heure.

— Il m'a dit de vous rappeler qu'elles doivent être prêtes pour cette après-midi à cinq heures.

Jared se figea sur place.

— Vous plaisantez ?

— Pas du tout.

— Bon, dit Jared en regardant sa montre. Ça me donne trois heures et demie. (Il se tourna vers son écran d'ordinateur et ouvrit le dossier AmeriTex.) Il me faut deux assistants pour faire quelques recherches, et un avocat adjoint depuis trois ou quatre ans pour les questions de procédure. Je les retrouve tous dans la salle de conférence dans une demi-heure.

— Vous voulez un adjoint en particulier ? demanda Kathleen.

— N'importe lequel, mais compétent.

Kathleen referma la porte.

— Impressionnant, fit Kozlow. Mais comment êtes-vous sûr que les gens que vous convoquez comme ça vont tout laisser tomber ?

— C'est un grand cabinet, répondit Jared. Avec cent soixante-huit associés, trois cent quarante-six avocats adjoints et une centaine d'assistants juridiques, on est toujours sûr de trouver quelqu'un de disponible. Voilà pourquoi vous payez aussi cher.

— C'est pour ça que vous faites ça ? Pour l'argent ?

— En partie.

— Et l'autre partie ?

Surpris par l'intérêt que semblait manifester Kozlow, Jared ne répondit pas tout de suite, y voyant une occasion d'entamer l'hostilité de son client.

— Vous voulez savoir pourquoi je continue à assurer la défense des justiciables ? C'est pour que justice soit rendue à ceux qui parfois sont réduits au silence.

— Vous parlez comme un boy-scout.

— C'est ce que dit Sara.

Et, profitant de son avantage, il ajouta :

— Au fait, vous ne voulez pas me dire ce qui s'est passé avec Doniger et Harrison.

Kozlow ne répondit pas et referma son magazine. Ses yeux se rétrécirent à la dimension d'une fente.

— Ne faites plus jamais ça !

— Quoi ? demanda Jared, surpris.

— Ne jouez pas l'imbécile, Jared… Je ne suis pas votre copain.

— Je pensais seulement que nous étions…

— Fermez-la ! hurla Kozlow. Fermez-la et faites votre boulot !

— Vous plaisantez, non ? demanda Conrad en se penchant sur le bureau de Sara.

— Pas du tout, répondit celle-ci. Il est entré ici au moment même où je raccrochais après avoir parlé avec Mme Harrison. Il y avait des dossiers partout.

— J'aurais dû vous conseiller de ne pas agir ainsi. Il n'y a aucune raison pour que vous enquêtiez sur quelqu'un comme Victor Stockwell.

— Je ne pourchasse pas Stockwell… j'essaye seulement de comprendre pourquoi il voulait cette affaire.

— De toute façon, vous feriez bien de faire attention. Il vaut mieux ne pas se mettre en travers de son chemin. S'il découvre ce que vous êtes en train de faire…

— Il le sait. J'y ai réfléchi toute l'après-midi. Mais, même si je peux me débrouiller avec Stockwell, je ne sais pas quelle attitude adopter avec Doniger et Harrison. Les deux refusent de témoigner.

— Mais si, elles vont témoigner, dit Conrad en s'écartant du bureau. Seulement elles ne le savent pas encore.

— Oh, oh, attention ! lança Guff. Monsieur le substitut du procureur roule des mécaniques.

— Je ne plaisante pas, dit Conrad. Elles auront beau pousser des cris d'orfraie, elles seront ici lundi matin. Guff, avez-vous préparé une trousse de voyage pour Sara ?

— C'était prêt le jour de son arrivée, répondit fièrement Guff.

Il quitta le bureau et revint avec un dossier brun en accordéon qu'il posa devant Sara.

— Ouvrez-le, dit Conrad.

Le dossier comportait un onglet alphabétique.

— C'est à la lettre C, précisa Guff.

Elle en tira une liasse d'imprimés.

— Vous savez ce que c'est ? demanda Conrad.

— Des imprimés de citations à comparaître, répondit Sara.

— Exactement. En signant vos papiers ici le premier jour, vous avez acquis le droit de citation. Signez-en deux exemplaires, donnez-les à vos témoins et, par ordre de l'État de New York, elles auront l'obligation de se présenter devant le grand jury lundi matin. Terrifiées ou pas.

— Je ne suis pas sûre, dit Sara. Mme Doniger a été un peu grossière, mais Mme Harrison semblait vraiment terrorisée. Je ne voudrais pas qu'il leur arrive…

— Ne faites plus jamais ça ! lança Conrad d'une voix forte.

— Faire quoi ?

— Battre en retraite comme ça. Vous êtes substitut du procureur… vous ne cédez pas à la menace. Amener vos témoins à la barre fait partie de votre travail. Il n'est pas question de mettre en danger un témoin, mais céder n'est pas la solution.

— Quelle est-elle, alors ?

— À vous de me le dire. Résolvez le problème.

— Écoutez, Conrad, cessez de me faire la leçon.

— Dans ce cas, trouvez une solution.

— Vous voulez vraiment que je résolve le problème ? Alors voilà ce que je vais faire. Au lieu de lui faire parvenir une citation à comparaître aujourd'hui, j'enverrai deux policiers chez elle lundi matin, tôt. Comme ça, s'il y a le moindre problème, elle sera protégée. Et ils s'assureront également qu'elle viendra ici.

— Bien, c'est un bon début, dit-il après un moment de silence.

— Envisageons maintenant comment ça s'est passé. J'imagine que tout le monde est d'accord : c'était bien Kozlow.

— Eh, l'interrompit Guff. Il est deux heures et demie.

— C'est vrai ? (Elle regarda sa montre et se leva.) Désolée, mais il faut que je file. J'ai un rendez-vous que je ne peux absolument pas manquer.

— Et la préparation pour le grand jury ? demanda Conrad. Vous l'avez à peine ébauchée.

— N'ayez crainte, c'est ma priorité. (Elle prit sa veste sur le porte-manteau.) Le grand jury, ça veut dire mise en accusation, ce qui veut dire procès, ce qui veut dire victoire, ce qui veut dire le bonheur assuré. Il n'est pas question que je perde le premier round… surtout quand il y a encore autant de choses à creuser.

— Voilà une superbe chaîne causale, mais quand allez-vous préparer cet événement miraculeux ?

— Il nous reste demain, et Guff a proposé que nous nous rencontrions ce week-end.

— Vraiment ? demanda Conrad en se tournant vers Guff.

— Et alors ? répondit Guff. De toute façon, on travaille tous les week-ends.

— Demain, je suis occupé, mais samedi c'est possible, dit Conrad. N'oublions que j'ai mes propres affaires à traiter.

— Je sais… et j'en apprécie d'autant plus votre aide, dit Sara en se précipitant vers la sortie. Je vous revois tous les deux demain.

— Attendez un instant, lança Conrad. Ne vous enfuyez pas comme ça. Qu'avez-vous de si important à faire ?

— J'ai rendez-vous avec ma petite sœur.

— Vous avez une sœur ?

— Pas une vraie. Je fais un travail de bénévole pour l'association Big Sisters.

— Vraiment ? Et les week-ends, que faites-vous ? Vous donnez votre sang pour nourrir les sans-logis ?

— C'est original, fit Sara d'un ton sarcastique.

— Ça fait longtemps que vous faites ça ?

— J'ai commencé environ un mois après avoir été licenciée de mon cabinet d'avocats. J'en avais marre de rester assise chez moi en atten-dant que le téléphone sonne. C'était meilleur pour moi que de payer des séances supplémentaires chez mon psy… et beaucoup plus amusant.

— Je trouve que c'est sympa, dit Guff. C'est bien de votre part.

— Merci du compliment. Et bien que j'aimerais vous recruter tous les deux pour la bonne cause, il faut vraiment que j'y aille. Je suis en retard.

— Une dernière chose, dit Conrad. Ce soir, chez vous, parlez de vos témoins à votre mari. Demain matin, il faudra qu'on sache de quoi il en retourne.

— C'est comme si c'était fait, dit Sara en se ruant au-dehors.

À quinze heures vingt, Sara traversa la 116ᵉ Rue et remonta en courant Amsterdam Avenue. Sur sa droite se trouvaient les bâtiments modernes de son ancienne université, la faculté de droit de Columbia, et sur sa gauche, les bâtiments vieillots mais imposants de l'université de Columbia. Mais plus au nord, les bâtiments n'avaient plus rien de majestueux et, un bloc plus loin, statues de marbre, architecture néogothique et voûtes sculptées firent place aux vitrines de magasin défoncées, aux épaves de voitures et aux rues les plus garnies de nids-de-poule de toute la ville. L'université de Columbia prenait officiellement fin à la 121ᵉ Rue, et, comme Sara l'avait appris au cours de sa première année de droit, il y avait une très nette ligne de démarcation entre l'université prestigieuse et Harlem.

En arrivant devant l'école élémentaire Ralph Bunche, Sara aperçut devant l'entrée du bâtiment en brique délabré une centaine d'enfants, heureux d'avoir terminé leur journée de travail. Alors qu'elle se frayait un passage au milieu des élèves, elle entendit une voix l'apostropher :

— Tu es en retard.

Elle aperçut alors Tiffany Hamilton, sa « petite sœur », assise sur le capot d'une voiture blanche. Elle avait beau être grande pour ses treize ans, sa récente décision de mettre du rouge à lèvres la faisait paraître nettement plus âgée. Elle avait de grands yeux, la peau très foncée, et une longue tresse qui lui pendait dans le dos. Elle débordait aussi d'une folle énergie.

— J'ai dit que tu étais en retard, répéta Tiffany.

— Je t'ai entendue. Simplement, j'ai décidé de ne pas répondre.

— Où étais-tu ?

— À mon travail.

— Ah ! Alors ça va, dit-elle en sautant de la voiture. (Son rouge à lèvres brillait sous le soleil de l'après-midi.) J'avais oublié que tu commençais. Tu peux déjà arrêter des gens ? Ils t'ont donné une plaque ?

— Non, on n'a pas de plaque, répondit Sara en riant. On nous donne seulement un seau de rouge à lèvres. De nos jours, ça peut servir d'arme... par exemple en aveuglant nos adversaires.

— Très drôle, dit Tiffany en serrant les lèvres d'un air gêné. Alors parle-moi un peu de ton travail. Ça te plaît ?

— Bien sûr que ça me plaît. Mais l'affaire sur laquelle je travaille en ce moment me rend quand même un peu folle.

— Ah bon ? C'est un meurtre ? Une fusillade ?

— Non, un cambriolage. Et devine qui est l'avocat de la défense !

— Perry Mason.

— Comment connais-tu Perry Mason, toi ?

— J'ai la télévision.

— Eh bien, tu te trompes. Essaye encore.

— Il est plus gros ou plus mince que Perry Mason ?

— Qu'est-ce qui te fait croire que c'est un homme ? Les femmes aussi peuvent être avocates.

— Bon d'accord. Plus mince, plus gros, plus grosse ?

— Plus mince.

— Plus laid ou plus beau ?

— Plus beau.

— Maintenant je sais que c'est un homme. Plus grand ou plus petit ?

— Je ne sais pas. Disons, pareil.

— Plus ou moins de cheveux ?

— Moins, dit Sara en riant. Surtout à l'arrière du crâne, là où il…

— Jared ?

— En personne.

— Oh, mon Dieu ! Vous allez vous crêper le chignon. Je pourrai venir au tribunal ?

— On verra.

— Comment ça fait, d'être contre lui ? Ça fait bizarre ? Il a peur ?

— Je ne crois pas qu'il ait tellement peur, dit Sara en songeant à ses deux témoins.

— Ça veut dire qu'il est plus fort que toi, hein ? C'est grave ? Tu vas perdre ?

— Non, il n'est pas plus fort que moi, dit Sara, désireuse à présent de changer de sujet. Et maintenant parle-moi de ton école. Comment ça marche ?

— Super, dit Tiffany, alors qu'elles passaient devant la faculté de droit de Columbia. Alors où on va, aujourd'hui ?

— Ça dépend. Comment s'est passé ton contrôle de maths ?

— J'ai eu 89 %.

— Eh bien, je ne sais pas… ça n'est quand même pas un A.

— Allez, Sara, tu avais dit que si j'avais 90 %…

— Je sais très bien ce que j'ai dit… mais aux dernières nouvelles, 89 %, ça n'est pas 90 %.

— Allez, Sara, s'il te plaît. J'ai travaillé toute la semaine pour obtenir cette note. Et je n'en suis qu'à un point. Un tout petit point. Minuscule.

— Bon, bon, bon. Arrête, tu vas me faire pleurer. Dis-moi ce qui te ferait plaisir.

— On pourrait retourner au Metropolitan Museum of Art ?

— Moi, je serais d'accord, mais d'abord je voudrais savoir, tu veux vraiment aller au Met ou tu veux seulement rester assise sur les marches et compter le nombre d'artistes maudits qui passent devant toi ?

— Je veux compter les artistes maudits. Avec cinquante points supplémentaires pour chaque béret noir.

— C'est bien ce que je pensais. Choisis autre chose.

— Si on allait au bowling et qu'ensuite on aille dîner chez Sylvia ?

— Je ne peux pas dîner avec toi ce soir, dit Sara, je dois préparer mon… Hé !

Quelqu'un venait de la bousculer si violemment qu'elle en eut le souffle coupé. Elle tomba à la renverse, et l'homme qui l'avait bousculée, surpris, tomba sur elle.

Un homme aux cheveux noirs, les joues creuses, le visage anguleux.

— Excusez-moi, dit-il. C'est de ma faute.

— Y a pas de mal, répondit Sara en récupérant sa serviette.

— Je devais penser à autre chose, déclara l'homme en dévisageant Tiffany avec insistance.

— Ce n'est pas grave.

— Vraiment ?

— Oui, oui, confirma Sara. Je ne me suis pas fait mal.

Sara et Tiffany reprirent leur route en direction de la partie principale du campus.

— Plutôt effrayant, ce type, dit alors Tiffany.

— C'est vrai qu'il était bizarre, reconnut Sara.

Mais en rajustant son sac sur son épaule, elle se rendit compte que quelque chose n'allait pas. Elle l'ouvrit et poussa un cri.

— Le salaud ! hurla-t-elle en pivotant sur ses talons.

— Quoi ? demanda Tiffany.

— Il a piqué mon portefeuille !

Sara et Tiffany coururent jusqu'au coin de la 117e Rue, mais l'homme avait disparu.

8

En grimpant l'escalier menant à son appartement, Jared remarqua que le verre brisé avait été ramassé et que les tournesols bénéficiaient d'un nouveau cadre. Le cambriolage remontait à présent à deux jours, mais le bruit du verre crissant sous ses pas était encore vif dans sa mémoire. Arrivé sur le palier, il se demanda pourquoi on avait bien pu briser le cadre du couloir. Cela semblait absurde. Cela ne rapportait rien à personne… en dehors de la jouissance que procurait la violence pure. L'idée s'imposa à lui avec force : pour Kozlow, ce n'était qu'un jeu.

Incapable de chasser de son esprit la vision de Kozlow brisant le sous-verre, Jared entendit alors la porte d'entrée de l'immeuble se refermer. Sara ? Non, les pas étaient trop lourds. Refusant de regarder par-dessus la rampe, Jared chercha fébrilement la clé de son appartement, posant même sa serviette pour aller plus vite. Derrière lui, les pas se rapprochaient. Il ouvrit en tremblant le verrou du haut. Le verrou du bas, le verrou du bas, le verrou du bas, songeait-il en cherchant la bonne clé. Un tour vers la gauche. Bloqué. Ah ! non, pas maintenant ! Il essaya de nouveau. Finalement le verrou tourna, la porte s'ouvrit et Jared se précipita à l'intérieur. Il claqua la porte derrière lui et regarda par le judas. Chris Guttman, leur voisin du deuxième étage.

Furieux contre lui-même, il gagna la chambre à coucher.

— Sara ? Tu es là ?

Pas de réponse. Il jeta sa serviette près de la table de nuit et s'assit sur le lit.

Du calme, se dit-il. Il se rendit à la salle de bains et s'aspergea le visage d'eau froide. Du coin de l'œil, il vit alors quelque chose bouger dans la douche. D'un coup sec il ouvrit le rideau. Rien. Vide. Il retourna en courant à la chambre et regarda sous le lit. Puis dans son placard. Dans celui de Sara. Dans le placard à linge. Toujours rien. Vide. Vide. Vide. Il n'y avait personne dans l'appartement. Jared ne se sentit pas pour autant rassuré.

À vingt heures trente, Jared, installé au salon, bataillait avec les mots croisés du *New York Times* en attendant impatiemment le retour de sa femme. Tout va bien, se dit-il en consultant d'abord sa montre, puis l'horloge du magnétoscope. Le trajet est long, c'est pour ça qu'elle est en retard. Au cours de la dernière demi-heure, il avait appelé trois fois le bureau de Sara. Pas de réponse. Pour occuper un peu son esprit, il se demanda comment elle allait réagir à la défection de deux de ses témoins. D'abord, elle s'en prendrait sûrement à lui, puis elle chercherait à obtenir des informations. Il regarda de nouveau sa montre. Puis l'horloge du magnétoscope. Pourvu qu'il ne lui soit rien arrivé, songea-t-il.

Dix minutes plus tard, Sara arriva enfin à l'appartement. Dès qu'il entendit la clé dans la serrure, il remit le journal sur ses genoux.

— Comment s'est passée ta journée ? demanda-t-il d'une voix forte.

— Magnifique, répondit-elle d'un ton sarcastique. D'abord ton client a menacé deux de mes témoins, ensuite quelqu'un m'a bousculée et m'a volé mon portefeuille.

Il rabaissa son journal, songeant aussitôt à Kozlow.

— Que s'est-il passé ? Tu vas bien ?

Elle pénétra dans le salon et lui raconta brièvement les événements.

— Ce salaud a tout récupéré... mes cartes de crédit, mon permis de conduire...

— Je ne voudrais pas remuer le couteau dans la plaie, mais je t'avais déjà dit de t'acheter un sac qui fermait mieux. Bon, et maintenant raconte-moi comment mon client a menacé tes témoins.

— Allez, Jared, tu sais déjà ce qui s'est...

— Je te jure que je ne sais pas de quoi tu parles.

Sara s'approcha de Jared, se pencha vers lui et le regarda droit dans les yeux.

— Redis-moi ça.

— Je ne sais pas de quoi tu parles, répéta Jared en détachant bien chaque syllabe.

Ne cille pas, songeait-il en retenant son souffle. Ne cille pas, sinon elle va comprendre.

134

Sara dévisagea son mari avec attention. S'il mentait, il se débrouillait mieux qu'avant.

— Après le déjeuner, j'ai appelé Mme Doniger et Mme Harrison, et toutes deux m'ont dit qu'elles ne voulaient pas témoigner. Harrison était tellement terrorisée que je l'entendais renifler à l'autre bout du fil.

— Alors tu crois que c'est Kozlow qui les a menacées ?

— Qui d'autre ?

— Effectivement, personne d'autre n'aurait pu le faire. Mais je peux t'assurer que Kozlow était avec moi toute la matinée.

— Et l'après-midi ?

— J'ai passé l'après-midi à travailler sur une affaire avec Lubetsky. De toute façon, tu ne viens pas de dire que tu leur avais parlé juste après le déjeuner ?

— Oui, dit Sara. Mais je vérifiais.

— Eh bien, tu peux abandonner tes accusations. Je ne sais pas de quoi tu parles. (Comprenant qu'en poursuivant cette conversation il risquait d'être confondu, il se hâta de changer de sujet.) À propos de ton portefeuille, combien d'argent y avait-il dedans ?

— Je n'en sais rien et je préfère ne pas y penser, répondit Sara en se laissant tomber sur le canapé. Je suis épuisée.

— Tu vas travailler, ce week-end ? demanda Jared.

— Oui. Et toi ?

— Bien sûr. Bon, alors, que veux-tu faire, ce soir ?

— Franchement, je n'ai pas envie de bouger.

— Tu veux bien me couper les cheveux ?

— D'accord. Va chercher le matériel.

Un jour, en deuxième année de droit, Jared était rentré, la chevelure massacrée par le coiffeur de Columbia, et Sara avait parié qu'elle était capable de faire mieux. Depuis ce jour-là, il n'était plus jamais retourné chez un coiffeur.

Après s'être lavé les cheveux, Jared gagna la cuisine, une serviette autour du cou, et s'assit devant la table.

— Ça commence à se raréfier, par là, dit-elle en lui peignant les cheveux.

— Je sais. Dehors, je commence à sentir le froid sur mon crâne. Mais si je dois devenir chauve, eh bien, tant pis.

— Vu d'ici, ça a bien commencé.

— Peu importe. Dis-moi, je peux te poser une autre question à propos de l'affaire ?

— Vas-y, répondit Sara en prenant une mèche de cheveux entre deux doigts.

— Est-ce que tu as songé à un non-lieu ?

— Un quoi ?

— Un non-lieu, répéta Jared en sentant la mèche tomber sur ses épaules. C'est un arrangement. Tu acceptes de clore l'instruction par un non-lieu. Pas de procès, Kozlow disparaît et on n'en parle plus.

Sara cessa de couper.

— Et quel avantage est-ce que j'en tire ?

— Pour dire les choses carrément, tu ne passes pas pour une idiote. Au lieu d'échouer devant le grand jury lundi, ou bien de prendre le risque d'aller au procès, tu te retires avant que les événements se retournent contre toi. Comme ça, tu ne commences pas par une défaite.

D'un coup de ciseaux rageur, Sara trancha en deux une mèche de cheveux.

— Qu'est-ce qui te prend ? s'écria Jared en voyant les cheveux tomber par terre.

— Pourquoi crois-tu que je suis aussi minable ?

— Il ne s'agit pas de toi, mais de ton affaire. Tu l'as dit toi-même… deux de tes témoins se sont dérobés. Tu ne vas quand même pas gaspiller l'argent du contribuable. Puisque tes témoins se sont désistés, tu ne vas pas poursuivre pour le plaisir.

— D'abord, il me reste encore le flic. Deuxièmement, sur les deux témoins, il y en a une qui est revenue sur sa décision. Doniger a accepté de venir témoigner.

— Ah bon ! s'exclama Jared.

— En fait, non, dit Sara en se remettant à couper. J'ai inventé ça pour voir ta réaction.

— Tu as quoi ? lança Jared en s'écartant d'elle.

Il ne lui en fallait pas plus.

— Tu savais depuis le début qu'elles s'étaient rétractées, n'est-ce pas ?

Jared se leva et fit face à sa femme.

— Écoute, Sara…

— Qui te l'a dit ? s'écria-t-elle en brandissant ses ciseaux. Quelqu'un à mon bureau, ou bien Kozlow lui-même ?

— Je n'ai pas…

— C'était Kozlow, n'est-ce pas ? Lui, dès demain matin, je l'inculpe d'intimidation envers des témoins.

136

— Écoute, Sara, franchement je ne crois pas que c'était lui. (Surtout, ne pas la quitter des yeux.) Je te le jure.

— Alors comment as-tu su que Doniger et Harrison se récusaient ?

— Elles me l'ont dit elles-mêmes. Je les ai appelées pour avoir leur version des faits. Voilà. Maintenant, tu sais.

Ce n'était pas complètement faux, se dit Jared. Après le coup de téléphone de Rafferty, il les avait bien appelées.

— Et pourquoi as-tu fait semblant de ne pas être au courant, quand je t'en ai parlé ?

Il eut une inspiration soudaine.

— Pour la même raison que toi lorsque tu as menti à propos du témoignage de Doniger… Je voulais savoir ce que tu savais.

Elle dévisagea son mari et un sourire finit par éclairer son visage.

— Quoi ? demanda Jared, s'efforçant lui aussi de sourire.

— Regarde-nous. Est-ce qu'on n'a pas l'air de deux cinglés ?

Jared baissa les yeux sur son alliance.

— Ça pourrait être pire.

— Je n'en doute pas. Mais ça ne veut pas dire qu'on est obligés de jouer au plus fin.

— Non, tu as raison. (Il fallait pousser plus loin.) Simplement, cette affaire…

— Je sais que c'est important pour toi, mais il faut te calmer, dit-elle en se remettant à lui couper les cheveux. Arrête d'être aussi obsédé.

— Et toi, essaye de comprendre que je ne fais pas ça seulement pour moi… je le fais aussi pour toi.

— Mais qu'est-ce que tu racontes ?

Jared se leva et se planta devant sa femme.

— Tu devrais réfléchir à ce qui se passe ; je sais que tu as des soupçons, mais tu n'as pas de preuves. Ton flic ne te servira pas à grand-chose ; tes témoins se récusent. Si tu choisis le non-lieu, au moins tu ne perdras pas ta première affaire. Tu pourras en trouver une meilleure par la suite. Je cherche seulement à t'aider, ma chérie. Nous savons tous les deux que c'est le meilleur moyen de te faire bien voir au sein du parquet… montre-leur que tu peux te débrouiller.

— Je ne sais pas…

— Écoute, Sara, si tu vas jusqu'au procès, tu vas perdre. Et si tu perds, en un clin d'œil tu te retrouveras au chômage.

Sara, pétrifiée, serrait fortement les lèvres.

— Et si on négociait une peine réduite ? dit-elle en hésitant.

— Pas de négociations. Alors si tu as vraiment envie de te retrouver au chô…

— Arrête de dire ça ! hurla-t-elle.

— Ne crie pas ! Le problème ne vient pas de moi. J'essaye seulement de t'aider à en sortir. Alors, qu'en dis-tu ?

Sara s'écarta et se prit à regarder dans le vague. Jared sentait qu'il la tenait. Le mensonge lui laissait un goût amer dans la bouche, mais il lui fallait coûte que coûte remporter la partie.

— Tu crois vraiment que je vais perdre ? demanda-t-elle.

— Oui, répondit-il aussitôt. C'est évident.

— Je ne plaisante pas. Ne me raconte pas d'histoires.

Il prit une profonde inspiration. Il cherchait seulement à la protéger.

— Je ne te raconte pas d'histoires.

— Alors laisse-moi y réfléchir. On en reparle demain matin.

Sara quitta la cuisine et Jared ferma les yeux. Il y était presque.

Dans l'évier de la cuisine, Jared lavait les plats utilisés pour le dîner thaï qu'ils avaient commandé par téléphone. Il avait beau savoir qu'il fallait maintenir la pression, il se sentait proche du but. La sonnerie du téléphone retentit.

— Sara, tu peux répondre ?

Quelques instants plus tard, il entendit Sara lui crier depuis le salon :

— C'est pour toi.

Il ferma le robinet, se sécha les mains et décrocha le téléphone de la cuisine.

— Allô ?

— Bonjour, monsieur Lynch, dit une voix de femme, ici Bari Axelrod, de l'American Health Insurance. Je voulais vous reparler de cette histoire de frais médicaux avec le Dr Kuttler. Une collègue vient de me dire que je pouvais y avoir accès dans votre dossier.

— Excusez-moi, mais je ne vois pas du tout de quoi vous voulez parler.

Un curieux silence à l'autre bout du fil.

— Je m'excuse à mon tour, mais vous êtes bien Jared Lynch ?

— Oui, c'est moi.

— Monsieur Lynch, est-ce que vous pourriez me donner votre date de naissance et votre numéro de sécurité sociale ?

— Non, je ne vois pas pourquoi je le ferais. Pourriez-vous me redire votre nom ?

— Je m'appelle Bari Axelrod, je travaille à l'American Health Insurance, votre assurance médicale.

— Pourquoi vous faut-il ces renseignements ? demanda Jared d'un ton soupçonneux. Vous ne les avez pas déjà ?

— Voilà, je viens de passer une demi-heure au téléphone avec quelqu'un qui s'est présenté sous le nom de Jared Lynch. Si ce n'était pas vous, je voudrais savoir avec qui je parle en ce moment. Pour vous rassurer sur mon identité à moi, je peux vous dire que vos trois derniers dossiers étaient pour les Drs Koller, Wickett et Hoffman. Croyez-moi, je possède déjà les informations que je vous ai demandées. Pourriez-vous donc me donner votre date de naissance et votre numéro de sécurité sociale ?

Avec hésitation, Jared communiqua à son interlocutrice les renseignements demandés.

— Enfin, une dernière vérification : pourriez-vous me dire quel est le genou que vous a soigné le Dr Koller ?

— Le gauche. Et maintenant, dites-moi ce que vous a dit cet homme.

— Il m'a demandé de lui révéler le total de ses remboursements, pour voir combien d'argent il avait dépensé.

— Et vous lui avez donné ces informations médicales confidentielles ?

— Je pensais que c'était vous. Il m'a donné votre date de naissance et votre numéro de sécurité sociale. Il m'a dit qu'il essayait de mettre au point son budget.

S'essuyant le front avec la serviette, Jared se mit à arpenter la cuisine.

— Que lui avez-vous dit, exactement ?

— Je lui ai dressé la liste des honoraires dentaires du Dr Hoffman, des check-ups annuels du Dr Wickett, j'ai rappelé la visite au Dr Koller, pour votre genou, ainsi que la facture de l'appareil orthopédique. Après, il m'a demandé des renseignements pour votre femme.

— Que lui avez-vous dit ? demanda Jared d'une voix tremblante.

— Monsieur, je ne savais pas que…

— Dites-moi précisément ce que vous lui avez raconté.

— J'ai seulement dressé la liste des dépenses. C'est tout ce que nous avons, ici. Ses ordonnances pour les pilules anticonceptionnelles, le Seldane pour les allergies et l'ordonnance de son psychiatre, qui lui a prescrit quatre mois d'antidépresseurs. À ce moment-là, il m'a demandé l'adresse et le numéro de téléphone du Dr Kuttler. Il m'a dit qu'il voulait vérifier ses tarifs. J'avais oublié qu'on les avait sous la main, alors je lui ai demandé de patienter, mais il m'a répondu que ça n'était pas important et qu'il vérifierait lui-même. Quand je me suis rendu compte qu'on avait les tarifs du médecin, je vous ai rappelé et c'est là que je me suis aperçu que...

— C'est incroyable, fit Jared.

— Vraiment, je regrette, monsieur. Il avait votre numéro de police d'assurance, alors...

— Comment a-t-il pu se le procurer ?

— Je n'en ai pas la moindre idée. Cela figure sur votre carte d'assurance maladie. Avez-vous perdu votre portefeuille, récemment ?

— Tout va bien ? demanda Sara en pénétrant dans la cuisine.

Jared adressa un signe de tête affirmatif à sa femme et retourna à sa conversation téléphonique.

— Écoutez, madame Axelrod, je vous rappellerai plus tard. Je n'ai pas ces papiers sous la main.

— Mais...

Il raccrocha.

— Que se passe-t-il ? demanda Sara en remarquant l'expression de Jared.

— Oh, des problèmes avec l'assurance maladie, répondit-il en s'essuyant le front. Rien d'important.

— Tu es sûr ? Parce que...

— Tout à fait sûr. Ils ont seulement perdu une de nos demandes de remboursement. Je m'en occupe.

L'air décidé, Sara traversa à grands pas la salle où se réunissait le grand jury.

— Mesdames et messieurs, nous avons aujourd'hui une tâche à accomplir, et une seule : rendre la justice.

— Rendre la justice ? l'interrompit Conrad, assis devant le box des jurés. Nous ne sommes pas à une audition du Congrès... il faut que les jurés vous prennent au sérieux.

— Je ne peux pas m'en empêcher, dit Sara en jetant son carnet sur la table. Chaque fois que je suis anxieuse, j'ai tendance à sortir des clichés. À force de regarder des mauvais films pendant des années, j'ai fini par me laisser contaminer.

— Dans votre ancien cabinet, on ne vous a pas appris à parler devant un jury ? demanda Guff, qui avait pris place aux côtés de Conrad.

— Je vous l'ai déjà dit, je n'ai plaidé en audience que deux fois en six ans. Le reste du temps, on parvenait à des arrangements avant le procès.

140

— Bon, revenons à nos jurés, l'interrompit Conrad. (Il se leva et s'approcha de Sara.) Que ce soit devant un grand jury ou au cours d'un procès, il faut toujours gagner la confiance des jurés. S'ils vous font confiance, ils vous suivront. Dans le cas contraire, vous perdrez. Mais il y a une différence entre se faire apprécier des jurés et les amener à vous suivre dans votre réquisitoire. Si vous voulez qu'un jury se prononce contre l'accusé, il vous faut autre chose que des sourires chaleureux et des gestes enveloppants.

— Alors, quel est le secret ?

— Le secret, c'est la parole. Le grand jury comportera entre seize et vingt-trois personnes. Tout ce que vous avez à faire, c'est en convaincre au moins douze que les faits justifient une mise en accusation pour infraction majeure. Ils n'ont pas à se prononcer sur la culpabilité de l'inculpé, ils ne sont pas chargés de l'envoyer en prison. Tout ce qu'on leur demande, c'est s'il existe des présomptions suffisantes pour accuser Kozlow de cette infraction. La barre est placée bas, mais on peut aisément se prendre les pieds dedans.

— Qu'entendez-vous par « la parole » ? Vous avez des formules magiques ?

— Et comment ! répondit Conrad. Règle numéro un : ne jamais utiliser le nom de l'inculpé. Ne l'appelez jamais Kozlow, ni Anthony, ni Tony. Cela l'humanise et les jurés ont plus de mal à voter contre lui. Appelez-le « l'inculpé ». Règle numéro deux : utiliser toujours le nom de la victime, le nom du flic et celui des témoins. Mme Doniger, l'agent McCabe, Mme Harrison. Vous les rendrez plus humains, et partant plus crédibles. Règle numéro trois : ne jamais utiliser la qualification de l'infraction reprochée à l'inculpé. En d'autres termes, ne dites pas « il a commis un vol qualifié » ou « il a commis un meurtre ». Ces mots risquent d'effrayer les gens, sans parler du fait que les jurés vont commencer à s'interroger sur les éléments de l'infraction avant le vote. Pour faciliter les choses, dites : « Si vous pensez que l'inculpé a volé ces objets à Mme Doniger… »

— Et ça marche vraiment ? demanda Sara d'un air sceptique.

— En neuf ans au parquet, je n'ai jamais perdu une seule fois devant un grand jury. Je n'ai pas toujours gagné au procès, mais je suis toujours arrivé jusque-là. Et cela parce qu'on m'a appris à ne jamais négliger les détails.

— Et qui vous a dispensé ces trésors de sagesse ?

— L'État fédéral des États-Unis, répondit fièrement Conrad.

— Vous avez fait l'armée ? demanda Guff d'un ton sarcastique. Ça m'étonnerait. Vous êtes trop décontracté.

— Je me suis engagé envers l'État pour trois ans, et on m'a mis à la faculté de droit. Mais au bout de trois ans, on vous oblige à abandonner le pénal. Quand on m'a dit que j'aurais à m'occuper d'affaires civiles assommantes comme les testaments, les impôts et les divorces, je suis venu ici.

— Vous aimez la bagarre, n'est-ce pas ?

— Je ne peux pas m'en passer, reconnut Conrad. Et maintenant, revenons à nos moutons. Vous avez un plan de bataille ?

— J'appellerai les gens par ordre d'implication. Je commencerai par le flic, puis Mme Doniger et enfin Harrison. Kozlow viendra en dernier.

— Kozlow a donc décidé de témoigner ?

— Il a rempli l'imprimé, expliqua Sara. Jared a dû estimer qu'il ferait un témoin crédible. Je me dis que s'il passe en dernier, le jury aura déjà eu le temps de se faire une opinion.

Sara se prit alors à songer à ses témoins. Tout reposait sur Mme Harrison, car elle était la seule à avoir vu Kozlow quitter la maison. Mais si elle refusait de témoigner, ou pis, si elle affirmait n'avoir rien vu, l'affaire était mal engagée.

— Autre chose, reprit-elle en regardant Conrad. Je sais que ça ne vous plairait pas, mais si demain tout s'écroule, je devrai songer à demander le non-lieu.

— Je ne vous reprocherai jamais une chose pareille, dit Conrad. C'est vous qui assurez les poursuites dans cette affaire. Et croyez-moi ou pas, j'en mesure les conséquences.

Remarquant le regard lointain de Sara, il ajouta :

— Je ne plaisante pas. Il faut savoir aussi être réaliste.

— C'est l'homme qui ne négocie jamais qui parle ainsi ?

— Écoutez, Sara, on ne peut pas remporter toutes ses affaires. Regardez les cartes que vous avez en main : des témoins hésitants, un inculpé incertain, et même votre mari. Du point de vue émotionnel, cela me paraît bien lourd.

— Mais cette affaire, précisément…

— Je sais que vous comptez dessus pour faire vos preuves, mais vous ne pouvez pas non plus bâtir quelque chose avec rien. Enfin, on peut parfois y arriver, mais pas toujours. Demain vous prendrez votre décision. Et quelle qu'elle soit, vous survivrez.

— Ce ne sont pas les conséquences qui m'effraient, ce sont les motivations derrière la décision. Vous auriez dû entendre Jared hier soir… il

142

a réussi à me culpabiliser d'une façon qui aurait rendu ma mère jalouse. Et croyez-moi, ça n'est pas rien.

— Je vous crois volontiers. Entre les témoins défaillants et Stockwell qui ne vous lâche pas d'une semelle, vous auriez toutes les raisons du monde pour jeter l'éponge. Je comprends que l'idée d'un non-lieu ne vous plaise pas mais, vu la situation, c'est encore mieux qu'une défaite.

— Probablement, fit Sara, découragée. Mais il est difficile de saisir la différence.

Installé dans son luxueux canapé en cuir, Rafferty décrocha le téléphone qui sonnait.

— Vous m'avez demandé de vous appeler, fit Kozlow à l'autre bout du fil.

— Vous avez oublié comment on dit bonjour, ou bien est-ce comme ça qu'on fait, chez l'homme de Neandertal ?

— Bonjour, comment allez-vous ? grommela Kozlow. On est prêts pour demain ?

— En principe, oui. Sara a l'intention de citer à comparaître Claire et Patty Harrison au petit matin.

— Vraiment ? Et elles seront là ?

— Sans aucun doute, répondit Rafferty. Mais comme elles ne diront rien devant le grand jury, on en aura fini avec toutes ces histoires idiotes.

— C'est la meilleure solution, vous êtes sûr ?

Rafferty refusa de répondre à la question.

— D'où appelez-vous ?

— Vous inquiétez pas. C'est une cabine publique. Vous me prenez pour un idiot ?

— Je ne sais pas, au juste. N'était-ce pas idiot d'emporter cette montre en diamants et cette balle de golf en argent ?

— Pourquoi vous ramenez toujours cette histoire ? J'étais…

— Je ne veux plus en entendre parler, espèce de petite frappe cupide. Si vous n'aviez pas agi ainsi, nous ne serions pas dans cette situation.

— Comment vous avez dit ? lança Kozlow. Vous m'avez traité de cupide ? Laissez-moi vous dire une chose, espèce de vieille croûte bon chic bon genre, c'est vous qui…

— Au revoir, l'interrompit Rafferty.

Et avec un déclic Kozlow disparut.

9

Le lundi matin, tôt, Sara arpentait le couloir carrelé du huitième étage du 1, Hogan Place, s'efforçant de paraître calme. Devant la salle du grand jury se formait une petite file de substituts attendant de présenter leur affaire. Comme la salle d'attente ne permettait pas d'accueillir tout le monde, on voyait également dans le couloir des dizaines de témoins, membres de la famille et avocats de la défense. Pour tenter d'oublier ses angoisses, Sara observait avec attention ces gens.

Avocats et magistrats étaient faciles à identifier avec leurs complets gris ou bleu marine et leurs chemises d'un blanc éclatant. Tous ceux qui ne portaient pas l'uniforme étaient par défaut témoins, victimes, inculpés ou membres de la famille venus apporter leur soutien. Pour séparer les avocats des magistrats, il suffisait d'être attentif au langage des corps. Les avocats de la défense semblaient à l'aise et décontractés. Comme ils n'étaient pas autorisés à participer aux audiences du grand jury, ils n'avaient rien à perdre. En comparaison, les substituts du procureur étaient en général plus jeunes, avec des éclats d'anxiété dans le regard, main nerveusement posée sur la hanche, des ongles parfois rongés, et, malgré leurs impayables tentatives pour paraître calmes, ils regardaient trop fréquemment leur montre. Dès qu'elle eut pris conscience de cette attitude, Sara cessa de faire les cent pas.

Derrière elle, un homme en complet gris dit à haute voix :

— J'espérais qu'on serait les premiers, mais apparemment nous serons septième et huitième.

Pivotant sur ses talons, Sara reconnut un homme présent lors de sa première journée d'orientation.

— Septième et huitième ?

— À passer devant le grand jury, expliqua l'homme. Sur les dix-sept substituts qui ont commencé en même temps que nous, six sont déjà passés. Tous sauf un ont obtenu une mise en accusation. C'est un type nommé Andrew, de Brooklyn, il a écopé de quelque chose de dur. Je parie que ce sera le premier à être remercié. Il paraît que c'est aujourd'hui qu'on décide des licenciements.

Elle se raidit.

— Excusez-moi, vous pourriez me rappeler votre nom ?

— Charles, mais on m'appelle Chuck.

— Charles, Chuck, est-ce que vous pourriez me rendre un service, tous les deux ? Ne pas me parler, pour l'instant !

Le grand jury était choisi une fois par mois, lors d'une procédure que Guff appelait le « loto pénal ». Mais, à la différence du jury traditionnel qui n'a à prononcer de verdict d'innocence ou de culpabilité que dans une seule affaire, le grand jury voyait plusieurs dizaines d'affaires par jour et décidait seulement s'il y avait matière à ce que le parquet continue les poursuites. En début d'exercice, les jurés se comportaient en novices consciencieux, s'efforçant prudemment de ne pas mettre à tort en accusation. Mais, à la fin, endurcis par l'expérience, ils se rendaient compte que la mise en accusation n'était que la première étape du processus judiciaire. Au début, c'étaient des gens agréables, désireux de bien faire. Après, ce n'étaient plus que des New-Yorkais moyens, disposés à croire le pire de leurs concitoyens.

Vingt minutes s'écoulèrent, puis Sara entendit la voix de Guff, dans le couloir.

— Regardez ce que j'ai trouvé.

Elle tourna la tête et le vit arriver, poussant un chariot métallique avec tous les dossiers relatifs à cette affaire. Derrière elle venaient l'agent McCabe, Claire Doniger et Patty Harrison. McCabe semblait calme, Doniger agacée et Harrison terrifiée. Sara s'avança vers ses témoins.

— J'espère que vous comprenez pourquoi nous avons dû…

— Ne me traitez pas comme une enfant, lança sèchement Mme Doniger, en agitant sa permanente. Avec son tailleur Adolfo, son bronzage artificiel, son lifting et son minuscule sac à main, Mme Doniger, âgée de cinquante-quatre ans, ressemblait exactement à l'idée que Sara s'en était faite. Et lorsque Mme Doniger passa devant elle, Sara comprit que leur conversation était terminée.

Elle se tourna alors vers Mme Harrison et lui posa doucement la main sur l'épaule.

— Vous vous sentez bien ?

— Oui, répondit-elle sans conviction.

— Voulez-vous me dire qui vous a menacée ?

— Personne ne m'a menacée. (Ses cheveux d'un noir de jais étaient ramenés en arrière et maintenus par un nœud en velours noir, et une lueur dansait dans ses yeux d'un bleu glacé.) Mais je vais vous dire quelque chose : je ne veux pas devenir une pestiférée dans mon quartier.

— Qui vous donne l'impression d'être une pestiférée ? Mme Doniger ? Kozlow ?

— Je ne sais même pas qui est ce Kozlow. Je l'ai vu cette nuit-là quitter la maison de Claire. Il avait l'air bizarre, alors j'ai téléphoné à la police. Je n'en sais pas plus.

— C'est tout ce que vous avez besoin de dire. Racontez seulement cette histoire-là.

Mme Harrison détourna le regard.

— Non, je ne le ferai pas.

— C'est votre devoir.

— Je n'ai de devoir qu'envers moi-même. Mon mari m'a quittée il y a huit ans pour sa jolie secrétaire ; ma fille vit à présent à San Francisco, et je n'ai plus de nouvelles d'elle, et le plus grand moment de ma semaine, c'est quand j'échange quelques mots doux avec le boucher du supermarché. Ça peut paraître dérisoire, mais c'est ma vie, et elle me plaît. Et je ne vais pas la lâcher pour je ne sais quel sens du devoir. (Elle s'aperçut alors qu'un certain nombre de gens autour d'elle la regardaient.) Occupez-vous de vos affaires, bande de fouineurs ! hurla-t-elle.

Laissant à Mme Harrison le temps de se calmer, Sara attendit en silence. Puis elle se tourna vers elle.

— Vous avez raison. C'est vous qui courez les plus gros risques, pas moi. Mais si un jour, en Californie, votre fille se fait défoncer le crâne, j'espère que la personne qui aura assisté à ce crime aura plus de courage que vous.

Mme Harrison regarda Sara droit dans les yeux.

— Vous avez terminé ? demanda-t-elle.

— J'ai dit ce que j'avais à dire, répondit Sara avant de s'éloigner.

Dans le couloir, elle vit alors arriver Jared, accompagné de Kozlow, impressionnant avec son complet à fines rayures et ses lunettes discrètes et de bon goût. Tout à fait le genre de Jared, songea-t-elle. Celui-ci indiqua par gestes à son client qu'il devait attendre à l'autre bout du couloir, loin des témoins de Sara. Kozlow obtempéra, et Jared s'avança vers sa femme.

— Tout va bien ? demanda-t-il en observant Sara.

— Oui, très bien.

— Tu es sûre ?

Il voulut lui poser la main sur le bras. Elle le retira vivement.

— Pas maintenant. Pas ici.

— Excuse-moi… Je ne voulais pas…

— Ça n'est pas le moment.

— Je comprends. Alors, as-tu réfléchi à la possibilité de prononcer un non-lieu ?

— Bien sûr que j'y ai réfléchi…

— Sara ! cria Guff de l'autre bout du couloir, c'est à vous !

— Alors ? demanda Jared en plongeant son regard dans le sien. Marché conclu ?

Elle baissa les yeux vers le sol.

— J'ai les papiers ici, insista Jared.

Il sentait la victoire à portée de main.

Elle, de son côté, savait ce que cette affaire représentait pour lui. Et blesser Jared, c'était se blesser elle-même. Elle leva les yeux sur lui.

— Désolée. Ça n'est pas possible.

— Mais…

— Je t'en prie, ne me le demande plus, dit-elle en se dirigeant vers la salle d'audience. Tu as déjà frappé au-dessous de la ceinture.

Jared serra les mâchoires et se détourna.

Guff tint la porte ouverte à Sara.

— Bonne chance, patronne.

— Vous ne venez pas ?

— Je ne peux pas. Si je ne suis ni témoin ni membre du barreau de New York, je ne peux entrer. Heureusement pour moi, je ne suis ni l'un ni l'autre. Allez-y, donnez-leur une leçon !

Lorsqu'elle pénétra dans la salle, Sara sentit tous les regards braqués sur elle. Assis sur deux rangées de bancs, elle découvrit alors les vingt-trois hommes et femmes qui composaient le grand jury. Un jury typiquement new-yorkais : pour la plupart des retraités, hommes et femmes, quelques mères de famille un peu âgées, une serveuse, un directeur de magasin, un jeune éditeur, un mécanicien, un étudiant en doctorat, etc.

Kozlow était assis du côté droit, tandis que l'agent McCabe, Claire Doniger et Patty Harrison attendaient tous dans la salle des témoins, attenante à la salle d'audience. Jared fit alors son entrée et vint s'installer à côté de son client. Il regardait Sara avec attention, cherchant à capter son regard.

147

Refusant de croiser le regard de son mari, Sara savait qu'elle n'aurait pas dû lui permettre d'entrer dans la salle. Elle gagna la table vide, posa sa serviette et se tourna vers le grand jury.

— Tout le monde va bien ?

Personne ne répondit.

— Bon. D'accord, dit Sara en ouvrant sa serviette. (Son visage s'empourpra légèrement.) Veuillez m'excuser un instant.

Elle gagna la porte d'entrée et passa la tête dans l'entrebâillement.

— Que se passe-t-il ? demanda Guff, appuyé contre le mur.

— Les dossiers.

— Hou ! s'écria-t-il en poussant le chariot vers Sara.

Sara le roula à l'intérieur et adressa un sourire aux jurés.

— Et voilà. On commence ?

Lorsque l'agent McCabe eut fini de témoigner, Sara retrouva un peu d'espoir. C'était loin d'être le témoin idéal, mais il s'en tenait aux faits et s'exprimait clairement.

— Quelqu'un a des questions ? demanda Sara, refusant toujours de croiser le regard de Jared.

À la différence des juridictions destinées à juger, les membres du grand jury avaient le droit de poser des questions aux témoins, ce qui leur permettait de se faire une idée par eux-mêmes. Dans l'esprit de Sara, tant qu'on ne demandait pas à McCabe pourquoi il n'avait pas pris d'empreintes ni fait reconnaître l'inculpé, le pire était évité.

Un juré du second rang leva le premier la main.

— Attendez, j'arrive, dit Sara.

Elle se pencha vers l'homme qui lui murmura une question à l'oreille. Le substitut du procureur avait en effet pour tâche d'examiner les questions et de vérifier qu'elles étaient pertinentes, puis de les poser lui-même au témoin. Elle réagit comme Conrad le lui avait appris. Sans manifester la moindre émotion, elle se tourna vers McCabe.

— Voici la première question : avez-vous recherché les empreintes de l'inculpé dans la maison ?

— Nous n'avons pas les crédits suffisants pour cela, répondit McCabe.

Le juré chuchota une autre question à Sara.

— Mais n'est-ce pas le meilleur moyen de s'assurer que l'inculpé se trouvait bien là ? répéta Sara.

— Probablement, répondit McCabe d'un ton indigné. Mais tout ne peut pas être toujours parfait.

Sara se détourna de McCabe. À partir de là, tout alla de mal en pis.

À la fin du témoignage de Mme Doniger, Sara était effondrée. Assise à la table des témoins, l'air furieux, Mme Doniger se montra hostile et peu disposée à coopérer. On était loin de la victime pitoyable que Sara avait espérée. Désirant effacer cette fâcheuse impression, Sara demanda s'il y avait des questions.

Immédiatement, une femme assise au premier rang leva la main et lui chuchota une question à l'oreille.

— Donc vous n'avez jamais vu M. Kozlow dans votre maison ? répéta Sara.

— Non.

Une nouvelle question.

— Vous ne savez pas par conséquent avec certitude si c'est lui le voleur, annonça Sara.

— Absolument pas.

Les questions se poursuivant, Sara ne put s'empêcher de couler un regard en direction de Jared. Nul besoin d'être un génie pour deviner ses pensées. Il voyait bien que Sara perdait pied. Il poussa alors un bout de papier vers le coin de la table de la défense, suggérant à Sara de le lire. L'air de rien, Sara s'approcha de la table et lut le papier tandis que Mme Doniger répondait à la dernière question. « D'accord pour le non-lieu ? C'est encore possible. »

Sara regarda Jared et fut tentée d'accepter... pour faire taire Mme Doniger et en finir une bonne fois pour toutes. Même si elle obtenait la mise en accusation, qu'espérait-elle au bout du compte ? Avec des témoins comme les deux femmes, le procès serait un désastre plus grand encore. Même Conrad était d'avis qu'il valait mieux rendre une ordonnance de non-lieu que perdre. Mais plus important, Sara ne supportait pas l'idée de devoir affronter Jared. De le voir meurtri par son action. Peut-être est-ce lui qui a raison, pensa-t-elle en regagnant la table du ministère public.

Lorsque Mme Doniger eut fini de témoigner, Sara comprit que le moment était venu de prendre une décision. Elle pouvait prononcer un non-lieu en accord avec Jared ou bien poursuivre avec Mme Harrison. Si la question était difficile, pour Sara la réponse semblait évidente.

— Si vous voulez bien nous accorder encore un instant, j'aimerais appeler un autre témoin, dit-elle en tournant le dos à son mari. J'appelle à témoigner Mme Patricia Harrison.

À midi et demi, Guff et Sara pénétrèrent dans le bureau de Conrad.

— Je te rappelle, Victor, ils arrivent.

Il raccrocha et observa ses deux collègues impassibles.

— Alors ? Vous avez obtenu la mise en accusation ?

— À votre avis ? demanda Guff.

— Je crois que vous l'avez obtenue et que vous jouez les indifférents dans le vain espoir de me surprendre.

— On l'a eue ! hurla Guff. On les a pulvérisés, ces salauds !

— Parfait ! s'écria Conrad.

Il bondit sur ses pieds, serra Sara dans ses bras puis s'écarta rapidement. Elle eut un faible sourire.

— Vous auriez dû la voir, fit Guff en adoptant une pose de boxeur. Elle était là, à la merci de trois témoins faiblards. Elle a foudroyé le jury du regard. Ils ont tout de suite compris à qui ils avaient affaire. Et tout de suite, alors qu'ils l'attendaient en zig, hop, elle était en zag ! Et quand ils s'attendaient à un zag, hop, la voilà en zig ! Zig ! Zag ! Zig ! Zag ! On aurait dit mes parents devant un buffet de hors-d'œuvre à volonté : les plats volaient plus vite que l'œil humain n'est capable de les suivre.

— Mais qu'est-ce que vous racontez ? demanda Conrad.

— J'utilise une métaphore culinaire pour évoquer des arguments juridiques complexes, répondit Guff.

— Et donc les arguments juridiques volaient plus vite que l'œil humain n'est capable de les suivre ?

— Exactement. Et puis, alors qu'elle était dans les cordes, presque découragée, elle s'est relevée, rayonnante, semblable au phénix de la jurisprudence, d'entre les cendres du grand jury.

— Et vous avez vu tout ça alors que vous ne vous trouviez même pas dans la salle ? demanda Conrad.

— J'avais l'oreille collée à la porte. Et si je devais ne vanter qu'une seule de mes qualités physiques, c'est certainement la finesse de mon ouïe que je choisirais.

— Bon, si on enlève les exagérations inutiles, quelle est la véritable histoire ? demanda Conrad.

— La véritable histoire, dit Sara en posant sa serviette sur la table, c'est que Patty Harrison nous a sauvé la mise.

— La femme terrorisée s'est finalement décidée ?

— Et comment ! Quand elle est venue témoigner, je ne lui ai posé qu'une question : « Qui était la personne que vous avez vue sortir cette nuit-là de la maison de Mme Doniger ? » Il y a eu un long moment de silence. Ça semblait durer des siècles. On aurait entendu une mouche voler. Finalement, elle a pointé le doigt vers Kozlow et elle a dit : « C'était lui. »

— Jared a dû être furieux.

— Certainement. Et Kozlow n'avait pas l'air très heureux non plus.

— Avez-vous observé la réaction de Mme Doniger ?

— Je voulais le faire, mais j'ai oublié. Je regardais trop Jared.

— Il vous a vraiment énervée, hein ?

— Vous ne pouvez pas imaginer à quel point. Il sait exactement où appuyer pour faire mal.

— Eh bien, ça ne fait que commencer, dit Conrad. Et maintenant parlez-moi de Mme Doniger. Vous avez une idée de ce qui se passe, avec elle ?

— Franchement, au début, je la croyais seulement furieuse parce que je lui faisais perdre son temps… une journée de moins à pouvoir courir les magasins. Mais au tribunal, elle a été exécrable. Et là, je ne comprends vraiment pas pourquoi.

— Maintenant que vous avez obtenu la mise en accusation, vous allez pouvoir découvrir le reste. C'est en ça que va consister votre préparation au procès : remplir les cases blanches. Si j'étais vous, je me changerais les idées aujourd'hui et je reprendrais tout demain.

— Et Stockwell ? demanda Sara.

— Quoi, Stockwell ?

— De quoi lui parliez-vous quand nous sommes entrés ?

— Il a juste appelé pour savoir si vous aviez obtenu la mise en accusation.

— A-t-il demandé quelque chose d'autre ? A-t-il parlé de ses dossiers ?

Conrad agita un doigt menaçant en direction de Sara.

— Vous n'avez aucune raison d'accuser…

— Je n'ai rien dit, l'interrompit Sara. En tout cas pas avant que nous ayons épluché tous ses dossiers.

— Dans ce cas, mettez-vous au travail. Il faut préparer ce procès, maintenant, obtenir les réponses à vos questions.

— Et continuer de botter le cul de votre mari, ajouta Guff.

— Au fait, demanda Conrad, vous a-t-il dit quelque chose, après le grand jury ?

— Pas un mot. Il a pris sa serviette et il est parti. Mais faites-moi confiance, j'en entendrai parler ce soir. Ce n'était que la première reprise. Le match Tate-Lynch continue.

De retour à son bureau, Jared jeta sa serviette sur sa table et desserra sa cravate. Machinalement, il regarda l'affiche représentant le lieu du délit. Rien. Sauf que l'endroit où l'agent avait arrêté Kozlow était très proche du domicile de Mme Doniger. Trop proche.

— Et merde ! s'écria-t-il en arrachant l'affiche du mur.

Au moment où il s'effondrait dans son siège, la voix de Kathleen résonna dans l'interphone.

— J'ai Oscar Rafferty au téléphone, dit-elle.

— Non, ne...

La sonnerie du téléphone retentit.

Quelques instants plus tard, Kathleen passa la tête par la porte entrebâillée.

— Vous m'avez entendue ? C'est M. Rafferty au bout du fil.

La sonnerie continuait de se faire entendre, mais Jared ne décrochait pas.

— Jared...

— Je ne peux pas lui parler maintenant, dit Jared, effondré dans son siège.

Kathleen quitta la pièce et le téléphone cessa de sonner. Jared entendit la voix de sa secrétaire.

— Excusez-moi, mais il a dû sortir. Je lui dirai de vous appeler dès son retour. (Elle retourna dans le bureau de Jared.) Que s'est-il passé ?

— Vous savez bien ce qui s'est passé. J'ai perdu. Sara a obtenu la mise en accusation ; maintenant il va falloir aller au procès.

— Pourquoi ne pouvez-vous pas l'annoncer à Rafferty ?

— Parce que je ne peux pas, c'est tout ! Combien de fois faut-il vous le dire ? Pour l'instant je ne peux pas, voilà !

Surprise par cet éclat, Kathleen vint s'asseoir face au bureau de Jared.

— Allez-vous me dire ce qui se passe, maintenant ?

Jared baissa les yeux.

— Allez, Jared. Vous pouvez me le dire. Que se passe-t-il, avec Rafferty ?

— Rien, dit Jared, refusant toujours de regarder sa secrétaire.

— Ne me faites pas croire ça à moi. (Elle savait bien qu'elle outre-passait les limites admises de la familiarité, mais l'affaire lui semblait suffisamment grave.) Qu'a-t-il fait ? Il a dit quelque chose à Lubetsky ? Il a dit quelque chose à propos de Sara ?

— Je vous en prie, laissez tomber !

— Il a dit quelque chose à Sara ou à vous ?

— Ça suffit, Kathleen.

— Il la harcèle ? Il la menace ? (Jared garda le silence.) C'est ça, hein ? C'est pour ça qu'il vous a engagé : pour que vous l'emportiez contre Sara. Et si vous ne réussissez pas, il...

— Ne vous laissez pas entraîner par votre imagination. Vous êtes bien loin de la vérité.

Kathleen croisa les bras sur sa poitrine et regarda fixement son patron.

— Vous me prenez vraiment pour une idiote ? Vous pensez que je vais vous croire ? Dites-moi seulement que j'ai raison, comme ça nous pourrons aller plus loin. Pourquoi garder tout cela pour vous ? On peut aller voir la police, ou demander à Barrow, ou bien...

— Kathleen, je vous en prie... ne faites pas ça.

— Donc j'ai raison. Je n'ai pas besoin d'en savoir plus. (Elle se leva et se dirigea vers la porte.) Désolée, mais maintenant il faut aller demander de l'aide. Je vais appeler Lubetsky et lui expliquer...

— Attendez ! s'écria Jared.

Elle se retourna, et il comprit qu'il n'avait plus le choix.

— Si j'en parle à qui que ce soit, ils la tueront.

Kathleen se figea sur place.

— Pardon ?

— Vous m'avez entendu. Si j'en parle à qui que ce soit, ils tueront Sara.

— C'est ce qu'il a dit ?

À nouveau, Jared garda le silence. Il s'était promis de ne rien dire, mais il devait bien s'avouer qu'il se sentait à présent soulagé. Tant qu'il maîtrisait la situation, il avait probablement intérêt à mettre quelqu'un de son côté. Il regarda longuement Kathleen. Après toutes ces années au cabinet, il avait toute confiance en elle.

— Voilà ce qui s'est passé...

Après lui avoir raconté toute l'histoire, depuis la rencontre au club jusqu'au cambriolage de leur appartement en passant par les menaces continuelles, Jared détourna le regard.

Kathleen demeura un long moment silencieuse.

— C'est donc pour cela qu'il m'a posé toutes ces questions sur vous et sur Sara, ce matin.

— Il vous a posé des questions sur nous ?

— Une avalanche. Il a appelé pendant que vous étiez au grand jury…
il voulait tout savoir. Votre réputation, votre caractère, votre façon de
travailler. Évidemment, je ne lui ai rien dit, mais il voulait tout savoir de
votre vie privée aussi bien que professionnelle.

— Peut-être.

— Non, pas peut-être. (Elle se leva.) Il faut faire quelque chose.

— J'ai mis Barrow sur l'affaire.

— Ça ne suffit pas… ça nous apprendra seulement que Rafferty est
un truand. Pourquoi ne pas en parler à Sara ? Elle a le droit de savoir.

— Je ne peux pas, Kathleen, vous savez bien comment elle réagirait.
Elle tomberait sur Rafferty à bras raccourcis avant même que j'aie
terminé mon histoire.

— Parce qu'elle est intelligente.

— Non, parce qu'elle a le sang chaud. Et dans une affaire comme
celle-ci, l'affrontement direct n'est pas la meilleure solution.

— Mais vous ne croyez pas que…

— Écoutez, Kathleen, j'ai envisagé toutes les solutions. Il s'agit de
ma femme. Sara, c'est toute ma vie. Voilà une semaine que je n'arrête
pas de penser à sa mort. Vous imaginez l'effet que ça peut faire ?
Chaque soir, en m'endormant, je me demande s'ils ne vont pas la tuer.
Et en me réveillant, c'est la même chose. Toute la journée, je ne pense
qu'à elle. La nuit dernière, j'ai rêvé de ce que je dirais à son enterrement.
Vous vous rendez compte de la terreur dans laquelle je vis ? Elle est tout
pour moi, Kathleen.

Kathleen posa la main sur l'épaule de Jared.

— C'est terrible.

— Toute la semaine j'ai réfléchi, j'ai essayé de trouver une solution.
Faut-il oui ou non appeler la police ? Faut-il tout avouer à Sara ? Je
meurs d'envie de tout lui raconter. Mais je crois Rafferty quand il
affirme qu'il surveille le moindre de mes mouvements. Je le crois
lorsqu'il me menace de s'en prendre à elle si jamais je raconte cette
histoire à quelqu'un.

— Alors pourquoi me la raconter ?

— Parce que vous vous en êtes rendu compte. Au point où vous en
étiez, pour que vous gardiez le silence, le mieux était encore de vous
avertir des conséquences.

— Mais…

— Il n'y a pas de « mais ». Si je raconte tout à Sara, elle va piquer une
crise. Elle va leur tomber dessus, ce qui déclenchera une catastrophe. La
meilleure façon de la protéger, c'est de ne rien lui dire. C'est mon choix.

Si vous n'êtes pas d'accord, vous pouvez appeler le service du personnel et leur demander de vous affecter à un autre avocat. Sinon, je vous demanderai d'agir comme je le demande. Peu importe ce que vous pensez, mais vous m'aideriez beaucoup en agissant ainsi.

— Alors vous allez simplement faire ce qu'ils exigent de vous ?

— Je n'ai pas le choix… après tout, gagner un procès, c'est mon boulot.

— Et si vous perdez ?

— Faites-moi confiance, je gagnerai. Par n'importe quel moyen, mais je gagnerai. Alors, qu'en pensez-vous ?

Kathleen lui adressa un sourire chaleureux.

— Vous connaissez déjà la réponse. Si je n'aimais pas travailler avec vous, il y a longtemps que je serais partie.

— Merci, Kathleen. J'espère que vous n'aurez pas à le regretter.

Sara sauta le déjeuner et passa l'heure suivante à régler ses autres affaires. Le premier voleur à l'étalage et le possesseur de drogue avaient tous deux accepté d'effectuer un travail d'intérêt général, en sorte qu'elle n'avait plus à s'en occuper. Mais le deuxième voleur à l'étalage et le voleur à la tire faisaient de leur mieux pour résister. Connaissant bien le système, ils savaient qu'il faut des mois avant d'en arriver à un procès et, après avoir vérifié l'encombrement des tribunaux, Sara comprit qu'ils avaient raison.

Frustrée, elle retourna à l'affaire Kozlow et reprit ses recherches dans les dossiers de Stockwell, sans toutefois découvrir le moindre lien entre celui-ci et Kozlow ou Mme Doniger. Kozlow n'avait jamais été témoin pour Stockwell et ne lui avait jamais servi d'informateur. Pas plus que Mme Doniger.

Elle songeait à cette déconvenue lorsque la porte de son bureau s'ouvrit. Quelqu'un entra. Puis elle entendit le déclic du verrou qu'on referme.

Elle leva les yeux. Devant elle se tenait l'homme aux joues creuses, celui-là même qui l'avait bousculée et lui avait volé son portefeuille.

— Mais qu'est-ce que vous faites ? s'écria-t-elle en bondissant sur ses pieds.

— C'est pour que nous soyons un peu tranquilles, dit l'homme.

Il portait un complet gris à bon marché, et il y avait quelque chose d'un peu ridicule dans sa voix trop grave.

— Je vous donne une seconde pour rouvrir cette porte, sinon…

— Je pourrais très bien ouvrir cette porte, mais avez-vous envie que tout le monde nous entende parler de l'affaire Kozlow ?

Sara dévisagea son visiteur.

— Asseyez-vous. Excusez-moi, mais je n'ai pas bien compris votre nom.

— Je ne vous l'ai pas donné. Je suis un ami de la victime.

— Ainsi vous connaissez Mme Doniger.

— J'ai dit « de la victime ». Au fait, j'ai entendu parler de votre prestation au grand jury, et vous m'avez beaucoup déçu.

— Attendez un peu. C'est Kozlow qui vous envoie pour me menacer. Il veut que j'abandonne l'affaire.

— Vous avez tout faux. Non seulement je veux que vous gardiez l'affaire, mais je veux que vous la gagniez. Pourtant, après ce qui s'est passé ce matin avec votre mari… à mon avis, vous avez failli tout louper.

— Mais qu'est-ce que vous racontez ? dit-elle en posant un calepin sur ses genoux.

— Que faites-vous ? demanda l'homme.

— Je prends des notes. (Dérobant le calepin à la vue de l'homme, elle se mit discrètement à dessiner son portrait.) Et maintenant expliquez-moi pourquoi j'ai failli tout louper ce matin.

— Parce que votre mari cherche à vous manipuler. (Sa voix se fit plus grave encore.) « Allez, Sara, fais ça pour nous. Ce sera bon pour nous deux. Laisse tomber cette affaire, prends-en une meilleure et ramène-nous une vraie victoire. »

Sara cessa de dessiner.

— Où avez-vous entendu ça ?

— C'est incroyable ce qu'on peut entendre dans un couloir plein de monde. Il faudra faire en sorte que ce genre de choses n'arrive plus jamais.

Sara ne dissimula plus sa colère.

— Écoutez-moi bien, vous : si vous continuez à employer ce ton avec moi, je vous inculpe de menaces, intimidation et outrage à magistrat.

L'homme ne sembla guère impressionné.

— Admirable ! Finalement, vous avez appris votre rôle.

Sara ne répondit pas.

— À mon tour de vous raconter une histoire, reprit l'homme. C'est l'histoire d'une petite fille qui n'a peur de rien. Et puis brusquement elle est mise à la porte de son travail, ce qui non seulement l'amène à aller voir un psy, mais de plus ravive le souvenir de la mort de ses parents. Elle fait même une véritable dépression nerveuse et elle est obligée de prendre des antidépresseurs. Mais ce qui est fou, c'est qu'elle a tellement envie de retrouver un travail qu'elle ne signale pas cette prise de médicaments sur sa demande d'emploi. Et comme il s'agit d'un poste de magistrat, cette omission risque de lui poser un sérieux problème.

— Cette demande a été transmise avant que je commence à prendre des médicaments.

— Néanmoins, il vous appartient d'actualiser votre dossier de candidature. Même si vous ne l'avez pas fait volontairement, il est sûr que votre hiérarchie serait furieuse.

Lentement, la colère fit place à la détresse sur le visage de Sara.

— N'est-ce pas exaspérant de se rendre compte que tout le monde connaît le moindre détail de votre vie ?

— Que voulez-vous ? demanda lentement Sara.

— Pas grand-chose. Je sais que vous avez volé ce dossier à Victor Stockwell. Alors tout ce que je demande, c'est d'assumer vos responsabilités. Mais surtout, si vous aimez vraiment votre mari, je veux que vous gagniez cette affaire.

— Que voulez-vous dire ? (L'homme garda le silence.) Répondez-moi.

— Ne jouez pas les idiotes, madame Tate. Vous savez exactement ce que je veux dire. Ça n'est pas difficile de l'emporter contre lui. Alors gardez le profil bas, surveillez votre mari et faites votre boulot.

Avant que Sara ait pu répondre, la sonnerie du téléphone retentit. Elle ne décrocha pas.

— À votre place je ne négligerais pas le téléphone, dit-il. C'est peut-être important.

La sonnerie retentit à nouveau. Sara regardait son visiteur d'un air glacial.

— Je ne plaisante pas, déclara-t-il.

Au moment où Sara tendit le bras pour prendre le combiné, l'homme saisit le calepin qu'elle tenait dans l'autre main. Elle tenta de résister, mais en vain. Il en déchira la première page.

— Joli dessin, dit-il en admirant la ressemblance.

Il froissa la feuille dans sa paume.

— Substitut Tate, dit Sara au téléphone.

L'homme tira un briquet de sa poche, enflamma la boule de papier et la jeta sur le bureau de Sara. Bondissant de son siège, celle-ci saisit un gros Code pénal et l'abattit violemment sur la boule de papier enflammé.

— Madame Tate, vous êtes là ? demanda une voix à l'autre bout du fil. Ici Arthur Monaghan.

Dès que Sara entendit le nom du procureur de New York, son cœur fit un bond dans sa poitrine.

— Bonjour, monsieur le procureur. Que puis-je faire pour vous ?

Voyant l'inconnu se diriger vers la porte, elle mit la main sur le micro du combiné et s'écria :

— Restez ici !

— C'est à moi que vous parlez ? demanda Monaghan.

— Non, non, pas du tout, dit-elle en voyant l'homme quitter le bureau. Je parlais à mon assistant. Excusez-moi, que puis-je faire pour vous ?

— J'aimerais évoquer avec vous un certain nombre de questions personnelles. Je voudrais que vous veniez à mon bureau.

— Maintenant, monsieur le procureur ? Parce que je…

— Oui, dit Monaghan. Maintenant.

— Entendu. J'arrive.

Sara reposa le combiné et se rua dans le couloir, espérant rattraper son visiteur, mais il avait disparu. Elle aperçut alors Guff, tout au fond.

— Vous avez vu un type moche, en complet gris ? s'écria-t-elle sans ralentir l'allure.

— Non. Pourquoi ?

Sans répondre, Sara poursuivit sa course en direction des ascenseurs, passant devant le bureau de Conrad.

— Quelqu'un a vu un type en complet gris qui s'enfuyait ? hurla-t-elle.

Il y avait dans le couloir une dizaine de personnes, substituts, assistants, policiers, mais personne ne répondit. En atteignant enfin les ascenseurs, Sara comprit que l'homme lui avait échappé.

— Et merde ! lança-t-elle, hors d'haleine.

Devant son bureau, elle retrouva Guff, qui l'attendait.

— Que s'est-il passé ? demanda-t-il. Ça sent le brûlé.

— Entrez, mais ne touchez pas le bouton de la porte, dit Sara.

Après avoir jeté le petit tas de papier carbonisé, Sara prit dans une boîte une paire de gants en caoutchouc.

— J'imagine qu'ils servent à prendre les éléments de preuve ?

— Oui, répondit Guff. Mais qu'est-ce que vous faites ? demanda-t-il en la voyant enfiler les gants.

Sara saisit le bouton de la porte et le manipula dans tous les sens avant d'arriver à l'extraire.

— Donnez-moi un sac en plastique pour les pièces à conviction, dit-elle.

La jeune femme y jeta le bouton de porte, puis retira ses gants.

— Envoyez ça à l'Identité judiciaire. Je veux qu'on relève les empreintes digitales.

— Vous croyez que quelqu'un a pénétré dans votre bureau ?

— Je ne crois pas, je sais que quelqu'un y est entré, puisque j'étais là. Je veux savoir qui c'était.

Cinq minutes plus tard, Sara arrivait au septième étage du 1, Hogan Place, où se trouvait le bureau du procureur de New York, Arthur Monaghan. Elle franchit les contrôles de sécurité et parcourut le long couloir avant d'arriver dans la salle d'attente. Deux autres substituts qui avaient assisté à sa journée d'orientation s'y trouvaient déjà. La femme aux lunettes ovales était fraîchement diplômée de l'université de New York, tandis que l'homme blond aux pâles taches de rousseur était un de ses camarades de promotion à Columbia. Tous deux semblaient mal à l'aise. En arrivant à leur hauteur, Sara leur adressa un petit sourire.

— J'ai l'impression qu'on va recevoir de mauvaises nouvelles, dit-elle.

— Je préfère ne pas en parler, fit la femme. Je n'ai jamais vu une municipalité aussi mal orga…

— Vous êtes Sara Tate ? demanda une voix de femme au fond de la salle d'attente.

En se retournant, Sara aperçut une femme mince, avec une coiffure démodée : la secrétaire du procureur.

— Oui, c'est moi.

— Entrez, le procureur vous expliquera.

— Bonne chance, dit l'homme.

Agacée par le ton familier de la secrétaire et par l'air apitoyé de ses collègues, Sara traversa lentement la salle. Pourtant, elle avait l'estomac noué. En pénétrant dans le bureau, elle remarqua d'emblée l'énorme table de conférence en acajou disposée au beau milieu de la pièce. Quant au reste du mobilier, sans être réellement somptueux, il était tout de même d'une autre facture que celui alloué aux substituts : un bureau en chêne à la place d'un bureau en métal, un fauteuil en cuir, et pas en vinyle, et des armoires de rangement flambant neuves alors qu'eux-mêmes n'avaient droit qu'à de vieilles armoires rouillées.

— Pourquoi avez-vous mis si longtemps ? Vous n'avez qu'à traverser la rue, dit Monaghan en l'invitant à entrer.

159

Avec son sourire chaleureux et son ton engageant, Monaghan cherchait visiblement à plaire, mais l'on disait au parquet qu'il n'y parvenait que rarement.

— Comment allez-vous, monsieur le procureur ? demanda Sara en prenant un siège.

— Bah, les soucis habituels. Et maintenant, parlons un peu de ces restrictions budgétaires. Qu'en pensez-vous ?

— Ça ressemble fort à un stratagème électoral, répondit Sara en s'efforçant de dissimuler son malaise.

— Bien sûr que c'en est un, mais ça marche. Et c'est pour ça que ça plaît tant au maire. De nos jours, les gens ne jurent plus que par les coupes sombres dans les budgets. Foin de la modération, on en revient au strict nécessaire, à l'essentiel ! Supprimons les allocations, réduisons les programmes sociaux, supprimons tout ! Pour les gens, ça n'est que de l'amour vache. Si on supprime quelque chose de bien, c'est qu'au fond ça n'était pas bon pour nous… sans ça, les hommes politiques ne prendraient pas de tels risques. C'est de la psychologie à rebours : on garde ce qu'on n'aime pas et on bazarde ce qu'on aime.

— Je crois que vous avez raison. Pourtant, je pense…

— Mais vous savez quoi ? Tout cela n'a aucune importance. (Il appuya ses deux mains bien à plat sur la table.) Parlons un peu de votre avenir au parquet.

Sara sentit ses mains devenir moites.

— J'ai cinq affaires, lança-t-elle tout à trac. J'ai déjà prononcé deux non-lieux, mais, si vous voulez, je peux faire du travail supplémentaire ou prendre d'autres affaires…

— Ne prenez pas d'autres affaires, l'interrompit Monaghan. Si vous partez, il faudra vous remplacer pour un autre procès. Travaillez sur celles que vous avez et faites de votre mieux. Dans les trente jours, votre travail sera évalué en comparaison de celui de vos pairs, alors, si vous arrivez à prouver votre valeur, il se pourrait que nous vous gardions ici.

— Cela veut-il dire que je suis à l'abri pour le mois qui vient ?

— À l'abri ? C'est une expression qui ici ne veut rien dire. Mais si j'étais vous, et pour ne pas tenter le sort, je commencerais dès maintenant à chercher un autre travail.

— Vraiment ?

— Vraiment.

Sara s'en retourna à son bureau dans un état proche de l'hébétude, encore sonnée par les deux coups reçus dans l'après-midi.

— Vous avez été licenciée, c'est ça ? lança Guff en la voyant.

— Pas encore. Mais ça se rapproche. (Au lieu de s'asseoir à son bureau, elle s'adossa contre un mur et se laissa glisser sur le sol.) Vous croyez que l'intendance va me fournir un nouveau canapé le mois prochain ?

— Racontez-moi ce qui s'est passé. Vous vous sentez bien ?

— Ça va, répondit-elle sans conviction avant de lui rapporter les propos de Monaghan.

— Au moins vous n'avez pas été licenciée, dit Guff. Et maintenant, c'est quoi, cette histoire avec le bouton de porte ? Qu'est-ce qu'il a fait, ce type ?

— Ah oui, Joues-Creuses ! D'abord, il m'a menacée. Et puis il m'a vraiment fait peur. Il savait tout sur moi, et il m'a dit que si je ne gagnais pas cette affaire, il s'en prendrait à Jared.

— Vous pensez qu'il est sérieux ?

— Je ne sais pas quoi penser. J'espère qu'on en saura plus sur lui quand on aura les renseignements de l'Identité judiciaire.

— Ils m'ont affirmé qu'on aurait les résultats demain matin à la première heure. Mais ils demandent si vous pouvez leur fournir d'autres informations… couleur des cheveux, apparence physique, etc. Ça accélérerait l'identification.

— Vous pourriez me passer mon calepin et un crayon ? demanda alors Sara. J'avais commencé à le croquer, mais il a arraché la feuille quand j'ai décroché le téléphone. Puis il y a mis le feu.

— Alors pourquoi avez-vous besoin de votre carnet ? dit-il en lui tendant les objets demandés.

— Vous allez voir.

En frottant délicatement la mine de côté sur la première feuille du calepin, Sara révéla les contours du dessin original.

— Holmes, vous êtes un génie, dit Guff.

— J'ai mes bons côtés.

— Il a dit autre chose ?

— Pas vraiment. Mais j'aimerais bien savoir qui c'est. Je saurai alors si j'ai affaire à un cinglé ou à un vrai dur.

La sonnerie du téléphone retentit et Guff décrocha. Quelques instants plus tard, il pâlit.

— Que se passe-t-il ? demanda Sara.

— C'est Pop. Il a eu un accident.

10

En compagnie de Guff, Sara pénétra en courant aux urgences du New York Hospital et se précipita au bureau d'information.

— Je cherche mon grand-père, expliqua-t-elle à l'infirmière. Maxwell Tate. Il a été admis ici il y a environ une heure.

L'infirmière vérifia sur une liste.

— On est en train de l'opérer.

— Ça va aller ? demanda Sara.

— Il est encore en salle d'opération. Il devrait sortir bientôt.

Sara ferma les yeux et essuya la sueur qui perlait à son front.

— Oh, mon Dieu ! ne me l'enlevez pas, murmura-t-elle.

Une heure plus tard, Sara et Guff étaient assis dans l'une des salles d'attente de l'hôpital. Tandis que Guff feuilletait de vieux magazines, Sara, figée sur place, gardait les yeux rivés sur le mur bleu pâle.

Au bout d'un moment, Guff posa la main sur l'épaule de Sara.

— Il va s'en sortir, vous verrez.

— Ça arrive toujours par un coup de téléphone, dit-elle.

— Que dites-vous ?

— Tout le monde croit que la mort arrive quand on est à l'hôpital, entouré par les siens. Mais en réalité la mort frappe au hasard. Elle n'arrive pas dans un moment de calme et de silence. Elle vous tombe dessus… quand on ne s'y attend pas.

— Vous l'avez appris de cette façon, pour vos parents ? Par le téléphone ?

— J'aurais dû être reconnaissante. Dans mon cas, l'administration de l'hôpital a laissé un message sur mon répondeur. Vous imaginez ? Vous rentrez chez vous, vous écoutez vos messages, et brusquement vous entendez : « J'ai une triste nouvelle à vous annoncer. Vos parents sont morts. Bonne nuit. »

— Ça s'est vraiment passé comme ça ?

— Presque. Je revenais chez moi après avoir préparé mes examens. Toute ma vie je me rappellerai ce petit clignotement. Je connais encore le message par cœur : « Bonjour, ici Faye Donoghue, je suis la médiatrice de l'hôpital de Norwalk, dans le Connecticut, et j'aimerais parler à un membre de la famille de M. Robert Tate et Mme Victoria Tate. Il s'agit d'une urgence. » Elle avait une pointe d'accent du Massachusetts, et aucune émotion dans la voix.

— C'est tout ce qu'elle a dit ? Elle n'a pas annoncé leur mort ?

— Pas besoin. Dès que j'ai entendu son message, j'ai compris. Ça se sent. J'ai appuyé sur le bouton d'écoute en entrant, et, comme j'avais froid aux pieds, je suis allée à la cuisine pour me faire un bol de cidre chaud. J'ai d'abord entendu un message d'une camarade de cours qui voulait étudier les quasi-délits ; puis un message de Jared, qui, même s'il me connaissait à peine, me demandait mes notes de procédure civile ; et enfin le message de Faye Donoghue... « C'est une urgence. » Ces mots-là, je les ai réécoutés trois fois, « C'est une urgence », « C'est une urgence », « C'est une urgence ».

Craignant de commettre un impair, Guff demeura silencieux.

— C'est terrible, conclut-il enfin.

— Oui. En tout cas, ça m'a appris que la mort romantique, ça n'existe pas, et qu'il faut toujours s'attendre au pire. C'est une vraie leçon. Comme ça, je ne suis jamais surprise quand ça arrive pour de bon.

— C'est invivable.

— Je n'ai pas le choix, Guff... Je vis comme ça. Dès que je baisse ma garde, je prends un coup en pleine figure. J'étais ravie d'avoir trouvé ce travail, mais, le premier jour, j'ai appris les restrictions budgétaires. Je me suis passionnée pour ma première affaire, et voilà que je me retrouve opposée à mon mari. Je me mets à enquêter sur Stockwell, et je me rends compte que c'est lui qui est sur mon dos. Et puis aujourd'hui, alors que je me réjouis de l'issue du grand jury, on m'appelle pour Pop. Et comme c'est arrivé aussitôt après que ce type a quitté mon bureau...

— Écoutez, Sara, je sais ce que vous pensez, mais ce type n'a probablement rien à voir avec ce qui s'est passé.

Elle le considéra d'un air sceptique.

— Je n'affirme rien, reprit Guff, mais il ne faut pas vous laisser

163

submerger par la peur. Quand Pop sortira de la salle d'opération, il nous racontera son histoire.

Dix minutes plus tard, un médecin pénétra dans la salle d'attente.

— Vous êtes madame Tate ?

— Oui, c'est moi, dit Sara en bondissant sur ses pieds. Comment va-t-il ?

— Il a fait une mauvaise chute en bas des escaliers, expliqua le médecin. Il a une fracture du bassin, ce qui a entraîné l'opération, et une fracture de Colle.

— Une quoi ? demanda Sara.

— C'est une fracture du radius. De l'avant-bras. Il a dû se faire ça en cherchant à éviter sa chute. Il a aussi une contusion au front, mais sans aucune gravité.

— Ça ira ?

— Vu son âge, il s'en tire très bien. Il ne pourra pas se déplacer pendant un certain temps, mais il a subi l'opération sans le moindre problème.

— Quand pourrons-nous le voir ? demanda Sara.

— Pour l'instant, il est en réanimation. Allez donc demander où est sa chambre ; on l'y ramènera d'ici une heure.

Vingt minutes plus tard, Sara attendait impatiemment son grand-père dans sa chambre d'hôpital, arrangeant les oreillers, disposant les fleurs qu'elle avait amenées, et s'assurant que le téléviseur fonctionnait bien. Finalement, la porte de la chambre s'ouvrit, livrant le passage à deux brancardiers qui poussaient Pop sur un lit à roulettes. Il avait piètre allure : le teint livide, un bras dans le plâtre et un gros bandage sur le front. Dès qu'elle l'aperçut, Sara sentit ses yeux se remplir de larmes.

— Pop, tu vas bien ? bredouilla-t-elle.

— Alice ? dit-il d'une voix rauque, sans ouvrir les yeux.

— C'est moi, Pop. Sara.

— Sara ? (Il ouvrit les yeux et cilla plusieurs fois.) Sara. Sara, tu es là. Comment vas-tu ?

— Magnifiquement bien, dit-elle en riant et en s'essuyant les yeux. Et toi ?

— Je ne sais pas. Je ne sens rien.

— C'est normal. N'aie pas peur. Dis-moi seulement ce qui s'est passé. Tu as été agressé ?

Il secoua la tête, tandis que les brancardiers l'installaient sur son lit.

— J'ai perdu l'équilibre.

— Personne ne t'a poussé ?

— Me pousser ? (Il respirait avec difficulté.) C'était… dans le métro, après le déjeuner… J'ai entendu venir la rame… puis j'ai été emporté par une foule de gens… ils se précipitaient. J'ai été bousculé… Je suis tombé par terre. À New York, c'est toujours… la bagarre.

Sara se tourna vers Guff, cherchant à deviner sa réaction.

— Vous avez pu voir le type qui vous a bousculé ? demanda Guff.

Pop, à nouveau, secoua la tête.

— J'ai… j'ai à peine vu ce qui s'est passé.

Au même moment, la porte s'ouvrit à la volée, et Jared fit son entrée dans la chambre.

— Comment va-t-il ? demanda-t-il directement à Sara.

Sara, les larmes aux yeux, serra son mari dans ses bras.

— Ça va, dit-elle.

Puis, songeant à ce que l'inconnu lui avait dit dans son bureau, elle ajouta :

— Il va s'en sortir.

— Oh, c'est affreux, Pop ! s'exclama Jared. Je viens d'apprendre ce qui s'est passé.

Pop prit la main de Jared et la serra très fort. Jared s'efforçait de prendre l'air détaché, mais il ne pouvait s'empêcher de songer à un avertissement de Rafferty.

— Ne t'inquiète pas, nous sommes là, dit Sara, frappée par la peur qu'on lisait sur le visage de Pop. On fera en sorte que…

Sa phrase fut interrompue par la sonnerie du téléphone posé sur la table de nuit.

— C'est probablement la direction du métro qui appelle pour présenter ses excuses, dit Guff tandis que Sara décrochait.

— Allô ? fit Sara.

— Bonjour, madame Tate. J'appelais pour prendre des nouvelles de votre grand-père.

— Qui est à l'appareil ?

— Vous m'avez déjà oublié ? Nous nous sommes vus il y a quelques heures à peine. Pourquoi ne pas suivre mon conseil : cessez d'enquêter sur moi et travaillez plutôt sur votre affaire.

— Je savais que c'était vous.

— Moi ? dit-il d'un ton jovial. Il y a beaucoup de monde dans le métro. Ce n'est pas un endroit pour un vieil homme vêtu d'une veste bleu marine et d'un pantalon kaki tout froissé. Tout peut arriver quand on ne s'y attend pas.

— Mais pourquoi…

L'homme avait raccroché. Faisant semblant de poursuivre la conversation, Sara ajouta alors :

— Très bien. Parfait. Pas de problème. Et merci encore, docteur.

En raccrochant, elle s'aperçut que tout le monde avait les yeux fixés sur elle.

— C'était le médecin de Pop, expliqua-t-elle.

Jared semblait dubitatif.

— Tout va bien ? demanda-t-il.

— Non, euh, oui, ça devrait aller. Le médecin voulait simplement me prévenir que son état pourrait s'aggraver avant de s'améliorer par la suite.

Sara et Jared retournèrent chez eux le soir à vingt-trois heures. Après avoir accroché son manteau dans le placard, Sara se rendit directement à la chambre, suivie de Jared.

— Je trouve qu'il va plutôt bien, pour quelqu'un qui venait tout juste de sortir de salle d'opération, dit Jared tandis que Sara déboutonnait son chemisier.

— Mouais.

— Que se passe-t-il ? demanda Jared en remarquant le regard vide de sa femme. Tu n'as pratiquement rien dit de toute la soirée.

— Ce n'est rien, dit-elle en ôtant son soutien-gorge et en se débarrassant de sa jupe.

Lorsqu'elle fut déshabillée, Sara enfila un vieux tee-shirt Columbia et se mit au lit.

— Tu crois qu'il va…

— Pop est un bagarreur, coupa Jared en la rejoignant sous les couvertures. S'il a vécu aussi vieux, c'est que ce n'était pas un homme fragile.

Jared songea à l'accident de Pop. Cela aurait pu arriver à n'importe qui. Nulle raison d'y voir forcément un message de Rafferty. Jared se répéta le raisonnement une dizaine de fois, comme une antienne, mais sans jamais parvenir à s'en convaincre. Espérant chasser ces pensées de son esprit, il se blottit contre sa femme.

— Non, je t'en prie, dit-elle en le repoussant.

Surpris, Jared l'observa avec attention. Étendue sur le dos, Sara contemplait le plafond en tenant les couvertures d'une main ferme. On lisait dans son regard une angoisse à laquelle elle ne l'avait pas habitué. Après ce qui venait d'arriver à Pop, de toute évidence, elle avait peur.

Jared se rapprocha encore et déposa un baiser sur sa joue.

— Il va s'en tirer, dit-il.

— Ça n'est pas seulement ça.

— Qu'y a-t-il d'autre ? Tes parents ?

— Non.

« Allez, songeait-elle, insiste encore. »

— Alors qu'est-ce que c'est ? demanda-t-il.

— C'est l'affaire. Je veux que tu laisses tomber.

— Hein ? Mais pourquoi cette affaire…

— Je ne veux pas me battre contre mon mari, Jared. La vie est trop courte pour ça.

Elle le regarda alors dans les yeux, guettant sa réaction. Lorsqu'il détourna le regard, elle comprit qu'elle venait de marquer un point. Elle voulut forcer son avantage.

— Je veux dire, toi et Pop, vous êtes les seuls…

— Écoute, Sara, je comprends que tu t'inquiètes pour Pop, mais combien de fois faudra-t-il revenir sur cette affaire pénale ?

— Tu ne comprends…

— Mais si. Je sais ce qui s'est passé pour toi aujourd'hui. Et je l'aime comme si c'était mon propre grand-père, mais…

— Mais quoi ?

— … eh bien.

Il hésita. Pop était blessé, elle avait besoin de lui. Il ne voulait pas la repousser. Puis, comme toujours, il en revint à Rafferty. Pas question de mettre en danger la vie de Sara.

— Je sais que l'accident de Pop ravive de vieilles blessures, mais je n'y peux rien, je regrette.

Il avait raison, Sara le savait pertinemment. Mais il ne s'agissait pas seulement de Pop. Il s'agissait aussi de lui, Jared. Tournant le dos à son mari, elle se remémora une fois encore sa conversation avec l'inconnu, dans son bureau. Tout avait commencé avec lui. La menace contre Jared. Puis Monaghan. La douleur qu'on lisait dans les yeux de Pop, quand il était arrivé dans sa chambre d'hôpital. Le coup de téléphone de cet inconnu. Et enfin la perte de ses parents. Tout semblait la ramener à cela. Fermant les yeux, elle lutta contre la douleur qui menaçait de la submerger. Elle s'efforça de maîtriser sa respiration haletante, et petit à petit parvint à retrouver son calme. S'essuyant les yeux pour faire disparaître toute trace de larmes, Sara se retourna vers Jared, lui aussi tourné de son côté. Elle l'aimait plus que tout au monde et ferait n'importe quoi pour qu'il ne lui arrive rien. Elle lui tapota doucement l'épaule.

— Je voulais que tu saches que je fais ça uniquement parce que je t'aime.

— Je sais, murmura Jared. Moi aussi, je t'aime.

— Je crois qu'il était sur le point de tout lui raconter, dit l'hôte de Rafferty en ôtant ses écouteurs.

— Non, répondit Rafferty.

— Vous n'écoutiez pas.

— Croyez-moi, il n'allait pas le lui dire. Il est trop intelligent pour ça.

— Si vous avez tellement confiance en lui, pourquoi dois-je encore écouter leurs conversations ?

— Parce que, après une journée comme celle-ci, n'importe qui aurait été tenté d'en parler à sa femme. Le grand-père de Sara est en piteux état, et ça les a beaucoup rapprochés. Mais si Jared n'a rien dit ce soir, croyez-moi, il ne dira rien à l'avenir. (Rafferty se leva et rajusta sa cravate.) Que pensez-vous de l'accident du grand-père ? Ça ne vous paraît pas bizarre ?

— Apparemment, il a manqué une marche. Ça peut arriver à tout le monde. Pourquoi demandez-vous cela ?

— Je ne sais pas au juste. Mais je suis un peu inquiet… je crains que quelqu'un d'autre n'ait avancé une pièce sur l'échiquier.

11

— Comment va votre grand-père ? demanda Conrad lorsque Sara et Guff pénétrèrent dans son bureau.

— Il va bien. L'infirmière m'a dit qu'il avait dormi toute la nuit, ce qui est bon signe.

— Tant mieux, fit Conrad. Passons maintenant aux mauvaises nouvelles : Stockwell m'a parlé de votre entrevue avec Monaghan.

— Ah bon ?

— Je ne comprends pas ce type, dit Guff. La semaine dernière il voulait vous tailler en pièces, et maintenant c'est votre meilleur ami. Ça ne vous rappelle pas les cours de récréation ?

Ignorant la blague, Conrad observait le visage de Sara.

— Vous croyez toujours que Stockwell est impliqué dans l'affaire, n'est-ce pas ?

— Il faudrait être idiote pour croire le contraire. Quoi que je fasse, il est toujours au courant. Alors soit Victor Stockwell s'inquiète vraiment pour moi, soit c'est un pourri.

— Plus un mot ! lança Conrad.

Il alla jeter un coup d'œil dans le couloir, puis referma la porte avant de se rasseoir.

— Ne prenez pas ça à la légère. Stockwell est ici depuis près de quinze ans. Il a plein d'amis qui traînent dans les couloirs, et mieux vaut ne pas vous en faire un ennemi.

— Bon, d'accord. Mais alors que faire ?

— On n'accuse pas un ancien sans preuve, répondit Conrad. Avez-vous fini d'éplucher ses dossiers ?

— La plupart, mais je crois qu'il faut aller au-delà de cette histoire de réseau. Revenons au point de départ : pourquoi l'un des meilleurs substituts du parquet demanderait-il pour lui particulièrement une petite affaire de cambriolage ? Je réfléchissais à ça dans le métro, ce matin. À part engager des poursuites, que peut faire d'autre un substitut du procureur ?

— Nous pouvons prononcer un non-lieu, ou déqualifier les faits, répondit Conrad.

— Il y a encore une autre possibilité, rétorqua Sara. Et songez à la partie adverse. D'abord on engage un avocat de mon ancien cabinet, puis mon mari… visiblement, quelqu'un veille aux intérêts de Kozlow. Supposons que Stockwell soit lié à ces gens. Si vous étiez un substitut corrompu, que pourriez-vous faire d'autre ?

— Enterrer l'affaire… ? répondit Guff.

— Exactement ! dit Sara en se tournant vers son assistant. C'est exactement ce que je pensais. Stockwell promet à un gros bonnet qu'il va enterrer l'affaire. Mais quand le dossier est transmis au parquet, un nouveau substitut zélé le subtilise avant qu'il arrive sur son bureau. Quand il se rend compte de cette disparition, Stockwell devient fou et demande à la secrétaire du BAJ d'appeler tous les substituts pour savoir qui a hérité du dossier.

— Si ça s'est bien passé comme ça, pourquoi ne l'a-t-il pas tout simplement récupéré, ce dossier ? fit valoir Guff.

— À ce moment-là, ça n'était plus possible. Je l'avais déjà ouvert. Il était trop tard pour…

— Mais vous n'êtes pas complètement cinglés, tous les deux ! s'écria Conrad. Vous pensez que Victor Stockwell enterre des affaires ?

— C'est possible.

— Il y a une différence entre possible et prouvable. Et si j'étais vous, je n'affirmerais rien que je ne puisse prouver. Et d'abord, vous n'avez aucune raison de vous en prendre à quelqu'un de cette manière.

— Si c'est vraiment ce que vous pensez, pourquoi m'encouragez-vous ?

— Pardon ?

— Vous m'avez bien entendue. Depuis le début, vous m'avez dit de ne pas m'en prendre à Stockwell, mais, chaque fois que j'ai voulu procéder à des vérifications, vous m'avez aiguillée dans la bonne direction. Alors où est la vérité ?

Conrad ne put réprimer une petite grimace.

— J'ai raison, n'est-ce pas ? reprit Sara. Vous aussi, vous pensez qu'il est corrompu.

— Je réserve mon jugement. À la vérité, je fais confiance à votre intuition. Dans cette affaire, il y a trop de coïncidences inexpliquées, et je ne crois pas aux coïncidences. Alors si vous voulez continuer à faire des recherches sur lui, je vous aiderai, mais, une fois encore, je ne vous laisserai pas menacer la carrière de Stockwell sans preuve.

— Je ne l'ai pas encore inculpé. Je cherche juste à comprendre ce qui se passe.

— Quoi que vous fassiez, je pense tout de même qu'il vous manque un élément. Même si vous aviez ouvert ce dossier, si Stockwell avait vraiment voulu l'enterrer, il aurait pu le récupérer et prononcer un non-lieu.

— Vous plaisantez ? J'avais constaté les faits… Stockwell ne pouvait plus prononcer de non-lieu. C'était peut-être une affaire sans importance, mais il y avait matière à poursuites pénales.

— Peut-être, dit Conrad. Mais il aurait quand même pu s'en tirer. Il aurait pu négocier et infliger à Kozlow une peine réduite… ou requalifier les faits en infraction mineure.

— À moins que, pour une raison encore inconnue, celui qui tire les ficelles n'ait pas voulu qu'on conserve la moindre trace de ce cambriolage.

— Je vais croire ça, tiens ! lança Guff en haussant les épaules.

— Vous êtes bien persuadé que tous les végétariens sont mauvais, riposta Sara.

— Ne riez pas, dit Guff. Hitler était végétarien.

— Il y a quand même un hic dans votre théorie, dit Conrad.

— Lequel ?

— Vous n'avez pas expliqué pourquoi ce petit cambriolage devait rester ignoré.

— Je sais, répondit Sara. C'est là-dessus que je n'arrête pas de buter.

— Et si Kozlow était lié à quelqu'un et qu'ils cherchent à tout prix à lui garder un casier vierge ? suggéra Guff.

— Ou si Kozlow était en liberté conditionnelle dans un autre État, et que toute condamnation ici le fasse replonger là-bas, dit Conrad.

— Ça, je l'ai vérifié le premier jour, objecta Sara. Kozlow a déjà été arrêté deux fois, mais n'a jamais été condamné.

— Peut-être postule-t-il à un emploi pour lequel il lui faut un casier absolument vierge, dit Conrad.

— Là, c'est intéressant, fit Sara. Vous avez d'autres idées ?

— Je crois qu'il faut d'abord en savoir plus sur Kozlow et découvrir qui paye ses frais. De cette façon, vous saurez au moins quelles sont les parties en présence. Ensuite, on pourra rechercher les mobiles.

— Et ainsi savoir quels sont leurs liens avec le type du bouton de porte d'hier, dit Guff.

— Comment ça, le bouton de porte ? demanda Conrad.

Sara fusilla Guff du regard.

— Il voulait dire Kozlow, dit sèchement Sara. Si on arrive à trouver le lien avec le type qui le finance, on aura une meilleure idée de ce qui se trame.

— C'est vous qui avez fait ça ? demanda Jared dès que Kozlow pénétra dans son bureau.

— Fait quoi ? demanda Kozlow en se dirigeant vers son siège habituel, dans le coin de la pièce.

Jared bondit et alla refermer violemment la porte.

— Vous savez pertinemment ce que je veux dire. Hier soir, le grand-père de Sara est tombé dans les escaliers et…

— Calmez-vous. J'ai appris ce qui s'est passé.

— Comment l'avez-vous appris ?

— Comme ça… mais je n'y suis pour rien.

— Et vous imaginez que je vais vous croire ?

— Croyez-le ou non, je vous dis la vérité. Si on l'avait fait, vous en auriez été aussitôt averti. Sans ça, quel intérêt ?

Jared ne put s'empêcher de trouver l'argument logique.

— Alors ce n'était pas vous ?

— Pour une fois, patron, dit Kozlow en souriant, on est innocents. Le vieux bonhomme a simplement fait une chute dans l'escalier

Dans son bureau, Sara composa le numéro du cabinet de Jared.

— Wayne & Portnoy, répondit la standardiste. Qui demandez-vous ?

— Pourriez-vous me passer la comptabilité clients ? demanda Sara.

Quelques instants plus tard, une voix de femme répondit.

— Comptabilité clients, bonjour.

— Bonjour, dit Sara de sa voix la plus aimable. Ici Kathleen, la secrétaire de Jared Lynch. Pourriez-vous me donner un renseignement sur un client qui…

— Mais qui est à l'appareil ? demanda la femme.

— Kathleen, répondit Sara, prise de panique.

— Kathleen qui ?

— Kathleen Clark, répondit Sara en se rappelant soudain le nom qu'elle avait lu sur une carte postale, envoyée aux dernières vacances.

— C'est très étrange, parce que Kathleen Clark est venue ici il y a deux minutes pour acheter des timbres. Alors voulez-vous reprendre depuis le début, ou faut-il que j'appelle la police ?

Sans un mot, Sara raccrocha.

Une minute plus tard, Guff pénétra dans le bureau sans même frapper à la porte. Il remarqua tout de suite l'air hagard de Sara.

— Qui est mort ?

— Personne, dit Sara. J'ai seulement essayé d'appeler le cabinet de Jared, et...

— ... ils vous ont jetée, c'est ça ? demanda Guff en hochant la tête. Je vous avais dit de ne pas le faire. C'est contraire à la déontologie et vous le savez.

— Ah bon, vous donnez des leçons de déontologie, maintenant ?

— Écoutez, Sara, je me connais. Et je connais mes défauts. J'ai tendance à généraliser, je suis plutôt pessimiste, je n'aime pas les jeunes, je n'utilise pas de fil dentaire, je ne crois pas à la combustion spontanée, je pense que la plupart des gens sont des moutons qui attendent les émissions de télé pour savoir quoi penser, et à mon avis les hommes qui portent le bouc sont des abrutis complets. Mais je sais aussi que mes jours sont comptés. Et je sais au fond de moi que, quand mon heure sera venue, le public paiera pour me voir régler l'addition. Rien que pour me torturer, ça passera à la télévision. Pourtant, je peux vivre avec ça, parce que je me connais. Je sais quelle est ma place dans la vie.

— Et moi, je ne le sais pas ?

— Non. Vous êtes substitut du procureur, maintenant. Ne faites rien que vous puissiez regretter par la suite.

— Guff, avez-vous oublié ce qui s'est passé hier ? Ce type a menacé Jared et a envoyé Pop à l'hôpital.

— Vous n'êtes pas sûre de...

— Si ! Je l'ai vu de mes yeux et je l'ai entendu comme je vous entends. C'est clair ! Il s'agit des deux êtres qui me sont le plus chers. Si par ma faute j'en perdais un... Ce serait fini pour moi. Alors appeler le cabinet de mon mari, ça n'est quand même pas le crime du siècle.

— Il ne faut parfois qu'un flocon de neige pour déclencher l'avalanche.

— Guff... je vous en prie. C'est suffisamment dur, déjà...

173

— Je le sais. Et aussi à quel point ils comptent pour vous. Je cherche seulement à vous protéger contre vous-même.

— Je vous en sais gré.

— En attendant, et puisqu'on est en train de parler de mensonge, pourquoi n'avez-vous pas parlé à Conrad du type au bouton de porte ?

— Parce que je savais comment il allait réagir. Aussitôt, il m'aurait fait la leçon en m'expliquant qu'un substitut du procureur ne doit pas se laisser intimider. Mais vous savez aussi bien que moi que moins de gens seront au courant, et plus Jared sera en sécurité. De toute façon, je n'ai pas très envie qu'il soit au courant. Je l'ai trouvé bien bavard, ces derniers temps.

— Attendez un peu ! Seriez-vous en train de dire que vous vous méfiez de Conrad ?

— Non, je lui fais confiance, mais il parle trop avec Stockwell.

— Il ne raconte rien de ce qui touche à la vie privée.

— Ma vie personnelle n'est pas privée ? Mon succès dans cette affaire n'est pas privé ?

— Enfin, Sara, il va à la pêche aux informations, vous le savez bien. Ici comme ailleurs, la rumeur est toute-puissante.

— Alors vous ne croyez pas que Stockwell…

— Moi aussi je trouve Stockwell bien fureteur, vous le savez. Par contre, ça n'a rien à voir avec Conrad.

— Bon, d'accord. Mais je ne tiens toujours pas à le lui dire. Au fait, avez-vous reçu la réponse de l'Identité judiciaire ?

— Voilà, dit Guff en lui tendant un dossier en papier kraft. Une des empreintes a pu permettre l'identification.

— Et alors ?

— Eh bien, ça paraît absurde : l'empreinte était celle d'un type nommé Sol Broder.

— Qui est-ce ?

— C'est ça le problème. Sa photo ne ressemblait pas à votre dessin, mais en tapant au fichier, ils ont sorti un palmarès qui ressemble à un scénario de Scorsese.

— Très bien. Alors où est le problème ?

— Le problème, c'est que… Sol Broder est mort il y a trois ans.

Sara jeta le dossier sur son bureau.

— Ce qui veut dire que le type à qui j'ai parlé, le type qui a poussé Pop dans l'escalier du métro, est mort ?

— Soit ça, soit c'est un grand magicien.

Assis à l'arrière de sa voiture, Rafferty ne cachait pas sa mauvaise humeur. Originaire de Hoboken, dans le New Jersey, il avait passé son enfance à trois maisons seulement de là où était né Frank Sinatra, mais, tout au long de sa jeunesse, il avait non seulement tenté d'éviter les nombreux amants italiens de sa mère irlandaise mais encore tenté d'échapper à son destin de petit-bourgeois pauvre. Premier de sa famille à fréquenter l'université, il s'était enfui tôt pour ne plus jamais revenir. Après avoir obtenu une bourse pour le Brooklyn College, il l'avait fait transférer l'année suivante à Princeton. Toujours mieux, toujours plus haut.

À Princeton, son camarade de chambre était un petit marrant plein de verve, qui se révéla être en outre l'héritier d'une grande société de presse. Auprès de lui, Rafferty apprit à parler, à manger et à s'habiller. Tout cela pour la galerie. Au cours des vacances d'hiver de cette même année, Rafferty fut invité dans la maison de campagne de son camarade, à Green Farms, dans le Connecticut. Là, il fit la connaissance de son père, qui offrit à Rafferty son premier emploi dans la presse : un stage d'été au service des abonnements. Pour Rafferty, les réseaux d'anciens élèves ne constituaient plus une simple rumeur ; il constatait leur réalité.

Seul aspect négatif de ce petit boulot d'étudiant, le maigre salaire qui le força à retourner vivre chez sa mère. Après un hiver à Green Farms, un voyage de printemps à Martha's Vineyard et une année à Princeton, le retour à Hoboken prit des allures de crucifixion. Rafferty sentait qu'il n'avait plus rien en commun avec ce monde-là. Après l'été, il ne passa plus jamais une nuit dans sa ville natale. Toujours mieux, toujours plus haut. Aussi Rafferty avait-il du mal à cacher sa mauvaise humeur tandis que sa voiture parcourait les rues étroites de sa ville natale.

Hoboken n'était qu'à dix minutes de voiture de Manhattan par le tunnel Lincoln, et tout au long du trajet Rafferty regarda par la vitre. Lorsqu'il fut arrivé à destination, il se rendit compte à quel point les choses avaient changé. Grâce aux journaux, il savait que Hoboken abritait dorénavant deux communautés bien distinctes : les Italiens de toujours, qui considéraient Frank Sinatra comme le héros de leur ville, et les cadres venus s'installer à Hoboken pour échapper aux impôts locaux de New York. En parcourant les quartiers de son enfance, Rafferty observait les effets de l'embourgeoisement : dans les rues principales s'alignaient à présent les cafés pour yuppies, tandis que dans les rues perpendiculaires existaient toujours les mêmes vieilles boulangeries et que dans les rues plus éloignées se pressaient les éternels gamins rêvant d'échapper à leur destin.

— C'est ici, dit Rafferty lorsque la voiture approcha du 527, Willow Avenue. Mettez-vous en double file devant la boutique de pompes funèbres.

Le chauffeur obéit et alla se garer à l'extrémité de la rue.

— Quand l'avez-vous vu pour la dernière fois ? interrogea Kozlow.

Sans répondre, Rafferty ouvrit la portière et descendit.

En suivant Rafferty vers l'immeuble de trois étages en brique, Kozlow demanda :

— Vous lui avez dit qu'on venait ?

Rafferty appuya sur le bouton de l'appartement n° 8.

— Je préfère le prendre par surprise.

— Qui est-ce ? demanda une voix rauque dans l'interphone.

— C'est moi, dit Rafferty. Ouvrez-nous.

— Qui ça, moi ?

— Oscar ! aboya Rafferty.

— Oscar qui ?

Frappant l'interphone à coups de poing, Rafferty se mit à hurler :

— Ouvrez cette putain de porte ou je vous casse la…

Un bourdonnement électrique déclencha l'ouverture. Rafferty rajusta sa cravate et les revers de son veston. Aucune raison de s'énerver, se raisonna-t-il. Arrivés au troisième étage, Rafferty et Kozlow étaient hors d'haleine. La porte de l'appartement n° 8 s'ouvrit devant eux.

— Bonjour, messieurs, dit l'homme aux joues creuses.

En pénétrant dans le petit deux pièces, Rafferty eut envie de le frapper violemment à la poitrine. Suffisamment pour lui faire peur. Les vieux instincts refaisaient surface, mais il résista à cette tentation.

— Alors Elliott, je pensais que vous alliez nettoyer cet endroit, commença Rafferty en enlevant un éclat de peinture sur un mur.

— Donnez-moi de l'argent et je le ferai volontiers, dit le dénommé Elliott. Comment ça va, Tony ?

— Ça va, ça vient, répondit Kozlow.

— Je vous ai déjà donné de l'argent, l'interrompit Rafferty en le suivant dans le salon décati.

— Non, je voulais dire une vraie somme.

— Vous savez ce qu'il en est à ce sujet, dit Rafferty en époussetant d'un revers de main, avant de s'y asseoir, une chaise pliante en métal.

— Alors vous n'êtes pas venu m'apporter de bonnes nouvelles ? demanda Elliott.

176

— En fait, je suis venu vous poser une question. Lundi après-midi, le grand-père de Sara Tate a fait une chute dans l'escalier du métro. Il s'en est tiré avec une vilaine fracture du bassin. Je voulais m'assurer que vous n'y étiez pour rien.

— Et Sara Tate est le procureur chargé de l'affaire Kozlow ?

— Exact, approuva Rafferty en étudiant attentivement le visage d'Elliott.

— Désolé, je ne suis au courant de rien.

— Alors vous n'êtes jamais allée voir Sara Tate ? Vous ne lui avez jamais parlé ?

— Je ne sais même pas à quoi elle ressemble, dit Elliott avec un sourire en coin. (Il parlait de façon nonchalante, comme quelqu'un qui ne se surveille pas. Ou bien qui jouit intensément de maîtriser la situation.) Je ne connais pas cette femme.

— Hé ! Elliott, je peux te voler un soda ? demanda Kozlow depuis la cuisine.

— C'est ce que tu sais faire de mieux, répondit Elliott sans quitter son interlocuteur des yeux.

— Ne vous foutez pas de ma gueule ! fit Rafferty d'un ton menaçant.

— Est-ce que je serais assez bête pour essayer de vous doubler ? Vous êtes comme un père pour moi.

— Ça, vous pouvez le dire.

— C'est vrai. Mais, à part ça, qu'est-ce qui vous inquiète ? Je croyais que vous aviez tout prévu.

— Oui, répondit Rafferty. À moins que quelqu'un ne vienne tout bouleverser.

— Eh bien, arrêtez de me soupçonner. J'ai déjà eu ce que je voulais. En outre, j'ai envie que vous réussissiez. Sans ça, je ne vous aurais jamais présenté Tony.

— Et ça a marché au poil, hein ? répliqua Rafferty.

— Hé ! lança Kozlow depuis la cuisine.

— Bon, vous vouliez encore savoir autre chose ? demanda Elliott.

— Pas pour le moment, dit Rafferty en se dirigeant vers la porte. Mais ne vous inquiétez pas : on garde le contact.

Rafferty et Kozlow n'échangèrent pas une parole avant d'avoir quitté l'immeuble. Une fois dehors, Kozlow demanda :

— Vous le croyez ?

— Vous le connaissez mieux que moi. Qu'en pensez-vous ?

— Je lui fais confiance. Il peut être agressif, mais je ne crois pas qu'il

177

nous ferait une chose pareille. À mon avis, le grand-père de Sara Tate a tout simplement fait une chute dans l'escalier.

— Espérons que vous avez raison, dit Rafferty en montant en voiture. Ça vaudrait mieux pour tout le monde.

— D'accord, c'est bon, dit froidement Jared au téléphone. Si tu veux le voir, formule ta demande par écrit.

— Tu te fiches de moi ? demanda Sara. Tout ce que je veux, c'est lui poser des questions. Pourquoi le faire par écrit alors que tu peux me donner ton accord tout de suite, au téléphone ?

— Écoute, Sara, ne prends pas ça pour toi, mais c'est la procédure que j'emploie avec tous mes clients. Si tu veux le voir, tu dois suivre la voie habituelle.

— Très bien, je t'envoie ma requête, dit sèchement Sara. Je t'en parlerai plus tard.

— N'oublie pas que nous avons la fête, ce soir.

— Il faut vraiment que je…

— Oui, il faut que tu y sois. Pour moi, c'est important, et j'aurais l'air vraiment bête si tu n'y étais pas. Alors on se voit là-bas à neuf heures.

Kathleen pénétra dans la pièce au moment où Jared raccrochait.

— Elle veut voir Kozlow ?

— Bien sûr. Mais si elle croit que je vais lui faciliter les choses, elle se trompe.

Avant que Kathleen ait pu répondre, des coups retentissent à la porte.

— Y a quelqu'un ? lança Barrow en pénétrant dans le bureau.

Il tenait à la main un sac en papier brun d'où dépassait une bouteille de vin.

— Vous êtes allé boire ? demanda Jared en voyant son détective préféré.

— Pendant les heures de travail ? Vous me connaissez, pourtant. Cette bouteille me sert pour des empreintes. Une de mes clientes me fait surveiller son mari – très riche.

Barrow et Jared se connaissaient depuis les débuts de ce dernier au cabinet. En six ans et demi, ils étaient devenus amis et avaient en commun un certain nombre de fous rires et de bons souvenirs, notamment cette soirée où Barrow avait surveillé Sara pour savoir exactement à quel moment elle reviendrait à l'appartement, car Jared lui réservait une surprise pour son trentième anniversaire.

Du point de vue professionnel, Barrow avait déterré des informations qui avaient permis à Jared de remporter au moins quatre de ses affaires. Mais à la tête que faisait Barrow, Jared comprit qu'il n'en allait pas de même ce jour-là.

— Bon, quelles mauvaises nouvelles apportez-vous ? demanda Jared. Qui sont ces gens ?

Barrow s'assit face au bureau de Jared.

— Pour être franc, je ne suis pas vraiment sûr. J'ai introduit le nom de Rafferty dans toutes les banques de données auxquelles j'ai accès, ça n'a pratiquement rien donné. Il est né à Hoboken, ce qui veut dire que sa famille n'était probablement pas riche. Par miracle, et grâce à une bourse du syndicat des ouvriers du textile, il a réussi à s'inscrire à Princeton. Autre miracle, il vit dans un immeuble cossu de l'Upper East Side. Il est associé dans une société de droits d'auteurs de théâtre qui fait cinquante millions de dollars de chiffre d'affaires, Echo Enterprises. Ma seule conclusion, c'est : à votre place, je me tiendrais à l'écart de ce type.

— Qu'est-ce qui vous fait dire ça ?

— C'est un type louche. Les gens ne se cachent que s'ils ont quelque chose à cacher. Or plus je creuse, et moins je trouve. Oscar Rafferty maîtrise tout dans sa vie, et il se débrouille pour rester dans l'ombre.

— Et Kozlow ?

— Kozlow est le type même de l'incontrôlé. Quand je me suis renseigné sur lui, les deux réponses qui revenaient le plus fréquemment étaient « violent » et « instable ». Apparemment, ça n'est pas le genre à exécuter fidèlement les ordres… il a été jeté de l'armée pour insubordination. Ce n'est jamais lui qui prend l'initiative. Les deux fois où il a été arrêté, il agissait pour le compte de quelqu'un : il a joué du couteau pour un usurier de Brooklyn, puis il est allé récupérer de l'argent pour un petit dealer. Rien que pour ça, je dirais que Rafferty et lui ont une relation d'employeur à employé.

Jared réfléchit en silence pendant un instant.

— Ils pourraient appartenir à la mafia ?

— Pas du tout. Les liens avec la pègre laissent des traces. Mais croyez-moi, ces types sont tout aussi dangereux.

— Pour quelle raison ?

— Parce qu'ils m'ont déjà contacté, répondit Barrow.

— Hein ?

— Mais oui. Ils ont su, je ne sais pas comment, que vous m'aviez engagé pour enquêter sur eux. Alors, sur le chemin, en venant ici, ils m'ont proposé une meilleure offre. Rafferty m'a proposé le double de ce que vous me donniez pour vous refiler des fausses informations.

179

— Qu'avez-vous dit ?

— J'ai accepté. L'argent est toujours bon à prendre.

— Mais tout ce que vous venez de me dire…

— Vous croyez que je vous ai refilé des mauvais tuyaux ? Il faudrait plus que quelques milliers de dollars pour m'acheter et me faire trahir un ami. Mais ça ne signifie pas que je ne vais pas accepter leur argent avec le sourire.

— Alors ils croient que vous me…

— Que je vais vous dire que je n'ai rien trouvé sur chacun d'eux. Que je n'ai jamais entendu parler de Tony Kozlow, de son usurier, d'Echo Enterprises, du bel appartement de Rafferty dans l'Upper East Side, ou de ses origines modestes et de son arrivisme. S'ils sont cons, tant pis pour leurs gueules !

— Croyez-vous vraiment que vous arriverez à les doubler ?

— Vous avez une meilleure idée ? demanda Barrow, soudain redevenu sérieux. Ces types ne plaisantent pas. Ils savaient que vous alliez faire appel à moi, ce qui veut dire qu'ils vous surveillent de très près. Je n'ai passé que cinq minutes avec eux, mais j'ai tout de suite compris : ils tiennent absolument à ce que cette histoire ne fasse pas de vagues. Il y a un gros secret, je ne sais pas lequel, qu'ils veulent garder à l'abri.

— À votre avis, que dois-je faire ?

— Laissez-moi continuer à enquêter sur eux. Ils ne peuvent pas s'en prendre à vous sans en payer les conséquences.

— Je ne sais pas. Ça ne me paraît pas très malin d'engager le combat contre eux.

— Allez ! fit Barrow en se levant. Vous n'engagez pas le combat. Vous cherchez seulement à obtenir des informations. Si Rafferty vous demande des explications, dites seulement que je n'ai rien trouvé. De toute façon, il sera incapable de vérifier.

— Je ne suis pas sûr que ce soit le meilleur…

— Bon. Donc c'est d'accord. On reprend le travail.

Avant de s'en aller, Barrow tira du sac en papier une bouteille de champagne vide et la posa rudement sur le bureau de Jared.

— Qu'est-ce que c'est ?

— Ça, mon ami, c'est une bouteille de champagne utilisée pour la scène du réveillon dans *Le Parrain II*. Et c'est aussi à ça que j'ai consacré les premiers deux cents dollars de leur argent. Je me suis dit que ça les emmerderait bien s'ils le savaient. Bon anniversaire par avance !

Jared ne réagit pas et ne fit même pas mine de prendre la bouteille.

180

— Vous n'auriez pas dû faire ça, Lenny.

— Écoutez, inutile de vous inquiéter. Vous me remercierez plus tard.

— Je n'en doute pas, répondit calmement Jared. Seulement, restez prudent.

— Faites plutôt attention à vous, dit Barrow en gagnant la porte. C'est vous qu'ils surveillent.

Ce soir-là, à dix-huit heures quarante-cinq, Sara était assise sur un banc de Battery Park City, face à l'Hudson. Situé à la pointe sud de Manhattan, Battery Park City représentait pour elle un véritable refuge. À la différence de celle de Central Park, encombrée de touristes et de New-Yorkais venus faire du jogging ou du patin à roulettes, la piste de jogging de Battery Park City, le long du fleuve, était utilisée presque uniquement par des gens du quartier et quelques rares banlieusards travaillant dans le quartier des affaires, non loin de là. Et son contour sinueux, bordé d'arbres, en faisait le lieu idéal d'un rendez-vous discret.

Au moment où elle consultait sa montre, trouvant le temps long, Sara entendit une voix forte derrière elle :

— Ne vous inquiétez pas, je ne vous ai pas posé de lapin !

Elle se retourna et vit Barrow qui s'approchait, un large sourire illuminant son visage. Elle ne lui retourna pas son sourire.

— Pourquoi cette tête d'enterrement ? demanda-t-il en s'asseyant à côté d'elle.

— Je me disais que vous n'alliez pas venir.

— C'est ce que je vois, dit-il en baissant les yeux sur les ongles mordillés de Sara. Et si vous me racontiez tout ? Pourquoi m'avoir fait venir jusqu'ici en grand secret ?

— J'ai besoin que vous me rendiez un service. Et ça n'est pas un service facile, alors je voulais vous le demander de vive voix.

— Écoutez, Sara, si vous voulez des informations sur Jared, je vous le dis tout de suite, c'est non.

— Je vous en prie, écoutez-moi d'abord. C'est une position inconfortable pour vous, mais j'ai de gros ennuis.

— Allez, Sara. Lui et moi…

— Je sais que vous travaillez ensemble depuis longtemps. Et je sais que vous ne ferez jamais rien contre lui. Mais maintenant j'ai vraiment besoin de votre aide. Vous croyez que j'aurais fait appel à vous si ce n'était pas une question de vie ou de mort ?

Barrow se prit à regarder l'Hudson River.

— Est-ce si grave que ça ?

— Je vous le jure, Lenny. Sinon, je ne serais pas ici.

Refusant toujours de croiser le regard de Sara, Barrow gardait les yeux fixés sur la gigantesque horloge Colgate qui flottait sur l'Hudson.

— Tic, tac, tic, tac, murmura-t-il.

Finalement, il se tourna vers elle.

— Désolé, ma grande, je ne peux pas lui faire ça.

— Vous ne comprenez pas, dit Sara d'un ton suppliant. C'est…

— Sara, ne me mêlez pas à ça. C'est déjà suffisamment dur comme ça. Quand j'ai demandé à Jared s'il acceptait que je vous rencontre, il m'a demandé de vous fournir de fausses informations. Je ne vous ferais jamais une chose pareille, mais je ne veux rien faire contre lui. C'est la seule façon que j'ai de vous garder tous les deux comme amis.

— Alors vous ne m'aiderez pas du tout ?

— Désolé. Dans cette affaire, il faudra vous débrouiller seule.

Complètement défaite, Sara descendit l'escalier menant au niveau bas du Rockfeller Center. Son rendez-vous avec Barrow s'était passé encore plus mal qu'elle ne le craignait, et Jared lui semblait plus en danger que jamais. En atteignant l'entrée de la réception annuelle de Wayne & Portnoy, familièrement baptisée « la fête », elle réussit pourtant à se composer un visage détendu.

Après avoir vérifié le nom de Sara sur la liste du millier d'invités, l'hôtesse montra du doigt l'immense tente recouvrant la patinoire du Rockfeller Center.

— Comme vous le voyez, nous avons tendu une toile sur la patinoire pour que ça soit plus intime. C'est là que se trouve la piste de danse, et la soirée est animée par le DJ Sir Jazzy Eli. Pour le buffet, et si vous cherchez une atmosphère plus tranquille, il faut aller par là, dit-elle en montrant la galerie marchande entourant la patinoire.

— Les restaurants sont ouverts ?

— Pas ce soir, répondit fièrement l'hôtesse. Nous avons loué les restaurants et les cafés pour la soirée. L'endroit tout entier vous appartient.

Après une mimique d'admiration, Sara gagna le vestiaire où elle abandonna son manteau, révélant une somptueuse robe noire incrustée de milliers de minuscules perles noires, qui épousait ses formes. Sous la tente, elle découvrit une piste de danse encombrée de jeunes couples qui s'agitaient sur le rythme tonitruant de la basse. Ils sont si jeunes, songea-t-elle. Fraîchement sortis de la fac de droit. Elle se rappela cette première fois où Jared l'avait amenée à la fête. À l'époque, elle se tenait au Carlyle. Jared venait d'entrer au cabinet, et ils n'étaient mariés que depuis un mois. Subjugués par l'extravagance de la soirée, ils avaient passé la première heure à goûter chacun des cinquante hors-d'œuvre, depuis les sushis jusqu'aux côtelettes d'agneau en passant par les tomates grillées. Puis, après avoir un peu bavardé avec Lubetsky et quelques autres associés, ils avaient gagné la piste de danse. Année après année, depuis lors, que ce fût à la fête de Wayne & Portnoy, ou à celle de Winick & Trudeau, le cabinet de Sara, ils avaient de moins en moins dansé et de plus en plus bavardé. C'est tellement plus simple, songeait Sara en tournant le dos à la tente.

— Sara, par ici ! lança quelqu'un à l'autre bout de la salle.

Reconnaissant la voix de Jared, elle se tordit le cou pour l'apercevoir. Elle le vit enfin, en compagnie d'un homme plus âgé que lui, aux tempes grisonnantes.

— Fred, je vous présente ma femme, dit Jared. Sara, je te présente Fred Joseph… probablement le meilleur avocat de notre cabinet.

Accrochant à ses lèvres son plus beau sourire mondain, Sara serra poliment la main de Fred.

— Je suis contente de faire enfin votre connaissance, dit-elle.

— Moi non plus, répondit Fred.

Seul Jared rit de la plaisanterie. Sans se laisser arrêter par si peu, Fred ajouta :

— Jared m'a dit que vous vous retrouviez face à face en justice. Ça ne doit pas être facile de se parler, en ce moment.

— Oui, avoua-t-elle sans même se forcer à sourire. Excusez-moi, monsieur Joseph, mais est-ce que ça vous dérangerait si je vous enlevais Jared un moment ? Je ne l'ai pas vu de toute la journée et…

— Pas besoin de m'en dire plus. Nous nous reverrons tout à l'heure, Jared.

— Bien sûr, fit Jared avec un grand sourire.

Dès que Fred eut tourné les talons, son sourire s'évanouit.

— Mais qu'est-ce qui te prend ? lança-t-il sèchement à Sara. C'est un associé.

— Je m'en fous éperdument ! rétorqua Sara. Je ne suis pas d'humeur.

Les regards commençaient à converger sur eux. Craignant une scène en public, Jared prit Sara par la main et la conduisit doucement dans un coin du restaurant. Comme là non plus ils ne pouvaient parler tranquillement, il l'entraîna vers les portes battantes de la cuisine. À l'intérieur, une nuée de serveurs se pressaient, des plateaux d'argent à la main. Jared s'en moquait, l'important, pour lui, c'est qu'il n'y avait pas d'avocats.

Avant qu'il ait pu prononcer un mot, un serveur s'avança vers le couple.

— Excusez-moi, monsieur, mais vous ne pouvez pas rester ici. Nous avons des plats chauds et...

— Il s'agit d'une urgence, dit Jared. Je ne vous demande qu'une minute.

— Mais, monsieur...

Jared tira alors Sara à l'intérieur de la cuisine, à côté d'une pile d'assiettes sales.

— Voilà, nous ne sommes plus dans le passage. Donnez-nous une minute, pas plus.

Agacé, le serveur s'éloigna, et Jared se tourna vers sa femme.

— Ne me fais plus jamais un coup pareil. C'est ma carrière que tu mets en danger.

— Je n'avais pas envie de venir, et tu le savais.

— Tu as quand même dit que tu viendrais.

— Peu importe ce que j'ai dit. Je n'ai pas envie d'être ici.

— Parce que tu crois que moi, j'en ai envie ? J'ai du boulot jusque-là. Cette affaire me tue.

— C'est toujours pour toi que ça va le plus mal, hein ?

— Eh bien, oui, lança Jared. Alors le moins que tu puisses faire, ce serait de me faciliter les choses.

— Pourquoi ? Tu ne me facilites pas la tâche quand je veux voir Kozlow. Je suis obligée de faire tout par écrit.

— C'est donc ça. Tu es furieuse parce que je m'en tiens strictement à la procédure. Excuse-moi, ma chérie, mais si tu n'avais pas choisi de jouer les dures à cuire...

— Épargne-moi tes clichés macho. Je ne joue pas les dures à cuire, et il ne s'agit pas de procédure pénale... simplement, tu es pontifiant.

— Ah ! vraiment ?

— Exactement. Sinon, pourquoi me forcer à faire toute cette paperasserie ?

— Et toi, pourquoi as-tu appelé la comptabilité de mon cabinet en essayant de te faire passer pour Kathleen ?

Sara se figea sur place.

— De quoi parles-tu ?

— Je sais que c'est toi qui as appelé. Qu'est-ce que tu croyais, qu'on n'allait pas me dire que quelqu'un essayait d'obtenir des informations sur les honoraires réglés par Kozlow ? Dès que je l'ai appris, j'ai su que c'était toi.

Sara ne répondit pas.

— Et tu trouves que c'est moi qui ne joue pas franc-jeu ? reprit Jared. Non seulement tu as violé le Code de procédure pénale, mais tu as aussi abusé de la confiance qu'il y a entre nous. Moi, je ne t'aurais jamais fait une chose pareille.

— Vraiment ?

— Non, jamais.

— Alors pourquoi as-tu demandé à Barrow de me refiler de fausses informations ?

Jared jeta un regard mauvais à sa femme.

— Oh, non, toi tu ne ferais jamais rien dans mon dos, reprit Sara d'un ton sarcastique. Tu es un type parfait, tu travailles dans le meilleur cabinet d'avocats de la ville, celui qui donne les plus belles fêtes. Eh bien, laisse-moi te dire quelque chose : tu es aussi brutal que moi. À une différence près : moi, je ne me drape pas dans les plis de la morale.

— Je n'ai pas besoin de leçon, l'interrompit Jared. Je sais ce que j'ai fait, et j'en assume l'entière responsabilité. Alors si tu veux qu'on parle de cette affaire, parlons-en. Sinon, je n'ai pas envie de me bagarrer avec toi toute la soirée sur nos stratégies judiciaires.

Sara s'appuya contre l'un des gros réfrigérateurs et laissa échapper un soupir.

— Je suis d'accord avec toi. Bon, de quoi faut-il qu'on parle ?

— Et si on bouclait ce dossier de façon réaliste, proposa Jared. Et faire ça le plus rapidement possible. Plus ça traînera, et moins on aura de temps pour Pop, qui, j'en suis sûr…

— Espèce de salaud !

— Hein, qu'est-ce que…

— Ne te sers plus jamais de lui contre moi ! s'écria-t-elle d'une voix forte. Mon grand-père n'est pas une monnaie d'échange. C'est mon grand-père ! Tu as compris ?

— Sara, je te jure que je ne l'entendais pas comme ça. Je disais simplement que…

— Je sais exactement ce que tu voulais dire. Alors si tu veux qu'on parle, d'accord, mais laisse Pop en dehors de nos histoires. Je ne veux plus jamais entendre prononcer son nom !

— D'accord, venons-en au fait. À mon avis, ton dossier est vide. Tu as réussi à obtenir une mise en accusation grâce aux témoignages d'un flic incompétent et d'un témoin peu fiable… deux témoignages que je taillerai en pièces au procès, tu le sais parfaitement. Si on enlève ça, il ne reste plus qu'une erreur d'identification. Alors pour te faciliter les choses, je te fais une dernière proposition : prononce tout de suite un non-lieu. Sans ça tu perds au procès. À toi de choisir.

— Joli discours, dit Sara. Mais tu n'as aucun moyen d'éviter le procès.

Jared serra les poings et son visage s'empourpra.

— Bon sang, Sara, pourquoi faut-il que tu sois aussi têtue ?

— C'est drôle, dit-elle froidement alors qu'ils quittaient la cuisine, j'allais justement te poser la même question.

Et en franchissant les portes battantes, elle ajouta :

— Amuse-toi bien pour le reste de la fête.

— Vous n'avez pas l'air en forme, dit le préposé d'ascenseur à Sara, une semaine plus tard.

— Vous auriez dû me voir quand je me suis levée, répondit Sara. (Les cernes sous ses yeux assombrissaient son teint pâle.) Il m'a fallu une heure entière pour avoir l'air à peu près présentable.

— C'est toujours la même chose quand on commence à perdre une affaire, on en perd le sommeil.

— Qui vous a dit que j'étais en train de perdre une affaire ? demanda Sara tandis que les portes de l'ascenseur se refermaient.

— Ne vous fâchez pas, je ne fais que répéter ce que j'ai entendu. On raconte que vous êtes opposée à votre mari dans une affaire judiciaire. Si vous voulez vous faire du mal, vous savez, il y a des moyens moins douloureux.

Mais comme aucun sourire ne venait éclairer le visage de Sara, il ajouta :

— Ça devient moche, c'est ça ?

Elle acquiesça.

— Quand il a accepté d'assurer la défense, j'étais bouleversée à l'idée de lui faire du mal. Mais maintenant… maintenant ça commence à devenir personnel. Tous les jours, on se donne des coups de poignards, dans le dos.

— Je comprends… le meilleur moyen de dissimuler sa peur, c'est de se mettre en colère. C'est une étape logique. Vous ne devriez pas être étonnée.

— Je ne suis pas étonnée, seulement déçue. Je nous croyais plus forts que ça.

186

— Ça n'a rien à voir avec la force. Plus ça va durer et plus ça sera moche. Vous n'en êtes pas encore sortie.

— Ah, Darnell, dit Sara en s'appuyant contre le fond de l'ascenseur, c'est vachement encourageant, votre petit discours.

— Et ça, alors ? fit-il tandis que la cabine approchait du sixième étage.

Imitant alors de son mieux Ethel Merman, il se mit à chanter :

— « Tu seras formidable, tu seras magnifique... tu auras le monde entier à tes pieds. En commençant ici, en commençant maintenant...

— « ... tout ne sera que roses... », chantèrent-ils à l'unisson tandis que Sara descendait de l'ascenseur.

— Merci, Darnell, lança-t-elle avant que les portes se referment.

Depuis le couloir, elle aperçut alors l'agent McCabe qui l'attendait, appuyé contre le bureau de Guff. Jetant un coup d'œil au tableau de présence, elle constata avec soulagement que Victor Stockwell n'était pas encore arrivé. Elle se précipita vers McCabe et le poussa dans son bureau.

— Il y a un problème ? demanda le policier.

— Pas du tout, dit-elle en refermant la porte derrière eux. J'ai seulement quelques renseignements à vous demander, je ne vous retiendrai pas longtemps.

— Je vous écoute.

— Après une arrestation, est-ce que vous suivez les affaires ?

— Ça dépend lesquelles. Si mon partenaire ou bien un ami ou quelqu'un de ma famille a été blessé ou tué, c'est sûr que je suis l'affaire. Mais les délits mineurs, j'ai pas le temps de voir ce que ça devient... surtout que la plupart du temps ça se termine par une transaction avec la justice.

— Cette affaire, pour vous, c'est un délit mineur ?

— Un cambriolage sans violence ? C'est comme de traverser en dehors des passages pour piétons ! J'en ai plusieurs comme ça chaque semaine. Je n'ai pas le temps de les suivre toutes.

— Alors si moi ou un autre substitut du procureur avait fait passer l'affaire à la trappe, vous ne l'auriez jamais su ?

— Je l'aurais su si j'avais suivi l'affaire, mais comme on dit je ne m'en serais pas fait pour si peu. Mon boulot à moi, c'est de retirer Kozlow de la circulation, le reste, c'est vous qui vous en chargez.

— En effet, dit Sara. Surtout quand on pense que personne ne s'en apercevra.

187

En quittant le bureau de Sara, McCabe croisa dans le couloir deux collègues de son commissariat. Après avoir brièvement évoqué l'affaire qui le conduisait là et échangé avec eux quelques potins sur le travail, McCabe se dirigea vers l'ascenseur. Alors qu'il s'apprêtait à contourner la table du garde, quelqu'un lui bloqua le passage vers le tourniquet. C'était Victor Stockwell.

— Êtes-vous Michael McCabe ? demanda froidement le substitut.

— Ça dépend, fit McCabe. Vous allez me sortir une citation à comparaître ?

— Pas du tout, répondit Stockwell avec un sourire forcé. Je voulais seulement me présenter. (Il lui tendit la main.) Je suis Victor Stockwell.

— Ah, c'est vous le fameux Victor Stockwell, dit McCabe en serrant la main tendue. Que puis-je pour vous ?

— Eh bien, dit le magistrat en lui posant la main sur l'épaule, je voulais seulement vous poser quelques questions.

— Ça sera long ? Parce que je dois retourner au…

— Ne vous inquiétez pas. Je n'en ai que pour un instant.

Une demi-heure plus tard, Sara appela Patty Harrison. Pas de réponse. Elle raccrocha et appela Claire Doniger.

— Allô ? fit Doniger.

— Bonjour, madame Doniger. Ici Sara Tate. Excusez-moi de vous déranger, mais je voulais…

— Qu'y a-t-il ?

— Je voudrais savoir si vous pouviez nous consacrer un peu de temps, demanda Sara de sa voix la plus apaisante, afin que nous puissions visiter votre maison. Il serait utile de voir la disposition exacte des lieux de façon que…

— Je regrette, mais je vous l'avais déjà dit la semaine dernière, je suis très occupée en ce moment. Je vous prie de m'excuser, je dois partir. Au revoir, madame Tate.

Elle raccrocha.

Sara se précipita chez Conrad.

— Est-ce que vous pourriez m'aider à obtenir un inspecteur ?

— Pourquoi vous faut-il un inspecteur ? demanda Conrad.

— Parce que si je veux savoir ce que trame Claire Doniger, je vais avoir besoin d'aide. Je ne suis pas Miss Marple… je ne peux pas faire ça toute seule.

— Calmez-vous. Et reprenez tout ça depuis le début. Qu'a-t-elle fait, cette Mme Doniger ?

— Rien, justement ! Elle refuse de m'aider. Elle ne veut pas me parler de l'affaire, elle refuse de venir témoigner et elle ne veut pas me laisser pénétrer chez elle. On dirait que c'est moi, l'ennemie.

— Pas question de vous laisser faire ! lança Conrad, le doigt pointé vers Sara. Je vous l'ai déjà dit : c'est vous qui dirigez la procédure, et votre travail consiste à obtenir son aide. Si elle n'a pas de temps à vous consacrer, donnez-lui le choix : soit elle vous accorde une demi-heure pour faire le tour de la maison, soit vous arrivez avec un mandat de perquisition, cinq ou six policiers, un photographe de presse, un journaliste, et tout ce petit monde sera enchanté de passer huit heures chez elle pour examiner les lieux. Allez savoir ce qu'on peut trouver ! Et si elle ne réagit pas, vous l'attrapez par les épaules et vous la secouez jusqu'à ce qu'elle redevienne raisonnable. (Pour illustrer son propos, Conrad se mit à secouer un interlocuteur imaginaire devant son bureau.) Dressez-la, si elle ne veut pas marcher au pas !

— Vous savez que vous êtes mignon quand vous êtes fâché, dit Sara en souriant.

— Merci, dit-il en rajustant sa cravate. C'est l'idée de la secouer qui vous a excitée, hein ?

— Houla, houla ! s'exclama Sara en riant, surprise par la réaction de Conrad. Qui a dit que j'étais excitée ?

— Pas moi. Je n'ai rien dit de tel.

— Tant mieux, car je n'étais pas du tout excitée. Disons que j'étais un peu amusée.

— Parfait. Vous faites bien de battre en retraite. Je ne veux pas parler à votre place. Bon, y a-t-il autre chose ?

— Je vous le répète, fit Sara, pas mécontente de maîtriser à nouveau le fil de la conversation, j'ai besoin d'un inspecteur pour les besoins de l'enquête.

Vingt minutes plus tard, Guff pénétra dans le bureau de Conrad.

— Alors, que se passe-t-il ? demanda le jeune assistant.

Sara posa le doigt sur ses lèvres.

— Conrad essaye de nous avoir un inspecteur, murmura-t-elle.

— Non, je comprends, fit Conrad au téléphone. Je vous remercie quand même. (Il reposa le combiné sur l'appareil et se tourna vers Sara.) Terminé. Il faut vous débrouiller toute seule.

— Lui aussi a refusé ?

— Incroyable ! dit Conrad. Entre le commissariat et les patrouilles, personne ne veut nous assigner un inspecteur. Je n'ai jamais vu une chose pareille.

— Quelles raisons avancent-ils ?

— D'abord, ils manquent de personnel. Et en plus, il y a les restrictions budgétaires. Ils sont tous tellement inquiets pour leur boulot qu'aucun n'a envie de se charger d'une affaire mineure.

— Ou alors il y a autre chose, dit Sara. Stockwell a peut-être…

— Sara, il faut que vous arrêtiez ! l'interrompit Conrad. Même Stockwell ne connaît pas tous les inspecteurs que nous avons appelés.

— Mais il connaît peut-être tous les chefs de poste qui détachent les inspecteurs, rétorqua Sara.

— Et alors ? lança Guff, installé sur le canapé. On peut aller là-bas demain et jeter un œil par nous-mêmes. On n'a pas besoin d'inspecteur.

— Je ne sais pas, dit alors Conrad. Venant de moi, ça pourra vous paraître bizarre, mais vous devriez peut-être rendre une ordonnance de non-lieu. Vu ce qu'a dit Monaghan, il est beaucoup plus important que vous ne perdiez pas votre premier procès. Or, avec les témoins que vous avez, vous n'avez guère de chance.

Sara se mordit les lèvres. Il avait raison. Or depuis l'accident de Pop, il ne s'agissait plus seulement de son poste. Désormais, elle se battait pour Jared.

— Non, dit-elle. Je ne peux pas prononcer de non-lieu.

— Mais si vous vous débarrassez de cette affaire, vous pourrez en avoir d'autres et…

— Je m'occupe également des autres affaires.

— Vraiment ? demanda Conrad.

— Je m'en occupe, répéta-t-elle. Si je ne peux pas obtenir d'inspecteur, alors j'irai moi-même. Demain matin, nous irons rendre visite à Claire Doniger. On verra bien de quoi il en retourne.

Dans le métro qui la ramenait chez elle, adossée aux portières, Sara ressassait ses ennuis : depuis qu'elle s'était emparée du dossier, tout allait de travers. À chaque arrêt, une foule de voyageurs s'entassait dans le wagon, repoussant Sara vers le centre. Serrée contre des corps inconnus, en nage, elle avait l'impression d'étouffer. Elle ferma les yeux pour tenter d'oublier les autres passagers. Pour tenter d'oublier Jared, Kozlow et Joues-Creuses. Pour ne pas penser à ses parents, à sa famille, et à ce qui arriverait si elle échouait dans cette affaire. Mais malgré ses efforts, elle ne pouvait s'empêcher d'évoquer Pop ; elle revoyait la peur qu'elle avait lue dans ses yeux lorsqu'elle l'avait vu à l'hôpital. Elle avait failli le perdre et, à moins qu'elle n'arrive à l'empêcher, ils s'en prendraient ensuite à son mari. Elle devait donc tenir bon, se persuada-t-elle en resserrant d'instinct la main autour de son attaché-case.

À la station de la 79ᵉ Rue, elle s'extirpa du wagon bondé, pressée de respirer un peu d'air frais. En route vers chez elle, elle voulut se convaincre que tout irait bien si seulement elle parvenait à rester calme et concentrée.

— Hé ! Sara, qu'est-ce qui se passe ?

Elle fit brutalement volte-face et fut soulagée de reconnaître Joel Westman, son voisin du dessus.

— Désolé, je ne voulais pas vous faire peur. Vous êtes sûre que tout va bien ? Vous n'avez pas l'air dans votre assiette.

— Un petit rhume qui commence, c'est tout, répondit Sara alors qu'ils approchaient de leur immeuble. La semaine a été chargée.

— Je connais ça ! Le boulot peut vraiment vous empoisonner la vie. Mais, dites-moi, qu'est-il arrivé à votre serviette ?

Baissant les yeux, Sara découvrit l'injonction gravée dans le cuir de son attaché-case : *Gagne*. Elle fut prise d'une sueur froide. La menace était encore plus proche qu'elle ne l'avait cru – si proche qu'elle l'avait même frôlée dans la rame du métro.

12

Le jeudi matin, devant le 201, 82ᵉ Rue Est, Sara attendait avec impatience l'arrivée de Guff et de Conrad. Cela faisait plus d'une semaine qu'elle n'avait pas parlé à Patty Harrison et elle savait que, si elle ne dénichait pas rapidement quelque chose, elle risquait de se retrouver en mauvaise posture au procès.

Un taxi se rangea le long du trottoir. Conrad et Guff en descendirent.

— C'est donc là que Kozlow a commencé ses exploits, dit Guff en contemplant la vieille maison brune avec ses plantes en pot sur le perron et ses hautes fenêtres élégantes.

— Regardez-la bien, déclara alors Conrad à Sara et à Guff. Essayez d'imaginer tous les événements que vous connaissez, et assurez-vous qu'ils ont bien pu se dérouler ici.

Les deux magistrats et l'assistant se prirent donc à observer la maison et s'efforcèrent d'imaginer l'agent McCabe ramenant Kozlow jusqu'à la porte de Mme Doniger, et Patty Harrison guignant par la fenêtre.

— C'est bon, j'ai fini, dit Guff au bout de trente secondes. On peut entrer, maintenant ?

— Chut ! s'écrièrent Sara et Conrad d'une même voix.

Lorsqu'ils eurent fini d'examiner la façade du bâtiment, Conrad et Guff grimpèrent les marches du perron.

— Attendez un instant, dit soudain Sara. Je veux d'abord parler à Patty Harrison. Depuis le grand jury, je n'ai pas réussi à la joindre.

Elle traversa la rue, suivie de Guff et Conrad, et sonna à la porte. Conrad mit son doigt sur le judas.

— Pourquoi faites-vous cela ? demanda Sara.

— Si elle nous voit et qu'elle ne veut pas nous parler, elle fera comme si elle n'était pas là, murmura-t-il. Comme ça, elle sera obligée de demander…

— Qui est là ? demanda une voix derrière la porte.

Conrad sourit.

— Bonjour, madame Harrison. C'est Sara Tate. Je voulais seulement vous poser quelques questions.

— Non, lança Mme Harrison. Allez-vous-en.

— Ça ne prendra qu'une minute, je vous le promets.

— Je vous ai dit de vous en aller. Je ne veux plus vous parler.

Interloquée, Sara se tourna vers Conrad avant de lancer :

— Est-ce que ça va, madame Harrison ?

Pas de réponse.

Conrad se mit à tambouriner à la porte.

— Écoutez, madame Harrison, je suis le substitut du procureur Conrad Moore. Je vous donne le choix : soit vous nous ouvrez la porte maintenant, soit nous revenons avec un mandat de perquisition, une voiture pleine de policiers et un bélier. De toutes les façons, nous entrerons chez vous.

— Vous n'avez pas de motif sérieux et légitime pour perquisitionner, chuchota Sara.

— Mais ça, elle ne le sait pas, répondit Conrad sur le même ton.

Puis, d'une voix de stentor, il reprit :

— Madame Harrison, vous avez trois secondes pour prendre votre décision. Après cela, nous ferons en sorte que tout le voisinage sache que vous refusez de coopérer avec les autorités. Un… Deux…

Claquements de verrous. La porte s'ouvrit.

Tandis que Sara pénétrait dans la maison, Mme Harrison lui tourna le dos, dissimulant son visage de sa main gauche.

— Tout va bien ? demanda Sara en lui posant la main sur l'épaule.

Lorsque Mme Harrison se retourna, Sara découvrit un gros coquard violet sous un œil gauche gonflé. Elle avait également le côté droit de la lèvre inférieure tuméfié et une ecchymose sur la joue droite. Enfin, elle portait le bras droit en écharpe, dans une coque en fibre de verre. Sara se sentit prise de nausée. De témoin, Patty Harrison était devenue une victime.

— Qui vous a fait ça ? demanda Sara.

— Je vous en prie, allez-vous-en…, supplia-t-elle, des larmes dans les yeux.

— Dites-nous qui vous a fait ça, répéta Sara. C'est Kozlow ?

— Nous pouvons vous protéger, proposa Conrad tandis que Mme Harrison s'asseyait sur le canapé du salon.

— Elle a dit qu'elle pouvait me protéger, et voyez le résultat, dit Mme Harrison en montrant Sara.

— Mais cette fois-ci…

— Il m'a brisé le poignet à mains nues ! hurla Mme Harrison, des larmes ruisselant sur ses joues. À mains nues !

— Dites-nous qui a fait ça, dit Sara en lui passant un bras autour des épaules.

— Ne me touchez pas ! lança-t-elle en s'écartant. Sortez de ma maison. Votre seule présence ici me met en danger. Si vous voulez embêter quelqu'un, allez embêter les Doniger. C'est à cause d'eux que ça a commencé, toute cette histoire.

— Je vous en prie, madame Harrison, laissez-nous vous aider.

— Je ne veux pas de votre aide ! Je veux que vous partiez d'ici ! hurla-t-elle, le visage cramoisi. Et maintenant, partez ! Partez d'ici !

Ne sachant quoi répondre, Sara se dirigea vers la porte.

— Je voulais seulement être une bonne citoyenne, lança-t-elle dans son dos. Une bonne citoyenne !

— Nous le savons, dit Conrad en suivant Sara. Voilà pourquoi nous…

La porte claqua derrière eux.

— C'est incroyable, dit Guff.

— À mains nues, fit Sara. Il lui a brisé le poignet à mains nues. Mais qu'est-ce que c'est que cette bête féroce ?

— Je crois que j'aurais quelques questions à poser à Claire Doniger, estima Conrad.

Il traversa la rue et alla frapper à la porte de Mme Doniger, non sans avoir auparavant bouché le judas avec son doigt.

Pas de réponse. Il appuya sur la sonnette et frappa de nouveau à la porte.

— Elle a dû vous entendre crier, dit Sara.

— Ou alors elle n'est pas chez elle, fit Guff.

— N'importe quoi ! dit Conrad. Je sais bien qu'elle est là. (Il frappa du poing sur la porte.) Ouvrez, madame Doniger, nous savons que vous êtes là !

— Laissez tomber, dit Guff en redescendant les marches du perron. On la trouvera plus tard.

N'obtenant toujours pas de réponse, Conrad rejoignit Guff sur le trottoir.

— Vous venez ? demanda-t-il à Sara, toujours plantée devant la porte de Mme Doniger.

Quelques instants plus tard, elle rejoignit les deux hommes.

— À quoi pensez-vous ? lui demanda Conrad.

— Mme Harrison nous a dit d'aller parler aux Doniger, comme s'il n'y avait pas qu'elle. J'ai regardé sur la boîte aux lettres, et j'ai vu « M. et Mme Arnold Doniger ». Apparemment, Claire Doniger est mariée.

— Dans ce cas, comment se fait-il que nous n'ayons jamais entendu parler de ce M. Doniger ? fit remarquer Guff.

— C'est exactement la question que je me pose. Mais il ne devrait pas être trop difficile d'obtenir la réponse.

Depuis son bureau, Sara appela Claire Doniger.

— Allô ?

— Bonjour, madame Doniger, ici Sara Tate. Je voudrais vous demander un petit service.

— Écoutez, nous en avons parlé hier. Je ne...

— En fait, je voudrais seulement parler à votre mari.

Court silence à l'autre bout du fil.

— Mon mari est mort.

— Oh ! excusez-moi, dit Sara, surprise. Quand est-il mort ?

Nouveau silence.

— Vendredi dernier.

— Ah bon ? dit Sara en s'efforçant de ne pas paraître trop soupçonneuse. J'espère que votre témoignage n'a pas eu lieu le jour des obsèques, ajouta-t-elle en comptant mentalement les jours. Quand ont-elles eu lieu ?

— Samedi.

Et avant que Sara ait pu poser une autre question, elle ajouta :

— Pour ne rien vous cacher, cette dernière semaine a été terriblement éprouvante. Il était malade, et le diabète a fini par l'emporter. Voilà pourquoi je ne voulais pas m'occuper de toute cette affaire de cambriolage. Cela semblait tellement dérisoire à côté de tout ce que je vivais.

— Je vous comprends parfaitement. Je regrette d'avoir tellement insisté.

— Ce n'est pas grave. Moi, de mon côté, je regrette d'avoir été brusque avec vous. Je me retrouve seule, c'est encore nouveau pour moi.

— Bien sûr, dit Sara. Je vous présente mes plus sincères condoléances. Excusez-moi encore de vous avoir importunée.

Elle raccrocha, puis leva les yeux vers Conrad et Guff.

— Il est mort ? demanda Guff.

— Elle m'a dit qu'il était mort vendredi dernier. Apparemment, il avait du diabète. Il était malade depuis un certain temps.

— Vous n'y croyez pas, c'est ça ? demanda Conrad.

— Vous plaisantez ? Cela fait quinze jours que nous sommes en contact permanent avec cette femme et pas une fois elle ne nous a dit que son mari venait de mourir ? Nous l'avons vue lundi et elle ne nous a pas dit un mot. Ce jour-là, elle était veuve depuis seulement soixante-douze heures.

— Qu'allez-vous faire ? demanda Guff.

— Quelles sont les formalités à accomplir pour obtenir une exhumation ? répondit Sara.

À vingt heures trente, Jared se retrouvait seul dans son bureau. Kozlow était parti presque deux heures auparavant, et Kathleen venait de rentrer chez elle, auprès de son mari. Savourant le calme mais incapable de se détendre vraiment, Jared préparait sa prochaine conversation avec Sara. D'abord, il lui dirait qu'il avait parlé avec Pop à l'heure du déjeuner. Puis il lui demanderait des nouvelles au sujet de son travail. Ces simples mots suffiraient probablement à la mettre sur ses gardes, mais il devait aborder le sujet rapidement. Depuis quelques soirs, il sentait la patience de Sara diminuer, et une longue discussion sur les questions de travail ne faciliterait pas les choses.

Il jeta un coup d'œil à sa montre. Impossible d'attendre plus longtemps. Il avait songé à appeler à l'heure du déjeuner mais s'était ensuite ravisé, préférant attendre la fin de la journée, quand elle serait un peu plus fatiguée. Il se souvenait des paroles de l'un de ses professeurs à la fac de droit : « Plus faible est la proie, plus rapide la mise à mort. » Il décrocha son téléphone.

— Substitut Tate.

— Bonsoir, Sara, c'est moi.

— Que veux-tu ?

— Je voulais seulement savoir comment ça se passait. Tu vas bien ?

— Très bien. Quoi d'autre ?

— J'ai parlé à Pop, aujourd'hui. Apparemment, il va mieux.

— Je sais. Je suis allée le voir à l'heure du déjeuner. Merci de veiller sur lui.

— C'est normal.

Silence aux deux extrémités de la ligne.

— Bon, d'accord, Jared. Pourquoi appelles-tu, exactement ?

Jared fit la moue. Sa femme le connaissait trop bien.

— Je voulais te faire une dernière proposition.

— Jared !

— Écoute-moi un instant. Je ne vais pas te bassiner avec ce que cette affaire représente pour nous deux, dans notre boulot. Il s'agit de quelque chose de plus important. Tu l'as dit toi-même, c'est notre couple, c'est notre vie qui est en jeu. Tant que cette affaire durera, nous serons en danger. Tu as vu ce qui se passe depuis une dizaine de jours. Ce sont sans arrêt des frictions ; tous les soirs, nous passons à côté de ce qu'il y a de plus important pour nous. Écoute, Sara, avec un non-lieu, tout ça serait terminé. On pourrait reprendre une vie normale, se consacrer de nouveau l'un à l'autre, à Pop, à tout ce qui compte pour nous.

— C'est ta dernière proposition ? Le fameux non-lieu ?

— Oui. Demain, je commence à préparer mes requêtes. Et à partir de ce moment-là, même si j'essaye de te protéger, nous nous retrouverons l'un en face de l'autre au procès. Alors, ma chérie, qu'en dis-tu ?

— Peu importe la façon dont tu présentes les choses, Jared, ça n'est toujours que de la manipulation. Tu crois que je ne m'en aperçois pas ? ajouta-t-elle en riant. En outre, je ne prendrai pas la moindre décision avant le rapport du médecin légiste.

— Qu'est-ce qu'un médecin légiste vient faire dans une histoire de cambriolage ?

— Eh bien, si on obtient l'exhumation d'Arnold Doniger, il nous dira s'il faut également inculper ton client de meurtre.

Jared se pencha en avant sur son bureau.

— Qui est Arnold Doniger ?

Au lieu d'une réponse, Jared n'obtint qu'une tonalité. Sa femme avait raccroché.

— Qu'a-t-il dit ? demanda Conrad.

— Je crois qu'il est mort de peur, répondit Sara.

— Vous lui avez raccroché au nez, comme ça ! C'est incroyable, dit Guff.

— Il l'a bien mérité. Il m'appelle en croyant que je vais me traîner à ses pieds, simplement parce qu'il a touché quelques cordes sensibles. J'ai horreur qu'il se serve de Pop et de ma carrière contre moi... il sait que ça me rend folle.

— C'est votre talon d'Achille. N'importe quel adversaire en ferait autant.

— Justement, je ne veux pas d'un adversaire. Je veux un mari.

— Si vous l'aimez tellement, pourquoi n'abandonnez-vous pas, Sara ?

Elle leva les yeux vers Conrad et fut tentée de tout lui raconter. Joues-Creuses. Son combat pour sauver son mari. Mais elle prit le parti de mentir.

— Parce que c'est aussi l'adversaire. Et que mon but, c'est de lui mener la vie dure.

Conrad l'examina avec attention.

— Vous voulez bien me redire ça ?

Tripotant nerveusement des trombones, Sara ne répondit pas.

— Comme vous voudrez. Je ne vous questionnerai plus.

Dix minutes plus tard, Guff revint au bureau et tendit à Sara quelques feuilles de papier.

— Voici la copie de votre ordre d'exhumation, signé par le juge Cohen. L'exhumation aura lieu ce soir. L'autopsie est prévue pour demain matin à la première heure.

— Très bien, dit Sara en glissant les papiers dans sa serviette. Et merci encore d'avoir obtenu cette signature.

— Ne me remerciez pas. C'est Conrad qui connaissait le juge.

— Dans ce cas, je vous remercie, dit Sara avec un signe de tête à l'adresse de son confrère.

— Ma chère, vous pouvez me demander ce que vous voulez.

À vingt-deux heures, Jared prit sa veste accrochée derrière la porte et sortit dans le couloir. Des dizaines d'avocats travaillaient encore dans le bâtiment, mais la plupart des employés étant déjà partis, les couloirs étaient déserts. En se dirigeant vers l'ascenseur, Jared réfléchissait à ce que lui avait dit Sara. Après son coup de téléphone, il avait cherché des informations sur Arnold Doniger dans la base de données Lexis. Tout ce qu'il avait trouvé, c'était un faire-part dans le *New York Times*, annonçant son mariage avec Claire Binder, diplômée de l'université de

Radcliffe et expert antiquaire, de douze ans sa cadette, et un faire-part de décès paru le samedi précédent. Pourquoi Rafferty ne lui avait-il rien dit ?

En attendant l'arrivée de la cabine, il songeait à l'assurance nouvelle qu'il avait sentie dans la voix de Sara. Ses mains se couvrirent de sueur et sa serviette glissa sur le sol. Alors qu'il se baissait pour la ramasser, l'ascenseur arriva. À l'intérieur se trouvaient Rafferty et Kozlow.

— Qu'est-ce que… ? dit Jared en s'efforçant de sourire.

Mais avant qu'il ait pu terminer sa phrase, Kozlow lui lança un crochet à l'estomac qui l'envoya à terre. Kozlow le ramassa et le jeta dans l'ascenseur. Dès que la porte fut fermée, Rafferty appuya sur le bouton d'urgence. La sonnette d'alarme se mit aussitôt à hurler. Sans permettre à Jared de reprendre son souffle, Kozlow lui envoya deux coups de pied dans le ventre. Puis il ouvrit sa serviette et en répandit le contenu sur le corps recroquevillé de Jared.

La sirène continuant de hurler, Kozlow en profita pour lui asséner un nouveau coup de pied. Puis il posa le pied sur sa tête et lui écrasa le visage contre le plancher de la cabine.

— Alors, on se marre bien, maintenant ? demanda Kozlow.

Jared voulut relever la tête, il commençait à cracher du sang.

— Je t'ai posé une question ! hurla Kozlow. Tu te marres ou pas ? (Il lui appuya brutalement le visage contre le plancher.) Réponds ! Réponds, ou je t'éclate la gueule !

— Ça suffit, Tony, dit Rafferty en l'écartant de Jared.

— Ne me touchez pas ! hurla Kozlow à l'adresse de Rafferty. Je sais ce que je fais.

— Je le sais bien, fit Rafferty. Mais j'ai besoin de lui parler. Alors reprenez votre souffle et calmez-vous.

Kozlow s'écarta et Rafferty se pencha vers Jared.

— Vous m'avez dit de ne pas m'inquiéter, chuchota-t-il. C'est bien ce que vous m'avez dit, hein ?

— Excusez-moi, dit Jared en gémissant, de la salive dégoulinant sur le menton. J'ignorais qu'elle avait…

— Ne me racontez plus de conneries. Nous avons besoin de savoir ce que sait votre femme. Prenez ses papiers, lisez dans son esprit, faites n'importe quoi, mais trouvez ce qui se passe. Il n'est pas question que cette affaire devienne une affaire de meurtre.

Rafferty se redressa et coupa l'alarme. Quelques instants plus tard, l'ascenseur arriva au rez-de-chaussée. Rafferty enjamba Jared toujours allongé sur le sol, mais Kozlow, en sortant, posa sa botte sur sa main droite.

— Magne-toi, dit Kozlow en lui écrasant les doigts sous son talon.

— Je ne plaisante pas, renchérit Rafferty avant que la porte se referme. Demain matin, je veux des réponses.

Jared rentra chez lui à vingt-deux heures quarante-cinq et attendit impatiemment, pendant trois quarts d'heure, l'arrivée de Sara. Dès qu'il entendit la porte se refermer, il se précipita à sa rencontre.

— Dis-moi ce qui s'est passé, lança-t-il avant même qu'elle ait déboutonné son manteau.

— Impossible. Je te conseille de laisser tomber et de changer de sujet.

— Que s'est-il passé avec Arnold Doniger ? Pourquoi est-il…

— Jared, as-tu écouté ce que je viens de dire ? Arrête de me poser des questions là-dessus !

— Dis-moi seulement si tu vas faire procéder à une autopsie, en sorte que je saurai quoi faire demain.

Sara gagna la chambre et entreprit de se déshabiller.

— S'il te plaît, dit Jared. Il faut que je sache.

Pas question pour elle d'accéder à sa requête. Feignant de ne pas entendre, elle suspendit sa jupe et sa veste de tailleur dans le placard, puis, après avoir pris un tee-shirt dans sa commode, se rendit dans la salle de bains. Jared la suivit, restant sur le seuil tandis qu'elle se lavait le visage.

— Sara, ne m'ignore pas comme ça. J'ai besoin de ton aide. Je ne sais pas quoi faire d'autre.

Son ton était suppliant, et Sara en fut surprise. Il y avait mis un accent de vérité qui, dans cette affaire, ne lui était pas coutumier. Oui, Jared était bel et bien en train de couler, et quelques mots d'elle suffiraient à apaiser sa douleur. « Non, se dit-elle. Pas question. » Les yeux fermés, elle se rinça le visage, puis, d'un geste vif, l'enfouit dans une serviette. « Ne le regarde pas. C'est sa seule façon de t'avoir. »

— Sara, s'il te plaît. Tu es ma femme.

Elle entendit alors sa voix se briser. Il ne suppliait plus. Il pleurait. N'y résistant plus, elle ôta le visage de la serviette. Et dans ses yeux elle lut plus que de la douleur. De la peur.

200

— S'il te plaît, répéta-t-il.

Sara sentit sa bouche s'assécher. Son cœur battait la chamade. En elle, nul désir de lui faire mal, pourtant il fallait tenir.

— Désolée, Jared, je ne peux pas.

Les yeux baissés, elle voulut passer devant lui, mais il la prit dans ses bras.

— Sara…

Elle se dégagea.

— Je t'en prie… c'est suffisamment dur comme ça.

Depuis le seuil de la salle de bains, Jared regarda sa femme se mettre au lit. Il n'esquissa pas le moindre geste quand elle éteignit la lampe sur la table de nuit.

— Bonne nuit, dit-elle.

Pendant deux heures et demie, Jared demeura immobile dans le lit, faisant semblant de dormir. Ses yeux s'étant depuis longtemps accoutumés à l'obscurité, il regardait fixement le radiateur beige pâle dans le coin de la chambre. Il songea alors à ce jour, peu après leur emménagement, où il avait proposé de repeindre ce radiateur pour qu'il s'harmonise avec leur édredon. Rétorquant que personne à New York ne songerait à peindre son radiateur pour qu'il s'harmonise avec la literie, Sara avait refusé tout net de participer à une tâche aussi « inutile ». Mais le sens de l'ordre et de l'harmonie de Jared avait fini par l'emporter, et il avait repeint lui-même ce radiateur. À présent, en luttant contre le sommeil, il se demandait comment ils avaient pu gaspiller autant de temps à se disputer pour de telles sornettes.

Lorsque les chiffres digitaux sur son réveil marquèrent « 2 :30 », Jared se tourna lentement vers sa femme et chuchota :

— Sara.

Pas de réponse.

— Sara, tu dors ?

Toujours pas de réponse.

Avec une infinie lenteur, il souleva les couvertures et se glissa hors du lit. Silencieusement, il fit le tour du lit, mais ne put éviter de faire gémir une latte du parquet. Sara se tourna de l'autre côté, face à la table de nuit vers laquelle se dirigeait Jared. Il se figea sur place.

— Sara ? murmura-t-il.

Pas de réponse.

Encore quelques pas, et il s'accroupit près de la serviette de sa femme, posée par terre contre la table de nuit. Mais, au moment de l'ouvrir, un dernier scrupule le retint. Mon Dieu, se dit-il, que suis-je en train de faire ? Comment avait-il pu imaginer, une seule seconde, qu'il allait pouvoir commettre un geste pareil ? Puis il vit Sara, et la réponse s'imposa à son esprit. La vie de sa femme valait tous les risques. Avec précaution, il prit la serviette.

Ses mains tremblaient lorsqu'il ouvrit l'unique fermeture et qu'il souleva le rabat en cuir. Feuilletant fébrilement parmi les dossiers, il tira celui portant le nom de Kozlow. Avant de l'ouvrir, il jeta un dernier coup d'œil à sa femme. Elle était si belle. Pétrifié, Jared la contempla un long moment. Il n'avait aucune envie de la trahir, mais il lui fallait absolument savoir ce qu'elle avait appris. Il ouvrit le dossier et se mit à lire.

— Mais qu'est-ce que tu fabriques ?

Jared se leva d'un bond.

— Sara, avant que tu me dises quoi que ce soit, laisse-moi…

— Fous le camp !

— Ça n'est pas ce que…

— Fous le camp ! Je veux que tu quittes cet appartement ! Mainte-nant ! hurla-t-elle.

Elle bondit hors du lit et lui arracha le dossier des mains.

— Comment oses-tu me faire une chose pareille ! Comment oses-tu ! Tu as donc si peu de respect pour moi ?

— Bien sûr que non. Je voulais seulement…

— Tu voulais seulement quoi ? Chercher un chewing-gum ? Tu avais besoin d'un stylo pour écrire ton rêve ? Tu voulais violer toutes les règles déontologiques ? Quelle excuse vas-tu trouver, maintenant ?

— Je sais que ça a l'air moche, mais fais-moi confiance, je peux tout t'expliquer.

— Te faire confiance ? Tu veux que je te fasse confiance ?

Elle jeta le dossier sur le lit et se mit à le frapper. D'abord à la poitrine, puis à l'épaule.

— La voilà, notre confiance, Jared ! Elle existait, et tu l'as détruite !

Il tenta de bloquer ses coups du mieux qu'il put.

— Sara, laisse-moi t'expliquer !

— Eh bien, d'accord, vas-y ! Explique-toi. J'ai hâte d'entendre ce que tu vas raconter.

Jared tremblait. Il se sentait acculé.

— Je sais que tu ne vas pas me croire, mais ça n'a rien à voir avec toi. Ça concerne seulement l'affaire. Je te le dis depuis le début, il faut que tu te rendes compte de ce que ça représente pour moi. Je ne cherchais pas à obtenir indûment des avantages ; je voulais seulement savoir ce qui m'attendait demain.

— Et tu as agi de la même manière avant le grand jury ? Tu as fouillé dans mes dossiers, à ce moment-là ? Et avant le procès, tu comptes aussi jeter un œil ?

Elle s'approcha de Jared et lui planta le doigt dans la poitrine d'un air accusateur.

— Ne prends pas ce ton-là avec moi, riposta-t-il, en reculant. Je n'ai presque rien vu.

— Parce que je me suis réveillée et que je t'ai arrêté !

— Écoute, je regrette qu'on en soit arrivés là, mais à ma place tu aurais agi exactement de la même manière. (Il était à présent adossé à la commode de Sara.) Alors si tu veux que je parte, c'est d'accord, mais tu ferais bien de réfléchir avant de faire quelque chose que tu regretterais par la suite.

Sara contourna Jared, prit un trousseau de clés dans le premier tiroir de sa commode et le lui jeta.

— Ce sont les clés de l'appartement de Pop. Prends tes affaires et fous le camp !

— Tu plaisantes ? lança Jared, sidéré.

— Ma décision est prise. Et maintenant, pars !

— Tu es sûre de…

— Fous le camp. Tout de suite.

— Tu le regretteras ! s'écria-t-il, fou de rage.

— On verra.

Les dents serrées, il entassa dans un sac suffisamment d'affaires pour le week-end, mais ce fut seulement au moment de partir qu'il prit pleinement conscience de ce qui était en train de se passer.

En gagnant la porte, il aperçut Sara, assise dans le salon, la lumière éteinte. Sa serviette était posée contre le canapé. Instantanément, sa colère s'évanouit.

— Je m'en vais, dit-il doucement.

Elle ne répondit pas.

— Sara, je…

— J'ai entendu.

Il posa la main sur la poignée de la porte.

— Je voulais que tu saches que je regrette.

— Encore heureux !

— Non, c'est vrai.

Il n'avait aucune envie de partir, mais ne savait plus quoi ajouter.

— Tu… tu es sûre que tu veux que je parte ? bredouilla-t-il enfin.

À nouveau, Sara ne répondit pas et se prit à l'observer avec attention. Il avait l'air si vulnérable, comme ça, avec son sac sur l'épaule. Un silence lourd pesait dans la pièce. Jared s'efforçait de déchiffrer le visage impassible de sa femme. Lentement, il déposa son sac sur le sol.

— Ne fais pas ça, dit Sara.

— Mais tu…

— Je n'ai pas changé d'avis. Je veux que tu partes.

Il n'y avait rien à ajouter. Jared tourna le dos, ouvrit la porte et s'en alla sans un mot.

Il fut d'emblée saisi par le silence et remarqua à peine les photos de Sara et de ses parents qui ornaient le vestibule. De la même façon, ce fut à peine s'il reconnut l'odeur, semblable à celle qui régnait dans la maison de ses propres grands-parents. Mais en pénétrant dans cet appartement de la 76ᵉ Rue Est, il ne put ignorer le silence.

— Bonsoir, dit-il à haute voix, simplement pour faire du bruit. Il y a quelqu'un ?

Pas de réponse.

Le sac toujours sur l'épaule, Jared gagna le salon et entreprit de sortir ses affaires. Après avoir jeté un coup d'œil à la chambre de Pop, il décida de ne pas y dormir, se mit à la recherche de draps et de couvertures puis s'installa sur le canapé-lit du salon.

Ça ne durera que jusqu'à la fin de cette affaire, songea-t-il. C'est bien ce qu'elle veut, non ? Peu disposé à approfondir la question, il gagna de nouveau le vestibule et vérifia la serrure de la porte d'entrée. Alors qu'il y avait chez eux deux verrous et une chaîne, Pop n'avait qu'un seul verrou, datant vraisemblablement de son arrivée dans cet appartement, vingt ans auparavant. Pourtant, Jared devait bien reconnaître que ce n'était pas la faiblesse de cette serrure qui l'inquiétait, mais bien sa femme. Tant qu'il n'était pas là-bas, Sara restait sans protection.

Il retourna au salon, décrocha le téléphone et composa son numéro. « Allez, ma chérie, réponds. » La sonnerie continuait de retentir. « Allez, réponds, Sara, je sais que tu es là. Mais où es-tu ? Où es-tu ? Où es-tu ? Sara, je commence à avoir peur… »

— Allô ? dit finalement une voix rauque et pâteuse.

— Désolé de te réveiller. Je voulais seulement te dire que j'étais bien arrivé et que…

Elle raccrocha.

Jared reposa lentement le combiné. Elle était saine et sauve. Pour l'instant.

— De quoi est-il mort ? demanda d'emblée Walter Fawcett, le lendemain matin.

Trapu, le verbe fleuri, la moustache épaisse et des lunettes plus épaisses encore, Fawcett était l'un des dix médecins légistes chargés des autopsies à Manhattan. Devant la salle d'autopsie, Fawcett et Sara examinaient ensemble les renseignements dont ils disposaient.

— D'après sa femme et son certificat de décès, il est tombé dans un coma diabétique, expliqua Sara en frottant ses yeux rougis par le manque de sommeil. Apparemment, il avait un taux de sucre trop faible dans le sang.

— Tout à l'heure, vous m'avez dit qu'il avait été transporté en ambulance. Y avait-il quelque chose de significatif dans leur rapport ?

En tendant à Fawcett une copie, elle expliqua :

— D'après le rapport, Arnold Doniger s'est montré plutôt de mauvaise humeur la nuit de sa mort. Sa femme a dit qu'il avait régulièrement des crises de colère à cause de son diabète, et donc elle a simplement cru qu'il manquait de sucre et lui a donné un jus de pomme et une tablette de céréales. Quelques heures plus tard, avant de se mettre au lit, elle l'a vu se faire une injection d'insuline. Et quand elle s'est réveillée le lendemain matin, elle l'a trouvé mort à côté d'elle. Elle a piqué une crise et a appelé une ambulance. Fin de l'histoire.

— Ça n'est jamais la fin, dit Fawcett. On en découvrira plus. (Après l'avoir parcouru, il rendit le rapport à Sara.) Vous restez pour l'autopsie ?

Perdue dans ses pensées, Sara ne répondit pas. Fawcett claqua des doigts devant son nez.

— Hé, vous êtes là ?

— Hein ? Euh… excusez-moi. Qu'avez-vous dit ?

— D'abord, je vous ai demandé si vous restiez pour l'autopsie. Et maintenant je vous demande ce qui vous préoccupe tellement.

— Oh, rien de vraiment important. Une autre partie de ce dossier. Quant à l'autopsie, je dois être au tribunal à midi, mais j'aurais aimé y assister. Tout le monde au parquet m'a conseillé d'y assister au moins une fois.

— Ils ne savent pas ce qu'ils racontent, dit Fawcett en gagnant la salle d'autopsie. Mais si vous croyez que c'est important, alors enfilez une tenue de bloc.

— Ils font une autopsie ? demanda Kozlow en s'installant devant le bureau de Jared.

— D'après le dossier que j'ai lu, ils ont exhumé le corps hier soir et pratiquent l'autopsie ce matin.

— Et c'est à ce moment-là qu'elle vous a surpris ? demanda Kozlow, installé comme à son habitude sur une chaise, au fond du bureau. Dites donc, vous avez dû…

— Ça suffit ! l'interrompit Jared. Je ne veux plus en entendre parler

— Ce n'était pas malin, mon vieux.

— Ça va, je m'en arrange. De toute façon, je n'ai pris de vêtements que pour trois jours, alors j'ai toujours une excuse pour pouvoir y retourner. Et puis, ce n'est pas comme si elle avait changé la serrure.

— Pas encore, fit Kozlow.

— Vous pouvez faire quelque chose pour interrompre l'autopsie ? demanda Rafferty.

— On pourrait essayer de la bloquer, mais personnellement je pense que ça ferait plus de mal que de bien. Il ne faut absolument pas avoir l'air d'y attacher de l'importance.

— Alors que fait-on ?

— On prépare notre propre autopsie, qui je l'espère contredira les conclusions de la première. Les jurys sont toujours troublés par les désaccords entre experts. À part ça, le mieux que nous ayons à faire, c'est d'attendre. Je sais que ça vous rend fou, mais il n'y a aucune raison de s'affoler tant qu'on ne sait pas ce qu'ils ont trouvé.

— Et s'ils trouvent quelque chose de suspect ? demanda Kozlow.

— Ça dépend, dit Jared. S'il s'agit d'une découverte contestable, l'anatomo-pathologiste que nous aurons missionné pourra toujours la contester. Mais s'ils décèlent un lien avec vous, ils peuvent vous inculper de meur…

— Je vous ai déjà dit qu'il n'était pas question que cette affaire devienne une affaire de meurtre, l'interrompit Rafferty.

— Désolé de vous décevoir, mais, au point où ça en est, je n'y peux plus rien.

Lorsque Sara et le médecin légiste eurent revêtu leur tenue de bloc, Fawcett lui tendit un chewing-gum à la menthe.

— Mâchez ça, lui dit-il.

— Hein ?

— On ne doit apporter ni nourriture ni boisson, mais ça empêchera la nausée. L'odeur peut retourner les estomacs les mieux accrochés.

— Ça ira, dit Sara en fourrant la tablette dans sa poche et en mettant en place son masque chirurgical. Je suis déjà entrée dans une morgue.

Fawcett haussa les épaules et se dirigea vers la salle d'autopsie. L'énorme salle immaculée était divisée en huit parties, pourvues chacune d'une table d'autopsie. Les tables en métal étaient percées de centaines de petits trous destinés à laisser s'écouler les liquides de l'organisme. On procédait déjà à trois autres autopsies, et lorsque Fawcett ouvrit la porte la puanteur des corps en décomposition frappa Sara comme un train lancé à toute vitesse. Tandis qu'elle cherchait désespérément son chewing-gum dans sa poche, elle aperçut le corps exhumé d'Arnold Doniger. Sa peau verdâtre. La décomposition qui avait commencé d'attaquer les épaules et la face extérieure des cuisses. Et l'affaissement de la peau qui faisait paraître le visage presque liquéfié. Avant d'avoir pu tirer le chewing-gum de sa poche, Sara se courba en deux et vomit dans son masque chirurgical et sur sa tenue de bloc.

Fawcett emmena immédiatement Sara en dehors de la salle pour éviter toute contamination. Puis, tandis qu'elle se lavait à l'évier en métal, il lui demanda :

— Alors, vous le voulez, maintenant, ce chewing-gum ?

— Oui, je crois, répondit-elle après s'être rincé une dernière fois la bouche.

— Vous vous sentez prête à retourner là-bas ? demanda-t-il en lui proposant une nouvelle tenue de bloc.

— Toujours prête !

Fawcett examina rapidement le corps de Doniger, puis appuya sur la pédale de son enregistreur. Sa voix se fit prudente et mesurée.

— On remarque des incisions d'embaumement sur les côtés droit et gauche du triangle fémoral, ainsi que du côté gauche du cou. Le corps embaumé, bien développé, est celui d'un homme de race blanche, bien nourri, âgé de soixante-six ans, mesurant 1,72 m pour 87 kg. Il a les cheveux bruns et aucune trace visible de blessures.

Ouvrant alors les yeux de Doniger, Fawcett en retira deux petits disques en plastique semblables à des lentilles opaques.

— Qu'est-ce que c'est ? demanda Sara.

— Des caches oculaires. C'est le truc favori des embaumeurs. Ce sont des lentilles dentelées qui gardent les yeux fermés. Définitivement.

— C'est vilain.

— Mais ça marche. Je déteste conserver ça pendant que je travaille. Question de goût.

Il mit les lentilles de côté, et à l'aide d'un scalpel procéda à une grande incision en forme de Y sur la poitrine de Doniger. L'incision partait de chaque épaule, puis les deux branches se rejoignaient au centre de la poitrine avant de descendre jusqu'au pelvis.

— Mâchez, dit Fawcett en remarquant la bouche immobile de Sara. Ça va être le pire moment.

Obéissante, Sara se mit à mâcher frénétiquement sa gomme. Elle n'en fut pas pour autant préparée à ce qui allait suivre. Fawcett retira la peau de part et d'autre de l'incision, révélant des côtes plutôt sombres et la plupart des organes. Elle perçut aussitôt l'odeur douceâtre du fluide d'embaumement.

— Vous êtes toujours là ? demanda Fawcett.

— Je... je crois, murmura-t-elle, cherchant à se laisser envahir par le goût de menthe de son chewing-gum.

— Tant mieux, parce que je vous ai menti. Le pire est encore à venir. (Il posa son scalpel et prit une grosse paire de cisailles.) Les jardiniers s'en servent pour couper les grosses branches, et moi les os.

Il se mit à découper les côtes flottantes, en remontant. Chaque coup de cisaille faisait un bruit semblable à celui d'une batte en bois frappant une balle de base-ball. Pour terminer, il ôta le sternum, puis entreprit d'écarter cinq côtes.

« Chewing-gum à la menthe, chewing-gum à la menthe, chewing-gum à la menthe », songeait Sara, prise de panique.

Lorsque les côtes furent écartées, Fawcett examina les organes à présent bien visibles.

— Bien, dit-il, apparemment satisfait. Ils ne l'ont pas trop ponctionné. La plupart des organes sont intacts.

Se tournant alors vers Sara, il demanda :

— Que lui a-t-on donné à manger, la nuit de sa mort, m'avez-vous dit ?

— Du jus de pomme et une barre de céréales. Pourquoi ?

Fawcett se pencha sur le corps ouvert, prit son scalpel et se mit à découper autour de l'estomac de Doniger. Puis il plongea les mains sous l'organe, le souleva et le déposa sur un plateau métallique. Alors seulement il répondit à Sara.

— Parce que nous allons regarder nous-mêmes à l'intérieur.

Sara quitta la salle d'autopsie trois heures et demie plus tard, après avoir terminé la dernière tablette de son deuxième paquet de chewing-gum. Par la porte entrouverte, elle regarda Fawcett recouvrir le corps d'un drap puis dicter quelques dernières remarques. Lorsque le médecin la rejoignit, elle ne put dissimuler son excitation.

— Alors, qu'en pensez-vous ? Est-ce un meurtre ?

— Je ne peux vous donner que des faits… vous en tirerez vos propres conclusions.

— D'accord, mais, au cours des trois heures et demie, je vous ai entendu parler de « cavités antérieures » et d'« équilibre aqueux ». Pourriez-vous me traduire ça en langage profane ? Arnold Doniger est-il mort à la suite d'un coma provoqué par son diabète ?

— Pour autant que je puisse en juger, oui, répondit Fawcett tandis que tous deux ôtaient leur tenue de bloc.

Habituée aux réponses carrées de Conrad, Sara se sentit frustrée par l'ambiguïté de Fawcett.

— La question qui s'impose, désormais, est donc, reprit Fawcett : La mort est-elle naturelle ou bien a-t-elle été causée par un tiers ?

— Je ne comprends pas, dit-elle, tandis qu'ils se dirigeaient vers le bureau du médecin légiste.

— Les informations dont nous disposons peuvent confirmer une thèse aussi bien que l'autre. À vous de décider lequel des deux scénarios vous semble le plus logique. D'après la femme du défunt, son mari était de mauvaise humeur, alors elle lui a donné du jus de pomme et une barre de céréales. Quand on est diabétique, la mauvaise humeur est causée par un taux de sucre dans le sang trop faible. Pour le faire remonter, on assure d'ordinaire un apport calorique, une pomme, un biscuit, quelque chose comme ça. Et si la nourriture fait monter le taux de sucre de façon excessive, on administre en général une piqûre d'insuline pour le faire baisser.

— Donc la nourriture fait monter le taux de sucre dans le sang, et la piqûre d'insuline le fait baisser.

— C'est ça.

Lorsqu'ils pénétrèrent dans le bureau, Fawcett alla directement chercher un livre sur une étagère, et, tout en parcourant les titres, il reprit :

— Si vous vous faites une injection alors que le taux de sucre est trop bas, soit vous tombez dans le coma soit vous avez une attaque. Nous savons que son taux de sucre dans le sang était bas au moment de l'injection, parce qu'il est tombé dans le coma. Le problème, c'est de savoir quel était ce taux plusieurs heures avant l'injection.

— Et comment le savoir ?

— Justement, comme je viens de le dire, c'est ça le problème. Vous vous souvenez de l'affaire von Bülow ? Déterminer le taux de sucre dans le sang pour prouver un meurtre est un exercice particulièrement difficile. Le crime est presque indétectable.

— Comment ça, « presque » ? demanda-t-elle, s'efforçant d'obtenir de lui des réponses concrètes.

— Ah, voilà, dit Fawcett en tirant de l'étagère une revue à couverture blanche.

Il se mit à parcourir quelques pages en se massant le lobe de l'oreille droite entre deux doigts, puis se lança dans une explication.

— D'après la pratique traditionnelle, quelques heures après la mort, on ne peut plus déterminer le taux de sucre dans le sang. Il est indétectable dans la plupart des endroits du corps. Mais si l'on en croit certaines revues médicales de haut niveau – que depuis quelque temps nous ne recevons plus, en raison de restrictions budgétaires –, eh bien, si l'on en croit ces revues, le taux de sucre est encore détectable dans la chambre antérieure de l'œil.

— Et quand vous avez disséqué les yeux d'Arnold Doniger, vous avez mesuré son taux de sucre sanguin ?

— La science ne peut vous donner de réponses que si vous savez où les chercher, répondit Fawcett. L'équilibrage dans l'œil est très lent, en sorte que les humeurs de l'œil ne correspondent pas à celles présentes dans le reste du corps. Conséquence, alors que les liquides dans le corps peuvent se dissiper, ceux de l'œil demeurent et laissent une marque aussi claire qu'une empreinte digitale… ce qui nous permet de rechercher les taux de sucre dans le sang.

— Et qu'ont révélé les yeux d'Arnold Doniger ? demanda anxieusement Sara.

— Que le taux de sucre dans le sang était normal, mais il faut se

210

rappeler que les yeux sont toujours un peu en retard sur le reste du corps. Ce qui veut dire que s'il est mort d'une insuffisance de sucre dans le sang, et c'est ce qui ressort fortement des résultats de l'autopsie, alors son taux de sucre dans le sang a chuté brutalement à la fin.

— Mais est-ce que ça ne confirme pas l'histoire de Claire Doniger selon laquelle son taux de sucre était trop bas et qu'elle lui a donné un jus de pomme et une barre de céréales ?

— N'oubliez pas les faits. Vous avez vu le contenu de son estomac… aucune trace de nourriture. Cela faisait plusieurs heures qu'il n'avait rien mangé.

— Donc on l'a affamé, et, quand son taux de sucre dans le sang a été suffisamment bas, on lui a fait une piqûre d'insuline pour l'achever ?

— Ou alors on lui a administré une surdose d'insuline. Dans le cas, bien sûr, où un tiers a provoqué la mort. Dans les deux cas, c'est une manière magnifique de tuer quelqu'un. En tant que médecin légiste, même si je prends bien soin de contrôler les yeux, c'est quand même difficile d'arriver à une conclusion solide. Quels que soient ceux qui ont fait ça, il convient d'admirer leur habileté.

— Et la date de la mort ? D'après mes calculs, il est mort quatre jours avant la date que nous a donnée sa femme. Y a-t-il moyen de le prouver ?

— Ce serait plus simple si la mort était récente, mais il a passé presque une semaine en terre. Les infirmiers ont-ils remarqué des odeurs bizarres quand ils sont venus chercher le corps ?

— Je ne le crois pas, mais je demanderai, dit Sara. Vous voyez autre chose de suspect ?

— Eh bien, il y avait des déchirures sur les méninges, ce qui arrive parfois à la suite d'un froid intense ou de températures de congélation. Mais comme le cerveau est à présent une bouillie en décomposition, je ne suis pas sûr que ça soit dû à ça. Le fait m'a tout de même paru bizarre.

Tout en enregistrant l'information, Sara aperçut l'horloge de Fawcett : presque midi moins le quart.

— Je suis en retard, dit-elle en bondissant. Une dernière question : Pensez-vous que vos découvertes soient suffisantes pour prouver qu'Arnold Doniger a été assassiné ?

— C'est vous qui tirez les conclusions. Avez-vous été convaincue ?

Sara ouvrit la porte. Un large sourire éclairait son visage.

— Complètement. Maintenant, il ne nous reste plus qu'à convaincre le jury.

En montant les marches du 100, Centre Street, Sara jeta un coup d'œil à sa montre en maudissant les embouteillages de New York qui avaient pris son taxi en otage pendant une demi-heure. Il était à présent midi et quart, ce qui voulait dire qu'elle avait presque un quart d'heure de retard pour la mise en accusation de Kozlow. Elle franchit le portique de sécurité, puis gagna le dixième étage en ascenseur. Elle parcourut ensuite le couloir à grands pas, cherchant la salle d'audience n° 1127, puis s'arrêta devant, hors d'haleine. Si elle n'allait pas tout de suite aux toilettes, elle allait exploser.

Jetant alors un coup d'œil par la porte vitrée, elle aperçut Kozlow, assis du côté gauche. Il n'avait pas encore été appelé, ce qui voulait dire que l'audience était retardée. Elle se précipita aux toilettes et entra dans la première cabine. Quelques instants plus tard, elle entendit la porte des toilettes s'ouvrir et quelqu'un ouvrir le robinet d'un des lavabos. Curieuse, elle guigna par une fente de la porte. Personne. À ce moment-là, on frappa fort à la porte de sa cabine.

— Qui est-ce ? demanda-t-elle, surprise.

— C'est moi. Allez, debout !

En entendant la voix familière, elle sentit un frisson lui parcourir l'échine. Elle leva les yeux et aperçut alors l'homme aux joues creuses qui la regardait, par-dessus la porte de la cabine.

Rapidement, elle se rhabilla et se rua au-dehors.

Joues-Creuses l'attendait, appuyé contre l'un des lavabos.

— Je vous ai surprise la culotte en bas, hein ?

— Qu'est-ce que vous foutez ici ? demanda-t-elle en s'avançant vers lui d'un air menaçant.

— Je viens surveiller mes investiss…

Avant qu'Elliott ait pu finir sa phrase, Sara tenta de le frapper avec sa serviette. Il la saisit en plein vol et la lui arracha des mains.

— Jolie serviette, dit-il en la jetant par terre.

— Cessez de me suivre !

— Ce n'est pas vous qui m'importez, Sara… bien que je sois heureux que vous ayez viré votre mari.

— Ne vous avisez pas de toucher à un seul de ses cheveux.

Elliott la saisit par les revers de sa veste de tailleur.

— Ne me dites pas ce que j'ai à faire !

Il la projeta violemment en arrière, à l'intérieur de la cabine. Elle trébucha sur le siège des toilettes et sa tête heurta le mur.

— Au fait, allez donc faire un tour dans la cave de chez Doniger, ajouta-t-il en quittant la pièce. Vous y trouverez des choses intéressantes.

Sara se releva le plus rapidement possible et se rua à la poursuite d'Elliott, mais dans le couloir elle ne vit plus personne.

— Et merde ! lança-t-elle en se frottant vigoureusement l'arrière du crâne.

Son cœur battait la chamade lorsqu'elle regarda par la porte vitrée de la salle d'audience. Jared et Kozlow se tenaient à la table de la défense et s'entretenaient avec le juge. Elle poussa vivement la porte.

En entrant, elle entendit le greffier demander à Jared :

— Votre client plaide-t-il coupable ou non coupable ?

Étonnée que l'audience de mise en accusation puisse se dérouler sans elle, Sara s'avança d'un pas vif vers l'avant de la salle. Alors qu'elle s'apprêtait à lancer une objection, n'importe laquelle, elle aperçut Conrad, assis à la table de l'accusation. Silencieusement, elle adressa un signe de tête à son mentor.

— Non coupable, dit Jared, debout à côté de Kozlow.

Pour toute réponse, Conrad alla apporter une liasse de papiers au juge.

Sans un mot, Sara s'assit à la table de l'accusation, puis planta son regard dans celui de Jared. Il avait l'air hagard, les yeux profondément cernés. Visiblement, il avait passé une mauvaise nuit. Lorsque Conrad fut de retour, elle lui murmura :

— Merci. L'autopsie a duré plus longtemps que prévu et la circulation était…

— Ne vous faites pas de bile, l'interrompit Conrad. Mais vous avez de la chance que Guff ait des copies de vos dossiers. C'est lui qui vous a sauvé la mise.

Elle aperçut alors Guff, assis au premier rang des spectateurs, qui lui adressa un clin d'œil.

— La requête pour défaut de la défense est fixée à quinze jours à partir d'aujourd'hui, déclara le juge. L'audience aura lieu le 3 octobre à la 31e chambre, sous la présidence du juge Bogdanos.

Lorsque le juge eut abattu son marteau, Jared s'approcha de sa femme.

— Content de te voir. Je commençais à me faire du souci.

— J'ai eu beaucoup de travail, expliqua Sara.

— Tu veux parler de l'autopsie ?

— Exactement.

— Alors, qu'ont-ils trouvé ?

— Je ne pense pas qu'elle doive répondre à cette question, l'interrompit Conrad en se levant de son siège.

— Je suppose que vous êtes Conrad, fit Jared, agacé.

— Et vous, Jared.

— C'est bien moi. Je suis son mari. Et aux dernières nouvelles, Sara était capable de répondre elle-même aux questions.

— Eh bien, aux dernières nouvelles, les avocats de la défense ne pouvaient espérer emprunter des raccourcis. Alors arrêtez de demander des résultats d'autopsie que vous n'êtes pas censé connaître.

— Je ne savais pas que c'était votre affaire, dit Jared.

— Non, ça n'est pas son affaire, dit Sara en s'interposant entre les deux hommes. Conrad, retirez-vous. Et toi, Jared, nous en discuterons plus tard.

— Comme tu voudras, dit Jared sans quitter Conrad des yeux. Appelle-moi quand tu seras prête. (Il adressa un signe de tête à Conrad.) Heureux d'avoir fait votre connaissance.

— Moi aussi, répondit froidement Conrad.

Tandis que Jared et Kozlow quittaient la salle d'audience, Sara se tourna vers Conrad.

— Pourquoi avez-vous réagi comme ça ?

— Je ne voulais pas le voir empiéter sur votre domaine, dit Conrad en rassemblant ses dossiers.

— Je vous remercie, je sais me débrouiller avec mon mari.

— Je n'en doute pas, mais...

— Il n'y a pas de « mais », l'interrompit Sara. Je suis peut-être nouvelle au parquet, j'ai peut-être encore des choses à apprendre, mais je ne suis pas un poids plume. Si je l'ai laissé parler de l'autopsie, c'est parce que je voulais me rendre compte de ce qu'il savait exactement. Jared possède un excellent réseau d'informations et je veux savoir jusqu'où celui-ci s'étend. Alors arrêtez de vous prendre pour mon ange gardien.

— Sara, je crois que vous ne comprenez pas : pas une seule fois je n'ai pensé que vous étiez un poids plume.

Désarçonnée par le compliment, Sara hésita une seconde avant de répondre.

— Ce qui veut dire ?

— Rien de spécial. C'est seulement ce que je pense.

— Dans ces conditions, ne me traitez pas comme une novice. Je sais comment me débrouiller dans cette affaire.

— Donc j'imagine que vous n'aviez pas besoin que je vienne vous remplacer aujourd'hui ? Vous aviez tout prévu, c'est ça ?

Sara ne put réprimer un sourire.

— Allez, ne balayez pas mes pauvres arguments avec votre logique implacable. Bien sûr que j'avais besoin que vous me remplaciez. Seulement…

— J'ai compris : c'est votre mari, donc vous êtes la seule à pouvoir le manœuvrer. Et maintenant si on y allait ? Vous avez un procès à préparer.

— Oui, oui, le procès, le procès ! se mit à scander Guff sur l'air des lampions. Et maintenant, parlez-nous de l'autopsie. Vous avez vomi partout ou vous avez pu vous retenir ?

Regardant par-dessus l'épaule de Guff, Sara s'aperçut que Jared et Kozlow traînaient toujours dans le couloir.

— Pas ici, dit-elle. Je vous raconterai tout ça au bureau.

De retour au 80, Centre Street, Sara passa trois quarts d'heure à décrire l'autopsie. Elle leur parla du liquide dans l'œil de Doniger et de l'absence de nourriture dans son estomac, soulignant qu'il aurait pu mourir à la suite d'une injection pratiquée par un tiers, ou par lui-même. Lentement, méthodiquement, elle décrivit les moindres détails, s'efforçant de ne pas influencer l'opinion de ses confrères. S'ils devaient arriver à la conclusion qu'il s'agissait d'un meurtre, elle tenait à ce qu'ils y arrivent par eux-mêmes.

À la fin de son exposé, Conrad demanda :

— Donc il avait l'estomac complètement vide ?

Elle opina du chef.

— Donc elle n'a rien pu lui donner à manger, reprit Conrad. Et même si tout le reste peut s'expliquer de façon logique, reste qu'elle nous a sciemment menti.

— C'est ce qui m'a frappée aussi, déclara Sara. C'est un fait qu'on ne peut pas ignorer.

— Et si c'est un meurtre, dit Guff, cela explique pourquoi on n'a presque rien volé au cours de ce cambriolage.

— Tout concorde, dit-elle. Les moindres pièces s'ajustent. (Elle se tourna vers Conrad.) Alors, qu'en pensez-vous ?

Conrad ne répondit pas tout de suite.

— J'ai l'impression que vous pourriez requalifier les faits en homicide volontaire. Facilement.

— Vraiment ? demanda Sara, incapable de dissimuler son excitation.

Pour la première fois depuis l'admission de Pop à l'hôpital, elle entrevoyait un espoir de sauver Jared.

— Entre Claire Doniger et Kozlow, il y a eu trop d'histoires bizarres en très peu de temps, dit Conrad.

— Magnifique ! fit Sara en tambourinant sur son bureau. Je savais que cette affaire était une vraie mine. Alors, on les inculpe tous les deux de meurtre, ou bien l'un des deux seulement ?

— À vous de me le dire. À votre avis, qui est l'assassin ?

— Je pense que Claire Doniger n'arrête pas de raconter des conneries, mais je ne crois pas que ce soit elle qui ait agi. À mon avis, elle a engagé Kozlow pour faire l'injection.

— Quant à la montre et à la balle de golf, ajouta Guff, c'était peut-être le prix de l'assassinat. En vérifiant le compte en banque de Claire Doniger, on verrait si elle avait du liquide ou pas.

— Très bien, fit Sara. Vérifions ça le plus vite possible. Il n'y a pas de temps à perdre. (Elle se tourna vers Conrad.) Qu'y aurait-il d'autre à entreprendre ?

— Si j'étais vous, avant de réclamer de nouvelles inculpations, je poursuivrais mon enquête. Nous avons le comment, mais pour ficeler un bon dossier d'assassinat, il faut aussi le pourquoi. Vérifiez le compte en banque de Claire Doniger, le testament d'Arnold Doniger, et essayez de trouver quelque chose qui ressemble à un mobile. Quand vous aurez tout ça, réclamez une nouvelle inculpation et faites de nouveau arrêter celui que vous voulez inculper. Vous avez beaucoup de travail devant vous, mais vous êtes en bonne voie. (Il se leva et gagna la porte.) Désolé, moi aussi, j'ai énormément de travail. Tenez-moi informé de vos découvertes.

— Volontiers, répondit Sara. Et merci encore de m'avoir remplacée aujourd'hui... Vous ne savez pas ce que cette affaire représente pour moi. Vraiment. Merci. Merci pour tout.

— Pas de quoi.

Dès le départ de Conrad, Sara se mit frénétiquement au travail.

— Ne vous inquiétez pas, dit alors Guff. On arrivera à le sauver.

— Seulement si on est bien organisés. C'est la seule façon de le battre.

Sara prit alors sa serviette et la posa sur son bureau, devant Guff.

— Pourriez-vous faire relever les empreintes là-dessus ? lui demanda-t-elle.

— Pourquoi ?

— Parce qu'en venant à l'audience, malgré mon retard, j'ai eu la chance de rencontrer à nouveau Joues-Creuses.

— Il était au tribunal ?

— Il me surveillait, expliqua Sara. Et comme nous ne savons toujours pas qui c'est, la seule chose qui me soit venue à l'esprit, c'est de lui balancer ma serviette à la figure en espérant qu'il allait la saisir.

— Et donc maintenant nous avons les empreintes de ce voyou... Vous êtes une sacrée louloute, vous savez ?

— J'essaye, dit-elle en s'enfonçant dans son siège. Quant à vous, monsieur Guff, merci encore de m'avoir sauvé la mise.

— Oh ! ce n'était pas grand-chose. Pour être franc, Conrad brûlait d'envie de vous remplacer. Et le voir s'affronter à Jared, ça m'a largement dédommagé de mon travail.

— Je ne comprends toujours pas pourquoi il a agi comme ça.

— C'est donc si difficile à comprendre ? Il a le béguin pour vous.

— Je vous en prie. Conrad n'a le béguin pour personne.

— Écoutez, Sara. En ne respectant pas vos horaires, vous avez failli manquer l'audience de mise en accusation. Vous n'avez pas appelé pour vous faire remplacer, et vous risquiez de tout rater. Quelle a été la réaction de Conrad ? Il vous a traitée de tous les noms ? Non. Il a été furieux ? Non. Il vous a remplacée, en disant que ce n'était pas grand-chose. Il aurait taillé en pièces n'importe quel autre substitut. Mais vous, il vous a remplacée au pied levé.

— Peut-être se calme-t-il, avec l'âge.

— Conrad ne se calmera jamais. Savez-vous que quand il va à l'hôtel il fait lui-même son lit ? Et vous croyez qu'il est du genre à se calmer ? S'il a affronté Jared, c'est qu'il a le béguin pour vous, voilà tout.

— Je serais vous, je ne tirerais pas de conclusions aussi hâtives. Il me rendait un service, rien de plus.

Ce soir-là, plus tard, Jared prit un taxi pour se rendre de l'autre côté de la ville, dans l'Upper East Side. Le bureau de Lenny Barrow se trouvait sur Madison Avenue, au milieu des boutiques de stylistes et des terrasses de cafés. Au coin de Madison Avenue et de la 65ᵉ Rue Est, au-dessus d'une boutique vendant des vêtements d'enfant à prix d'or, on ne pouvait pas ne pas remarquer son enseigne : *Êtes-vous sûre de savoir où il est ? Leonard Barrow – Détective privé.* Jared pénétra par une entrée étroite sur le côté de la boutique, monta à l'étage et frappa à la porte de Barrow.

— Vous vous êtes mis en tenue de gala ? demanda Jared en remarquant sa veste sport et sa cravate.

— Vous savez ce que c'est, dans le quartier, répondit Barrow en ôtant sa veste et en desserrant sa cravate. Il faut faire bonne impression.

Il retourna derrière son bureau et se laissa tomber dans son vieux fauteuil en cuir. Le bureau était petit et encombré, mais Barrow savait que l'endroit lui garantissait une clientèle capable de régler ses honoraires.

— Bon, qu'y a-t-il de si important pour que vous soyez venu jusqu'ici ?

— Pour être franc, j'ai même peur de parler dans mon bureau. Les murs ont des oreilles.

— Tous les murs ont des oreilles. La question est de savoir qui écoute.

— Je sais qui écoute, répondit Jared. Voilà pourquoi je veux savoir ce que vous avez découvert d'autre.

— Eh bien, je doute que ça vous rassure, mais, en fouillant dans les registres des sociétés, j'ai découvert que la société de Rafferty, Echo Enterprises, est pour moitié propriété de notre cher défunt, Arnold Doniger.

— Quoi ?

— Cela fait des années qu'ils sont associés, et ils ont transformé cette société en une véritable mine d'or.

— C'est incroyable ! Donc Rafferty aurait fait tuer Doniger pour s'emparer de la société ?

— Ça dépend de qui hérite des parts, dit Barrow. L'avenir nous le dira.

— Et la ligne de Rafferty ? Vous l'avez déjà mise sur écoute ?

— Je voulais le faire hier, mais je n'ai pas eu le temps. Mais j'ai quand même épluché ses factures de téléphone.

— Et alors ?

— Alors, rien. Les communications locales ne sont pas détaillées, je n'ai donc pas pu savoir qui il appelait. Néanmoins, Sara peut obtenir cette information. Le parquet peut demander la liste détaillée des communications.

— Peu importe le parquet. Inutile, même, d'en parler : ils ne nous aideront pas. J'ai besoin d'informations accessibles tout de suite. D'accord ?

218

Barrow se mit à pianoter sur son bureau.

— J'ai l'impression qu'il y a toujours de l'eau dans le gaz.

— Excusez-moi, ça n'était pas dirigé contre vous. Sara et moi on continue à avoir des accrochages sur cette affaire.

— Vous demander de quitter l'appartement, ça me paraît être un peu plus qu'un accrochage.

— Comment savez-vous que j'ai déménagé ?

— C'est mon boulot de le savoir.

— D'accord, donc c'est Kathleen qui vous l'a dit.

— Bien sûr que c'est Kathleen qui me l'a dit. Qu'est-ce que vous croyez ? Elle s'inquiète pour vous. Elle dit que ça commence à tourner à l'obsession… et que vous avez même refusé un cadeau-souvenir ayant trait à l'histoire du cinéma.

— Ça n'a rien à voir avec mon déménagement. Je tiens seulement à remporter cette affaire.

— Et Sara vous laisse à penser que ça ne sera pas possible ?

— C'est difficile à expliquer. Il y a deux jours seulement elle était complètement sonnée, et maintenant elle cogne comme Mohamed Ali. Ces derniers temps, tout semble lui sourire.

— Vous n'aimez pas perdre, hein ? dit Barrow en voyant Jared tripoter nerveusement le bout de sa cravate.

— Je déteste ça.

— Et le fait que ce soit votre femme qui l'emporte vous rend encore un peu plus fou ?

— Je ne sais pas. Il y a d'autres enjeux encore.

— Autre chose que votre couple ? Qu'y a-t-il donc de plus important ?

— Je ne peux pas vraiment en parler, répondit Jared, désemparé. Je vous en prie, laissez tomber.

Un silence gêné suivit ses paroles.

— Vous avez de gros ennuis, hein, Jared ?

Ce dernier ne répondit pas.

Barrow ouvrit alors le premier tiroir de son bureau et en tira un pistolet de calibre 38.

— Tenez. Au cas où.

Jared prit l'arme des mains de Barrow et l'observa.

— Je ne sais pas… Je ne suis pas du genre flingueur.

— Si vous avez autant d'ennuis que je le suppose, rétorqua Barrow, il faut que vous soyez armé.

Il releva alors sa jambe de pantalon, révélant un petit pistolet dans un étui de cheville. Il détacha l'étui et le tendit à Jared.

— Si vous n'aimez pas le gros, prenez celui-ci à la place. Il est petit, compact, et facile à dissimuler. (Jared n'esquissa aucun geste.) Simplement au cas où.

Jared se saisit alors de l'étui, comme à contrecœur, releva sa jambe de pantalon et le fixa à sa cheville.

— Ça se sent à peine, là, hein ? fit Barrow.

— C'est vrai, concéda Jared. Espérons seulement que je n'aurai pas à m'en servir.

Assis dans sa voiture blanche de location, Kozlow surveillait l'entrée du bureau de Barrow en se demandant ce qui retenait Jared si longtemps à l'intérieur. Il suffisait d'être patient. Ainsi que Rafferty l'avait dit : « Ils ont beaucoup de choses à se confier. Jared commence à paniquer, et il va chercher un moyen de s'en sortir. »

Comme d'habitude, Rafferty avait raison. Jared se trouvait dans le bureau depuis presque une heure. Lorsqu'il sortit enfin, Kozlow l'observa jusqu'à ce qu'il eût tourné le coin de la rue. Il semblait encore plus tendu qu'à son arrivée.

Levant alors les yeux sur l'enseigne de Barrow, Kozlow comprit qu'il n'aurait plus longtemps à attendre. Effectivement, vingt minutes plus tard, le détective quitta son bureau et emprunta la 65e Rue. Et voilà, songea Kozlow, le moment est venu de renvoyer l'ascenseur.

Le samedi matin, Sara arriva tôt à son travail, une tasse de café tiède à la main. Avec les nouveaux développements de l'affaire Kozlow, ses deux autres affaires en cours et les formalités restant à accomplir pour ses deux non-lieux, elle commençait à se demander s'il ne valait pas mieux garder des vêtements de rechange au bureau.

Elle posa sa tasse de café sur la table et écouta son répondeur. Un seul message, celui de Tiffany lui demandant pourquoi elle n'était pas venue la chercher la veille à l'école. Sara demeura songeuse un moment, cherchant comment elle pourrait se faire pardonner cet oubli.

Puis elle se laissa tomber sur sa chaise et mit les deux pieds sur le bureau. La journée s'annonce bien, se persuada-t-elle en chassant Tiffany de son esprit. Pop commençait à aller mieux ; son minable cambriolage se transformait en un meurtre alléchant ; et, bien que Jared lui manque, elle espérait pouvoir continuer à le protéger. Pour la première fois depuis des mois, Sara se laissa envahir par un sentiment de confiance. Tout allait bien se passer.

Dix minutes plus tard, Guff passa la tête par l'entrebâillement de la porte.

— Comment ça va, depuis hier soir ?

— Est-ce que pour une fois je ne pourrais pas passer un moment tranquille ?

— Justement, j'allais vous le proposer, répondit Guff avec un sourire malicieux. Parce que, aujourd'hui, c'est votre jour de chance !

Et reculant dans le couloir, il s'écria :

— Amenez-le, les gars !

Il pénétra alors dans le bureau de Sara, suivi de deux ouvriers portant un canapé vert olive en vinyle, flambant neuf.

— Vous en avez obtenu un ! lança Sara, sidérée. Comment avez-vous réussi ?

Les deux hommes posèrent le canapé le long d'un des murs du bureau.

— Disons qu'on doit une fière chandelle à la jolie rousse du service des fournitures.

— Comment avez-vous fait ? Vous êtes sorti avec elle ?

— Au contraire ! Je lui ai promis de ne pas aller la voir pendant six semaines. Elle a essayé d'obtenir deux mois entiers, mais j'ai tenu bon.

Sara alla s'installer sur le canapé et tapota les coussins.

— Aaaaaaah ! du vrai vinyle américain.

— Pour mon chef, rien que du meilleur, dit Guff tandis que les deux ouvriers quittaient le bureau. Et ce n'est pas tout. (Il tira quelque chose de la poche arrière de son pantalon et garda la main derrière son dos.) Devinez ce que j'ai dans la main droite.

Sara réfléchit un moment.

— Une girafe ?

— Plus petit.

— Un canoë ?

— Plus petit.

— Une tête réduite ?

— Mmmm, plus petit… enfin, ça dépend de la réduction.

— Un lasso magique qui vous contraint à dire la vérité ?

— Non, vous ne trouverez jamais. Les papiers sont arrivés au cours de votre première semaine ici, et même si c'était vous en personne qui étiez censée venir la chercher, c'est moi qui suis allé la récupérer. Vous étiez tellement occupée que…

— Allez, dites-moi ce que c'est, fit Sara.

— D'accord. Fermez les yeux. Un… deux… trois…

Sara ouvrit les yeux. Guff tenait devant elle une plaque dorée gravée à son nom et portant la mention *Procureur, comté de New York*.

— Félicitations, dit Guff en lui tendant la plaque dans son étui de cuir noir. Vous êtes officiellement substitut du procureur.

Hypnotisée, Sara ne pouvait détacher ses yeux de sa nouvelle plaque.

— C'est incroyable, dit-elle enfin. J'ai l'impression d'être un flic.

— Maintenant, vous pouvez faire tout ce que font les flics : vous rendre sur les lieux d'un crime et prendre la meilleure place au cinéma. Mais surtout, vous pouvez la brandir en hurlant : « Sara Tate ! Substitut du procureur ! »

Guff lui-même hurla en brandissant une plaque imaginaire.

— C'est fabuleux ! Merci, Guff. C'est très gentil de votre part. Rien ne vous obligeait à me rendre ce service.

— Alors faites-moi un petit plaisir en échange : brandissez votre plaque.

Sara quitta son nouveau canapé, puis exhiba sa plaque en s'écriant d'une voix forte :

— Sara Tate ! Substitut du procureur ! Pas un geste, sinon je vous éclate la tête !

— Ça n'est pas un flingue, dit Guff en riant. Personne ne va vous prendre au sérieux.

Mais avant que Sara ait pu faire une nouvelle tentative, Conrad fit irruption dans le bureau, le visage fermé.

— Regardez, dit Sara en lui montrant sa plaque. Du vrai métal bien solide. Allez, souriez, ajouta-t-elle en voyant qu'il ne se déridait pas, on s'amuse !

— Vous n'êtes pas au courant, on dirait.

— Au courant de quoi ?

— Sara, je crois que vous feriez mieux de vous asseoir, dit Conrad d'une voix sombre.

— Que se passe-t-il ?

— Asseyez-vous.

— C'est Jared ? Il va bien ? Que…

— Jared va bien.

— Alors c'est Pop ! s'écria-t-elle. Oh, mon Dieu, c'est Pop ! Que s'est-il passé ? Il a…

— Aucun problème avec votre famille, l'interrompit Conrad. Il s'agit de votre détective privé, Lenny Barrow. Il a été assassiné.

13

— Lenny est mort ? demanda Sara, abasourdie. Quand est-ce que ça s'est passé ? Comment ?

— Il a été fauché par une voiture à un bloc de chez lui. Le chauffard s'est enfui. Barrow a eu le crâne fracassé.

Sara s'effondra sur le canapé.

— Je n'arrive pas à y croire. On connaissait Lenny depuis des années. C'est lui qui m'a amenée en taxi à l'hôpital pour mon opération de l'appendicite.

— Si vous voulez, je peux vous obtenir le rapport de police, proposa Conrad. Vous y trouverez peut-être d'autres indications.

— Je n'arrive pas à croire qu'il est mort, dit à nouveau Sara.

— Ça va ? demanda Guff en s'asseyant à côté d'elle.

— Pourriez-vous me donner le téléphone ? demanda-t-elle à Conrad. Il faut que je prévienne Jared.

— Mort ? dit Jared, la voix brisée.

— Sara a appelé il y a environ une demi-heure. Il a été tué hier soir. Oh, c'est terrible, Jared ! Je sais à quel point vous étiez proches, tous les deux.

— Je n'arrive pas à y croire. (D'une main tremblante, il desserra sa cravate et ouvrit son bouton de col.) Vous avez eu des nouvelles de Rafferty ou de Kozlow ?

— Pas encore. Je ne crois pas qu'ils viendront aujourd'hui. (Kathleen remarqua la sueur qui perlait du front de Jared.) Vous vous sentez mal ? Vous voulez que j'aille vous chercher de l'eau ?

Jared se leva et gagna la porte, le dos inondé de sueur.

— Ça va. J'ai seulement besoin de respirer.

Il suffoquait. Le pas hésitant, il se rendit aux toilettes et s'appuya contre l'un des lavabos, comme s'il allait vomir. Pendant deux minutes, il lutta contre la nausée et reprit lentement sa respiration. Puis il ouvrit le robinet d'eau froide et s'aspergea le visage.

Finalement, il releva la tête et se contempla dans le miroir. « C'est ma faute, se répétait-il. Je n'aurais jamais dû le mêler à ça. » Il aurait aimé revenir en arrière de quelques semaines, se débarrasser de cette affaire, protéger sa femme et, surtout, ramener son ami. Jamais il n'aurait dû se rendre au bureau de Lenny, hier soir. Rafferty avait pourtant dit qu'il le surveillerait sans cesse. Incapable de se regarder plus longtemps dans la glace, il ferma les yeux et serra les poings. Le remords commençait à faire place à la colère.

Il ouvrit les yeux. « Espèce de salaud ! Comment as-tu pu faire ça à ton ami ? » Et mû par une brutale impulsion, il écrasa violemment son poing sur le miroir qui vola en éclats. Le sang dégoulinait jusque sur son coude, mais il demeura immobile. Ce geste de rage ne soulagea en rien sa douleur, ne dissipa nullement ses peurs. Mais au moins le miroir avait disparu. Pendant quelques instants précieux, Jared Lynch n'eut plus à se contempler dans la glace.

Ce soir-là, à dix-sept heures, Jared rentra chez lui, épuisé, hagard. Les sept heures précédentes, il les avait passées assis à son bureau, dans un état second. Aussi lorsque Kathleen lui avait dit de rentrer chez lui, pour une fois il n'avait pas discuté. Et elle n'entendait pas par là chez Pop. Elle voulait dire chez lui, chez Sara. En ouvrant la porte, il s'attendait à trouver un appartement vide, mais il eut la surprise de découvrir sa femme.

— Oh, Jared, c'est affreux ! dit-elle en s'avançant vers lui.

Elle lui ouvrit les bras et le serra contre elle. Il enfouit la tête contre son épaule et se mit à pleurer.

Ils demeurèrent ainsi un moment, soudés l'un à l'autre, leurs problèmes évanouis. Soudain, Sara remarqua le pansement blanc sur la main de Jared.

— Que t'est-il arrivé ?

— Ce n'est rien, dit-il en s'écartant.

— Mais comment t'es-tu… ?

Il gagna la cuisine.

— Je me suis blessé avec un coupe-papier, ce n'est rien.

Il se versa un verre de vin rouge et se dirigea vers la chambre, suivi de Sara.

En pénétrant dans la chambre, Sara s'aperçut que sa serviette était restée ouverte, sur le lit. D'un air négligent, elle ferma le rabat et la posa sur le sol.

— Tu ne me fais pas confiance, hein ? dit Jared en sentant les larmes lui monter aux yeux. Sara, je te jure que je ne le referai plus. Je sais que tu n'as aucune raison de me croire, mais je te jure que c'est vrai. Tu m'as pris au dépourvu avec cette accusation de meurtre, alors je ne savais plus où j'en étais.

— Jared…

— Je sais que tu n'as pas envie d'en parler maintenant, mais je ne savais pas où aller. Je… je ne sais pas… vraiment… je t'aime, Sara.

— Moi aussi, je t'aime. Et je comprends.

— Alors, avec Lenny…

— Tu n'as pas besoin de te justifier. Je sais ce que tu as envie de dire.

— C'est vrai ? Ça ne t'ennuie pas si je reviens pour…

— Notre ami vient d'être tué… Je ne veux pas que tu restes seul chez Pop. (Il la prit dans ses bras.) Tu crois que j'aurais eu le courage de te laisser tout seul ce soir ?

Jared s'écarta.

— Comment ça, « ce soir » ?

— Euh, je ne sais pas, je me disais que comme il allait y avoir le procès…

Les dents serrées, il quitta la chambre en trombe, et en passant devant la cuisine jeta son verre dans l'évier, projetant du vin et des éclats de verre un peu partout.

— Bon Dieu ! murmura Sara.

Elle voulait seulement le protéger. S'il n'était plus à ses côtés, elle ôtait à Joues-Creuses une raison de la harceler. Elle se rua à la suite de son mari.

— Jared, excuse-moi ! Je n'aurais pas dû dire ça. Si tu veux rester, tu peux.

— Pas question ! lança-t-il en se dirigeant vers la porte d'entrée.

— S'il te plaît… j'ai vraiment envie que tu restes. (Il ne répondit pas.) Mon chéri, je te le jure. J'ai envie que tu restes. Je le pense vraiment.

Jared s'immobilisa et se tourna vers elle.

225

— Si tu voulais vraiment que je reste, tu n'aurais pas dit une chose pareille.

— Ce n'est pas vrai. J'ai…

— Il est mort ! hurla Jared. Lenny est mort, et toi, tu penses encore à tes dossiers ! Tu ne vois pas à quel point c'est minable ?

— Jared, je t'en prie…

— Je ne veux plus t'écouter. Je serai chez Pop. Et au cas où ça t'intéresserait, sache que la sœur de Lenny a appelé. L'enterrement est prévu pour demain, alors si tu n'es pas trop occupée par ton travail, tu pourrais t'y rendre.

— Bien sûr que j'y serai !

— Très bien. On se verra là-bas.

Il s'en alla en claquant la porte.

— Y en a marre, dit Kozlow en écoutant la fin de leur conversation. Elle va nous baiser la gueule. Y a qu'à la tuer, qu'on en finisse.

— Vous êtes donc bouché à ce point ? répliqua Rafferty en prenant place à son bureau. Sara est notre meilleur atout. Sans elle, je n'ai aucune prise sur Lynch.

— Qu'est-ce qu'on en a à foutre, de lui ? S'il n'est pas chez lui, il ne nous sert à rien. À mon avis, il faut retourner voir Stockwell et lui demander de…

— Assez, avec Stockwell ! Je vous ai déjà dit cent fois qu'il ne s'occuperait pas de l'affaire. Alors je ne veux plus en entendre parler.

— Tout ce que je dis, c'est que ces derniers temps, Lynch n'a pas…

— Mais vous allez m'écouter, à la fin ! hurla Rafferty. Je ne veux plus en entendre parler !

Kozlow se pencha alors au-dessus du bureau, et, d'un geste vif, saisit Rafferty par l'oreille gauche et l'attira vers lui.

— Combien de fois faudra-t-il vous le dire ? murmura-t-il. Ne me criez pas dessus. J'ai horreur de ça.

— Lâchez-moi, dit Rafferty d'un ton sec. (Kozlow s'exécuta.) Qu'est-ce qui vous prend ?

— Rien. Seulement, je n'aime pas qu'on me parle sur ce ton.

— C'est bon, j'ai compris.

Rafferty retrouva une contenance en se passant la main dans les cheveux. Quand tout cela serait terminé, il s'occuperait de Kozlow.

— Alors vous croyez toujours que, si on veut gagner, notre meilleur atout reste Lynch ?

— Voilà, ça devrait être clair, maintenant !

Toute seule dans son appartement vide, Sara s'efforça de se rappeler le visage de Lenny Barrow. Ils étaient amis depuis six ans, mais elle savait d'expérience que les moments les plus simples sont souvent les plus faciles à oublier. Dans quelques semaines, l'image de sa présence physique commencerait à s'estomper. Elle se souviendrait toujours de lui, de son travail de détective, mais l'artiste en elle exigeait quelque chose de plus concret. Bien sûr, elle pourrait toujours regarder de vieilles photos, mais ce ne serait pas pareil. Elle avait besoin de le voir traverser une pièce, bouger ses doigts courts et épais, de revoir ses épaules se soulever lorsqu'il riait. Aussi consacra-t-elle les deux heures suivantes à le dessiner tel qu'il était encore présent dans sa mémoire.

Ensuite, épuisée par cet effort, elle se fit réchauffer des pâtes, puis décida de s'occuper de sa lessive. Un sac de linge sale à la main, elle gagna la buanderie, au sous-sol de l'immeuble.

Comme la plupart des buanderies de New York, celle-ci était sombre, difficile d'accès et sentait le moisi. À côté de la grande salle se trouvait une petite pièce servant de rangement, et un dédale de couloirs zébrés de tuyaux et de coupe-circuits. Depuis toujours, Sara trouvait l'endroit sinistre, et les murs en béton lui faisaient l'effet d'un tombeau. Après avoir rempli les machines, elle quitta la buanderie, rouvrit la porte métallique à barreaux donnant accès au sous-sol, qu'elle avait fermée à clé, et remonta chez elle.

Une demi-heure plus tard, elle regagna le sous-sol. Alors qu'elle sortait le linge des machines, elle entendit un bruit. Elle pensa que ça devait être les gros tuyaux de chauffage. En entendant le bruit se rapprocher, elle jeta un coup d'œil apeuré par-dessus son épaule et vit quelque chose bouger. Elle lâcha sa pile de linge. Mais ce n'était qu'une souris qu'elle vit filer derrière l'une des machines à laver. Pourtant, quelque chose allait de travers. Après avoir chargé les séchoirs, elle quitta la pièce et se rendit compte aussitôt qu'elle avait oublié ses clés. Elle retourna à l'intérieur et passa la main sur le couvercle des machines et des séchoirs. Ses clés avaient disparu.

Elle ouvrit le premier séchoir et fouilla dans le linge humide. Rien. Puis elle fouilla le deuxième. Toujours rien. Soudain, elle entendit un bruit derrière elle. Elle se retourna, s'attendant à voir la souris. C'est alors que les lumières s'éteignirent.

Elle pensa aussitôt que quelqu'un se trouvait dans la pièce. « Ne pas bouger, se persuada-t-elle. Si tu bouges, il te trouvera. » Elle retint sa respiration et tendit l'oreille, mais n'entendit que le ronronnement monotone du séchoir. C'était à devenir folle. Ce n'était peut-être qu'un fusible qui avait sauté, après tout. Aucune raison d'avoir peur à ce point. Une main, à ce moment-là, se plaqua sur sa bouche.

— Bonjour, Sara, murmura une voix à son oreille.

Joues-Creuses.

Elle lui lança un violent coup de coude dans le ventre. L'homme lâcha prise et elle se rua vers la porte. Elliott la poursuivit. Elle n'y voyait rien, mais, en glissant les mains contre le mur froid, elle réussit à trouver la porte de la buanderie et à l'ouvrir. Puis elle se rua jusqu'à la porte métallique de la cave et se mit à hurler :

— Police ! À l'aide !

Déjà il l'avait rejointe et lui plaqua à nouveau la main sur la bouche. Puis il lui frappa violemment sur les doigts jusqu'à ce qu'elle lâche les barreaux de la porte, et la ramena dans la buanderie. À nouveau les ténèbres. Elle se débattit, mais il la projeta contre le mur en lui maintenant ses deux poignets d'une main. Comme elle se débattait toujours, il la gifla violemment. Elle demeura immobile. Elliott se pencha alors vers elle et lui serra la gorge. Son haleine empestait l'alcool.

— Il ne faut plus qu'il revienne ici, c'est compris ? Je ne veux pas qu'il fouille dans vos affaires !

Elle hocha vigoureusement la tête.

Il la jeta brutalement à terre. L'obscurité était totale, et elle ne savait plus où il se tenait. Elle demeura complètement immobile et se prit à nouveau à tendre l'oreille. Toujours le même ronronnement du séchoir. « Ne bouge pas, se dit-elle. De toute façon, lui non plus ne peut pas te voir. » Alors, dominant le bruit de la machine, la voix d'Elliott résonna dans la pièce.

— Rien n'est sacré. Pas même vous !

Avant même d'avoir pu réagir, Sara aperçut un rai de lumière du côté de la porte de la buanderie. Puis elle entendit la porte métallique se refermer. Il était dehors. Elle se rua à sa poursuite et aperçut Elliott de l'autre côté des barreaux métalliques.

— Police ! À l'aide ! hurla-t-elle.

— On est à New York, lança Elliott. (Il déposa les clés de Sara sur la

228

dernière marche de l'escalier de la cave.) Quelqu'un viendra bientôt vous délivrer. À bientôt, au tribunal.

Lundi matin, Sara arriva à son bureau en s'attendant à passer une journée tranquille. Les obsèques de Lenny et sa rencontre avec Jared au cimetière l'avaient épuisée. Mais depuis le couloir, elle vit avec stupéfaction deux magasiniers entasser ses affaires dans des cartons.

— Qu'est-ce que vous faites ? s'écria-t-elle.

— On emporte les dossiers, répondit l'un d'eux.

— Je le vois bien. Qui vous a donné l'autorisation de pénétrer ici ?

— Conrad Moore. Il nous a dit d'emporter tous les dossiers Kozlow, parce qu'on retirait l'affaire au substitut.

Sur ces entrefaites, Guff arriva dans le bureau.

— Que se passe-t-il ?

— Je suis virée, lança Sara en se ruant au-dehors.

— Hein ? Quoi ?

Il se précipita à sa suite jusqu'au bureau de Conrad.

— Pourquoi ne m'avez-vous rien dit ? demanda Sara en pénétrant comme une tornade dans le bureau de Conrad.

— Calmez-vous, dit Conrad. Je vais tout vous expliquer.

— Comment ça, tout m'expliquer ? Vous savez que je suis licenciée et vous n'avez même pas la décence de me l'annoncer !

— Qu'est-ce que vous racontez ? Vous n'êtes pas licenciée.

— Ah bon ?

— Non. Seulement, on vous retire l'affaire.

— Quoi ?

— C'est ce que m'a dit Monaghan. Il ne veut pas qu'une novice s'occupe d'une affaire d'assassinat. C'est trop compliqué et les enjeux sont trop importants. Vous devez me transmettre toutes les pièces du dossier.

Sara se tourna vers Guff.

— Ça va aller, dit Guff. On trouvera un moyen de…

— Non ! lança Sara. Je dois conserver cette affaire. C'est la mienne.

— Je regrette, dit Conrad. Je sais que vous êtes furieuse, mais je dois obéir aux instructions.

— Le problème n'est pas que je sois furieuse, rétorqua Sara. Simplement, je dois garder cette affaire.

Conrad jeta un coup d'œil à Guff, puis regarda de nouveau Sara.

— Qu'est-ce que vous me cachez, tous les deux ? Visiblement, il y a quelque chose d'important que j'ignore.

— Mais non, il n'y a rien, insista Sara. Mais j'ai besoin de conserver cette affaire.

— Arrêtez de me regarder comme ça, s'écria Guff en voyant que Conrad ne le quittait pas des yeux. Je n'y suis pour rien !

— Écoutez, Sara, visiblement il se passe quelque chose.

Elle baissa les yeux sans répondre.

— Si vous me racontez de quoi il retourne, je pourrai vous aider. Sinon, vous vous retrouvez seule et vous êtes dessaisie.

Sara ne se départit pas de son silence.

— Comme vous voudrez, dit Conrad en gagnant la porte. J'irai chercher moi-même le reste des dossiers.

Au moment où Conrad allait sortir, Sara lança un coup d'œil à Guff, qui répondit par un hochement de tête.

— Je veux bien tout vous raconter, dit alors Sara, mais il faut me promettre que vous agirez comme je vous le demanderai.

Conrad referma la porte et pivota sur ses talons.

— Allez-y.

— D'abord, donnez-moi votre parole. Promettez-moi que vous agirez comme je vous le demanderai.

— Je ne promets rien du tout. Et maintenant, dites-moi ce qui se passe.

— Tant pis, fit Sara.

— Pourquoi faudrait-il que je suive vos instructions ? demanda Conrad en secouant la tête.

— Parce que, sans ça, vous mettrez ma vie et celle des membres de ma famille en danger.

Conrad demeura un instant silencieux.

— Je vous promets que je ne ferai rien qui puisse vous mettre en danger, vous et votre famille.

— J'ai votre parole ?

— Vous avez ma parole.

Sara lui expliqua alors comment Joues-Creuses était entré en contact avec elle et lui avait enjoint de gagner l'affaire, puis comment il avait menacé Jared et ce qu'il avait fait à son grand-père. Pas une seule fois Conrad ne l'interrompit, et il ne reprit la parole qu'à la fin de son récit.

— Vous venez de m'avouer que quelqu'un vous a menacée et que vous n'en avez jamais parlé à personne ? Mais quelles étaient mes instructions à ce sujet ? Le système est fait pour vous protéger quand vous…

— Écoutez, Conrad, je n'ai que faire de vos leçons pour le moment. Le système n'a pas protégé Pop et ne peut certainement pas protéger mon mari. Ce cinglé a les empreintes digitales d'un mort, il sait tout sur moi, il m'a agressée dans l'enceinte du tribunal et il a pénétré dans ma cave sans clé. La vérité, c'est que je suis terrorisée. Chaque fois que je rentre chez moi, je fouille les placards pour m'assurer qu'il n'est pas là. Je regarde derrière la porte, pour voir s'il ne m'attend pas. Ça n'est pas un délinquant ordinaire, et, tant qu'on ne saura pas qui c'est, je préfère ne pas le contrarier. Après tout, il me demande seulement de faire mon boulot.

— Il ne vous demande pas de faire votre boulot, il menace de tuer Jared.

— Il veut gagner ! rétorqua Sara. C'est tout. Et vous savez aussi bien que moi que je peux lui donner satisfaction. Vous êtes peut-être meilleur procureur que moi, mais vous ne connaissez pas aussi bien mon mari. Je sais ce qu'il pense, comment il se bat, à qui il parle.

— Comme Lenny Barrow, fit Conrad.

— Exactement. Comme Lenny Barrow. Croyez-moi, je n'ai aucune envie de laisser ce type dans la nature, mais je ne peux pas me faire éjecter de cette affaire. Il s'agit de ma famille, et de mon affaire.

— Je ne sais pas…

— Écoutez, Conrad, depuis le jour où je vous ai rencontré, j'ai suivi vos conseils. Ce que vous disiez, je le faisais. Et je vous en serai toujours reconnaissante. Mais pour une fois, je vous demande d'agir comme je l'entends. Aidez-moi à garder cette affaire. C'est tout ce que je réclame.

Pendant une longue minute, personne ne prononça plus la moindre parole.

— Laissez-moi réfléchir, lâcha finalement Conrad. Nous en reparlerons demain matin.

— Réfléchissez bien, dit Sara en se dirigeant vers la porte. C'est la seule chose que je désire.

Le lendemain matin, Sara et Guff attendaient impatiemment l'arrivée de Conrad.

— Vous croyez qu'il va accepter ? demanda Guff.

— Je n'en ai pas la moindre idée. Parfois il semble tellement prévisible, parfois je n'arrive pas à le cerner.

231

— Prévisible ? Conrad n'est jamais prévisible. Il aime bien respecter les procédures et il fait souvent la morale, mais, quand il estime que c'est nécessaire, il est prêt à tout laisser tomber et à faire ce qu'il faut. N'oubliez pas que c'est à la fois un magistrat et un New-Yorkais. Par combinaison, ça en fait un réaliste.

— Espérons que vous avez raison.

Dix minutes plus tard, Conrad pénétra dans le bureau de Sara. Il referma la porte derrière lui et alla s'asseoir face à sa collègue.

— Voilà ma proposition, dit-il. D'abord, je n'abandonne pas cette affaire.

— Dans ce cas vous ne pouvez…

— Écoutez jusqu'au bout, coupa-t-il. Je n'abandonne pas cette affaire parce que Monaghan ne vous la laissera pas conduire toute seule. Mais j'accepte de la mener avec vous. Pour l'extérieur, j'aurai l'air de m'en occuper seul mais, entre nous, il s'agira d'une collaboration à part entière.

— Alors je peux continuer à la mener comme je l'entends ?

— Comme nous l'entendons, rectifia Conrad. Vous avez de gros enjeux dans cette affaire, mais je ne vous laisserai rien faire d'illégal ou de stupide. Croyez-en mon expérience : l'émotion ne fait que contrarier la pensée logique. Alors, si vous outrepassez les limites, je serai là pour vous botter les fesses.

— Mais vous m'aiderez à gagner ?

— Ne vous inquiétez pas, Sara, nous gagnerons. Peu importe ce que fera votre mari, peu importe les requêtes qu'il présentera. Il pourra toujours trouver les avocats qu'il voudra dans son prestigieux cabinet, des types avec des costards sur mesure, des cravates en or massif, qui conduisent des Saab, qui vont chez les meilleurs coiffeurs, manucurés jusqu'au coude, des perles d'avocats, précieux, qui coûtent une fortune à la minute, mais, quand on en aura fini avec cette affaire, croyez-moi, tous ces gars-là viendront cirer le lino de nos couloirs ! Et quant à ce salopard qui a blessé votre grand-père… quand tout ça sera réglé, je vous jure qu'on va lui faire danser une sacrée gigue !

Un large sourire éclaira le visage de Sara.

— Je savais qu'il allait réagir comme ça ! s'écria Guff. Il est tellement prévisible.

— Alors ? Marché conclu ? demanda Conrad en tendant la main à Sara.

— Pour autant que vous ne parliez pas à Monaghan de ce type qui m'a menacée.

— Monaghan n'en saura rien. La seule chose que je lui ai dite, c'est que vous aviez une énergie fabuleuse et que vous aimiez travailler tard le soir. C'est le genre de choses qu'il aime entendre. Êtes-vous bien sûre de vouloir continuer à traquer ce type ?

— Il me serait impossible de faire autrement, dit Sara en serrant la main de Conrad.

— Bon, dit Conrad en s'asseyant sur le canapé, à côté de Guff. Parce que c'est par là que je voudrais commencer aujourd'hui.

— Attendez, fit Sara. D'abord, je voudrais savoir ce qui vous a persuadé de me garder sur cette affaire.

— Je n'ai eu qu'à me mettre à votre place. Dès ce moment-là, je me suis dit que j'aimerais qu'on m'aide. Est-ce que ça répond à vos questions ou bien voulez-vous que je vous serve une salade psychologique du genre « j'ai fait ça pour exorciser mes propres fantômes » ?

— Non, non, ça me suffit, répondit Sara. Mais si vous continuez à être aussi gentil avec moi, j'irai raconter partout qu'au fond vous êtes un nounours tendre qui s'ignore.

— Personne n'y croira. (Il ouvrit alors sa serviette et en tira un pli scellé, réservé à la correspondance judiciaire.) Pour en revenir aux fantômes, ça vient d'arriver de l'Identité judiciaire. Ça doit être le résultat des empreintes que vous avez fait relever.

— Celles qui étaient sur ma serviette ? Quel est le résultat ?

— Je n'aurais pas osé ouvrir l'enveloppe en l'absence de ma collègue, dit Conrad en la lui tendant. À vous l'honneur !

Sara déchira l'enveloppe et prit connaissance du rapport.

— C'est incroyable ! s'exclama-t-elle.

— Qu'y a-t-il ? demanda Guff. Ce sont les empreintes du même gars qui est mort ?

— Non, ça n'est pas le même mort, mais un autre. D'après ce rapport, les empreintes trouvées sur ma serviette sont celles d'un certain Warren Eastham, un petit délinquant qui a été assassiné l'année dernière.

— Je n'y comprends rien, dit Guff. Comment un type peut-il avoir deux séries d'empreintes digitales différentes ?

— Il travaille peut-être à l'Identité judiciaire et il sabote toutes nos demandes d'informations, suggéra Conrad.

— Ou alors c'est l'Identité judiciaire elle-même qui torpille nos recherches, ajouta Guff.

— Peu m'importe la façon dont il opère, dit Sara. Je veux seulement savoir qui il est.

Vêtu d'un short noir pour cycliste et d'un sweat-shirt trop grand et délavé orné d'un écusson du Michigan, Elliott se rendit directement dans le hall de l'Institut médico-légal.

— Coursier, annonça-t-il au garde en montrant le sac à dos en nylon jaune pendu à son épaule. Je cherche un certain Dr Fawcett.

— Sous-sol, salle B-22, dit le garde. Prenez l'ascenseur.

Au sous-sol, Elliott n'eut aucun mal à trouver la salle B-22, et trouva le Dr Fawcett assis à son bureau.

— Bonjour, dit Elliott en souriant. Je viens chercher le rapport d'autopsie d'Arnold Doniger.

— Vous venez du parquet ? demanda Fawcett, méfiant.

— Oui, oui, fit Elliott en tirant une planchette de son sac à dos. Tenez, regardez… je dois l'apporter au substitut du procureur Sara Tate, 80, Centre Street. Apparemment, il le lui fallait déjà pour hier.

— Ils sont tous comme ça, dit Fawcett gaiement.

Il tendit à Elliott une enveloppe scellée.

— Merci, docteur, dit celui-ci en glissant l'enveloppe dans son sac à dos. Dites bonjour aux macchabées de ma part. Dites-leur aussi qu'ici, à cause d'eux, ça cocotte.

— Je n'y manquerai pas, répondit Fawcett.

Deux semaines et demie plus tard, un vent froid d'octobre annonçait l'arrivée prématurée de l'hiver. Mais en dehors de l'apparition des manteaux de laine, rien ne semblait avoir modifié le paysage de la ville. Les sirènes continuaient de hurler, la circulation était toujours aussi apocalyptique, on livrait toujours autant de plats chinois de jour comme de nuit, tandis que Sara, Conrad et Guff s'acharnaient à reconstituer le puzzle de l'affaire.

— Je l'ai, annonça Guff en pénétrant dans le bureau de Sara, une liasse de papiers à la main.

— Qu'est-ce que vous avez ? demanda Conrad, appuyé contre l'une des armoires.

— Ô, homme de peu de foi ! vous ne savez donc pas ce qui vous manquait encore ? Je viens de recevoir l'objet consacré… l'objet de tous vos désirs.

— Le quoi ? insista Conrad.

— Son testament, expliqua Sara en s'asseyant à son bureau. Le tribunal des successions et tutelles a finalement accepté de me le transmettre.

— « Accepté » ? s'écria Conrad. Vous auriez dû l'exiger par ordonnance.

— Vous, vous exigez, moi je demande. Le résultat est le même. (Elle se tourna vers Guff.) Alors, qu'est-ce qu'on y trouve, dedans ?

— Sur un point au moins vous aviez raison : Arnold Doniger n'était pas dans le besoin. Le total de ses dons financiers se monte au moins à sept millions de dollars. Et cela sans compter sa maison de New York, sa maison de vacances dans le Connecticut, ou ses parts dans Echo Enterprises.

— La belle affaire, dit Conrad. La moitié des gens de l'East Side en ont autant. La question, c'est de savoir qui en est le bénéficiaire.

— C'est ça qui est complètement fou, dit Guff en tendant le testament à Sara. Nous avions pensé que Claire Doniger avait engagé Kozlow pour pouvoir hériter de son mari, mais, d'après le testament, elle ne va pas toucher un *cent*. Ils se sont mariés il y a dix mois, et le contrat stipulait clairement qu'elle renonçait à tout.

— Mais est-ce qu'elle ne peut pas prétendre quand même à sa part légale ? demanda Conrad. D'après mes souvenirs de fac de droit, une épouse peut toujours obtenir un pourcentage garanti de la succession de son mari, même si elle a été délibérément oubliée.

— Pas dans ce cas précis, fit Sara. Dans son contrat de mariage, Claire Doniger a renoncé à tout, y compris à sa part légitime de l'héritage. Elle ne récupère même pas la maison dans laquelle ils vivaient.

— Donc Claire Doniger n'aurait eu aucune raison de tuer son mari ? demanda Conrad.

— Pas si cette raison était l'héritage.

— Qui hérite, alors ?

— De nombreuses personnes. L'argent va à une dizaine d'organisations humanitaires, la maison du Connecticut revient à la société d'histoire locale, et le produit de la vente de la maison de New York ira à l'université de Princeton, où il a fait ses études.

— Il n'a pas d'autre famille ?

— Pas d'enfants, ni de frères et sœurs. Il a une tante et quelques cousins en Floride, mais ils n'héritent que de quelques milliers de dollars. Rien qui puisse justifier un assassinat.

— Et son entreprise ? demanda Conrad. Qui en hérite ?

— Echo Enterprises revient aux autres associés. Visiblement, il ne tenait pas à mélanger les affaires et la famille.

— C'est absolument incroyable ! dit Sara en se levant. Ça ne peut être que Claire qui a engagé Kozlow. Tout concorde parfaitement.

235

— Apparemment oui, fit Conrad. Sauf un petit détail : elle n'avait pas de mobile.

— Ça n'est pas sûr, rétorqua Guff. Elle l'a peut-être fait assassiner justement parce qu'elle ne devait hériter de rien.

— Ça m'étonnerait, dit Conrad. Ça me paraît un peu tiré par les cheveux. Une fois que son mari est mort, elle perd sa maison, sa sécurité, tout son cadre de vie. À la place de Claire, si j'étais vraiment furieuse d'avoir été déshéritée, je garderais mon mari en vie pour lui pomper le plus d'argent possible.

— Peut-être que tout simplement elle haïssait son mari, suggéra Sara. C'est possible.

— Là, c'est de la pure supposition.

— Je ne plaisante pas, dit Sara. Pourquoi faudrait-il absolument que ce soit pour l'héritage ? Des milliers de gens tuent leur conjoint pour moins que ça.

— C'est vrai, reconnut Conrad. Mais lorsqu'une femme de cinquante ans, guère fortunée, tue son mari millionnaire de soixante ans, alors qu'elle vient de l'épouser, il doit bien y avoir une raison. Et après toutes mes années ici, je sais d'expérience qu'il s'agit presque toujours d'argent.

— La seule chose que Claire n'obtient pas.

— Justement, dit Guff. Elle n'est peut-être pas impliquée dans cette affaire.

— Bien sûr que si ! s'écria Sara. Elle est forcément impliquée. Elle s'est comportée de manière trop bizarre pour ne pas avoir joué un rôle dans cette histoire.

— Dans ce cas, il faut découvrir ce rôle, dit Conrad. Sans ça, nous allons avoir des problèmes avec cette affaire.

— En résumé, dit Guff, nous avons la victime, la cause de la mort, le testament et le meurtrier probable, mais nous n'avons pas le mobile.

— Et sans mobile, nous sommes fichus !

— Ils savent, dit Claire Doniger en jouant avec son alliance, devant sa tasse de thé au jasmin encore pleine. Je suis sûre qu'ils savent.

— Ne commence pas à piquer une crise d'hystérie, dit-il. S'ils savaient, tu serais déjà inculpée pour complicité. Ils ne peuvent rien prouver.

— Mais combien de temps est-ce que ça va durer ? Ils n'arrêtent pas de me demander quand ils pourront fouiller la maison. Et s'ils trouvaient quelque chose qui…

— Je te l'ai déjà dit, je m'occupe de tout. Jared Lynch s'emploie pour que cette visite n'ait pas lieu.

Claire se leva et se mit à débarrasser la table.

— Tu dis toujours ça, mais s'il n'y arrive pas ? Et s'ils…

Il saisit les poignets de Claire et la força à reposer la tasse et la soucoupe qu'elle tenait à la main. Puis il l'attira sur ses genoux.

— Je veux que tu te détendes et que tu m'écoutes. S'il s'agissait seulement d'une question d'argent, je serais déjà parti il y a plusieurs semaines. Tu comprends ? Je n'aime pas être seul. Alors peu importe ce qu'il faudra entreprendre, mais je ne les laisserai pas m'enlever mon plus beau cadeau. C'est pour toi que j'ai fait tout ça, et quelles que soient les conséquences nous nous en sortirons ensemble. (Il prit les deux mains de Claire.) Tu sais que je t'aime, non ?

Claire Doniger réussit à sourire faiblement.

— Oui, je le sais.

— C'est vrai, tu sais, dit Rafferty. Je t'aime.

En se massant les tempes pour tenter de dissiper un effroyable mal de tête, Jared contemplait son écran d'ordinateur. Au cours des quinze derniers jours, il avait consulté les meilleurs pénalistes de son cabinet. De chacun il avait essayé d'apprendre un truc, une astuce, une manœuvre susceptible de lui faire gagner le procès, de l'aider à sauver sa femme.

Il étudiait avec plus de soin encore l'affiche fixée sur son mur. Tous les jours, il observait les lieux du crime. Le matin, il n'arrivait jamais plus tard que sept heures, et passait au moins un quart d'heure à faire défiler devant ses yeux la succession des événements. Et lorsqu'il partait le soir, jamais avant vingt-trois heures, il jetait toujours un dernier regard vers l'affiche.

Finalement, pour reprendre le travail là où Barrow l'avait laissé, il engagea un détective privé qui inspecta le moindre centimètre entre la maison des Doniger et l'endroit où McCabe avait arrêté Kozlow. Sur les conseils de Jared, le détective interrogea les éboueurs, les concierges et appela même les sociétés de taxis pour savoir quels chauffeurs se trouvaient dans les parages la nuit en question. Ils suivirent les moindres pistes, les plus farfelues, les plus inimaginables, pour tenter de prouver que Kozlow se trouvait ailleurs que là où McCabe disait l'avoir arrêté. Mais après d'interminables recherches, ils ne purent trouver le moindre nouveau témoin.

— On doit bien oublier quelqu'un, dit Jared, les yeux toujours rivés sur l'affiche.

— Vous plaisantez ? dit Kathleen. On a interrogé tout le monde.

— Vous avez pensé aux livreurs de journaux ?

— Lesquels ? Ceux du *New York Times*, du *New York Post*, du *Daily News* ou de *Newsday* ? Je les ai tous interrogés, et ce jour-là, aucun n'a commencé sa tournée avant cinq heures et demie du matin.

— Et les…

— Il n'y a personne d'autres, l'interrompit Kathleen. Nous avons questionné tout le monde. Les boulangeries qui commencent au lever du jour, les épiceries ouvertes toute la nuit, et même les prostituées qui fréquentent le quartier. Je crois que la seule personne que nous n'avons pas interrogée, c'est Arnold Doniger, et cela simplement parce qu'il est mort.

— Je sais, dit Jared. Mais je voulais être sûr de n'avoir oublié personne.

— Écoutez, Jared, ça n'est pas en vous tuant au travail que vous ferez revenir Lenny. Et ça n'est pas non plus comme ça que vous sauverez votre femme.

— Je vais bien, dit Jared en se retournant vers son écran d'ordinateur.

— Non, Jared, vous ne…

— J'ai dit que j'allais bien ! lança-t-il sèchement. Et maintenant passons à autre chose.

— C'est encore loin ? fit Guff, assis entre Conrad et Sara, à l'arrière du taxi.

— Cessez de me le demander sans arrêt, dit Conrad alors que le taxi sortait du tunnel Holland. On y sera bien assez tôt.

— Je ne peux pas m'en empêcher. Les sorties éducatives m'angoissent. J'ai l'impression de revenir au lycée.

— Ah oui ? fit Conrad. Alors fermez-la jusqu'à ce qu'on soit arrivés, sinon je vous enferme dans un vestiaire de gymnase.

— Ah ! l'enfance ! dit Guff avec un sourire. Qui me rendra ce doux temps révolu ?

Dix minutes plus tard, le taxi s'arrêta devant le stand de tir du comté d'Hudson.

238

— Et voilà, dit Conrad tandis que ses deux collègues descendaient de voiture. C'est le meilleur stand de tir de la région.

— Vous voulez dire en dehors de Manhattan proprement dit ? demanda Sara.

Vingt minutes plus tard, Conrad, Sara et Guff étaient armés, équipés, et prêts à commencer l'entraînement. Conrad conduisit Sara et Guff à travers les longs couloirs d'un banal immeuble en brique jusqu'à une pièce immense divisée en huit stalles de tir individuelles. À l'extrémité de chaque stalle se trouvait une cible. Certaines, très classiques, en forme d'œil de bœuf, d'autres en forme d'animal – cerf ou lion – et d'autres encore en forme de silhouette humaine. Les stalles étaient divisées en « débutants », « moyens » et «avancés », avec des cibles plus ou moins éloignées, de six mètres pour les débutants à trente mètres pour les avancés. Conrad se dirigea d'emblée vers une stalle pour avancés.

— Je croyais que nous étions des débutants, lança Sara à Guff.

— Pas question, dit Conrad. Restez ici avec moi.

— Mais je n'ai jamais tiré de ma vie.

— Aucune importance. La meilleure façon d'apprendre à nager, c'est de se jeter à l'eau.

— Et si je ne veux pas apprendre à nager ? rétorqua Sara.

— Tout le monde sait nager, dit Conrad en lui désignant la stalle voisine de la sienne. Et maintenant allez-y.

Lorsqu'ils furent tous trois installés dans leur rangée de tir, Conrad mit ses lunettes et son casque de protection.

— Tout le monde m'entend ? demanda-t-il dans le petit micro dont son casque était équipé.

— Je vous reçois cinq sur cinq, répondit Guff. Vous pouvez me dire ce que c'est, là, le panache de fumée du bout de l'appareil ?

Sara, elle, lui répondit en levant le pouce ; ignorant la facétie de Guff, Conrad prit alors son 38 de location, et en six coups rapides déchiqueta la silhouette humaine en carton qui se dressait à trente mètres de lui.

— Pas mal, Slim, lança Guff, mais regardez plutôt ça !

Il tira lui aussi six coups, puis abaissa son arme. Pas une balle n'avait atteint la cible.

— Mon revolver est fichu, commenta-t-il.

— À votre tour, Sara, fit Conrad.

— Avant de commencer, je voudrais une fois encore poser une petite question idiote : Qu'est-ce qu'on est venus faire ici ?

— Je vous l'ai déjà dit : ça ne sert à rien de rester assis au bureau à ruminer, alors je me suis dit qu'on pourrait changer de décor. Et quand je me retrouve dans une impasse, je viens toujours ici pour me calmer et me remettre les idées à l'endroit.

— C'est comme ça que vous vous calmez, avec des lunettes jaunes, un casque trop grand, et en faisant de gros trous dans des silhouettes en carton ?

— Il y a des gens qui aiment la musique classique, et d'autres qui préfèrent une esthétique plus charpentée, expliqua Conrad. De toute façon, on a besoin de s'éclaircir les idées. Et maintenant arrêtez de râler et tirez.

— À vos ordres, colonel ! Mais je ne comprends toujours pas comment ça va nous aider à remporter cette affaire.

Sara leva son arme et tira une première fois. Puis elle visa et tira un deuxième coup. Puis un autre. Au bout de six coups, elle n'avait pas touché une seule fois la cible.

— Vous faites trop d'efforts, lui dit alors Conrad. Il faut tirer d'instinct. Le revolver est un prolongement de votre bras. C'est comme au base-ball... on ne peut pas passer son temps à viser... il faut lancer la balle.

— Oh, encore une métaphore sportive, dit Sara. Et pour une fois, tout à fait zen.

— Je suis sérieux, dit Conrad. Essayez encore, mais cette fois-ci, tirez sans réfléchir.

Sara rechargea son arme et fit face à la cible.

— C'est parti, lança-t-elle. Je suis moi-même la balle !

Elle leva son revolver et tira six coups d'affilée : deux balles atteignirent le haut de la cible.

— Pas mal, dit Conrad en la rejoignant dans sa stalle. Je crois que votre seul problème, c'est la position. Vous n'êtes pas bien en équilibre, alors le recul de l'arme vous fait tirer trop haut. (Il rechargea l'arme de Sara.) Ne gardez pas les pieds parallèles. Un pied devant l'autre, prenez appui sur la jambe arrière.

Il se plaça derrière elle et mit ses hanches en bonne position.

— Hé, du calme, cow-boy. Pas de privautés !

— Mais si, justement. (En souriant, il lui maintint la taille fermement.) Mettez tout votre poids ici. La jambe arrière vous sert d'appui, mais le poids doit être équilibré ici.

— Je suis bien ancrée, dit Sara.

Elle leva alors son arme et tira six fois, coup sur coup. Quatre balles atteignirent la silhouette en carton, dont l'une en plein visage.

— Dites donc, où avez-vous appris à tirer ? demanda Conrad.

Elle jeta un coup d'œil par-dessus son épaule et répondit d'une voix grave :

— À Chinatown, Jake.

— Mon Dieu, c'est ça ! s'écria soudain Guff. Ça ne peut être que ça !

— Quoi ? demanda Sara. Chinatown ?

— Non, non, dit Guff. Le mobile de Claire Doniger.

— Le mobile de Doniger, c'est Chinatown ?

— Je ne pense pas à ce que vous avez dit, mais à ce que vous avez fait, expliqua Guff. On a songé à tous les mobiles possibles, l'appât du gain, la jalousie, la haine. Mais on n'a jamais pensé au désir sexuel. Moi même je n'y avais pas songé avant de vous observer tous les deux dans cette stalle.

— Pourquoi, que s'est-il passé dans cette stalle ? demanda Sara.

— Oui, quoi ? renchérit Conrad.

— Je ne voudrais pas vous vexer, car je vous aime beaucoup tous les deux, mais enfin… êtes-vous aveugles à ce point ?

— Moi ? s'écria Sara. Je ne…

— Oublions le point de départ, l'interrompit Conrad en rejoignant Guff, et occupons-nous plutôt du point d'arrivée. Bon, si le mobile est le désir sexuel, où est-ce que ça nous mène ?

— Je n'en ai pas la moindre idée. Je viens tout juste d'y penser. Je ne suis pas allé plus loin.

— Comme Arnold était malade, elle l'a peut-être tué par pitié, suggéra Conrad. Ça nous fait un meurtre par amour.

— Certainement pas, objecta Sara. Elle n'est pas aussi digne que ça.

— Elle était peut-être amoureuse de quelqu'un d'autre, proposa Guff, et elle a tué son mari pour pouvoir rester avec son amant.

— Trop romantique, fit Conrad. Et puis même les New-Yorkais sont suffisamment civilisés pour entamer des procédures de divorce.

— Pas s'il y a quelque chose à gagner grâce à la mort du conjoint, rétorqua Sara.

— Que voulez-vous dire ?

— Et si l'amant de Claire Doniger était l'un des héritiers ?

— Je vois où vous voulez en venir, dit Guff. Alors les deux partenaires ont engagé Kozlow pour tuer le mari. Elle lui facilite l'accès à la maison, et l'amant touche l'héritage.

— Il y a quand même un petit problème, fit remarquer Conrad. D'après le testament, tous ses biens vont à des associations ou des organisations humanitaires.

— Sauf pour Echo Enterprises, dit Sara. Ses parts vont aux autres associés.

— Vous pensez donc qu'un des associés d'Arnold couchait avec Claire, conclut Conrad, et que, quand ils se sont rendu compte que la mort du mari non seulement leur laissait le champ libre mais qu'en plus ils deviendraient tous les deux riches, ils ont engagé Kozlow pour s'en débarrasser ?

— Pour moi, ça se tient, dit Guff.

— Pour moi aussi, approuva Sara. Mais je tiens quand même à ce que vous sachiez, tous les deux, qu'il ne s'est rien passé dans cette stalle.

— Allez, allez, fit Guff. Le soleil ne se couche-t-il pas à l'est ? Les New-Yorkais n'aiment-ils pas porter du noir ? Elvis n'a-t-il pas été enterré avec un complet blanc, une chemise bleu pastel et une cravate en cachemire ? Si, si et si ! Nous ne sommes tous que de faibles créatures. Alors vous croyez que je ne m'en aperçois pas quand des gens sont en train de flirter devant moi ?

— Le soleil ne se couche pas à l'est, fit remarquer Conrad. Il se couche à l'ouest.

Guff regarda Sara, puis Conrad.

— Ça ne change rien aux faits ! s'écria Guff au milieu des éclats de rire de Sara. Vous flirtiez dans cette stalle !

14

Assis derrière son bureau de style ancien, à Echo Enterprises, Rafferty était de méchante humeur. Son petit déjeuner avec Claire avait été pénible, son déjeuner de travail chez CBS, un véritable supplice, et en regardant devant lui il se rendait compte que le pire était encore à venir : Kozlow se trouvait dans son bureau.

— Vous feriez bien d'aller parler à Elliott, dit Rafferty. Nous avons de sérieux problèmes.

— Je le sais bien, répondit Kozlow. C'est vous qui avez...

Il fut interrompu par le timbre de l'interphone.

— Qu'y a-t-il, Beverley ? demanda Rafferty.

— J'ai là une Mme Sara Tate qui voudrait vous voir, répondit la secrétaire.

— Elle est là ? demanda Rafferty en serrant violemment le combiné dans son poing.

— Oui, monsieur. Elle affirme qu'elle est substitut du procureur et elle demande si vous pouvez lui consacrer quelques minutes de votre temps.

Rafferty réfléchit un instant en silence.

— Écoutez, Beverley, dit-il enfin. Écoutez très attentivement ce que je vais vous dire. Peu importe les fonctions de cette Mme Tate ! je ne veux pas qu'elle sache qui se trouve en ce moment avec moi dans mon bureau. Si jamais elle vous pose la question, vous ne savez pas qui est Tony Kozlow, et vous n'avez jamais entendu parler de lui. Donnez-moi cinq minutes, ensuite je vous appellerai par l'interphone, et vous la ferez entrer.

— Sara Tate a appelé ici ? demanda Kozlow dès que Rafferty eut raccroché.

— C'est pire que ça. Elle est ici. Là, en ce moment même.

Kozlow bondit sur ses pieds.

— Comment ?

— Calmez-vous. Il faut vous cacher, ensuite je m'occupe d'elle.

Il gagna l'un des coins de son bureau et ouvrit un panneau pivotant, révélant des toilettes privées.

— Entrez là-dedans.

— Dans les toilettes ? s'écria Kozlow. Vous n'avez pas une autre entrée, quelque chose ?

— Entrez ! aboya Rafferty. Elle sera ici dans une minute.

Kozlow pénétra à l'intérieur.

— À tout de suite, lança Rafferty en refermant le panneau.

Deux minutes plus tard, Sara, Guff et Conrad firent leur entrée et le trouvèrent assis à son bureau, occupé à signer du courrier.

— Bonjour, monsieur Rafferty, je me présente, je suis Sara Tate, substitut du procureur au parquet de New York. Et voici mes collègues, Conrad Moore et Alexander Guff.

— Bonjour, madame Tate, dit Rafferty en lui serrant la main. Je vous en prie, asseyez-vous. Bien… Que puis-je faire pour vous ?

— Voilà, nous enquêtons sur le meurtre d'Arnold Doniger, et…

— Quoi ? l'interrompit Rafferty. Vous pensez qu'il a été assassiné ? C'est incroyable.

— Pour l'instant ce n'est qu'une hypothèse, ajouta Sara. En fait, nous sommes venus saisir certains documents comptables d'Echo Enterprises, mais nous nous sommes dit qu'il serait peut-être utile de parler à certains associés de la société.

— Il n'y a pas de problème, dit Rafferty, je suis tout disposé à répondre à vos questions.

— Pourriez-vous nous parler un petit peu d'Echo ?

— Oui, oui. Bien sûr. (Il bredouillait à dessein.) Echo est une société de gestion de droits spécialisée dans la propriété intellectuelle. En termes plus courants, disons que nous possédons et que nous sommes responsables des droits d'auteur d'un certain nombre d'œuvres théâtrales.

— Des pièces dont nous aurions pu entendre parler ? demanda Sara, s'efforçant d'estimer la valeur de l'entreprise.

Rafferty répondit sans hésiter.

— *Chorus Line, Procès de singe, La Chatte sur un toit brûlant, Un*

244

tramway nommé Désir... et quelques autres encore. Si quelqu'un veut monter l'une de ces pièces, que ce soit un lycée ou une production de cinquante millions de dollars, il doit d'abord s'adresser à nous. En échange de notre accord, nous convenons généralement d'un pourcentage sur les recettes.

— J'imagine que ça doit représenter pas mal de liquidités, fit Conrad.

— Ça nous permet de vivre, dit Rafferty.

— Peut-être même plus, rétorqua Conrad d'un air accusateur.

— Excusez-moi, êtes-vous en train d'insinuer quelque chose ? demanda Rafferty en s'efforçant de garder un ton courtois à l'entretien.

— Pas du tout, dit Sara en lançant un regard acerbe à Conrad. Nous essayons seulement de voir si nous n'aurions pas oublié quelque chose. Par exemple, je voudrais vous demander : combien y a-t-il d'autres associés dans la société ?

— Nous employons plus de quarante personnes, mais nous ne sommes que deux associés, Arnold et moi.

— Vraiment ? Cela veut-il dire qu'après la mort de M. Doniger vous êtes le seul propriétaire de la société ?

— Cela dépend du testament d'Arnie. Lorsque nous avons créé Echo, nous avons décidé que les dispositions particulières l'emporteraient sur nos accords de partenariat. En sorte que si Arnie a cédé ses parts à quelqu'un d'autre, je suis maintenant associé à cette personne. Mais connaissant Arnold, je suis sûr qu'il a légué ses parts à une association humanitaire. C'était un véritable philanthrope.

— En réalité, il a laissé ses parts aux associés d'Echo, expliqua Sara. C'est-à-dire à vous.

— Quoi ? s'écria Rafferty, sidéré. C'est impossible. Il doit y avoir une erreur.

— Non, aucune, fit Conrad, l'air soupçonneux. Dites-moi, monsieur Rafferty, êtes-vous proche de Claire Doniger ?

— Je connais Claire depuis qu'elle a rencontré Arnie... il y a quelques années au Salon de la décoration. C'est une merveilleuse designer.

— La voyez-vous souvent ?

— Je suis allé la voir quelquefois depuis la mort d'Arnie, pour m'assurer qu'elle allait bien. Mais à part ça, nous n'avons pas beaucoup parlé ; elle préfère rester seule.

— Et avant la mort de son mari... est-ce que vous vous voyiez souvent ?

— Non, pas vraiment. Pourquoi me demandez-vous cela ?

— Sans raison particulière, dit Sara en s'immisçant dans la conversation. Eh bien, monsieur Rafferty, nous n'allons pas vous retenir plus longtemps. Votre aide nous a été très précieuse.

— N'hésitez pas à me contacter si je puis faire encore quelque chose pour vous. Avez-vous obtenu tout ce que vous désiriez de la comptabilité ?

— Oui, je crois, dit Sara en serrant la main de Rafferty. Une fois encore, merci de nous avoir consacré tout ce temps.

— Mais c'est bien normal, répondit Rafferty en les raccompagnant.

Dès que la porte se fut refermée, Kozlow passa la tête par la porte des toilettes.

— Vous pouvez sortir, ils sont partis.

Mais au moment où Kozlow s'avançait, la porte du bureau se rouvrit.

— Une dernière chose, dit Sara. Je voulais vous donner ma carte… au cas où vous auriez besoin de nous joindre.

Kozlow se figea sur place. Rafferty avait Sara sur sa droite et Kozlow sur sa gauche. Au moment où Sara allait faire un pas en avant, Rafferty gagna le seuil du bureau, lui bloquant le passage.

— Merci. Je ne manquerai pas de vous appeler s'il y a quoi que ce soit de nouveau.

— Je vous remercie. Excusez-nous encore de vous avoir dérangé.

— Ne vous excusez pas. Je suis tout disposé à vous aider.

Rafferty referma la porte derrière elle. Ni lui ni Kozlow ne bougèrent pendant une bonne dizaine de secondes.

— Ça suffit, cette histoire ! lança finalement Kozlow. Je me la paye !

— Fermez-la ! lança Rafferty en décrochant son téléphone.

— Allô, ici Jared Lynch.

— Écoutez, espèce d'intello trop payé, qu'est-ce que vous foutez, là-bas ?

— Que se passe-t-il ?

— Il se passe que pendant dix minutes j'ai fait des ronds de jambe à votre femme et à sa bande de crétins !

— Vous avez vu Sara ?

— Non seulement je l'ai vue, mais elle m'a interrogé. Et je peux vous dire que maintenant, c'est terminé ! Vous pouvez lui dire adieu ! Je vais lui coller une balle dans…

— Non, je vous en prie ! Attendez ! Laissez-moi lui parler.

— Vos promesses, c'est du vent !

— Je m'occupe d'elle. Je vous le jure. Donnez-moi encore un peu de temps.

— Vous n'avez plus le choix, Jared. Si elle ne fait pas machine arrière, je l'enverrai rejoindre Barrow. Vous m'avez bien compris ?

— Bien sûr, fit Jared, bouleversé. Ça ne se reproduira plus.

Rafferty rajusta son veston. Il n'aimait pas s'emporter mais il ne comptait pas non plus les laisser fouiner sans réagir.

— Bon, à part ça, vous avez de bonnes nouvelles pour nous ?

— Je... je crois. Je viens de recevoir un mot du secrétaire du juge. Les décisions sur nos requêtes seront rendues demain. Si certaines sont acceptées, Sara ne pourra plus s'appuyer sur un certain nombre d'éléments de preuve.

— Priez pour que les résultats soient favorables, gronda Rafferty. Parce que si vous continuez comme ça, elle mourra.

— Alors, qu'en pensez-vous ? demanda Sara à Conrad lorsqu'ils eurent quitté Echo Enterprises.

— Je pense qu'il ment, mais je ne peux pas encore le prouver. Même quand j'ai essayé de le provoquer, pas une fois il ne s'est troublé.

— Non seulement ça, mais encore il semblait très désireux de nous aider.

— Je n'en crois pas un mot, fit Conrad. C'est facile de jouer le type tout disposé à coopérer, mais garder un calme imperturbable, c'est une autre paire de manches. Et puis peu importe sa politesse, c'est le seul à vraiment bénéficier de la mort d'Arnold Doniger. Ce seul fait le rend suspect. Enfin quand même : il est sur le point d'hériter d'une affaire qui vaut cinquante millions de dollars, et il veut nous faire croire qu'il ne sait pas ce qu'il y a dans le testament ?

— Quant à moi, si vous voulez mon opinion, il ne me plaît pas, dit Guff. Trois téléphones sur son bureau... c'est mauvais signe.

— Je prends bonne note de ça, fit Conrad en hélant un taxi. Guff trouve que c'est mauvais signe ; Rafferty doit être un assassin.

— Qu'y a-t-il au programme pour le reste de la journée ? demanda Sara.

— On se prépare pour l'audition de demain, on épluche à nouveau le testament, et on essaye de savoir si Oscar Rafferty est un ami attentionné ou l'un des plus grands truqueurs qu'on ait jamais vus.

— Je regrette quand même qu'on ne puisse pas déterminer avec plus d'exactitude le jour de la mort, dit Guff. Ça pourrait tout changer.

Sara, qui allait monter dans le taxi, s'immobilisa soudain.

— Ça n'est pas une mauvaise idée. Ça vous dirait d'aller dans l'East Side ?

— Impossible, dit Conrad. J'ai du travail au bureau.

— Remettez ça à demain…

— Impossible. Il faut absolument que je rentre. (Il leur fit signe de monter dans le taxi.) Mais allez-y, vous.

— Vous êtes sûr ?

— Cessez de vous inquiéter et allez-y. Je vous verrai après.

Tandis que le taxi démarrait, Guff se tourna vers Sara.

— Qu'allons-nous faire, au juste ?

— Très exactement ce que vous avez dit. Nous allons déterminer la date de la mort.

— Attendez un instant, dit Guff, tandis que Sara se dirigeait vers la maison de Claire Doniger. Ce dingue vous a conseillé d'aller fouiller la cave des Doniger, et vous, vous y allez dare-dare ?

— Oui, j'y vais dare-dare. J'ai essayé d'obtenir un inspecteur, mais rappelez-vous, on ne pouvait nous en assigner aucun.

— Je croyais que, dans les affaires de meurtre, les inspecteurs étaient assignés d'office.

— C'est vrai, mais les restrictions budgétaires touchent tous les services. C'est uniquement pour ça que nous le faisons nous-mêmes.

Elle grimpa les quelques marches du perron et sonna à la porte des Doniger.

— Qui est-ce ? demanda une voix.

— C'est Sara Tate, madame. Je voudrais vous poser quelques questions.

Mme Doniger entrouvrit la porte.

— J'ai déjà parlé à un avocat, et il m'a dit que je n'avais pas à vous répondre. Il a dit que vous aviez le droit de m'inculper de meurtre, mais que je n'étais pas tenue de dire le moindre mot hors de sa présence.

— Il vous a donné un excellent conseil, mais votre avocat vous a-t-il montré ceci ? (Elle tira une feuille de papier de sa serviette.) C'est un mandat de perquisition. Si vous voulez, je peux le remplir et appeler une escouade de flics qui se feront un plaisir de vous contraindre à obéir devant tous vos voisins. Ou alors vous vous montrez coopérative et vous me laissez entrer, ce qui serait infiniment plus raisonnable. À vous de choisir.

Mme Doniger hésita un instant, puis ouvrit lentement sa porte. Elle avait l'air beaucoup plus fatiguée que la fois précédente. Sa chevelure soigneusement permanentée retombait à présent en mèches désordonnées, et son visage autrefois serein semblait presque hagard. Même si elle avait tenté de masquer sa pâleur avec une couche épaisse de fond de teint, il était évident que Claire Doniger n'était pas au mieux de sa forme.

— Comment allez-vous ? demanda Sara en pénétrant dans la maison richement décorée.

— Merveilleusement bien, répondit-elle sèchement. Et maintenant visitez la maison et finissez-en rapidement. J'ai plein de choses à faire.

En pénétrant dans cette belle maison du XIXe siècle, puis dans le salon somptueusement meublé en style Louis XV, avec ses deux paysages de l'école flamande, Sara éprouva une très nette impression de déjà-vu, alors même qu'elle venait ici pour la première fois. Mais elle s'était si souvent représenté cette visite qu'il y avait là quelque chose de déconcertant.

— C'est fou, hein ? murmura Guff.

— Comme dans un rêve, répondit Sara.

Lorsqu'ils arrivèrent dans la cuisine, Sara demanda de nouveau à Mme Doniger :

— Alors, la nuit où vous dites qu'il est mort, c'est ici que vous lui avez donné un jus de pomme et une barre de céréales ?

— Inutile de m'accuser, répondit sombrement Claire Doniger. Kozlow n'était qu'un cambrioleur… rien de plus.

— C'est possible. À présent, pourriez-vous nous montrer le sous-sol ?

— Pourquoi voulez-vous voir le sous-sol ?

— Nous voulons simplement voir si un cambrioleur aurait pu emprunter un autre passage, répondit Guff. Dans l'affirmative, ça étayerait votre version.

Mme Doniger demeura quelques instants dans l'expectative, puis leur montra le chemin.

— C'est la porte derrière vous. L'interrupteur est sur la droite.

Tandis qu'ils descendaient les marches, Guff se rendit compte que la maîtresse de maison ne les suivait plus.

— Au fait, chuchota-t-il à Sara. Vous n'avez pas l'autorité pour signer un mandat de perquisition. Il faut un juge, pour ça.

— Je le sais, répondit Sara en souriant. Mais elle, elle l'ignore. Et maintenant que nous avons son autorisation, nous pouvons fouiller où bon nous semble.

— Joli coup. Mais qu'est-ce qu'on cherche, exactement ?

— Je ne sais pas. Tout ce qu'il m'a dit, c'est de visiter le sous-sol.

En bas, ils se retrouvèrent dans ce qui ressemblait fort au domaine personnel d'Arnold Doniger. Contre le mur du fond se trouvaient un petit bureau en bois, un secrétaire à deux tiroirs et un ordinateur ; dans un coin, un fauteuil et une bibliothèque débordant de livres. Sur le mur de gauche, on apercevait un poisson naturalisé de près de deux mètres de long, trophée d'une pêche mémorable, et une porte menant à un débarras rempli de cartons vides et de vieux meubles. Les deux autres murs étaient recouverts de vieilles photos et de documents personnels : photos d'Arnold Doniger lorsqu'il servait dans la marine de guerre, photos de lui sur son voilier, un grand portrait de Claire et de lui le jour de leur mariage...

— Belle image, dit Guff en regardant la photo de mariage. Ils ont l'air vraiment heureux.

— C'est dur, hein ? dit Sara. Un jour on porte la robe blanche, et dix mois plus tard la robe noire.

— Ah, c'est ça la pénible réalité du parquet.

Sara parcourut l'article du magazine *Avenue*, accroché à côté de la photo du couple.

— Il y a quelque chose d'intéressant ? demanda Guff.

— Qu'entendez-vous par « intéressant » ? D'après cet entrefilet mondain, alors que Claire et Arnold préparaient leur réception de mariage chez Pierre, Claire a trouvé les rideaux tellement affreux qu'elle en a fait faire rien que pour ce jour-là. Et, comme Pierre trouvait cela trop cher, elle les a payés de sa poche. Et puis, après le mariage, elle les a laissés : ils devaient être trop grands pour chez elle. Mais le plus drôle, c'est que chez Pierre ils les ont trouvés tellement à leur goût qu'ils les ont gardés, et que les rideaux de Claire Doniger sont encore là-bas, ce qui permet aux gens de parler d'elle pendant au moins dix bonnes minutes.

— Vous essayez de me convaincre que Claire aime bien le pognon ?

— En termes plus choisis, je dirais qu'elle aime son confort. Bon, fouillez le bureau, ajouta-t-elle, moi je m'occupe du reste de la pièce.

Un quart d'heure plus tard, ils n'avaient toujours rien trouvé. Frustré, Guff se mit à retourner toutes les photos pour regarder derrière.

— Que faites-vous ? demanda Sara.

— Je ne sais pas. Je trouverai peut-être un passage secret, une seringue usagée ou quelque chose du même genre. Vous avez une meilleure idée ?

— Pas vraiment, dit Sara en se rendant dans la deuxième pièce du sous-sol.

Elle y découvrit une vieille causeuse abîmée, quatre chaises de cuisine et divers cartons ayant contenu un ordinateur, une chaîne stéréo et des accessoires de cuisine. Elle aperçut également une porte en verre protégeant apparemment une espèce d'armoire frigorifique. Lorsque Sara ouvrit cette porte, une bouffée d'air froid la frappa au visage.

— Qu'est-ce que c'est ? demanda Guff.

Sara alluma la lumière et pencha la tête à l'intérieur, découvrant alors au moins trois cents bouteilles de vin parfaitement rangées.

— Putain ! s'exclama-t-elle.

Elle observa alors l'arrière de l'armoire frigorifique, qui devait faire environ deux mètres sur deux mètres, tira un stylo de sa serviette et inscrivit quelques notes. Puis elle recula dans la pièce, une lueur dans le regard.

— Et alors ? fit Guff. Ça n'est qu'une cave à vins.

— Pas seulement, répondit-elle en se dirigeant vers l'escalier. Sortons d'ici.

Dans le bureau de Fawcett, au sous-sol de l'Institut médico-légal, Sara attendait que Guff eut terminé son coup de téléphone.

— Non, je comprends, dit Guff. Mais pensez-vous que ce soit possible ?

Tandis que Guff attendait sa réponse, Fawcett fit son entrée et alla s'asseoir derrière son bureau.

— À qui parle-t-il ? demanda-t-il à Sara.

— Aux gens de Chillington Freezer Systems. Ce sont eux qui ont fabriqué l'armoire frigorifique pour la cave à vins de Doniger.

— Oui. Oui. Non, je suis d'accord, dit Guff. Merci encore pour votre aide. (Il raccrocha et se tourna vers Sara et Fawcett.) Ah, ils sont merveilleux au service clientèle chez Chillington ; bon, d'après eux une cave à vins est normalement réglée à douze degrés cinq et entre cinquante-cinq et quatre-vingts pour cent d'humidité, ça dépend de la pièce.

— Je me fiche de la conservation du vin, s'écria Sara. Je veux savoir jusqu'où peut descendre leur frigo.

— C'est ça, le problème : une cave à vins n'est pas un frigo. Elle est censée refroidir, mais pas descendre très bas.

— Mais jusqu'où ?

— Du calme, j'y viens. D'après la femme que j'ai eue au téléphone, on peut descendre manuellement la température entre neuf et dix degrés. Mais si on coupe le déshumidificateur et la bobine de réchauffage, et s'il n'y a pas de soleil dans la pièce…

— Comme dans une cave.

— Exactement. Dans une pièce comme une cave, on peut descendre entre moins trois et moins quatre.

— Je le savais ! s'écria Sara en abattant sa main sur le bureau de Fawcett. Je l'ai su dès que je l'ai vue !

— Pourriez-vous m'expliquer ce qui se passe ? demanda Fawcett. Pourquoi cette subite fascination pour les caves à vins ?

— À cause de ce que vous avez dit le jour de l'autopsie, expliqua Sara en montrant le brouillon du rapport de Fawcett sur lequel elle avait griffonné des notes. Vous aviez dit qu'il y avait des déchirures sur les méninges d'Arnold Doniger, et que ça pouvait être causé par un froid intense ou des températures de congélation. Or nous avons trouvé notre froid intense. C'est comme ça qu'ils ont pu empêcher le corps d'empester toute la maison, et qu'ils ont pu faire croire qu'il était mort plusieurs jours après le cambriolage : ils l'ont fourré dans la cave à vins et ont baissé le froid au maximum. Au départ, ils comptaient seulement appeler une ambulance le lendemain matin, et elle aurait annoncé que son pauvre diabétique de mari était mort pendant la nuit. Mais comme Kozlow a été arrêté à la suite du coup de téléphone de Patty Harrison, ils ont dû improviser.

— Et les machins dans ses poches ? demanda Guff. La balle de golf et la montre en diamants ?

— À mon avis, Kozlow a été poussé par la cupidité. Il les a probablement raflés en sortant, en espérant que personne ne s'en rendrait compte. De toute évidence, il ne pensait pas être arrêté dix minutes plus tard. Alors quand le flic l'a ramené à la maison et qu'il a demandé à Claire Doniger si elle n'avait pas été victime d'un cambriolage, elle n'a pu qu'abonder dans son sens. Au point où elle en était, il valait mieux ça que de dire que Kozlow était venu tuer son mari.

— C'est tout à fait possible, dit Fawcett. Il y a quelques années, un homme a tenté quelque chose de semblable avec le cadavre de sa femme. Si mes souvenirs sont bons, il l'avait mise dans un congélateur à viande en attendant que ses beaux-fils partent en vacances.

— Vous voyez pourquoi j'aime New York, dit fièrement Guff. Les gens y sont tellement consciencieux.

Pour être sûr d'avoir toujours une bonne raison de rentrer chez lui, Jared avait laissé la plupart de ses affaires dans son appartement. Une fois par semaine, il venait prendre un complet, quelques cravates ou objets divers, de façon à pouvoir jeter un coup d'œil, et surtout voir sa femme. Après leur dernière dispute, Jared avait décidé de se tenir à l'écart, mais les récentes menaces de Rafferty le forçaient à changer de stratégie. Il lui fallait seulement un petit peu de temps dans l'appartement. Ce jour-là, pour ne pas trop éveiller les soupçons de Sara, il téléphona d'abord et lui annonça qu'il arriverait vers vingt heures. Espérant la trouver endormie, il n'arriva qu'à minuit. Le plus doucement possible, il gagna la chambre à coucher et ouvrit lentement la porte.

— Qu'est-ce qui t'est arrivé ? demanda Sara. Tu as quatre heures de retard.

Jared ne répondit pas. Il posa sa serviette contre la table de nuit et gagna directement la salle de bains. Depuis une vingtaine de jours, leurs conversations étaient devenues de plus en plus courtes et tendues, frôlant à présent le silence total. Il n'était plus question de parler travail, et même la conversation courante semblait désormais impossible.

Lorsque Jared sortit de la salle de bains, Sara s'était replongée sous les couvertures, le dos tourné.

— Tu as fouillé ma serviette ? s'écria soudain Jared.

— Quoi ? fit Sara en se retournant vers lui.

— Je te demande si tu as fouillé ma serviette, répéta Jared en montrant le sol. Quand je suis entré dans la salle de bains, elle était debout. À présent elle est face à la moquette.

— Ça peut paraître surprenant, dit Sara en riant, mais c'est la loi de la pesanteur.

— Ne te fiche pas de moi ! hurla-t-il. Je ne plaisante pas !

— Mais qu'est-ce qui te prend ? demanda Sara, sidérée par sa soudaine hostilité.

— Comment ça, ce qui me prend ? Je t'ai surprise en train de…

— Tu ne m'as pas surprise du tout, riposta Sara. Tu es simplement furieux parce que tu te rends compte que tu vas perdre ce procès.

— Ne dis pas ça ! hurla-t-il. Je ne vais pas perdre !

Sara ne l'avait jamais vu dans un tel état. Envolée sa belle confiance en lui, elle ne voyait plus que du désespoir.

Elle s'efforça de le calmer.

— Allez, il est tard. On garde les disputes pour demain.

— Je ne plaisante pas, Sara. Je ne vais pas perdre.

— Mais non, j'en suis persuadée.

— Tu as entendu ce que j'ai dit ? Je ne vais pas perdre.

— Mais enfin, Jared, que veux-tu que je réponde à ça ? Que tu as raison ? Que tu ne perdras jamais ?

— Je veux seulement que tu me prennes au sérieux.

Elle ne répondit pas.

— Ne m'ignore pas comme ça, reprit Jared. Tu me prends au sérieux ou pas ?

— Si tu es obligé de le demander, alors la réponse n'a aucune importance.

— Eh bien, je suis obligé de le demander. Alors donne-moi une réponse.

Elle se tourna de l'autre côté.

— Va te faire foutre !

Il était près de une heure du matin lorsque Jared arriva à l'appartement de Pop. Toujours furieux, il s'efforça de ne songer qu'aux requêtes qu'il avait présentées. En ouvrant la porte de l'appartement, il se dit qu'il suffirait que la moitié seulement soit acceptée pour que l'affaire se présente sous un jour plus favorable. Désormais habitué à l'appartement, Jared n'était plus gêné par l'odeur de renfermé qui l'avait suffoqué le premier jour. Il ne remarquait même plus les photos de Sara qui le hantaient au début de son séjour. Mais il remarqua tout de suite le ventilateur électrique modèle 1946 qui, pour quelque raison inconnue, était à présent en mouvement.

Ce ventilateur Art déco de couleur bleu pastel avait été construit par General Electric avant l'invention des cages métalliques destinées à protéger les enfants des redoutables pales tournoyantes. « Et il marche encore », disait fièrement Pop lorsque l'on venait à évoquer le sujet.

En voyant le ventilateur osciller sur la table basse près du canapé, Jared comprit qu'il se passait quelque chose d'anormal. Lorsqu'il avait quitté l'appartement, au matin, le ventilateur était arrêté. Et avec l'approche de l'hiver, quel cinglé aurait eu l'idée de…

— Qui, à votre avis ? demanda Kozlow en jaillissant du placard du couloir.

Au moment même où Jared se retournait, Kozlow le frappa violemment sur le nez avec la paume de la main.

— Ils sont venus au bureau, aujourd'hui ! hurla Kozlow tandis que le sang coulait des narines de Jared. Ils sont allés au bureau, et ils sont descendus au sous-sol de la maison ! Comment ça se fait, ça ? (Avant que Jared ait pu répondre, il lui lança un violent coup de genou dans le ventre.) Allez, gros malin, explique-moi ça !

Plié en deux, Jared aperçut un balai tombé du placard lorsque Kozlow en était sorti. Il suffisait de le prendre, mais Kozlow avait suivi son regard.

— Tu voulais te servir de ça ? hurla Kozlow en saisissant le balai.

Il lui en donna un coup dans les côtes.

— Réponds !

Il le frappa à l'épaule. Puis de nouveau dans les côtes. Puis encore à l'épaule.

— Pourquoi tu réponds pas ? cria-t-il tandis que Jared s'effondrait sur le sol.

Debout derrière sa victime, Kozlow lui serra la gorge avec le balai et tira vers lui. Suffoquant, Jared essaya de se dégager. En vain. Son visage devenait cramoisi.

D'un mouvement brusque, Kozlow le força à se relever et le poussa en avant vers le canapé. Sur la table basse, le ventilateur continuait de tourner. Lorsque Jared comprit où l'entraînait Kozlow, il poussa un rugissement et d'une violente poussée se projeta en arrière, entraînant son tortionnaire avec lui. Des cadres accrochés au mur dégringolèrent dans un fracas de verre brisé. Surpris par la soudaine résistance de Jared, Kozlow n'avait pourtant pas lâché le balai, et il l'entraîna à nouveau vers le ventilateur. Jared eut beau s'arc-bouter, les deux pieds contre le canapé, rien n'y faisait.

Kozlow réussit enfin à le pousser sur l'accoudoir du canapé, lui planta un genou dans les reins, attrapa le ventilateur d'une main et le jeta sur le canapé. Puis, saisissant Jared par les cheveux, il approcha son visage des pales qui tournoyaient.

— Tu nous as promis que tu gagnerais, gronda Kozlow. Ce n'est pas ce que t'avais dit ? Que t'allais gagner ?

— Après…, dit Jared, à moitié étouffé… les requêtes…

— Rien à foutre ! C'est maintenant que ça se passe.

Il poussa le visage de Jared un peu plus près, malgré les efforts de celui-ci pour tourner la tête de côté. L'avocat était si près du ventilateur qu'il sentait la poussière sur les pales en mouvement.

— Dis-moi quand ça fera mal.

À quelques millimètres de l'appareil, Jared serra les dents et ferma les yeux. Kozlow fit la grimace et Jared hurla.

Le lendemain matin, Conrad et Guff attendaient Sara devant la salle d'audience.

— Encore en retard ? s'écria Conrad. C'est la deuxième fois.

— Il est peut-être arrivé quelque chose, dit Guff.

— Mais qu'est-ce qui a bien pu se passer ? Qu'a-t-elle d'autre à faire ?

— Comment voulez-vous que je le sache ?

Jetant un coup d'œil à sa montre, Conrad constata que le moment était venu de pénétrer dans la salle. En poussant les portes battantes, il aperçut Kozlow et Jared assis sur un banc, au fond. Jared portait un pansement de gaze à la pointe du menton. Conrad s'avança vers son adversaire.

— Bonjour, content de vous voir.

— Moi aussi, répondit platement Jared.

— Que vous est-il arrivé, au visage ?

— Ça ne vous regarde pas.

— Comme vous voudrez. Vous avez vu votre femme ?

— Non. Pourquoi ?

— Parce que j'ai besoin de lui parler et que je ne sais pas où elle est.

— Vous vous êtes bien débrouillé sans elle, la dernière fois, fit Kozlow en ricanant.

— Très drôle, riposta Conrad. J'espère que vous rirez autant le jour de l'audience de jugement. Comme ça, tout le monde se rendra compte que vous êtes un pauvre type.

— Ça va, on a compris, dit Jared en se levant. Vous êtes un vrai dur. Et maintenant éloignez-vous de mon client avant que je porte plainte contre vous pour harcèlement.

Conrad regarda Jared droit dans les yeux.

— Apparemment, vous ne savez pas à quel point il est difficile d'apporter la preuve du harcèlement.

— Apparemment, vous ne savez pas à quel point il est pénible d'être l'objet de telles poursuites. Même si vous finissez par gagner, ça vous aura coûté six mois de votre vie.

Mais avant que Conrad ait pu répondre, Sara pénétra en trombe dans la salle d'audience. Jared et Conrad continuèrent de se mesurer du regard, mais sans un mot.

— Que t'est-il arrivé, au visage ?

— Rien, dit Jared.

Cinq minutes plus tard, le greffier annonça l'affaire 0318-98 : l'État de New York contre Anthony Kozlow. Avec sa mâchoire carrée et sa barbe soigneusement taillée, le juge Bogdanos avait l'air des plus imposants. Procureur une dizaine d'années auparavant, il avait la réputation de considérer comme coupable toute personne arrêtée. Bogdanos était le cauchemar des avocats et la coqueluche des procureurs.

— Je serai bref, annonça-t-il tandis que les parties se rasseyaient. Requête de la défense en vue d'un supplément d'enquête : requête refusée. Requête de la défense tendant à exclure la montre en diamants : requête refusée. Requête de la défense tendant à exclure la balle de golf en argent : requête refusée. Requête de la défense visant à exclure le témoignage de l'agent Michael McCabe : requête refusée. Requête de la défense visant à exclure le témoignage de Patricia Harrison : requête refusée. Requête de la défense visant à exclure le témoignage de l'opératrice des appels d'urgence : requête refusée. Requête de la défense tendant à prouver qu'il n'y a pas de motif sérieux ni légitime : requête refusée.

La litanie se poursuivit de la sorte pendant un certain temps : les trente-quatre requêtes de Jared furent refusées les unes après les autres. Lorsque le juge Bogdanos eut terminé sa lecture, il leva les yeux vers Jared.

— Monsieur Lynch, bien que j'admire votre persévérance, je voudrais que vous sachiez que je n'aime pas perdre mon temps. Certes il y a de rares moments dans la vie où la quantité semble plus importante que la qualité, mais ce n'est pas le cas aujourd'hui. M'avez-vous bien compris ?

— Oui, Votre Honneur, répondit Jared sans baisser le regard.

— Parfait. Fixons donc une date pour l'audience de jugement. Si cela est possible, j'aimerais qu'elle ait lieu jeudi prochain.

— Le ministère public est d'accord, dit Sara.

Bien qu'il eût la tentation de demander un report, Jared n'en fit rien et se força même à sourire.

— La défense sera prête, Votre Honneur.

— Très bien, déclara Bogdanos. Nous nous revoyons donc jeudi prochain.

Il abattit son marteau sur la table, et le greffier appela l'affaire suivante.

— Alors, comment ça s'est passé ? demanda Kathleen lorsque Jared fut de retour.

Sans répondre, Jared gagna directement son bureau et referma la porte derrière lui.

Une minute plus tard, Kathleen le rejoignit et eut la surprise de le découvrir allongé par terre, la tête dans les bras.

— Ça va ? demanda-t-elle.

Pas de réponse.

— Jared, répondez-moi. Vous allez bien ? Qu'est-il arrivé à votre visage ?

— Ça va, murmura-t-il.

— Où est Kozlow ?

— Je ne sais pas. Il est parti dès que nous avons quitté la salle d'audience. Il est probablement allé raconter à Rafferty que j'avais tout loupé.

— Ce qui veut dire que les décisions ne vous ont pas été favorables ?

— J'aurais dû m'en douter, dit Jared, la tête toujours dans les bras. À part une ou deux, toutes ces requêtes étaient absurdes. J'espérais seulement obtenir un répit.

— De la part de Bogdanos ? Vous saviez pourtant à qui vous aviez affaire.

— Kathleen, c'est grave ce qui se passe. Je crois que nous n'avons aucune chance.

— Ne dites pas ça. Le procès n'a même pas commencé. En fait, quand…

— Je ne plaisante pas. Tout s'accumule contre nous.

— Écoutez, Jared, vous êtes l'avocat d'un coupable : il est normal que tout se ligue contre vous. (Elle s'assit à côté de son patron.) Tout était contre vous dans l'affaire Wexler, et vous avez gagné. Même chose pour l'affaire Riley. Et pour l'affaire Shoretz.

— C'était différent. Celles-là n'avaient pas…

— Qu'est-ce qu'elles n'avaient pas ? Elles n'avaient pas votre femme sur le banc du ministère public ? Elles n'avaient pas les mêmes conséquences ? C'est vrai que cette affaire-ci est plus importante. Mais ça ne veut pas dire que vous n'arriverez pas à sauver Sara. Elle n'est pas invincible, vous savez… elle est novice et jusqu'ici elle a eu de la chance, c'est tout. Vous, de votre côté, vous êtes toujours aussi brillant. Vous savez bien que j'ai raison, Jared. Face à face, vous aurez l'avantage. Ça ira pour elle, ne vous inquiétez pas. Alors ne vous effondrez pas simplement parce qu'à un moment tout semble ligué contre vous.

Guère convaincu, Jared demeura allongé sur le sol, toujours dans la même position.

— Allez, fit Kathleen. Secouez-vous ! Vous êtes dans ce même état depuis la mort de Barrow. Reprenez courage. N'est-ce pas ce que vous serinez toujours aux nouveaux associés ? « Courage ! Gardez la situation bien en mains ! »

— Écoutez, je vous suis reconnaissant de vos efforts, mais en ce moment je n'y arrive pas. S'il vous plaît, laissez-moi seul. Je reviendrai quand je me sentirai prêt.

— Je n'attendrai pas longtemps, prévint Kathleen. L'heure tourne.

— C'était fantastique ! s'écria Guff lorsqu'ils furent de retour au bureau de Sara. Je n'ai jamais vu un tel massacre depuis la disparition des dinosaures. A-N-É-A-N-T-I. Anéanti, anéanti, anéanti !

— Ça n'était pas aussi terrible que ça, fit Sara.

— Vous plaisantez ? Vous avez vu la tête de Jared quand Bogdanos a annoncé ses décisions ? « Refusé », « refusé », « refusé », « refusé », « refusé ». Ça commençait à ressembler au synopsis de mes rendez-vous d'amour.

— C'était peut-être même pire, dit Conrad avec un large sourire. C'était un véritable massacre. Un carnage, une boucherie, un bain de sang, une extermination.

— Je devrais peut-être l'appeler, dit Sara en faisant mine de prendre le téléphone. Simplement pour m'assurer que...

— Je suis sûr qu'il va bien, la rassura Conrad. Ça fait partie du jeu.

— Je vais vous dire quelque chose, fit Guff. Aussi fou que ça paraisse, c'est le genre d'audience qui me donne envie d'être avocat ou magistrat.

— Savourez ce moment tant que c'est encore possible, dit Conrad. Parce que le plus dur est encore à venir. Maintenant, il faut se préparer à un vrai procès.

Ce soir-là, à vingt et une heures, pour la septième fois en deux heures, Conrad observait Sara en train de procéder au contre-interrogatoire de Guff.

— Bien, monsieur Kozlow, dit Sara à son assistant, pourquoi ne pas dire à la cour pour quelles raisons vous avez tué M. Doniger ?

— Non, non, non et non ! Vous recommencez ! s'écria Conrad avant que Guff ait pu répondre. Ne le harcelez pas… Amenez-le là où vous voulez l'amener, et ne le lâchez plus dès lors que vous y êtes arrivée.

— Je crois avoir déjà entendu ce genre de philosophie quelque part, dit Sara. Je crois que c'était… au goulag.

— Ça peut sembler dur mais, au tribunal comme dans la vie, c'est comme ça qu'on obtient ce qu'on veut. (Il se tourna vers Guff, assis sur le canapé.) Monsieur Kozlow, ce soir-là, vous vous trouviez bien dans la maison de M. Arnold Doniger, n'est-ce pas ?

— Non, je… commença Guff.

— Et c'est la seule façon d'expliquer que la montre et la balle de golf de Mme Doniger se soient retrouvées en votre possession, vous ne pensez pas ? (Son regard se tourna vers Sara.) Faites en sorte que chaque question fasse mouche. Le jury attend que vous lui fournissiez des indices, et pour lui, tout bredouillement est un mensonge.

Guff se leva du canapé.

— Bon, eh bien, je resterais volontiers plus longtemps à me faire harceler, mais il faut que je file.

— Lâche ! lui souffla Conrad.

Lorsque Guff s'en fut allé, Sara se tourna vers Conrad.

— Vous êtes la prochaine victime.

— Ça me paraît juste, répondit Conrad en prenant la place de Guff sur le canapé. Mais… je vous préviens, je ne vais pas me laisser faire comme Guff. Mon Kozlow à moi sera plus coriace.

— Allons-y.

Elle se planta devant Conrad, baissa les yeux sur son calepin, puis entama son interrogatoire d'un ton ferme.

— Donc, monsieur Kozlow, vous étiez bien dans la maison d'Arnold Doniger, ce soir-là, n'est-ce pas ?

— Madame Tate, pourquoi est-ce que vous n'arrêtez pas de me demander ça ? demanda Conrad d'un ton geignard. J'ai déjà répondu au jury. Vous voyez, c'est précisément le problème avec les magistrats : ils n'écoutent jamais. Vous cherchez seulement à prouver ce que vous avancez, sans vous soucier des pauvres innocents que vous pouvez blesser.

— Ça n'est pas juste, riposta Sara, prise au dépourvu par l'attitude de Conrad. Vous ne pouvez pas le rendre pitoyable.

— Ah, vous croyez ? À votre avis, qu'est-ce qu'il est en train de préparer, en ce moment, votre mari ?

Deux heures plus tard, Jared pénétra dans son appartement. Après l'agression de Kozlow la veille, il n'avait aucune envie de retourner chez Pop, et puis sa femme lui manquait. Au cours des dix années précédentes, quel qu'eût été le problème rencontré ou la bataille engagée, il avait toujours trouvé Sara à ses côtés. C'était la première personne qu'il avait vue après son opération du genou, et la seule à lui dire qu'il avait fait du bon travail, le jour où il avait perdu son premier procès. Ces trois dernières semaines, par commodité, il avait préféré l'éviter, mais en marchant à présent dans l'appartement silencieux, il devait bien s'avouer qu'il éprouvait une furieuse envie de la voir. Il regrettait son rire, la façon dont elle se moquait de sa coquetterie à lui, dont elle s'emportait contre quiconque manifestait un désaccord avec elle.

— Sara ? demanda-t-il en pénétrant dans le salon. (Il gagna la chambre à coucher.) Sara, tu es là ? (Toujours pas de réponse.) J'espère que tu vas bien, murmura-t-il, effrayé.

Au cours des trois dernières semaines, Jared s'était senti esseulé ; ce soir il était seul. Dans cette chambre où il se tenait à présent, il éprouvait toute la différence.

— Encore une fois ! exigea Conrad. Reprenez depuis le début.

— Mais vous êtes un vrai robot, ma parole ! dit Sara en s'effondrant sur le canapé, à côté de lui. Il est presque minuit.

— Si vous voulez être parfaite, il faut y consacrer du temps.

— Au diable la perfection ! Pour les simples mortels, ça n'existe pas.

— J'imagine que Jared, lui, vise toujours à la perfection.

— Ça, c'est sûr. C'est la différence entre nous… il vise d'ailleurs la perfection, tandis que moi je me contente de faire du mieux que je peux.

Elle tendit le doigt vers Conrad et ajouta :

— Et cessez de vouloir l'utiliser contre moi. Ça ne me plaît pas et ça ne marchera pas.

— Jusqu'à maintenant, ça a marché, rétorqua Conrad.

— Eh bien, arrêtez. C'est agaçant.

Conrad s'enfonça dans le canapé et se prit à regarder intensément Sara.

— Vous avez toujours été en concurrence comme ça avec lui ?

— Avec Jared ? Bien sûr. Dès l'instant où nous nous sommes vus.

— Et comment avez-vous commencé à vous fréquenter ? Au cours d'un stage d'été dans un cabinet d'avocats ?

— Eh, non, c'est une histoire bien plus belle que ça. J'ai connu Jared en première année de fac de droit.

— Oh, la la ! des amoureux de la fac de droit ! Rien de plus écœurant.

— Certainement pas. Dans notre cas, nous avons atteint la perfection. (Conrad secoua la tête d'un air faussement apitoyé.) La première fois où je l'ai remarqué, il levait la main pour répondre à une question d'un professeur. Ensuite, le prof a jugé sa réponse « pleine d'imagination », mais « naïve comme celle d'un lycéen ». Il avait l'air tellement mortifié que je me suis immédiatement dit que ce gars-là était pour moi.

— Ça n'est quand même pas à cause de ça que vous avez commencé à sortir ensemble.

— En fait, nous nous sommes rencontrés au cours des premières semaines de fac, mais je ne l'ai vraiment connu que lorsque nous avons été désignés comme partenaires pour des simulations de plaidoiries.

— J'imagine que vous vous êtes détestés.

— Bien sûr. Il me trouvait trop arrogante, et moi je lui trouvais un côté coincé, monsieur-je-sais-tout.

— Qu'est-ce qui a fini par vous rapprocher, alors ?

— Je ne sais pas exactement. Je crois que c'est parce que j'aimais le mot « pénis », et qu'il en avait un.

— Non, je vous interroge sérieusement.

— Je sais. Vous êtes toujours sérieux. Je ne sais pas quoi vous répondre, au juste. Mais, quand je pense à Jared, je me dis toujours que j'aimerais lui ressembler. C'est vrai. C'est comme ça que je le vois. Et quand nous sommes ensemble, il m'y aide. L'amour, c'est être complémentaires.

— Certainement, approuva Conrad.

— Et vous ? Vous avez déjà été amoureux ?

— Bien sûr que j'ai été amoureux. Autrefois, j'ai même été marié pendant trois ans.

— Mmm, dit Sara en découvrant Conrad sous un jour nouveau. Je ne vous imagine pas marié.

— Moi non plus. C'est pour ça que je suis parti.

— Comment s'appelait-elle ?

— Marta Pacheco. Nous nous sommes connus aussitôt après que j'ai quitté les marines, et nous nous sommes mariés un an plus tard. Mais alors que je voulais venir à New York, elle a préféré rester près de sa famille, en Californie. En fait, ce n'était que la goutte d'eau qui fait déborder le vase, mais ça nous a fourni un prétexte commode à tous les deux. Nous étions beaucoup trop jeunes pour que ça marche.

262

— Et maintenant, votre grand amour, c'est la justice pénale. Comme c'est romantique !

— Cette ville est à la fois amante et traîtresse, mais il n'y en a pas de plus belle, dit Conrad en riant. Bon, assez parlé de mes erreurs… je veux en apprendre plus sur les vôtres. Dites-moi pourquoi vous avez été licenciée de votre cabinet d'avocats.

— Ça continue de vous intriguer, hein ?

— Vous ne trouvez pas ça normal ? Vous faites des cachotteries depuis le premier jour.

— Et je continue aujourd'hui.

— Allez, cessez de jouer les ados. C'est si gênant que ça ?

— Assez gênant. Ou plutôt, très, très gênant.

— Allez, racontez-le-moi. Je n'en parlerai à personne.

Elle demeura silencieuse un moment, puis finit par se décider.

— Je vous propose un marché. Je vous dirai pourquoi j'ai été licenciée si vous, de votre côté, vous me révélez également quelque chose de gênant à votre sujet.

— On se retrouve en cour de récréation ? On échange des secrets ?

— C'est à prendre ou à laisser.

— Je prends. À vous l'honneur.

— Les anciens d'abord, cher monsieur. Si vous voulez connaître mon histoire, commencez par la vôtre.

— Votre mari avait raison. Vous êtes arrogante.

— Racontez votre histoire.

— D'accord, d'accord, fit Conrad. Mon histoire est très simple. Avez-vous entendu parler de la philosophie de l'âme de Platon ?

— C'est une histoire littéraire, votre histoire ?

— Écoutez seulement. Platon croyait que, à sa naissance, chaque être héritait d'un ange ou d'un démon unique qui déterminait son génie et son destin. D'après lui, d'une certaine façon, nous sommes tous des chênes en potentialité dans de petits glands. Quand j'étais petit, ma mère croyait fermement à tout ça. Et elle était convaincue que j'avais l'âme d'un saltimbanque.

— Vous ?…

— Croyez-moi, j'ai réagi de la même manière. Mais évidemment, ma mère n'a tenu aucun compte de mon opinion d'enfant. Aussi, quand j'ai eu quinze ans, on m'a dit que je devais contribuer aux dépenses familiales en faisant un petit boulot à temps partiel. Pour gagner cet argent et pour favoriser mon destin, ma mère m'a trouvé un emploi d'assistant auprès d'un magicien. Il animait les fêtes d'anniversaire pour les enfants, et moi, je l'aidais.

— Ça n'a rien de gênant. Ça ressemble à un boulot de rêve.

— C'est aussi ce que je croyais… jusqu'à ce que je voie mon costume. Pendant quatre ans, j'ai dû me tartiner le visage de maquillage, porter une perruque arc-en-ciel et des chaussures gigantesques qui…

— Vous étiez clown ? demanda Sara en riant.

— C'est ça… le clown assistant de Max Marcus, le plus célèbre magicien de Cleveland.

— Vous avez été clown, c'est incroyable ! dit Sara, riant de plus belle.

— Moquez-vous tant que vous voudrez, mais je peux vous dire que j'étais bon. J'ai même eu mon propre nom de clown.

— Vraiment ? Et que faisiez-vous ? Vous terrorisiez les petits enfants jusqu'à ce qu'ils avouent ? Tous les deux ensemble vous faisiez le coup du clown gentil et du clown méchant ?

— Je dois reconnaître que, côté personnalité, j'étais un peu faible. Mais j'ai choisi un nom. Dès mon premier jour, je me suis appelé Slappy Kincaid.

Sara éclata de rire.

— Slappy Kincaid ? Qu'est-ce que c'est que ce nom-là ?

— C'est un beau nom. C'est même un nom formidable pour un clown.

Comme Sara continuait de rire, il ajouta :

— Bon, vous connaissez maintenant mon histoire gênante. À vous, à présent. Pourquoi avez-vous été licenciée ?

Elle finit par reprendre contenance.

— Je vous préviens, ça n'est pas grand-chose. Surtout comparé à votre histoire d'assistant de clown.

— Allez-y, allez-y.

— D'accord. Eh bien, l'année dernière, lors de mon examen annuel, William Quinn, le directeur du comité exécutif, m'a annoncé que je ne deviendrais pas associée. Or, si j'avais travaillé comme une bête au cours des deux années précédentes, c'était uniquement parce que Quinn m'avait dit que j'étais en bonne voie pour devenir associée. Mais les choses ne se passaient visiblement pas comme prévu, et on me demandait de partir. Cela dit, comme j'avais passé six ans de ma vie dans ce cabinet, il m'a proposé de me garder encore quatre mois si j'en avais besoin.

— Quelle prévenance !

— Oui, tout à fait charmant, cet homme-là. Alors, j'ai souri, je l'ai remercié et je me suis levée avec le plus grand calme. Mais de retour dans mon bureau, j'avais envie de lui défoncer le crâne à coups de démonte-pneu. Et c'est là que j'ai découvert le joli petit courrier électronique qu'il m'avait envoyé. Les quatre mois supplémentaires qu'il m'avait proposés ne m'étaient accordés qu'à une condition : je ne devais dire à personne que j'étais licenciée ; je devais raconter que je m'en allais de mon plein gré. Apparemment, ils craignaient que les jeunes avocats récemment arrivés au cabinet et à qui on faisait miroiter la possibilité de devenir associés ne se rendent compte de la supercherie. Alors, en échange de mon pieux mensonge, on m'offrait de meilleures conditions de départ.

— Et cet imbécile vous a envoyé ça par courrier électronique ?

— Eh, oui. Inutile de dire que je lui ai fait part de mon opinion à ce sujet. Je lui ai répondu très gentiment que je déclinais sa proposition, et puis, dans un moment de colère, j'ai fait parvenir sa lettre et ma réponse à tout le personnel de Winick & Trudeau.

— On ne peut pas dire que c'était une preuve de maturité.

— J'étais furieuse, j'avais besoin de me venger… C'était le moment où jamais de régresser. J'avais perdu six ans de ma vie, et je ne voulais pas qu'il arrive la même chose aux autres avocats, mes amis. Vous voulez me licencier ? D'accord, mais n'espérez pas, en plus, que je passe sous silence vos petites saletés !

— Que s'est-il passé, quand Quinn s'en est rendu compte ? demanda Conrad en riant.

— Il est entré en trombe dans mon bureau, et je lui ai dit que je le tenais personnellement responsable des six années de ma vie gâchées dans sa boîte. Il m'a traitée d'« écervelée » et de « petite sotte » ; moi je l'ai traité de « baudruche en costard-cravate ». Quand je suis revenue après le déjeuner, toutes mes affaires avaient été soigneusement empaquetées. Évidemment, je n'ai pas eu droit aux quatre mois supplémentaires. En y repensant, c'était un acte complètement fou, mais à ce moment-là j'avais le sentiment de ne pas pouvoir agir autrement. Et même si c'est gênant, au moins je…

— Sara, vous n'avez aucune raison de vous sentir gênée. Vous devriez même être fière de votre attitude.

— Vraiment, vous trouvez ?

Conrad se sentit flatté par le ton de sa question.

— Vous vous êtes inquiétée pour vos amis. C'est ça le plus important.

265

Un petit sourire éclaira le visage de Sara.

— Je suis heureuse que vous voyiez les choses de cette façon.

— Bien sûr, pour protéger vos amis, il y avait des moyens plus sûrs que de diffuser à tout-va le courrier personnel de votre patron.

— Faites gaffe, Slappy. Si vous me cherchez, je diffuse partout vos mémos. Les farceuses qui se vengent sont beaucoup plus dangereuses que les clowns magistrats.

— Mais les clowns magistrats sont beaucoup plus drôles.

— Arrêtez de faire la roue, dit Sara. Vous n'êtes pas mon genre.

— Et qu'est-ce que c'est, votre genre ?

— Voyons… J'aime les clowns astronautes, les clowns médecins, et les clowns hommes politiques. Mais je n'aime pas les clowns magistrats.

— En êtes-vous sûre ?

— Pourquoi demandez-vous ça ? demanda Sara avec coquetterie.

— Répondez à ma question : en êtes-vous si sûre ?

— Tout à fait. Pourquoi…

Mais avant que Sara ait pu achever, Conrad avait glissé la main derrière sa nuque, et il l'embrassa longuement. Sara savait qu'elle aurait dû s'écarter… elle ferma les yeux.

15

— Je ne peux pas, dit finalement Sara en repoussant Conrad. Ça n'est pas bien.

— Qu'est-ce qui n'est pas bien ? Mon baiser ou…

— Tout. Absolument tout.

Les mains tremblantes, elle se leva du canapé. Elle n'aurait pas dû se laisser embrasser aussi longtemps. Elle aurait dû le repousser tout de suite.

— Je ne comprends pas. Je pensais que vous…

— Conrad, je vous apprécie beaucoup, mais je suis toujours mariée. Et bien que j'aie des différends avec Jared, cela ne veut pas dire que je doive le trahir.

— Mais…

— Je vous en prie, n'ajoutez rien, bredouilla-t-elle. Je… je dois reconnaître que j'ai aimé vous embrasser, cependant je n'aurais pas dû.

Un silence gêné suivit ses paroles.

— Excusez-moi, dit finalement Conrad. Je ne voulais pas vous mettre dans l'embarras. J'étais…

— Non, ça va, répondit-elle en s'efforçant de paraître convaincante. Il est tard… Nous avons beaucoup travaillé… Nous sommes tous les deux très fatigués. Voilà, nous nous sommes embrassés.

— Je sais, mais ça n'est quand même pas bien.

— Peut-être… peu importe. Allons nous coucher.

Conrad se leva lui aussi du canapé et gagna la porte.

— Aujourd'hui je suis venu en voiture… alors si vous voulez que je vous raccompagne chez vous…

— Merci. (Elle réfléchit un instant.) Vraiment, je crois que je ferais mieux de prendre un taxi.

— Vous êtes sûre ?

— Euh... oui.

Au moment de franchir le seuil, Conrad se retourna une dernière fois.

— Franchement, je regrette ce qui s'est produit, Sara. Ça peut vous sembler une piètre excuse, mais à ce moment-là je me suis dit que je ne pouvais pas faire autrement que de vous embrasser.

— Je sais, dit-elle en repensant à la scène qui venait d'avoir lieu. (Et c'était tellement plus facile si elle y mêlait sa dispute avec Jared.) C'est ça qui me fait peur.

Devant son miroir, dans la salle de bains, Jared ôta précautionneusement le pansement de son menton. En découvrant la blessure de forme ovale, il fit la grimace. Bien qu'elle eût cessé de saigner, elle était encore extrêmement sensible. Il détourna le regard, prit sous le lavabo un morceau de coton et une bouteille d'eau oxygénée. Ça va faire mal, se convainquit-il en versant l'antiseptique sur le coton. Il retint son souffle et se tapota le menton. Autour de la blessure, on voyait se former une croûte blanchâtre, et bien que ce fût là le début de la guérison, il savait qu'il n'en avait pas encore fini avec la douleur.

Sara passa encore une demi-heure au bureau avant de se rendre compte qu'elle n'arriverait plus à travailler. Le baiser de Conrad avait mis en évidence quelque chose qu'elle s'était toujours refusé à admettre, et les moindres détails de cette scène lui revenaient sans cesse à l'esprit. En hélant un taxi, elle se répétait encore la même question. Comment ? Comment avait-elle pu faire une chose pareille ? La colère ? La solitude ? La frustration ? Mais tandis que le taxi passait devant tous ces restaurants, Carmine, Ollie, John's Pizzeria, qui lui rappelaient son mari, une vérité s'imposait à elle : elle y avait pris du plaisir. Elle était la seule à blâmer.

De retour à son appartement, elle éprouvait une violente envie de le voir, et elle eut la surprise de le découvrir sur son lit. Jared était profondément endormi, tout habillé, sur les couvertures. Elle ôta ses chaussures avec suffisamment de bruit pour le réveiller.

— Excuse-moi, dit Jared en se frottant les yeux. J'ai appelé mais tu n'étais pas là. Si tu es d'accord, j'aimerais bien dormir ici cette nuit.

Sara regarda un instant son mari sans rien dire. Un autre soir, elle aurait laissé éclater sa colère. Au lieu de cela, elle répondit :

— Bien sûr. Comme tu voudras.

À son réveil, Jared fut tenté de ne pas se rendre à son travail. Il lui restait certes beaucoup à faire pour la préparation du procès, mais il se disait qu'une journée de repos ne pourrait qu'être bénéfique à sa santé mentale. Or, en découvrant que Sara était déjà partie au travail, il rejeta les couvertures et sauta en bas de son lit. Peu importait sa fatigue, son épuisement, il ne pouvait la laisser gagner.

Une heure plus tard, Jared arriva à son bureau, sa serviette à la main. Dans l'ascenseur qui le menait au quarante-troisième étage, il songea à aller courir sur le tapis roulant de la salle de gymnastique. Mais une fois encore, la peur eut raison de ses désirs et de son besoin de détente, et lorsqu'il ouvrit la porte de son bureau, il ne songeait déjà plus qu'à sa stratégie judiciaire.

— Vous êtes en retard, dit une voix.

Jared sursauta. C'était Rafferty.

— Pour un homme qui vient de se faire battre aux points, vous commencez bien tard votre journée de travail, dit Rafferty en s'enfonçant dans le fauteuil en cuir de Jared.

— Il n'est même pas encore huit heures.

— La belle affaire ! Sara, elle, est au travail depuis sept heures et quart.

Jared jeta sa serviette sur son bureau.

— Vous avez besoin de quelque chose, ou bien vous êtes simplement venu me menacer après la débâcle d'hier ?

— Je n'ai plus besoin de vous menacer, Jared. Vous connaissez parfaitement les conséquences.

Rafferty poussa alors vers Jared une enveloppe fermée.

— Je suis seulement venu vous montrer ce qui se trame pendant que vous passez votre temps à vous enfoncer toujours davantage.

Jared tira de l'enveloppe une série de photos. Sur les premières, on voyait Sara et Conrad parler, puis, sur les dernières, s'embrasser. Il devint livide.

— Et vous qui vous demandiez pourquoi elle passait tellement de temps à son bureau, remarqua Rafferty.

— Qui a pris ces photos ? demanda-t-il sans pouvoir en détacher ses yeux. Quand ont-elles été prises ?

— Hier soir. Et c'est quelqu'un qui travaille au parquet qui les a prises pour nous. C'est du beau travail, vous ne trouvez pas ?

Jared se leva d'un bond.

— Hé ! où allez-vous ?

Sans répondre, il se rua au-dehors.

Jared franchit en trombe le portail de détection, ne prenant même pas la peine de signer le registre.

— Revenez ! s'écria le policier de garde. Les visiteurs doivent signer !

— Je viens voir Sara Tate ! Où est-elle ? lança-t-il d'une voix forte en marchant à grands pas dans le couloir.

Il venait à peine d'apercevoir Guff assis à son bureau, devant le bureau de Sara, que le garde l'avait rejoint et le saisissait par le bras.

— Vous connaissez ce type ? demanda-t-il à Guff.

— Oui, répondit Guff, sidéré. Ça va.

— La prochaine fois, signez le registre ! ordonna le garde.

— Merci, dit Jared à Guff en se dégageant de l'étreinte du garde.

— J'imagine que vous voulez voir Sara ? demanda Guff.

Sans répondre, Jared se précipita à l'intérieur et ouvrit à la volée la porte du bureau de Sara. Celle-ci leva la tête, stupéfaite.

— Mais qu'est-ce que tu fabriques ? s'écria-t-elle en tentant de dissimuler des papiers sur sa table. Je travaille !

— J'ai besoin de te parler un moment, dit Jared.

Comprenant qu'il se passait quelque chose de grave, Sara glissa les papiers dans le tiroir de son bureau.

— Guff, pouvez-vous nous laisser seuls un instant ?

— Bien sûr, dit Guff en quittant la pièce et en refermant la porte derrière lui.

Sara et Jared se regardèrent droit dans les yeux.

— Est-ce que tu as une aventure ? lui demanda-t-il à voix basse.

Elle eut l'air stupéfaite et détourna le regard.

— Sara, je t'en prie, regarde-moi, dit-il, la voix brisée. Nous avons toujours été honnêtes l'un envers l'autre. Maintenant, réponds à ma question : hier soir, as-tu embrassé Conrad ?

— Qui a dit que nous nous étions embrassés ?

— Qui a dit que… Mais c'est incroyable ! hurla Jared. Mais tu mens ! Tu me mens, bordel de merde !

— Tu me fais espionner dans mon bureau ? demanda Sara d'un ton accusateur.

270

Elle regarda alors par la fenêtre, se demandant qui avait bien pu les voir. De l'autre côté de la gaine d'aération se trouvaient les bureaux des autres substituts.

— N'essaye pas de changer de sujet, dit Jared. Tu me trahis, et maintenant tu essayes de te défiler ? C'est toi qui m'as trompé !

— D'abord, parle moins fort. Deuxièmement, je ne t'ai pas trompé. Ça ne s'est pas passé comme ça. Conrad a essayé de m'embrasser, mais je l'ai repoussé.

— Alors vos lèvres ne se sont jamais touchées ?

— Non !

Jared eut toutes les peines du monde à se maîtriser. Une douleur aiguë lui transperçait la nuque. Finalement, il explosa.

— Sara, j'ai vu les photos de mes propres yeux ! Je les ai vues ! Tu l'embrassais sur ce canapé, là !

— Je ne sais pas quelles photos tu as pu voir, mais je me suis écartée tout de suite ! Il ne s'est rien passé.

— D'abord tu dis que vos lèvres ne se sont pas touchées, ensuite tu dis que tu t'es écartée tout de suite. Comment veux-tu que je te croie ?

— Ça s'est passé exactement comme ça.

— Va raconter ces sornettes à d'autres, pas à moi ! On ne peut pas te faire confiance.

— Ah bon, parce qu'à toi, oui ?

— Je n'ai pas trompé ma femme.

— Non, simplement, hier soir, tu as fouillé sa serviette.

— Quoi ? lança Jared avec un rire forcé.

— Je t'ai entendu, Jared. J'ai entendu tout ce que tu as fait pendant la nuit. Je me suis même retournée, et je t'ai vu. Tu dois quand même me prendre pour une idiote… après ce qui s'est passé la dernière fois, tu crois vraiment que j'irais ramener des dossiers importants à la maison ? Je t'ai mis à l'épreuve. Tu as échoué. Alors arrête de me mentir.

Les lèvres serrées, les bras croisés sur la poitrine, Jared demeura un moment sans rien dire.

— D'accord, je le reconnais, dit-il enfin. Tu m'as surpris. Mais ça n'est rien à côté de ce que tu as fait avec Conrad. Il ne s'agit pas d'un simple dossier, mais de notre couple !

— Il s'agit de la confiance entre nous, oui ! Et quand tu as fouillé dans ma serviette…

— Ta serviette ! Tu mets notre couple en balance avec ta serviette ? Mais tu te rends compte de ce que tu es en train de dire ? Il s'agit de notre couple, Sara ! De notre couple !

271

— Je sais ce qui est en jeu, Jared ! Je ne suis pas aveugle ! hurla Sara en bondissant. Mais je te répète qu'il ne s'est rien passé. Ce n'était qu'un baiser…

— « Qu'un baiser » !

— Et je me suis écartée ! Alors arrête de me resservir sans arrêt cette histoire ! lança-t-elle en agitant un index vengeur en direction de son mari.

Il lui saisit le poignet.

— Ne me touche pas ! s'écria-t-il.

— Et toi, lâche-moi ! hurla-t-elle en se dégageant. Je pourrais te faire radier du barreau ! Tu es un voleur !

— Mais moi, au moins, je ne suis pas une pute !

Elle le gifla.

Jared porta la main à sa joue et la considéra d'un air incrédule.

— Tu n'aurais jamais dû faire ça, Sara. Tu as tout gâché.

— Jared, je te le jure. Nous n'avons jamais… (Il se dirigea vers la porte.) S'il te plaît, écoute-moi. (Elle lui saisit le bras.) Je regrette.

— Trop tard. Et maintenant laisse-moi partir. (Il voulut s'en aller, mais elle le retint.) J'ai dit, laisse-moi partir ! hurla-t-il. C'est terminé !

Il se dégagea brutalement, projetant Sara contre l'armoire.

Soudain, la porte du bureau s'ouvrit à la volée.

— Qu'est-ce que vous foutez ? demanda Conrad.

Sans un mot, Jared balança un crochet à Conrad. Celui-ci l'évita facilement, lui saisit le bras, le lui tordit dans le dos et plaqua Jared face contre le bureau.

— Lâchez-moi ! hurla Jared tandis qu'un attroupement commençait à se former dans le couloir.

— Conrad, lâchez-le ! dit Sara.

— N'essayez plus jamais de me frapper, conseilla Conrad en relâchant son adversaire.

— La prochaine fois, je ne manquerai pas mon coup, l'avertit Jared.

— On verra.

Jared fusilla sa femme du regard, puis fendit le groupe des spectateurs et gagna l'ascenseur.

— Que s'est-il passé ? demanda Conrad

— Rien. Ça va, murmura-t-elle.

— Je ne vous ai pas demandé comment ça allait. Je vous ai demandé…

— Ça ira, dit-elle en se détournant. Je me débrouillerai.

Une demi-heure après le départ de Jared, Sara appela son bureau.

— Il est déjà revenu ? demanda-t-elle à Kathleen.

— Pas encore, répondit sa secrétaire. Je lui dirai que vous avez appelé.

Un quart d'heure plus tard, Sara rappela.

— Désolée, répondit Kathleen. Il n'est toujours pas rentré.

Sara appela chez elle. Puis à l'appartement de Pop. Chaque fois, elle entendit l'annonce du répondeur.

Elle attendit dix minutes encore et rappela au bureau.

— Écoutez, Sara, fit Kathleen, je vous promets que dès son retour je lui dirai de vous appeler.

Une demi-heure plus tard, la sonnerie du téléphone de Sara retentit. Elle décrocha.

— Allô ? Jared ?

— C'est moi, dit Kathleen. Il vient d'arriver.

— Passez-le-moi, s'il vous plaît.

— Je l'ai déjà prévenu, mais il ne veut pas vous parler. Je me suis quand même dit que vous seriez contente de savoir qu'il est revenu, sain et sauf.

— Je vous remercie, Kathleen.

— Jared ? appela Sara en rentrant chez elle ce soir-là. Tu es là ?

Pas de réponse. Elle gagna la chambre et ouvrit le placard de Jared. Vide. Tous ses complets avaient disparu. Ne restaient plus que quelques vieilles cravates et des cintres.

— Non, non, non et non ! s'écria-t-elle à voix haute.

Elle se précipita sur sa commode et ouvrit le tiroir du haut. Vide. Le suivant. Vide également. Et l'autre aussi. Les chaussettes, les slips, les tee-shirts, tout avait disparu.

— Oh, non ! Tu ne peux pas partir comme ça ! hurla-t-elle en refermant brutalement le dernier tiroir.

Elle ne s'attendait pas à une telle issue. Ces derniers temps, tout se déroulait comme elle le voulait. Les résultats de l'enquête, les requêtes de la partie adverse, l'attitude du juge. Tout allait bien. Mais en se prenant le visage entre les mains, Sara se dit que, lorsque tout cela serait terminé, sa victoire aurait un goût amer.

Son gros sac rebondi à la main, Jared parcourait les couloirs immaculés du New York Hospital. Au neuvième étage, il laissa son sac à l'extérieur de la chambre et frappa à la porte 206.

— Ah, ah ! Regardez qui vient enfin me rendre visite, s'exclama Pop en voyant entrer Jared. Qu'est-ce qui t'amène, à part le sentiment de culpabilité ?

— Je viens seulement te dire bonjour. Les coups de téléphone, c'est bien, mais ça ne remplace pas une visite.

— Jared, tu peux raconter ce genre de bobards à des jurés, mais pas à moi. Si tu es venu me voir, c'est soit Sara qui t'envoie, soit que tu as des ennuis.

— Ne dis pas ça, Pop. Avec mes parents et mes grands-parents à Chicago, tu es ma seule famille, ici, à New York.

— Bon, donc tu as des ennuis. Combien d'argent te faut-il ?

— Je n'ai pas besoin d'argent, répondit Jared en s'installant sur une chaise, à côté du lit. Et maintenant dis-moi comment tu vas. Quand vont-ils te laisser sortir ?

— Quand j'irai mieux. Ou plutôt, d'après les médecins, quand je pourrai marcher de nouveau, ce qui peut prendre entre quinze jours et un mois. Bon... maintenant que tu as payé ta dette, dis-moi vraiment ce qui se passe.

— Ce n'est rien, fit Jared d'une voix mal assurée. Simplement Sara et moi, on se débat dans cette affaire.

— L'affaire Kozlow.

— Oui. Comment sais-tu... ?

— Tu crois que je n'écoute pas quand ma petite-fille me parle ? J'ai peut-être du poil dans les oreilles, mais j'entends aussi bien que toi ! Et dès le début, j'ai su que cette affaire allait tourner à la catastrophe. Vous êtes tellement ambitieux tous les deux... Vous n'aviez pas besoin d'un procès pour vous retrouver dressés l'un contre l'autre.

— C'est moins le procès que tout ce qui se passe autour.

— Que se passe-t-il d'autre ? Elle est malade ? Enceinte ? Vous allez finalement devenir raisonnables, et avoir un enfant ?

— Non, Pop, elle n'est pas enceinte, dit Jared en jouant avec la sonnette d'urgence posée sur la table de nuit. Sauf que ces derniers

274

temps elle s'est bien débrouillée, et que tout a marché comme elle le voulait.

Pop le regarda en souriant.

— Tu n'aimes pas l'idée de te faire battre sur ton terrain, hein ?

— Non, tu ne comprends pas. Il ne s'agit pas seulement de perdre ou de gagner…

— Dis-moi, Jared, tu connais le proverbe : « Ce n'est pas à un vieux singe qu'on apprend à faire des grimaces » ?

— Oui.

— Alors tu veux me faire croire que ça n'a rien à voir avec le fait de gagner ou de perdre ? Depuis que je te connais, je te sais obsédé par la réussite. Toi, tu étais le jeune avocat brillant et dynamique, tandis qu'elle, elle se débattait dans les difficultés. Mais maintenant le vent a tourné, et tu te rends compte que ça n'a rien de marrant.

— Il ne s'agit pas de mon narcissisme blessé. C'est plus important que ça.

— Mon garçon, écoute-moi bien. Si tout ce que tu m'as raconté est vrai, Sara va gagner cette affaire… et le seul à ne pas l'accepter, c'est toi. Tu es peut-être un excellent avocat, mais cette fois-ci, Sara t'a envoyé dans les cordes. Maintenant tu as le choix : tu peux continuer à agir comme tu le fais, mais alors ne t'étonne pas de te faire botter les fesses, ou bien tu reconnais ta défaite, ce que tu ne feras jamais, je le sais bien, ou bien enfin tu peux aller lui parler, et vous trouverez ensemble une solution pour vous en sortir tous les deux. Tu as le choix.

Les yeux rivés à la sonnette d'urgence, Jared se rendait bien compte que Pop avait raison au moins sur un point : s'il ne prenait pas rapidement une décision radicale, il perdrait le procès. Et s'il perdait… Il leva les yeux vers Pop, incapable d'envisager les conséquences.

— Tu veux m'en dire quelque chose ? demanda Pop.

— J'aimerais bien, mais… je ne peux pas.

— Alors va lui en parler. Si tu gardes ça enfermé, ça va t'exploser à la figure.

Songeur, Jared reposa la sonnette.

— Tu as peut-être raison.

— Tu es sûre qu'il n'était pas chez Pop ? demanda Tiffany, appuyée sur le rebord de la fontaine du Lincoln Center.

— J'y suis allée deux fois hier soir. Apparemment, il est parti, répondit sèchement Sara. Bon, et si on changeait de sujet ?

— C'est toi qui en as parlé la première. (Elle montra un homme coiffé d'un béret bleu marine.) Tiens, y en a un.

Sara regarda l'homme au béret.

— Lui, il ne compte pas. D'abord il n'a pas l'air torturé. Ensuite, son béret n'est pas noir.

— Dans l'Upper West Side, on peut pas espérer mieux.

— Tu es folle, ou quoi ? rétorqua Sara. Tu crois que tous les artistes torturés vivent dans le Village ? Regarde un peu autour de toi.

Observant les gens qui traversaient la vaste esplanade du Lincoln Center, Tiffany fourra ses mains dans les poches de son anorak rose.

— Je commence à avoir froid, et le jeu n'est pas drôle.

— Que veux-tu que je fasse ? Que je t'emmène au Guggenheim ?

— Non, je veux simplement que tu sois gentille, riposta Tiffany. Déjà que ce n'est pas facile parce que tu ne viens que tous les quinze jours... alors au moins faut que tu sois contente d'être avec moi.

Surprise par son attaque, Sara prit Tiffany par l'épaule et l'attira contre elle.

— Excuse-moi, ma grande. Je n'ai pas été très gentille avec toi, ces derniers temps.

Tiffany leva les yeux vers Sara.

— C'est parce qu'il te manque ?

— Oui, c'est en partie à cause de ça.

— Alors tu devrais faire quelque chose. Tu pourrais peut-être ne plus te charger de cette affaire.

— Ça n'est pas si facile que ça. Tu ne peux pas comprendre.

— Je m'en fiche, moi, si ce n'est pas facile, rétorqua Tiffany, toujours serrée contre Sara. Je veux seulement que ça redevienne comme avant. Et tant que vous serez fâchés, tous les deux, ça sera dur pour ceux qui sont autour de vous.

Ce soir-là, Sara et Tiffany dînèrent chez Sylvia, un restaurant noir de Harlem, où l'on servait l'un des plus célèbres poulets frits de Lenox Avenue. En sortant du restaurant, Sara montra le ciel bas et menaçant.

— Je te parie un panier de pains de maïs que d'ici deux jours on aura la première neige de l'année.

— Si je n'avais pas tellement envie de vomir, je prendrais le pari, dit Tiffany en se tenant le ventre à deux mains.

En souriant, Sara héla un taxi. Du coin de l'œil, elle remarqua alors une berline bleu marine garée de l'autre côté de la rue. Tiffany et elle

276

montèrent dans le taxi, et Sara donna au chauffeur l'adresse de la jeune fille. Tandis que le taxi s'enfonçait dans Harlem, Sara se retourna et vit que la berline roulait à présent derrière eux.

— S'il vous plaît, dit-elle au chauffeur, pourriez-vous prendre des petites rues, je voudrais savoir si la voiture derrière nous ne nous suit pas.

Suivant les instructions de Sara, le chauffeur quitta Lenox Avenue pour s'engager dans la 131e Rue. La berline ne les suivit pas.

— Qu'est-ce que c'était, à ton avis ? demanda Tiffany en regardant par la lunette arrière.

— Personne. Simplement mon imagination, répondit Sara, soulagée. Vous pouvez reprendre le chemin normal, dit-elle au chauffeur.

Pendant quelques minutes encore, Sara guetta la présence éventuelle de la berline, mais de toute évidence elle avait disparu. Le taxi s'arrêta devant l'immeuble de Tiffany, dans la 147e Rue.

— Est-ce que vous pourriez m'attendre ? demanda Sara au chauffeur. Je n'en ai que pour un instant.

Elle descendit de voiture en même temps que Tiffany et la raccompagna jusque dans le hall de l'immeuble, comme elle le faisait chaque fois. Puis, après avoir échangé quelques mots avec elle, Sara ressortit dans la rue. Le taxi avait disparu. La seule voiture en vue était la berline bleu marine. Le chauffeur, un homme au teint pâle, à la moustache blonde, était appuyé contre le capot.

Sara tira sa plaque de sa poche.

— Substitut du procureur ! s'écria-t-elle d'une voix forte. Qui êtes-vous ?

Guère impressionné, l'homme lui tendit un papier plié.

— Qu'est-ce que c'est que ça ? demanda Sara d'un air soupçonneux.

— C'est une nouvelle invention. On appelle ça du papier.

— Très drôle.

Elle déplia la feuille et lut le message : « Monte dans cette voiture. Pooh. »

— Qui a écrit ça ? demanda-t-elle.

— Je n'en ai pas la moindre idée. Tout ce que je sais, c'est l'endroit où je dois vous amener. Comme j'ai été payé d'avance, ça m'est égal.

Elle s'écarta d'un pas.

— N'ayez pas peur, dit le chauffeur. Vous êtes en sécurité.

Sara ne semblait guère convaincue.

— C'est pas pour vous vexer, reprit l'homme, mais si j'avais voulu vous faire du mal, je l'aurais déjà fait. Personne n'aurait rien remarqué… surtout dans ce quartier. Allez, vous ne voulez pas monter en voiture ?

Sara réfléchissait à la logique de son argument quand elle remarqua Tiffany qui l'observait par la fenêtre de son appartement.

— Vous voyez, ajouta l'homme, s'il vous arrive quelque chose, maintenant vous avez un témoin.

Sara adressa un sourire à Tiffany et monta en voiture.

— Où allons-nous ? demanda-t-elle au chauffeur.

— Je n'ai pas le droit de vous le dire, répondit-il en regardant par-dessus son épaule. Mais ça vaut le détour.

Après un dernier regard à Tiffany, Sara s'enfonça dans la banquette arrière. Pendant une demi-heure, la voiture roula en direction du sud de Manhattan, et pendant tout ce temps le chauffeur ne cessa de regarder dans son rétroviseur. Durant la traversée de l'Upper West Side, Sara crut qu'ils se rendaient à Times Square. Lorsqu'ils traversèrent Times Square, elle pensa au Village. Quand ils traversèrent le Village, elle se dit qu'ils se rendaient à son bureau de Centre Street. Mais quand ils passèrent devant l'immeuble du parquet, elle s'écria :

— Où m'emmenez-vous ?

— Encore dix minutes, dit le chauffeur.

La voiture s'engagea sur le pont de Brooklyn.

— On va à Brooklyn ? demanda Sara, inquiète.

— Vous verrez, dit l'homme en souriant.

Il prit la première sortie sur la droite et la voiture fila dans le quartier historique de Brooklyn Heights. Après être passés devant des rangées de maisons de ville, des maisons à bardeaux et l'une des demeures de George Washington, ils se dirigèrent vers la promenade en bordure du fleuve, célèbre pour sa vue superbe sur le bas de Manhattan. La chaussée pavée était habituellement envahie de touristes et d'habitants du quartier, mais ce soir-là, le froid avait dissuadé les badauds.

— Terminus, annonça le chauffeur.

Sara promena un regard effrayé autour d'elle et ne vit personne.

— Descendez de voiture, dit le chauffeur.

— Ici ? Vous voulez que je descende ici ? Vous êtes fou ?

— Descendez de voiture. Vous ne le regretterez pas.

Sara obtempéra, puis s'approcha du chauffeur qui avait baissé sa glace.

— Et maintenant ?

— Attendez ici.

L'homme releva sa glace et démarra.

— Hé ! Attendez ! Où allez-vous ?

Sara tambourina à la vitre, mais la voiture s'éloigna. Autour d'elle, il n'y avait que des bancs vides et une chaussée en béton. Le vent froid de l'East River la mordit au visage. Personne aux alentours. Elle se dirigea vers le fleuve.

— Il y a quelqu'un ? hurla-t-elle.

— Sara, dit une voix derrière elle.

— Mais qui… ?

Elle pivota sur ses talons. C'était Jared.

— J'avais tellement peur pour toi, dit-elle en se jetant dans ses bras. Mais où étais-tu ?

— Excuse-moi, dit Jared en s'écartant. Je voulais seulement m'assurer que tu serais seule.

— Ça, pour être seule… Depuis hier soir je suis seule.

— C'est toi qui m'as demandé de partir.

— Tu sais que là, ça n'était pas la même chose, rétorqua Sara. Tu n'étais même pas chez Pop.

— Excuse-moi. Après ce qui s'est passé avec Conrad, je ne supportais même pas l'idée de te revoir.

— Jared, je te jure qu'il ne s'est rien passé avec Conrad. Il m'a embrassée et je me suis écartée. Si quelqu'un te dit le contraire, il ment.

— Bon, d'accord, il ment, dit Jared en donnant un coup de pied dans un machin qui traînait par terre. Tu as raison, comme d'habitude.

— Ne cherche pas à m'enfoncer, dit Sara.

Jared ne répondit pas.

— Jared, s'il te plaît. Si tu ne voulais pas qu'on en parle, pourquoi m'as-tu fait venir ici ?

— Je voulais te parler discrètement.

— C'est pour ça que tu as envoyé un type me chercher avec un billet sibyllin signé du nom du vieux chien de mon père ? Il y a des moyens plus simples de me contacter.

— Je me suis dit que tu comprendrais que le billet venait de moi. Qui d'autre pouvait connaître ce nom ?

— Tu serais surpris de savoir le nombre de choses que des inconnus peuvent apprendre sur toi.

Sara s'assit sur un banc et observa attentivement son mari.

— Bon, alors, s'il ne s'agit pas d'hier, de quoi veux-tu qu'on discute ?

— De l'affaire, murmura Jared d'une voix presque inaudible. Il faut qu'on parle de l'affaire.

Sara laissa éclater son exaspération.

— Évidemment… C'est la seule chose qui t'importe !

— Ma chérie, tu sais bien que…

— Mais si, c'est ça. Alors laisse-moi te dire une bonne chose : le procès va avoir lieu dans quinze jours, tes requêtes ont été rejetées, et, quand Kozlow aura été reconnu coupable, nous poursuivrons Claire Doniger et tous ses complices.

Jared releva le col de son manteau pour se protéger du froid.

— Je ne veux plus me battre contre toi, Sara. Ça ne vaut pas le coup. Je veux seulement que tu écoutes bien ce que je vais te dire. Je ne t'aurais jamais demandé ça si ça n'était pas absolument nécessaire. Ça peut paraître complètement fou, mais je veux que tu te plantes. Perds des éléments de preuve, fais sciemment du mauvais travail… n'importe quoi, mais j'ai absolument besoin de gagner ce procès.

— Tu en es vraiment à ce point ? demanda Sara en riant. Mais est-ce que tu te rends compte que tu me demandes de faire quelque chose d'illégal ? Et je ne parle même pas du côté moral.

— Je me fous de la morale. Il s'agit de quelque chose d'infiniment plus important que la morale.

— C'est vrai, j'oubliais… Ton travail est plus important que tout sur cette planète.

— Écoute-moi une seconde.

— Je t'écoute. Et j'ai du mal à en croire mes oreilles ! Quand tout se passait bien pour toi, tu étais d'accord. Mais quand finalement le vent tourne en ma faveur, tu me demandes de laisser tomber. Tu es vraiment gonflé ! Ce travail a bouleversé ma vie. Pour la première fois depuis longtemps, j'ai le sentiment d'en maîtriser le cours. Les choses se passent bien ; j'ai confiance en moi ; mes angoisses ont disparu. Je me sens quelqu'un de nouveau. Et si tu crois que tu vas me forcer à jouer ton jeu, comme tu as essayé au moment du grand jury, je peux te dire que tu te fais des illusions ! Je ne le répéterai pas, Jared : je n'abandonnerai jamais !

— Tu ne comprends pas, dit Jared d'une voix plaintive. Il faut absolument que tu me laisses gagner.

— Mais tu m'as entendue, ou pas ? Il ne faut rien du tout ! Tu ne supportes donc pas que, pour une fois, ce soit moi qui gagne ?

— Ça n'a rien à voir avec la concurrence entre nous, rétorqua Jared, le front couvert de sueur.

— Laisse tomber ! s'emporta Sara en lui tournant le dos. C'est moi qui vais gagner. J'espère que tu survivras.

Jared la saisit vivement par le bras.

— Écoute-moi ! C'est plus important que ce que tu crois !

— Tu me l'as déjà dit. Et maintenant, lâche-moi !

Jared refusa de la lâcher.

— Sara, je t'en supplie une dernière fois, hurla-t-il. Il faut que tu me laisses gagner !

— Pourquoi ? hurla-t-elle à son tour, en cherchant à se dégager. Pourquoi est-ce si important ?

Jared n'avait plus le choix.

— Parce que si je ne gagne pas ce procès, ils vont te tuer !

Sara cessa immédiatement de se débattre.

— Quoi ?

— Tu m'as bien entendu. Ils vont te tuer. Si j'ai conservé ce dossier, c'est uniquement parce qu'ils ont menacé de te tuer si je ne le gardais pas. Voilà pourquoi je me suis battu avec autant d'acharnement. Voilà pourquoi j'ai fouillé dans ta serviette. Ils nous surveillent depuis l'arrestation de Kozlow. Ce sont eux qui ont saccagé notre appartement. Et ce sont eux qui...

— Oh, mon Dieu ! dit Sara en se rasseyant sur le banc.

— Je ne plaisante pas, Sara. C'est très grave.

— Les gens qui t'ont contacté... Est-ce que l'un d'eux avait les joues creuses ?

— Les joues creuses ? Non, c'est Kozlow qui m'a contacté, et... (Il s'interrompit.)

— Kozlow et qui ?

Jared promena le regard autour de lui pour s'assurer qu'ils étaient seuls. Puis il se tourna vers sa femme.

— C'est Oscar Rafferty. Depuis le début. C'est lui qui a...

— Cette espèce de salopard ! s'écria Sara. On le savait... Guff l'a dit dès qu'on a quitté son bureau. Rafferty te tenait et Joues-Creuses me tenait.

— Qu'est-ce que tu racontes ? Qui est ce type aux joues creuses ?

Sara lui raconta brièvement l'histoire de Joues-Creuses, comment il avait menacé de le tuer, et mentionna le mystère de ses empreintes digitales.

— Alors si tu renonçais, dit finalement Jared, il me...

— C'est pour ça que je n'ai pas lâché.

— Mais si c'est lui qui a bousculé Pop, pourquoi ne l'as-tu pas fait arrêter ?

— Je ne sais pas qui c'est. En outre, j'avais tellement peur pour toi que j'étais terrorisée à l'idée de m'en prendre à lui.

— Je sais ce que tu as pu éprouver.

Il s'assit à côté de Sara et passa la main sur le pansement ornant son menton.

— Qui t'a fait ça ? Kozlow ?

— Oui, il a prélevé son petit bout de chair. Mais dis-moi, ce type, là, il t'a plutôt aidée. Ça n'est pas lui qui t'a mise sur la piste de Rafferty ?

— Pas du tout. On a trouvé ça tout seuls. Il est devenu suspect dès qu'on a eu connaissance du testament d'Arnold Doniger.

— Doniger avait établi un testament ?

— C'est ça le problème avec les avocats. Tout ce qui vous intéresse, c'est de sauver votre client. Nous, les procureurs, sommes les seuls à rechercher la vérité.

— Parle-moi de ce testament, dit Jared sans relever la pique.

— Il n'y a pas grand-chose à en dire. Maintenant que son cher associé est mort, c'est Rafferty qui va hériter de ses parts dans Echo Enterprises.

— Tu plaisantes ? C'est Rafferty qui hérite de la société ?

— De tout, dit Sara en remarquant l'air incrédule de son mari. Pourquoi ? Quelles conclusions en tires-tu ? À part le fait qu'il avait toutes les raisons de tuer son associé ?

— Ça explique pourquoi Rafferty avait tellement intérêt à remporter cette affaire. (Il se passa la main dans les cheveux.) Bon Dieu ! ce type est vraiment malin.

— Pourquoi ? Qu'a-t-il fait ? demanda Sara en agrippant le bras de son mari. Raconte.

— En fait, c'est très simple. Tu te rappelles ce que prévoit la loi sur le meurtre ?

— Non, explique-moi.

— Elle prévoit que le meurtrier ne pourra tirer avantage de son crime, répondit Jared. Imaginons que tu aies rédigé un testament selon lequel, à ta mort, je serais ton principal héritier. Ça veut dire que j'hériterais de tout ton argent.

— Tous mes vingt-cinq dollars ?

— Tout, jusqu'au dernier *cent*. Imaginons maintenant que je cherche à récupérer cet argent plus tôt que prévu en te faisant assassiner. Selon la loi sur le meurtre, s'il est prouvé que je suis impliqué d'une quelconque façon dans ta mort, je ne toucherai pas un fifrelin de ton héritage. Même si le testament prévoit le contraire.

— Il existe une telle loi à New York ?

— Je ne sais pas s'il y a une loi spécifique à New York, mais elle existe en droit coutumier. Ce qui explique pourquoi Rafferty ne pouvait pas admettre que Kozlow accepte une transaction, il lui fallait un non-lieu ou un acquittement pur et simple.

— Rafferty a donc peur que Kozlow soit impliqué dans cette affaire, et que, à travers son homme de main, on puisse remonter jusqu'à lui.

— Sans parler du fait qu'il a peur d'être lui-même inculpé de meurtre, ajouta Jared. Ça explique pourquoi il s'occupe tellement de cette affaire. S'il était innocent, il s'en ficherait. Et s'il n'avait pas envie de récupérer le magot, il aurait accepté une transaction avec le ministère public.

— Tu ne crois pas qu'il essaye aussi de protéger Claire Doniger ? demanda Sara en se levant.

— Tu es vraiment persuadée qu'elle est impliquée ?

— Allez, Jared ! Son mari est assassiné et elle ne verse même pas une larme. Et surtout elle ne lève pas le moindre petit doigt pour faciliter notre enquête. Il est très difficile de lui parler, quant à l'amener à témoigner...

— C'est la croix et la bannière ?

— Exactement.

— Bon, mais alors, quel serait son mobile ? demanda Jared. Le testament prévoit quelque chose pour elle ?

— Pas un *cent*. Mais ça ne veut rien dire. Notre théorie, c'est qu'elle couche avec Rafferty. Ils font disparaître Arnold Doniger, grâce à ça ils récupèrent tout l'argent, et en plus ils peuvent jouer tous les soirs à la bête à deux dos. Notre seul problème, c'était de prouver l'implication de Rafferty. Pourtant, il est clair que c'est lui, notre homme.

— Votre théorie se tient, reconnut Jared. Et maintenant que j'y pense, dès qu'il s'agit d'elle, il devient extrêmement protecteur.

— Rafferty aurait-il dit autre chose qu'on pourrait utiliser contre lui ?

Jared se rassit sur le banc et se prit la tête entre les mains.

— De toute façon, tu ne peux rien utiliser de tout ça contre lui. C'est protégé par le secret professionnel.

— Je ne me soucie plus de gagner cette affaire à tout prix, mon amour. Je veux seulement qu'on soit en sécurité et qu'on se tire de ce... (Elle remarqua l'immobilité de son mari.) Que se passe-t-il ? Ça va ?

Sans un mot, Jared se leva et prit sa femme dans ses bras.

— Oh, comme je regrette tout ce qui s'est passé ! Je n'ai jamais voulu te faire de mal, Sara. Je n'ai fait ça que parce que je craignais pour ta vie.

Envahie par un immense sentiment de soulagement, Sara le serra très fort contre elle.

— Ça ira. Ne te fais plus de soucis. J'étais seulement inquiète pour toi.

— Mais je…

— Chuuuut. Ne dis plus rien. C'est terminé. C'est enfin terminé.

Jared se recula pour regarder Sara dans les yeux, et il comprit qu'elle avait raison. Pour la première fois depuis des mois il décida de ne pas discuter, et il se mit à lui caresser doucement les épaules et le dos. Leurs deux corps s'accordaient si bien. Contre sa joue, Sara sentit alors la râpe familière de la barbe de fin de journée. Elle ferma les yeux et huma les senteurs d'eau de Cologne dont elle ne cessait auparavant de se plaindre. Elle glissa les mains sous sa veste et lui caressa le creux des reins. Elle avait oublié à quel point tout cela était nécessaire.

Étroitement enlacés, Sara et Jared n'éprouvaient plus le besoin de parler. Cela faisait trop longtemps qu'ils étaient à couteaux tirés. À présent ils se retrouvaient dans les bras l'un de l'autre, et cela seul importait. Au fur et à mesure que la réalité s'imposait à nouveau à lui, Jared se mit à trembler, et ses yeux se remplirent de larmes. « Tout va bien, maintenant », lui dit-elle pour le rassurer, en refoulant ses propres larmes. Mais il était déjà trop tard, comme chaque fois qu'elle le voyait pleurer. Bientôt, l'émotion la submergea elle aussi.

— Ça va aller, dit-elle, tandis que des larmes ruisselaient sur ses joues.

— Je sais, fit-il en s'essuyant les yeux d'un revers de manche. Tant que tu n'étais pas en sécurité, je ne pouvais pas…

— Je sais exactement ce que tu ressens, dit Sara en séchant ses propres larmes. Mais il faut en sortir. Aucun de nous deux ne sera vraiment en sûreté tant qu'on n'en aura pas fini avec cette histoire.

— Tu as raison, dit Jared en reprenant contenance. (Il s'éclaircit la gorge.) Bon, qu'est-ce qu'on fait, maintenant ?

— On examine tout en détail. Qu'auraient pu dire d'autre Kozlow ou Rafferty ? Quelque chose qui puisse expliquer pourquoi Stockwell voulait cette affaire ? Ou qui est Joues-Creuses ? Est-ce un ancien employé d'Echo ? En veut-il pour une raison ou une autre à Rafferty ? Kozlow a-t-il évoqué de vieilles histoires ?

— La seule chose qui a attiré mon attention, c'est que Kozlow a dit un jour qu'il a été dans l'armée.

— Vraiment ? Dans quelle arme ?

— L'armée de terre. Lenny m'a dit qu'il a été fichu dehors, mais je n'en sais pas plus. Tu crois qu'il y aurait une piste, là ?

— Peut-être. Stockwell aussi a fait l'armée. Je vérifierai ça demain.

— Parfait. Et est-ce que tu pourrais aussi vérifier les factures de téléphone de Rafferty ? J'ai déjà essayé, mais je n'ai pu obtenir que ses appels locaux. Si ta théorie est bonne, on devrait avoir plein d'appels à Claire et à Kozlow.

— Et peut-être à notre mystérieux Joues-Creuses.

— Espérons-le, dit Jared. Ils travaillent peut-être main dans la main.

Levant alors les yeux, Jared regarda le ciel de New York et le trouva magnifique. Aussi beau que cette nuit où ils l'avaient vu pour la première fois du même endroit, lors d'une promenade à bicyclette, au cours de leur première année de droit. Il entendit Sara éclater de rire et se tourna vers elle.

— Qu'y a-t-il de si drôle ? lui demanda-t-il.

— Rien, dit Sara, tentant de calmer son rire nerveux. C'est seulement que je trouve incroyable ce qui nous arrive. Pourquoi nous ?

— Je ne sais pas. C'était peut-être écrit.

— Mmmm. Ça ne nous est pas tombé dessus par hasard. C'est moi qui suis à l'origine de tout. Si je n'avais pas été aussi inquiète, je n'aurais pas volé ce dossier. Et si je ne l'avais pas volé, ils ne se seraient pas adressés à toi pour…

— Bon. Ça suffit. Inutile de jouer à ce jeu-là. L'apitoiement ne sert à rien.

— Il ne s'agit pas d'apitoiement. Je regarde simplement les choses en face. Si je n'avais pas pris ce dossier, nous ne serions pas dans un tel pétrin.

— Tu peux croire ce que tu veux, mais je ne te le reprocherai jamais. Et maintenant revenons à nos moutons : Qu'est-ce qu'on fait avec cette affaire ?

Sara demeura songeuse un moment.

— Je ne sais pas. De toute évidence, on ne peut pas aller jusqu'au procès.

— On peut peut-être aller voir le juge et lui demander de nous dessaisir en raison d'un conflit d'intérêts, suggéra Jared. Ou alors commettre sciemment un vice de procédure.

— On peut faire les deux, mais ça ne résout pas le problème.

— Je me fiche de résoudre le problème, rétorqua Jared. On se débarrasse de cette affaire et on retrouve notre vie d'avant. Laissons à d'autres le soin de jouer les super-héros.

— Pas question. Cette histoire est la nôtre à présent. Rafferty, Doniger, Kozlow, Joues-Creuses, on est concernés par eux tous. Et peu importe ce que tu penses, ils ne nous lâcheront pas avant d'avoir obtenu gain de cause.

— Bon, mais il nous suffit de trouver un moyen d'empêcher ces psychopathes de s'en prendre à nous. Et si on jouait à découvert, en leur disant que, s'il arrivait quoi que ce soit à l'un d'entre nous, notre avocat enverrait une lettre à la justice dénonçant Rafferty ?

— Je crois que tu n'as pas compris ce qui est en jeu. Même s'ils nous laissaient tranquilles, on ne peut pas les laisser continuer avec d'autres.

— Il faut donc divulguer le courrier électronique de Rafferty à tout le cabinet ?

— Ne te moque pas de moi, fit Sara, tu sais bien que j'ai raison. Que tu le veuilles ou non, notre responsabilité est engagée.

Jared acquiesça.

— Que proposes-tu ?

— Je ne sais pas exactement. Je vais en parler à Conrad demain. Dans ce genre de situations, il sait se débrouiller mieux que nous.

— Et dans quelles autres situations se débrouille-t-il aussi bien ?

— Arrête, Jared, pourquoi faut-il que tu ramènes encore une fois ça sur le tapis ? Je te jure qu'il ne s'est rien passé. Nous nous sommes embrassés et je me suis écartée. Un point c'est tout.

Jared ne répondit pas.

Bouleversée, Sara observa la réaction de son mari. Elle sentait bien que ce baiser volé le hanterait toute sa vie. Elle ne savait plus comment agir, tout en se rendant compte que ses excuses ne suffiraient jamais. Pourtant, il fallait bien dire quelque chose.

— Oh, Jared, je regrette.

— Tu n'es pas obligée de...

— Mais si, justement. Je regrette d'avoir fait ça. Je voudrais pouvoir revenir en arrière. Abolir ce qui s'est passé. Et bien que ça ne soit pas une excuse, je voudrais que tu saches quelque chose : pour rien au monde je ne voudrais te faire souffrir. Rien, absolument rien ne me ferait plus de peine.

— Alors tu n'es pas amoureuse de lui ?

— Amoureuse de... Mais tu es fou ? Ce n'était qu'un bref moment d'égarement. C'est toi, l'amour de ma vie, Jared. Personne d'autre n'est plus important pour moi. Je te fais une confiance absolue.

— Si tu me fais tellement confiance, pourquoi as-tu surveillé ta serviette ?

Sara lui chatouilla doucement la nuque.

— En fait, j'étais profondément endormie. Je n'ai prêché le faux que pour savoir le vrai. Visiblement, tu ne t'es pas contrôlé, mais je te fais quand même confiance. Et je t'aime.

— Tu es vraiment impitoyable, tu sais ? dit-il en souriant.

— Que veux-tu que je te dise ? Si tu affrontes les meilleurs, tu seras forcément battu un jour.

— Sara, je te jure que je ne l'ai fait que parce que j'étais inquiet pour...

— Je m'en fiche, dit-elle en lui prenant la main. On s'embrasse et on n'en parle plus.

— Ici ? demanda Jared en parcourant du regard la promenade déserte. Devant tous ces gens ?

— Bien sûr, ici. Comme dans un film. Il y a un paysage extraordinaire, et puis nous, les héros intrépides, les cheveux balayés par le vent. Il n'y a plus qu'à...

Elle attira son mari contre elle et l'embrassa avec fougue. Pendant une longue minute, ils demeurèrent ainsi enlacés, les lèvres soudées. Une fois encore, tout s'évanouit autour d'eux. Finalement, ils s'écartèrent l'un de l'autre.

— Comment c'était ? demanda-t-elle.

Jared sourit.

— C'était bon d'être de retour.

— Tout à fait d'accord. Alors, on est prêts à s'en sortir ?

— Ça dépend de ce qu'on va entreprendre.

— D'abord, il faut résoudre un certain nombre d'énigmes. Et quand tout sera clair comme de l'eau de roche, on tombe sur le dos de ces salopards. Rafferty n'a encore rien vu : attends un peu que je lui botte le cul !

— J'espère que tu as raison, parce que si Rafferty a vent de ce qui se passe entre nous, il ne reculera devant rien. Même si tu es procureur.

— Substitut du procureur, corrigea Sara. Et maintenant, rentrons.

Dissimulé derrière un épais buisson et protégé par les basses branches d'un chêne, il observa le couple quitter la promenade. Il savait que tôt ou tard ça arriverait... Il l'avait prédit depuis le début. Quand la pression serait trop forte, ils craqueraient.

Il les regarda emprunter l'allée en ciment, en direction de Clark Street. Ils venaient droit sur lui, mais avec l'obscurité il n'en avait cure. Il ne tenta même pas de se cacher lorsqu'ils arrivèrent à sa hauteur.

Appuyé contre l'arbre, il les suivit du regard et réprima même l'envie de les frôler du bout des doigts. Main dans la main, Sara et Jared avaient retrouvé toute leur confiance d'antan. À présent ils savaient tout. Sauf que leur secret était éventé.

16

— Je savais que c'était lui ! s'écria Guff en se frottant les mains sur son pantalon. Est-ce que je ne l'avais pas dit, hein, moi et moi seul ? J'ai été le seul à dire que Rafferty était mêlé à ça !

— Très bien, très bien, vous aviez raison, concéda Conrad. Reprenez-vous. (Il se tourna vers Sara, assise à son bureau.) Que vous a révélé d'autre votre mari ?

— C'est à peu près tout, dit Sara. Rafferty a menacé Jared, il est impliqué depuis le début dans cette affaire, et si Jared ne gagne pas, il a menacé de me faire tuer.

— Pensez-vous pouvoir lui faire confiance ? demanda Conrad.

— À qui ? À Jared ? Quelle question ! C'est mon mari.

— C'est aussi votre adversaire. Ce qui veut dire qu'il peut tenter de vous embobiner.

— Désolée, mais je crois que vous avez dû trop fumer de la moquette, ces derniers temps.

— Hé, ne dites pas de mal de la moquette ! s'écria Guff. J'en ai chez moi.

— Il m'a même montré des photos de nous en train de nous embrasser, ajouta Sara en ignorant son assistant. Ça n'avait rien d'agréable.

— Des photos ? Comment a-t-il eu des photos ?

— À mon avis...

— Ha ! Ha ! Ha ! s'exclama Guff. Vous vous êtes embrassés ? On a fait l'amour, ici, dans ce bureau ? Parce que si c'est le cas, il faudrait quand même que je sois au courant.

— Il ne s'est rien passé, dit Sara. Un petit incident de parcours entre deux amis.

— Parlez-moi de ces photos, coupa Conrad.

— Apparemment, elles ont été prises d'ici, dit Sara en montrant des bureaux en face du sien, par la fenêtre. Ce sont des bureaux d'autres substituts.

— À votre avis, qui les a prises ?

— Ça ne peut être que Stockwell. Il agit peut-être en coulisses, mais il manipule tout depuis le début.

— C'est possible, fit Conrad. Mais comme on n'a aucune preuve, on ne peut rien contre lui. Et même s'il est suspect, jusqu'à présent il n'a rien fait d'illégal.

— C'est pour ça que je veux commencer à creuser. Jared m'a donné le numéro personnel de Rafferty, alors je veux faire une recherche.

— Ça, je peux m'en occuper, proposa Guff. J'imagine que vous voulez tous les numéros qu'il a appelés, ainsi que ceux qui l'ont appelé.

— Tout ce que vous pourrez avoir, répondit Sara.

Guff se tourna vers Conrad.

— Puis-je… ?

— Je vous approuve totalement, répondit ce dernier. Si vous avez le moindre problème, dites-leur de m'appeler.

Sara lui adressa un hochement de tête en signe de remerciement.

— Et maintenant, voilà en quoi j'ai vraiment besoin de votre aide. Jared m'a dit que Kozlow avait passé un certain temps dans l'armée, et moi j'ai l'impression que c'est également le cas pour Joues-Creuses. Et comme on ne peut rien faire tant qu'on ne sait pas qui c'est, je me demandais si nous ne pourrions pas…

— Dites-moi seulement ce qu'il vous faut, l'interrompit Conrad. Les noms de tous les gens de sa division ? De sa base ? Des photos ? Des empreintes digitales ?

— Le mieux, ça serait des photos. Un nom ne me dirait pas grand-chose, mais sur une photo je pourrais le reconnaître.

— Je vais essayer de vous obtenir des clichés le plus rapidement possible. Quand le procès sera terminé, on saura tout de ce bonhomme.

— Non, non, non ! cria Sara. J'ai besoin de ces renseignements avant le début du procès. Si on attend que ça soit fini, l'un de nous sera mort.

— Conrad, pourrais-je vous parler un instant ? demanda Sara alors que Guff et le magistrat s'apprêtaient à quitter son bureau.

— Oh, oh, l'heure est grave ! fit Guff.

Voyant le trouble de Sara, Conrad referma la porte derrière Guff.

— Voyons, voyons, de quoi peut-il bien s'agir ? demanda-t-il d'un ton plaisant.

— Je sais que c'est gênant, mais il faut vraiment qu'on en parle.

— Sara, il est inutile de revenir là-dessus. Je connais la nature de vos sentiments pour Jared. C'est votre mari.

— Ça n'est pas seulement mon mari. C'est…

— C'est l'homme que vous aimez, l'interrompit Conrad.

— Non. Plus que ça. Beaucoup plus que ça.

Conrad prit place sur le canapé.

— Je regrette Sara. Je n'avais pas prévu que les choses tourneraient comme ça.

— Inutile de le préciser. Mais quand vous m'avez embrassée, on ne peut pas dire que je me sois enfuie.

Les coudes sur les genoux, Conrad se prit le menton entre les mains.

— Oh, quel idiot j'ai été !

— Il est inutile de vous faire des reproches.

— Ce n'était pas bien… Je n'aurais pas dû agir comme ça.

— Vous savez, Conrad, dans toutes les amitiés, il y a des moments un peu ambigus. C'est ce qu'on a vécu. On aura beau s'excuser, le mieux, je crois, c'est encore de laisser ça derrière nous.

— Comme ça, tout simplement ?

Sara détourna le regard.

— Je ne sais pas… peut-être.

Mais Conrad avait déjà compris qu'il n'y avait pas d'autre alternative.

— Je vous jure que jamais…

— Pas besoin d'explications, dit-elle le plus fermement qu'elle le put. On ne va tout de même pas en mourir.

— Certainement pas. Mais je regrette quand même sincèrement, Sara. Je vous ai mal comprise, et ça n'arrivera plus.

— Marché conclu ? dit Sara en souriant et en lui tendant la main.

— Marché conclu, répondit Conrad en serrant la main qu'elle lui tendait.

— Êtes-vous prêt pour jeudi ? demanda Rafferty lorsque Jared décrocha son téléphone.

— J'essaye. Mais j'ai du mal à m'organiser.

— Vous avez eu des semaines pour ça. Que vous reste-t-il à faire ?

— Je dois terminer mon exposé introductif, mes interrogatoires directs, mes contre-interrogatoires, je dois réfléchir à la sélection du jury, je dois imaginer quel genre de juré pourrait éprouver de la sympathie pour Kozlow. Et le tout en trois jours. C'est accablant.

— Ça m'est égal. Débrouillez-vous. Des nouvelles de votre femme ?

— Aucune, sauf que je suis retourné chez moi. Je lui ai dit que je n'aimais pas dormir chez Pop, et après cette histoire calamiteuse avec Conrad, elle se sentait trop coupable pour me laisser dehors. À part ça, il n'y a pas grand-chose à raconter.

— Vous en êtes sûr ?

— Tout à fait. Et d'après les notes que j'ai trouvées dans sa serviette, elle ne compte pas appeler Patty Harrison à la barre, sauf en cas de besoin.

— Croyez-moi, même si elle fait appel à elle, Mme Harrison n'est plus le même témoin qu'auparavant.

— S'il vous plaît, rendez-moi service : tenez-vous à l'écart de cette femme. Je n'aimerais pas avoir à ajouter l'intimidation de témoin à la liste des crimes de Kozlow.

— Ne vous inquiétez pas. Nous avons la situation bien en main.

— Je n'en doute pas, dit Jared avec déférence. Et maintenant il faut que je vous quitte, le travail m'attend. Je vous rappellerai plus tard.

Jared reposa le combiné et leva les yeux vers Kathleen, qui avait écouté toute la conversation.

— Vous croyez qu'il est au courant ? demanda-t-elle.

— Je ne sais pas. Il s'agite beaucoup, mais je le trouve trop nerveux pour se douter de quelque chose. J'espère seulement que Sara obtiendra des réponses avant le procès.

En rentrant chez lui ce soir-là, à vingt heures quinze, Jared claqua la porte derrière lui.

— Sara ! aboya-t-il en l'apercevant dans la cuisine. Quand donc vas-tu fournir la liste de tes témoins ?

— Quand je serai prête, répondit Sara en se dirigeant vers la chambre. Et je ne suis pas encore prête.

— Ne t'en va pas comme ça, s'écria-t-il en la suivant. Ce procès devient un vrai parcours d'obstacles.

— Appelle ça comme tu voudras, mais j'ai jusqu'à l'exposé introductif pour communiquer mes pièces.

— Tu es folle ou quoi ? Personne n'attend aussi longtemps. La simple courtoisie voudrait que…

— La simple courtoisie, je l'emmerde ! Ce sont les règles de la procédure, et je compte bien en tirer tous les avantages possibles. Et maintenant, si tu tiens vraiment à habiter de nouveau ici, je te conseille d'aller t'installer confortablement dans le canapé. Sinon, fous-moi la paix !

Et elle lui claqua au nez la porte de la chambre.

Quelques instants plus tard, Jared ouvrit la porte avec précaution et entra sur la pointe des pieds dans la chambre. Sara était déjà assise face à l'ordinateur, dans un coin de la pièce, et tapotait sur le clavier. Par-dessus son épaule, il lut les mots affichés sur l'écran. *« Comment s'est passée ta journée, mon chéri ? »* Il déposa un baiser sur la nuque de Sara et prit le clavier.

« Très bien », écrivit-il. *« J'ai parlé à Rafferty. Je crois qu'il m'a cru. À mon avis, il ne se doute de rien. Il est trop inquiet. »*

Sara se remit au clavier, laborieusement, tandis que Jared s'installait sur une chaise, à côté d'elle.

« Pourquoi utiliser l'ordinateur ? » écrivit-elle. *« D'après Conrad, on pourrait faire rechercher les micros. Ça ne prendrait que deux heures, et ensuite on pourrait parler en toute tranquillité. »*

« Pas question. Si on fait rechercher les micros, Rafferty comprendra qu'il se passe quelque chose. On se tient à carreau jusqu'au procès. »

Sara répondit en utilisant deux doigts : *« Mais je tape très mal. »*

Jared ne put s'empêcher de sourire. Tout cela lui avait tellement manqué. Il posa la main sur la nuque de Sara, l'attira contre lui et déposa un baiser sur son front. Puis sur sa joue. Puis sur le lobe de son oreille. Il lui chuchota à l'oreille :

— Je t'aime vraiment.

Lentement, il ouvrit les boutons de son chemisier.

Fermant les yeux, Sara s'abandonna… et se ressaisit.

« Non et non », écrivit-elle. *« Pas tant qu'ils écoutent. »*

« Ils n'entendront rien. »

« Tu as raison, il n'y aura rien à entendre. »

« Tu es sérieuse ? »

Sara répondit par un point d'exclamation.

« Très bien, je resterai assis ici, à souffrir », répondit Jared, toujours par écrit. *« Je souffre. Je souffre. Je souffre. »* Un moment de pause. *« Je*

souffre encore. » Sara lui administra une claque dans le dos. « *Que s'est-il passé d'autre, à ton travail ? Des nouvelles ?* »

« *Pas encore. Demain.* »

Lorsque Sara et Jared s'étaient installés devant leur ordinateur, ni l'un ni l'autre ne s'étaient aperçus que leur bureau avait été déplacé de quelques centimètres sur la droite, ni que l'écran était très légèrement relevé, ni qu'un nouveau fil avait été branché sur le câble principal de l'unité centrale. Ni, surtout, que ce fil passait par un tout petit trou pratiqué dans le mur en suivant le tuyau du chauffage à gaz, jusqu'à rejoindre le sous-sol de l'immeuble. En bas, ce fil était relié à un autre moniteur sur lequel l'homme lisait tout ce que Jared et Sara écrivaient sur leur clavier.

Mardi matin, tôt, Sara pénétra dans l'ascenseur avec un allant qui frappa aussitôt Darnell, le préposé.

— Dites donc, vous avez mangé du lion ! s'écria-t-il.

— Ah, c'est mon secret !

Au moment où les portes allaient se refermer, un jeune homme vêtu d'une chemise à manches courtes bondit à l'intérieur. Sara reconnut aussitôt le garçon qui distribuait les dossier au BAJ, celui qui l'avait poussée à voler l'affaire de Victor Stockwell.

— Comment ça va, Darnell ? demanda le jeune homme. Il y a des potins intéressants que je pourrais… Oh ! dit-il en reconnaissant soudain Sara. Content de vous revoir.

— Vous vous connaissez ? demanda Darnell.

— D'une certaine façon, répondit Sara. (Elle tendit la main au nouveau venu.) Au fait, je m'appelle Sara.

— Malcolm, répondit le jeune homme tandis que les portes de l'ascenseur se refermaient. Alors, cette affaire ? J'avais raison ou pas ?

— Tout à fait ce que vous aviez dit : excellente !

— Bien sûr qu'elle était excellente. Sans ça vous ne l'auriez pas eue.

Sara eut l'air intriguée.

— Comment ça ?

— Eh bien, oui, l'affaire.

— Que voulez-vous dire ?

Malcolm demeura un instant silencieux.

— Excusez-moi. Je pensais que vous en aviez déjà parlé.

— Parlé de quoi ? De quoi s'agit-il ?

Malcolm regarda Darnell, puis Sara. Tous deux avaient le regard fixé sur lui.

— Écoutez, mieux vaut en rester là. Je crois que j'en ai déjà trop dit.

— Malcolm…

— Non, non. Si vous avez des problèmes, parlez-en à Victor Stockwell. (Il descendit de l'ascenseur au cinquième étage.) Au revoir, Sara, à bientôt. Salut, Darnell.

Les portes se refermèrent.

— Ça va ? demanda Darnell à Sara. Vous êtes toute pâle.

— Arrêtez-moi à l'étage suivant. Vite.

Sara se rua dans son bureau et tira un carnet d'un tiroir. Du calme, se dit-elle. Procédons par ordre. Elle se remémora chaque mot de sa conversation avec Malcolm. « Sans ça vous ne l'auriez pas eue. » Sans ça je ne l'aurais pas eue. Je ne l'aurais pas eue. Elle ouvrit le carnet à une page blanche. Pourquoi Stockwell réclamait-il cette affaire ? se demanda-t-elle. Les réponses auxquelles elle avait déjà songé lui revinrent en mémoire : parce qu'il connaît Kozlow, parce qu'il déteste Kozlow, parce qu'il veut punir Kozlow.

Bon Dieu ! se dit-elle soudain. C'est là que ça a commencé. Depuis le premier jour, il guettait sa faiblesse. Elle ferma les yeux, s'efforçant de deviner le reste. Finalement, toutes les pièces du puzzle semblèrent se mettre en place. Les poings serrés, elle sentit la fureur l'envahir. « Espèce de salopard ! » hurla-t-elle en jetant son calepin contre le mur. « Comment ai-je pu être aussi bête ? »

Claquant violemment derrière elle la porte de son bureau, Sara se précipita dans le couloir, ignorant les gens autour d'elle. Sans frapper, elle ouvrit à la volée la porte du bureau de Stockwell.

— Entrez, dit ce dernier en levant les yeux. (Sara avait l'air furieuse.) J'ai l'impression qu'il y a un problème.

— Vous saviez, n'est-ce pas ?

— Excusez-moi, répondit Stockwell, pourriez-vous me dire de quoi il s'agit ?

— Ne jouez pas au plus fin avec moi. Vous saviez depuis le début, n'est-ce pas ? Le premier jour, quand nous nous sommes rencontrés dans l'ascenseur, vous saviez exactement qui j'étais. Vous connaissiez mon nom, mes références, mon passé. Et surtout, vous saviez à quel point je voulais obtenir une affaire.

— Sara, je n'ai pas la moindre idée de ce que…

— Ça n'était même pas si difficile que ça à organiser, hein ? Il suffisait de donner à Malcolm une bonne excuse et de trouver la poire. Quelqu'un qui ferait du bon travail, mais facile à influencer. Quelqu'un de déterminé, mais encore trop naïf pour soupçonner quoi que ce soit. Quelqu'un de vulnérable. Et aux abois. Et qui s'emparerait du dossier. Quelqu'un comme moi.

— Mon Dieu ! Quelle histoire me racontez-vous là ?

— Depuis le début, je me maudis d'avoir été aussi stupide, aussi ambitieuse. Mais il y avait autre chose, n'est-ce pas, monsieur Stockwell ? Je n'ai pas détourné ce dossier toute seule. Vous m'avez poussée à le faire, vous m'avez manipulée.

Une petite mimique passa comme un nuage sur le visage de Stockwell.

— C'est incroyable ! reprit Sara. Pourquoi ? Pourquoi n'avez-vous pas gardé cette affaire ?

— Je vous répète que je ne sais pas de quoi vous voulez parler. J'imagine que ce Kozlow ne vous laisse pas une minute de répit.

— Vous êtes un vrai salaud ! Stockwell, fit Sara entre ses dents.

— Peut-être, mais je me casse infiniment moins la tête.

— Vous en êtes sûre ? demanda Conrad. Ça paraît insensé.

— Comment ça, insensé ? rétorqua Sara. C'est Stockwell.

— Résumons : quand vous étiez au BAJ, le premier jour, Stockwell non seulement savait que Malcolm allait déposer ce dossier, mais il lui avait dit de faire en sorte que vous le preniez ?

— Exactement.

— Si Stockwell ne voulait pas cette affaire, pourquoi tout simplement ne pas la prendre ? Et s'il voulait que des poursuites soient engagées, pourquoi vous la donner à vous ? Sans vouloir vous vexer, il y a ici des gens qui ont plus d'expérience que vous.

— Pour que Kozlow ou Rafferty ne sachent pas qu'il n'en voulait pas.

— Vous ne croyez donc plus que Stockwell étouffe des affaires ?

— Non, je crois seulement qu'il ne voulait pas étouffer cette affaire-ci. (Visiblement, Conrad ne comprenait pas.) Reprenons tout depuis le début, fit Sara. Je suis toujours convaincue que Stockwell trempe dans des histoires louches. Je crois qu'il a un certain nombre de clients fortunés qui le payent très cher pour étouffer des affaires pas trop voyantes, et je le crois pourri jusqu'à la moelle. À mon avis, une des relations haut placées de Rafferty lui a un jour parlé de Stockwell, et quand Kozlow a été arrêté, Rafferty s'est précipité chez lui. Mais Stockwell n'est pas idiot. Il sait bien que sa petite entreprise ne peut fonctionner que si tout le monde garde le silence. Or, comme nous le savons, le dénommé Kozlow n'est pas vraiment du genre discret.

— Donc Stockwell a envoyé promener Rafferty.

— Exactement. Mais Rafferty non plus n'est pas idiot. Comme il savait que Stockwell était corrompu, il a menacé de tout révéler si celui-ci ne faisait pas un tour de magie avec l'affaire Kozlow. Stockwell, lui, savait qu'il ne pouvait pas faire disparaître cette affaire sans se mettre en danger, mais, d'un autre côté, s'il refusait, Rafferty le faisait plonger. Problème : comment se débarrasser d'une affaire sans en avoir l'air ?

— En faisant en sorte que quelqu'un s'empare du dossier.

— Ça commence à vous rappeler quelque chose ?

Conrad se leva de son siège et se prit à regarder par la fenêtre.

— C'est très ingénieux de la part de Stockwell.

— Ce type a de la ressource. Il ne va pas risquer sa carrière pour un charlot comme Kozlow. Il n'avait plus qu'à feindre la colère, et raconter à Rafferty et à Kozlow que l'affaire, désormais, lui avait échappé. Il leur rend peut-être quelques services… transmettre des informations, prendre quelques photos… comme ça il leur prouve qu'il est bien de leur côté.

— Donc, depuis le début, il vous surveille ?

— Soit il renseigne Rafferty, soit il s'assure que je ne fouille pas trop loin dans ses anciennes affaires.

Conrad se retourna vers elle.

— Il y a encore quelque chose que je ne comprends pas. Pour que Stockwell sache que vous alliez venir cette après-midi-là, il a bien fallu que quelqu'un le renseigne. À part vous et Jared…

— Une seule autre personne savait où je me trouvais, dit Sara.

Au même moment, Guff fit son entrée dans le bureau de Conrad.

— Qu'est-ce que vous avez, tous les deux ? demanda Guff. Vous avez l'air bizarre.

— Ça va, ça va, bredouilla Sara. Ce n'est rien.

— Écoutez, si vous avez encore envie de vous embrasser, ne vous gênez pas pour moi.

— Ça suffit, dit Conrad. Ça n'est pas drôle.

— Guff, pourriez-vous nous laisser seuls un moment ? demanda Sara.

— Pourquoi ? C'est si secret que ça ?

— Je vous en prie, insista sèchement Conrad.

— D'accord, d'accord, vous avez besoin de vous retrouver tous les deux, je comprends. (Il se dirigea vers la porte.) Mais ne vous en prenez pas à moi. Je suis de votre côté.

Dès qu'il eut quitté la pièce, Sara se tourna vers Conrad.

— Ne me dites quand même pas que c'est lui ! Impossible. Je connais ce garçon depuis son arrivée ici. Ça n'est pas du tout son genre.

— Peu importe depuis combien de temps vous le connaissez ! Ça ne peut être que lui. D'abord, c'est lui qui m'a amenée au BAJ. Sans lui, je n'y serais jamais allée.

— Écoutez, Sara, il vous rendait un service.

— Mon Dieu… Ça veut dire que Rafferty sait que Jared et moi avons parlé.

— C'est inconcevable. Personne ne sait rien.

— Dans ce cas, comment expliquez-vous…

— Je n'ai pas besoin d'expliquer, coupa Conrad. Je connais Guff. Et surtout je lui fais confiance. Il ne vous aurait jamais fait une chose pareille.

— On peut faire confiance aux gens, rétorqua Sara. Mais ça ne les empêche pas, un jour ou l'autre, de vous poignarder dans le dos.

Ce soir-là, Sara ne rentra chez elle qu'à vingt heures trente. En se dirigeant vers la chambre, elle entendit le cliquetis du clavier de l'ordinateur. Elle lut par-dessus son épaule : « *Bonsoir, ma chérie. Comment s'est passée ta journée ?* » Il se retourna et la vit. « *Que s'est-il passé ?* » écrivit-il.

Elle leva le doigt, puis lui dit à haute voix, d'un ton agacé :

— Ça t'ennuierait d'aller au salon ? J'ai du travail à faire, ici.

— Comme tu voudras, répondit sèchement Jared.

Il se leva et, feignant la colère, se rendit au salon. Il alluma la télévision, retourna doucement dans la chambre et lut par-dessus l'épaule de Sara : « *Je crois que Guff est contre nous. C'est quand même lui qui le premier jour m'a amenée au BAJ.* »

Jared s'assit devant le clavier.

« *L'accusation est grave, Sara. À ta place, je vérifierais les moindres détails avant de détruire cette relation.* »

Comprenant que son mari avait raison, elle répondit : « *On a un calendrier ?* » « *Dans ma serviette* », répondit Jared. « *Mon agenda électronique.* »

Sara trouva la petite machine dans la serviette de Jared et appuya sur la touche « Calendrier ». Des mots apparurent sur l'écran : « Appeler le spécialiste des jurys. Terminer les interrogatoires. Appeler l'imprimeur. » Appuyant ensuite sur la touche « *Up* », elle remonta au lundi 8 septembre, son premier jour au parquet. Mais lorsque les mots apparurent sur l'écran, Sara crut défaillir. Une seule indication figurait ce jour-là : « Appeler V.S. » et, sous les initiales, un numéro de téléphone. Le préfixe 335 indiquait un numéro au parquet. Elle lut à nouveau les initiales. « V.S. » Victor Stockwell !

Elle jeta un regard à Jared, puis au numéro de Stockwell. Inimaginable.

Lorsqu'elle leva les yeux, Jared l'observait.

« Ça va ? » demanda-t-il silencieusement, avec les lèvres.

Elle hocha la tête et referma l'agenda électronique. Ce n'était pas Guff, mais Jared. Sentant ses jambes se dérober sous elle, Sara retourna auprès de l'ordinateur.

Sur l'écran, Jared avait écrit une question : « *Qu'a fait Guff pour que tu le soupçonnes ?* »

Luttant contre le tremblement de ses mains, elle répondit : « *Rien. Ça n'est qu'une impression.* »

17

— Je vous avais bien dit que ce n'était pas Guff, lui dit Conrad, le lendemain matin. Je savais que ça ne pouvait pas être lui.

— Je ne me soucie guère de Guff, répondit Sara d'une voix lasse.

Elle appuya la tête sur ses bras croisés, posés sur le bureau. Elle n'avait pas levé les yeux depuis le début de son récit.

— J'ai besoin de votre aide pour Jared. Peut-être que je me trompe. Ça n'est peut-être pas lui.

— Mais qu'est-ce que vous racontez ? Bien sûr que c'est Jared.

Elle garda la tête sur le bureau. Ce n'était pas ce qu'elle avait envie d'entendre. Elle sentit son estomac se serrer. Ce n'était pas possible. Pas concevable.

— Sara, vous vous sentez bien ?

Elle avait l'impression de s'être vidée de tout et ne répondit pas. Il ne s'agissait pas d'un quelconque ami. Ou d'un nouveau collègue. C'était son mari. Elle était censée tout savoir de lui. Tout. Elle se l'était répété plusieurs fois la veille, pour s'aider à s'endormir. Et c'est ce qu'elle avait mentalement opposé aux conclusions de Conrad. Mais certains détails s'imposaient impitoyablement à elle. Quand il le voulait, Jared pouvait être le pire des manipulateurs. Au cours du mois précédent, elle avait eu plusieurs fois l'occasion de s'en apercevoir. Et cet appel à Stockwell… c'était la seule façon dont il avait pu apprendre son arrivée. Inlassablement, Sara retournait la question dans son esprit, mais la réponse ne parvenait pas à s'imposer à elle.

— Comment ? dit-elle finalement à Conrad. Ça n'a aucun sens.

— Mais bien sûr que si, répondit Conrad. J'ai vu Jared à l'œuvre. Il peut jouer franc-jeu, mais il peut aussi être tortueux, comme tout le monde. C'est comme ça qu'il a fouillé dans votre serviette. Dès qu'il vous a parlé de Rafferty, je vous ai dit qu'il fallait vous méfier.

— Vous l'avez fait seulement parce que vous êtes jaloux de lui.

— Non, dit-il d'un ton grave, je pense seulement qu'il cache quelque chose.

— Mais pourquoi ? Il déteste Rafferty.

— Là, je suis d'accord. Mais ça ne signifie pas que Jared ne travaille pas avec Stockwell. Ça n'a aucun rapport.

Une fois encore, Sara sentit son estomac se serrer.

— Et pourquoi me ferait-il une chose pareille ?

— Y a-t-il quelque chose d'embarrassant dans son passé ? Peut-être Stockwell et lui ont-ils enterré des affaires ensemble... Jared trouve les clients et Stockwell fait disparaître le dossier. Ou peut-être est-il victime d'un chantage. Peut-être cherche-t-il à se venger de quelque chose que vous lui auriez fait. À mon avis, la nuit où vous l'avez retrouvé à Brooklyn, il vous a roulée dans la farine.

— Arrêtez ! s'écria Sara. C'est impossible. Rien de tout cela n'est vrai.

— Écoutez, Sara, je sais que c'est dur, mais vous ne pouvez pas vous aveugler à ce point. Ouvrez les yeux et réglez le problème !

— C'est ce que je fais.

— Certainement pas ! Sans ça, vous auriez déjà mis les pieds dans le plat et vous lui auriez demandé pourquoi il avait appelé Stockwell.

Sara se rendait bien compte qu'il avait raison. Elle aurait dû lui demander des explications au moment où elle avait découvert le numéro de Stockwell dans son agenda.

— Ça n'est pas aussi facile que vous le croyez.

— Appelez-le, c'est tout. S'il dit qu'il n'a jamais parlé à Stockwell, vous saurez qu'il ment.

Sara décrocha son téléphone et composa le numéro de Jared.

— Allez ! dit-elle en entendant la sonnerie à l'autre bout du fil. Décroche !

— Bureau de M. Lynch, répondit Kathleen.

— Bonjour, Kathleen. C'est moi. Jared est là ?

— Je vais voir. Ne quittez pas.

Incapable de rester en place, Sara se leva, mais Conrad la saisit par les épaules et la força à se rasseoir. Quelques instants plus tard, Jared répondit.

— Sara ?

— Tu as un moment ? demanda-t-elle en s'efforçant de garder son calme.

— Bien sûr. Que se passe-t-il ?

— Rien. J'ai simplement une question à te poser. Connais-tu un type nommé Victor Stockwell ?

— Je te l'ai déjà dit... seulement de réputation. Pourquoi ?

— Lui as-tu déjà parlé au téléphone ?

Court moment de silence à l'autre bout du fil.

— Non. Pourquoi ?

Elle leva les yeux vers Conrad et secoua la tête.

— Jared, y a-t-il quelqu'un dans ton bureau ?

— Mais que se passe-t-il ? Tu vas bien ?

— Ça va. Je voudrais seulement que tu répondes à ma question. As-tu déjà parlé avec Stockwell ?

Jared ne répondit pas.

— Je t'en prie, mon chéri, tu peux me le dire.

— Non, répéta-t-il. Pourquoi...

Mais avant qu'il eût pu finir sa question, Sara avait raccroché. Une douleur pointue lui transperçait la poitrine.

— Je sais que c'est dur, dit Conrad en lui posant la main sur l'épaule.

Sara ferma les yeux. « Du calme, tentait-elle de se persuader. Il y a des centaines d'explications logiques. » Mais plus elle réfléchissait et moins il lui en venait à l'esprit. Elle comprit alors que tout était fini. Il avait à jamais disparu de sa vie. La sonnerie du téléphone retentit, déchirant le silence. Elle ne décrocha pas. La sonnerie retentit à nouveau. Elle ne décrocha qu'à la troisième.

— Non ! dit Conrad.

— Jared, je ne veux pas entendre tes excuses pitoyables, dit-elle.

— Pardonne-moi, fit Jared. Je n'aurais pas dû te mentir comme ça.

— Ah bon, l'histoire a changé, maintenant ?

— Sara, je t'en prie, je te dis la vérité... Je lui ai parlé une fois. C'est tout.

Elle se boucha l'autre oreille et se détourna. C'était encore pire.

— Sara ? Sara, tu es là ?

— Oui, murmura-t-elle.

— Ne te mets pas en colère, supplia-t-il. Je sais que ça a l'air affreux, mais c'était pour la bonne cause.

— Je t'écoute.

— Bon, voilà l'histoire.

— Tu vas vraiment m'avouer pourquoi tu l'as fait, ou bien tu vas improviser ?

— Sara, je te jure que je ne l'ai appelé que pour t'aider. La veille de ton premier jour au parquet, tu étais tellement anxieuse que je me suis dit qu'il fallait faire quelque chose. Alors pendant que tu préparais ta serviette, je suis allé dans la chambre et j'ai appelé le juge Flynn. Je sais que tu ne voulais demander aucun passe-droit, mais tu aurais dû te voir : cet article dans le *Times* t'avait rendue folle. Je ne pouvais pas rester comme ça sans rien faire. Je lui ai raconté ce qui se passait et je lui ai demandé s'il avait une idée. Il m'a répondu qu'il fallait me débrouiller pour que tu aies une affaire. Puis il a donné quelques coups de téléphone et m'a parlé du BAJ. Il avait appris que Victor Stockwell serait superviseur le lendemain, et il m'a donné son numéro. Le lendemain matin, j'ai appelé Stockwell. Je lui ai expliqué la situation, et lui ai dit que s'il pouvait te donner un coup de main, le juge Flynn en serait très heureux. Il m'a répondu qu'il verrait ce qu'il pouvait faire, mais c'est la dernière fois que j'ai eu affaire à lui. Ensuite, j'ai appris que tu avais obtenu une affaire.

— Jared…

— Je sais ce que tu vas dire. Je n'aurais jamais dû faire une chose pareille ; je n'aurais pas dû agir comme ça derrière ton dos. Je sais que ça n'était pas bien. Mais je ne voulais pas te voir sombrer. Ça me brisait le cœur de te voir comme ça.

— Alors pourquoi ne m'as-tu pas raconté tout ça, l'autre soir ?

— Je voulais t'en parler. Vraiment. Mais j'ai craint qu'en apprenant ce que j'avais fait tu ne recommences à douter de toi. Je ne voulais pas que tu perdes cette confiance retrouvée. Alors j'ai fait un mauvais choix, et j'ai décidé de ne pas t'en parler. De toute évidence, je me suis trompé.

— C'est vrai ?

— Je te raconte exactement ce qui s'est passé. Je ne veux plus te mentir.

— Dix fois ça suffit, c'est ça ?

— Je comprends que tu ne me croies pas, mais je te jure que c'est la seule raison qui m'a poussé à agir. Quand tu m'as appelé, tout à l'heure, tu m'as eu par surprise.

— Alors laisse-moi te poser une dernière question : pourquoi m'avoir laissée soupçonner Stockwell pendant aussi longtemps ? Tu savais que je devenais folle. Pourquoi ne pas m'avoir aidée ?

Il demeura un long moment silencieux.

— Je… Je ne sais pas, dit-il enfin. J'ai seulement décidé de ne pas le faire. C'est tout. Je regrette.

Sara fut choquée par sa réponse.

— C'est ça ? Tu as « seulement décidé de ne pas le faire » ?

— Je te le jure, Sara. C'est la bonne réponse. Je ne voulais pas te blesser… Je voulais seulement t'aider.

— Bon, dit-elle sans vraiment savoir si elle le croyait. On en reparlera.

— D'accord, on en reparlera.

Sara raccrocha, non sans avoir remarqué l'inquiétude dans la voix de Jared. Elle regarda Conrad.

— Alors ? s'enquit ce dernier.

— Je ne sais pas. J'ai l'impression à la fois qu'il ment et qu'il dit la vérité.

— Vous êtes folle ?

— Vous n'avez même pas entendu ses explications.

— Je vous écoute.

Sara lui fit part de sa discussion avec Jared.

— Mais enfin, Sara ! s'écria-t-il lorsqu'elle eut terminé. Il vous ment, vous lui raccrochez au nez, et il vous rappelle dès qu'il a réussi à inventer une histoire qui se tient à peu près. Après tout, vous n'aviez fait que lire un article sur les restrictions budgétaires… Vous croyez que c'est suffisant pour qu'il appelle Victor Stockwell ?

Et avant que Sara ait pu répondre, il ajouta :

— Et si vous me laissiez faire une recherche sur votre téléphone privé ? Si ce que dit Jared est vrai, on retrouvera la trace de son coup de téléphone ce soir-là. Un appel au juge ; c'est tout ce qu'on recherche.

— J'hésite, dit Sara. À part sur un point, il m'a donné des explications convaincantes. Je crois que je dois lui faire confiance.

— Sara, ne soyez pas idiote. Il n'a même pas…

— Ne me traitez pas d'idiote, Conrad ! Vous croyez tout savoir sur l'amour et le droit, mais il y a une différence entre les deux. Si je commence à vérifier nos factures de téléphone, je gâche la dernière chance qui nous reste.

— Vous préférez ne pas regarder la réalité en face ?

— Vous êtes donc à ce point désabusé ? C'est ça le résultat de toutes vos années ici ? Il ne s'agit pas d'aveuglement, il s'agit de foi.

— Je sais ce que c'est que la foi. Seulement je ne…

— C'est mon mari.

Guff entra alors dans le bureau sans frapper, tenant à la main une grosse enveloppe en papier kraft.

— Pourquoi ne pas le lui demander ? suggéra Conrad. Après tout, là aussi c'est un manque de foi, non ?

Sara n'aimait pas la tactique de Conrad, mais elle devait bien reconnaître que l'histoire de Jared mettait Guff totalement hors de cause. Faisant le choix de l'amitié contre la peur, elle raconta tout à son assistant. Lorsqu'elle eut terminé, elle eut la surprise de voir Guff éclater de rire.

— Moi ? demanda Guff. Vous m'avez soupçonné ? C'est l'histoire la plus absurde depuis qu'Elvis a fait recouvrir son plafond de moquette.

— Vous n'êtes donc pas furieux ?

— Écoutez, Sara, si je me suis lancé dans cette affaire, ça n'est pas parce que vous êtes ma patronne. C'est parce que vous êtes mon amie. Si je commençais à me mettre en boule contre vous, ce serait ça en moins pour l'amitié.

Sara ne put s'empêcher de sourire.

— Ah, Guff, si tout le monde était comme vous.

— Le monde serait merveilleux, n'est-ce pas ? Bon, et maintenant, que comptez-vous faire pour Joues-Creuses ? Le procès commence demain.

— Laissez tomber Joues-Creuses, lança Conrad. Que va-t-on faire pour Jared ?

— Conrad, est-ce que vous pourriez arrêter ? dit Sara. Je sais que ça vous tient à cœur, mais il s'agit de ma vie, pas de la vôtre. Et si je veux la sauver, il ne me reste que quelques heures pour découvrir qui est ce type.

— Ne lui faites pas ça, dit Guff à Conrad. Nous n'avons plus le temps, maintenant.

Conrad croisa les bras sur sa poitrine, dévisagea ses deux collègues et comprit que la discussion au sujet de Jared devait être remise à plus tard.

— Dites-moi ce qu'il y a dans cette enveloppe.

— Vous vouliez des numéros de téléphone ? dit Guff. En voilà. Communications locales, longue distance, inter-États, internationales, verticales, horizontales !

Il jeta l'enveloppe sur le bureau de Sara, qui se mit à feuilleter l'épais rapport.

— Comment fait-on pour... ?

— Le relevé est au dos, dit Guff.

En parcourant le relevé téléphonique de Rafferty, Sara vit alors le numéro de Claire Doniger entouré de rouge chaque fois qu'il apparaissait.

— Si ça peut vous rassurer, Jared avait raison… il y a bel et bien des relations entre eux, dit Guff. Rafferty a beau dire qu'il ne l'a appelée que quelques fois, pendant la semaine du meurtre, il y a au moins quarante appels. Quatre le jour du cambriolage, quand nous pensons qu'Arnold Doniger a été assassiné, et cinq le jour où sa femme dit qu'il est mort. Ces deux-là n'arrêtent pas de se téléphoner.

— Bien. Et pour Joues-Creuses, où en est-on ?

— Comme avant. Nulle part.

— Quand les photos doivent-elles arriver ? demanda Sara.

— Maintenant, dit Conrad en consultant sa montre.

— Pouvez-vous…

— Je descends ! lança Conrad en se dirigeant vers la porte. Dès qu'elles arrivent en salle de courrier, je vous les apporte.

Et, remarquant l'air angoissé de Sara, il ajouta :

— Ne vous inquiétez pas. Ça va bien se passer.

— Je ne sais pas, dit Sara. Et s'ils sont au courant, pour Jared et moi ?

— Mais non, n'ayez pas peur, lui dit Conrad. Ils ne savent rien.

Après être passé devant le magasin de pompes funèbres, Elliott aperçut une grosse voiture bleu foncé garée devant chez lui. Il se dirigea vers la voiture et la glace s'abaissa.

— Tout va bien ? demanda Rafferty.

Elliott n'aima pas le ton de la question.

— Pourquoi ça n'irait pas ?

— Pour rien. Je voulais seulement savoir si vous aviez du nouveau pour Sara.

Elliott comprit alors qu'il se passait quelque chose. Soit Rafferty était au courant, soit il allait à la pêche aux informations.

— Rien à signaler. Pourquoi, vous avez appris quelque chose ?

— Rien à signaler, reprit Rafferty d'un ton sarcastique. Mais quand le procès commencera, je m'attends à un ouragan.

— Ça devrait être excitant. Il faudra me raconter.

— Mais bien sûr. Je ne compte pas vous oublier.

— Ce qui signifie ?

— Rien, dit Rafferty. C'est simplement pour m'assurer que nous nous comprenons bien.

— Ça a toujours été le cas, et ça le sera toujours, répondit Elliott. Alors, on se revoit quand tout ça sera terminé ?

Rafferty acquiesça.

Tandis que la voiture s'éloignait, Elliott gagna la porte d'entrée de son immeuble. « Pas de panique, songea-t-il. Tout se met en place. » Une fois dans l'appartement, il ouvrit le cadenas de la malle qui lui servait de table basse. Il tira délicatement une boîte de la malle, la posa sur le canapé et l'ouvrit. À l'intérieur se trouvaient six paires de mains de mannequin en plastique. Sous les mains, écrit à l'encre noire, on lisait le nom de Warren Eastham.

Elliott emporta les mains à la cuisine et les posa debout sur la table. Puis, avec le plus grand soin, il remonta ses manches et ôta de ses propres mains les fins gants de latex transparents portant les empreintes digitales d'un homme mort depuis presque huit mois. Lorsqu'il enfila les gants sur les mains en plastique, Warren Eastham retourna une nouvelle fois à la mort, tandis qu'Elliott revenait à la vie.

— Mais enfin, bon sang, que fait-il ? demanda Sara en levant les yeux de son exposé introductif. Ça fait presque vingt minutes.

— Vous êtes déjà allée en salle de courrier ? demanda Guff, occupé à rassembler les dossiers des témoins. Il faut presque un mois et demi pour retirer un paquet à l'avance.

— Je ne peux pas attendre, moi.

— On fait au mieux, Sara, vous le savez bien.

Désireux de changer de sujet, il prit sur le bureau de Sara sa photo de mariage.

— Vous avez fait un grand mariage ? demanda-t-il.

— Énorme. La famille de Jared ne fait rien à moitié.

— Vous connaissez donc toute sa famille ? Il n'y a pas de secrets entre vous ?

Sara abandonna son exposé introductif et regarda son assistant.

— Vous commencez à douter, c'est ça ?

— Ce ne sont pas des doutes… mais en général Conrad a de bonnes intuitions pour ce genre de choses. En outre, l'histoire de Jared…

— Je reconnais qu'il y a quelques trous. Mais on doit pouvoir tout expliquer.

— Non, vous avez raison. Oubliez ce que j'ai dit. Il faut lui faire confiance.

— Et Conrad ? demanda alors Sara. Vous croyez qu'on peut lui faire confiance ?

— Ne commencez pas avec ça. Jamais Conrad ne…

— Ce n'est qu'une question. Si on se met à douter, autant essayer avec tout le monde.

— Vous pensez donc que Conrad aurait partie liée avec Stockwell ?

— En fait, je pense que personne n'a partie liée avec Stockwell. Mais je me demande quand même pourquoi Conrad a tellement envie de nous empêcher de parler, Jared et moi.

— La réponse me semble évidente, vous ne croyez pas ?

— Peut-être, dit Sara. Mais ça mérite quand même réflexion. À propos…

Elle chercha un numéro sur son agenda.

— Qui voulez-vous appeler ?

— Notre médecin légiste préféré, répondit-elle en composant le numéro.

— Très bien. Pendant ce temps-là, j'ai moi aussi quelques coups de fil à passer.

— Docteur Fawcett, répondit une voix au téléphone.

— Bonjour, docteur, ici Sara Tate, du parquet de New York. Je voulais vous rappeler de nous envoyer une copie du rapport d'autopsie avant le procès… J'en ai besoin comme pièce à conviction, et la mienne est tout annoté.

— Vous êtes sûre de ne pas en avoir déjà un ? Je vous ai envoyé la version définitive il y a déjà quelques semaines. Par coursier.

— Ah bon ? dit Sara, soupçonneuse.

— Mais oui. Évidemment, c'est facile de vous en adresser une nouvelle copie, mais…

— Guff, avez-vous envoyé un coursier au cabinet du Dr Fawcett ? demanda-t-elle en couvrant de sa main le micro du combiné.

Au fond du bureau, Guff secoua la tête.

— Pas du tout.

— Je voudrais vous poser une question, dit alors Sara au médecin. Est-il possible de trafiquer des empreintes digitales ?

— Qu'entendez-vous par « trafiquer » ?

— Faut-il que quelqu'un ait vraiment posé sa main quelque part pour y déposer des empreintes ?

— Il y a quelques années, je vous aurais répondu « oui ». Mais plus maintenant. Ce qui est extraordinaire, de nos jours, c'est que tout est possible. Pour laisser vos empreintes quelque part, on n'a besoin que de la copie de ces empreintes sur un morceau de papier. Avec ça, on fait une photocopie, puis, quand la photocopie est encore chaude, on dépose dessus un ruban adhésif spécial et on décolle l'empreinte.

— On la décolle de la photocopie ?

— Eh oui, répondit Fawcett. On se sert parfois du toner de photocopieuse comme poudre à empreintes digitales. Une fois qu'on l'a sur le ruban adhésif, on peut la remettre n'importe tout. Et hop ! Vous étiez là où on voulait que vous soyez.

— Et sans ruban adhésif ? Quelqu'un pourrait-il recouvrir ses propres empreintes digitales par celles de quelqu'un d'autre ?

Long silence à l'autre bout du fil.

— Si on veut, finit par répondre le médecin légiste, on doit pouvoir faire ça avec des gants en latex. Évidemment, il faut garder les gants un peu humides, mais c'est possible.

— Je ne comprends pas.

— Dans les véritables empreintes, on trouve toujours des restes de sécrétions des glandes sudoripares ou d'autres produits hétérogènes, comme de la graisse ou de la poussière. Mais si on suce les gants ou si on les enduit d'un tout petit peu d'huile, on peut obtenir des empreintes semblables à de vraies empreintes. Le fin du fin, bien sûr, c'est de copier les empreintes originales, mais comme je l'ai dit, ça n'est pas impossible. Pourquoi ? Vous voulez vous faire faire une paire de gants ?

— Non, je veux *retrouver* une paire de gants.

Dix minutes plus tard, Conrad revint avec une boîte en carton, qu'il posa sur le bureau de Sara.

— Et voilà le travail.

Sara se leva et vit que la boîte contenait des milliers de photographies soigneusement rangées. Chacune représentait un homme en uniforme posant devant un drapeau américain.

— Lorsqu'il est entré dans l'armée, expliqua Conrad, Kozlow a été affecté à Fort Jackson, en Caroline du Sud. Il a fait la moitié de son entraînement initial, puis il s'est battu avec un de ses camarades et a été viré peu de temps après. Apparemment, il ne tenait pas à subir les conséquences de son comportement.

— Alors, qu'y a-t-il sur ces photos, demanda Sara en les feuilletant distraitement, tous les hommes de son groupe ?

— Son groupe ? reprit Conrad en écho. Vous ne connaissez donc rien à la terminologie militaire ? Un groupe compte deux ou trois personnes, une escouade neuf, un peloton comporte trois ou quatre escouades, une compagnie trois ou quatre pelotons, un bataillon cinq compagnies, une brigade deux bataillons, et une division trois brigades, soit environ cinq mille personnes.

Sara jeta un regard sur les milliers de photos posées sur son bureau.

— Il y a donc tous les hommes de sa brigade ?

— Il y a là tous ceux qui se trouvaient à Fort Jackson en même temps que Kozlow. Et dans le premier casier, tous ceux qui appartenaient à sa compagnie d'entraînement. En regardant attentivement, vous pourrez peut-être découvrir Joues-Creuses.

Sara se mit à examiner les photos.

— C'est impossible, dit-elle quelques instants plus tard. Regardez ces types : ils sont tous pareils. Épaules carrées et cheveux en brosse, épaules carrées et cheveux en brosse, épaules carrées et cheveux en brosse. Ça devient hallucinant. J'ai l'impression de feuilleter un annuaire d'université ou un machin du même genre.

Tandis que Sara prenait une deuxième pile de photos, Guff fit irruption dans le bureau, brandissant un fax.

— Mesdames et messieurs, j'accepte d'avance vos félicitations ! Je vais vous épargner bien du tracas.

Conrad le considéra d'un air sceptique.

— Vous avez intérêt à ce que ça soit vrai.

— Et comment ! Pendant que vous fouilliez le passé militaire de notre gaillard, moi, j'ai fait la démarche inverse et j'ai fouillé dans le présent. J'ai tapé au fichier les deux noms qui sont apparus avec les empreintes de Joues-Creuses. Sol Broder et Warren Eastham n'ont presque rien en commun. Ils ne sont pas nés dans la même ville, aucun des deux n'a fait l'armée, ils ne vivaient pas dans le même coin, et pour autant que je le sache ils ne se connaissaient même pas. Seul point en commun : c'étaient tous deux des criminels. Alors j'ai fouillé dans leur dossier pour voir la nature de leurs crimes, la date d'arrestation, le nom de leur avocat, la prison où ils ont purgé leur peine. Il n'en est rien sorti. Sauf que Broder et Eastham ont tous deux purgé leur peine à la prison de Hudson ; mais Broder y était il y a quatre ans, et Eastham il y a deux ans. Ils n'y ont jamais été ensemble.

— Alors, quelle est la grande découverte ? demanda Conrad avec impatience.

— Ma grande découverte, c'est qu'en y regardant de plus près, j'ai trouvé ce qu'ils avaient en commun : quand Sol Broder a été libéré, Warren Eastham a occupé son ancienne cellule.

— Et alors ? demanda Conrad.

— Alors ça veut dire qu'ils ont eu le même compagnon de cellule, conclut Sara.

— Exactement, dit Guff en souriant. Et ce compagnon de cellule, c'est…

Guff montra la photo faxée d'un prisonnier. L'image était floue, mais il s'agissait incontestablement de Joues-Creuses.

— C'est lui ! s'écria Sara en arrachant le fax des mains de Guff. C'est le type qui m'a menacée.

— Incroyable, fit Conrad. Grâce à ça, Guff, vous allez décrocher le titre de meilleur employé du mois !

— Vous voulez dire de l'année, rectifia Guff.

— Alors comment s'appelle-t-il ? demanda Sara sans quitter des yeux la photo.

— Il s'appelle Elliott Traylor. C'est tout ce que j'ai pour l'instant, mais d'ici une heure je saurai le reste.

— Et voilà, dit Guff en lisant un dossier, debout au beau milieu du bureau de Sara. Faits et gestes de M. Elliott Traylor. Il est né dans le Queens, à New York, et il est le fils de Phyllis Traylor, qui l'a élevé seule.

— Qu'est devenu son père ? demanda Sara.

— Aucune mention du père. La famille était plutôt pauvre, et la mère travaillait à la fois comme serveuse et secrétaire. Ah, voici la partie intéressante ! D'après sa déclaration d'impôts, la mère d'Elliott a travaillé pour une société nommée StageRights Unlimited, ancien nom de… Devinez…

— Echo Enterprises, dit Conrad.

— Vous plaisantez ? s'écria Sara.

— Attendez, il y a encore mieux, annonça Guff. Lorsqu'elle travaillait à StageRights, Phyllis Traylor était la secrétaire personnelle de M. Arnold Doniger, mais elle a été licenciée quelques mois avant la naissance d'Elliott.

— Ça s'est passé il y a au moins vingt-cinq ans, dit Sara. Est-elle encore en vie ?

— Non, elle est morte il y a sept ans, d'un cancer du poumon. Elliott est allé au lycée dans le Queens, puis a obtenu une bourse d'ingénieur au Brooklyn College. D'après son dossier universitaire, c'était un étudiant génial, mais apparemment il a vécu un moment très difficile à la mort de sa mère. À l'époque, il était seulement en deuxième année.

— Pour quoi a-t-il fait de la prison ? demanda Conrad.

— Pour violences sexuelles et coups et blessures. Apparemment, il a eu un léger différend avec une femme qu'il courtisait. Elle a commencé à crier « au viol » ; il lui a lancé un coup de poing au visage et lui a brisé la mâchoire. Par chance, quelqu'un a entendu ses cris et a appelé les flics. Toujours d'après son dossier, c'est le genre de crapule violente. Mais intelligent.

— Son diplôme d'ingénieur peut expliquer l'histoire des empreintes digitales, fit remarquer Sara.

— Il y a quand même quelque chose que je ne comprends pas, dit Conrad. Quel bénéfice Elliott peut-il tirer de la condamnation de Kozlow ?

— Il est peut-être toujours furieux du licenciement de sa mère, suggéra Guff.

— Trop tiré par les cheveux, estima Sara. Et pas suffisant pour lui faire prendre tous ces risques.

— Peut-être a-t-il été engagé par quelqu'un qui hait Kozlow et Rafferty pour d'autres raisons.

— Non, là vous vous égarez, dit Conrad. Si Elliott est impliqué dans cette affaire, il doit en retirer quelque chose. N'oubliez pas qu'il y a en jeu une société qui pèse cinquante millions de dollars.

— Alors je voudrais vous demander quelque chose, dit Guff en rejoignant Sara sur le canapé. Si Rafferty n'obtient pas cet argent, qui en hérite ?

— D'après le testament d'Arnold Doniger, ses héritiers.

— Donc ce serait Claire ? demanda Guff, troublé.

— Non, le testament stipule expressément que Claire n'a droit à rien, dit Sara, et comme elle a renoncé à tout par contrat de mariage, l'argent irait aux héritiers survivants. D'abord, on regardera s'il a des enfants, ensuite…

— Attendez un peu ! l'interrompit Conrad. Et si Arnold Doniger avait un fils qu'il ne connaît pas ?

— Comment peut-on avoir un fils qu'on ne… (Un frisson glacé parcourut soudain l'échine de Sara.) Mon Dieu ! Vous pensez qu'Elliott…

— Pourquoi pas ? C'est la seule chose qui semble logique.

— Du calme ! dit Guff. Vous pensez qu'Elliott est le fils d'Arnold Doniger ?

— J'en ai bien l'impression, déclara Sara. Regardons les faits : la mère d'Elliott travaille pendant cinq ans comme secrétaire particulière d'Arnold Doniger. Avec le temps, une petite aventure sentimentale naît au bureau, et Arnold s'offre du bon temps en cachette de sa première femme. Et puis crac ! mauvaise nouvelle : la mère d'Elliott tombe enceinte. Six mois avant l'accouchement, Arnold la fiche dehors. Il est peut-être riche comme Crésus, mais il ne peut pas se permettre de ruiner son mariage et sa réputation à cause d'un enfant illégitime.

— Je suis d'accord avec vous, dit Conrad. Six mois plus tard, naissance d'Elliott. Sa mère n'a ni argent ni travail… ni mari, d'après le certificat de naissance. Quand Elliott est en âge de comprendre, sa mère lui raconte l'histoire de son père, et Elliott nourrit une véritable haine à l'égard de l'homme qui ne reconnaît pas son existence. Alors, quand survient l'occasion de récupérer l'argent de papa – son héritage de plein droit –, Elliott fait en sorte d'être le premier sur les rangs.

— Je pense même qu'Elliott est plus impliqué encore que ça, ajouta Sara. Il dispose de beaucoup trop d'informations pour simplement se pointer le jour de la lecture du testament.

— Vous croyez qu'il a participé au meurtre ?

— C'est la seule façon d'expliquer qu'il était au courant pour la cave à vins, fit valoir Sara. Rafferty et lui ont peut-être comploté ensemble la mort de Doniger. Rafferty récupérait l'argent et Elliott assouvissait sa vengeance. Mais après l'arrestation de Kozlow, le plan s'est trouvé bouleversé, et Elliott s'est peut-être rendu compte qu'il avait encore plus à gagner que d'assouvir sa haine du père. Là, il s'est retourné contre Rafferty, et m'a poussée à gagner le procès. Ce qui veut dire, ajouta-t-elle avec dégoût, qu'il a organisé l'assassinat de son propre père.

— Je sais que c'est difficile à admettre, mais c'est très fréquent, dit Conrad.

— Mais c'est son père, lâcha Sara, écœurée. Comment peut-on tuer son père ?

— En payant Kozlow pour qu'il lui administre une surdose d'insuline.

— Il reste quand même un problème, dit Guff. Si Elliott est impliqué dans la mort, ne tombe-t-il pas lui aussi sous le coup de la loi sur le meurtre ?

— Bien sûr, répondit Sara. Mais cela signifie simplement qu'il n'est qu'une petite frappe cupide. Et puis la seule façon de prouver qu'Elliott était impliqué dans la mort d'Arnold Doniger, c'est si Rafferty le dénonce. Et en faisant ça, il reconnaîtrait du même coup sa propre participation à l'assassinat.

— Ce qu'il ne fera jamais, parce que, dans ce cas-là, adieu l'argent d'Arnold ! dit Conrad.

— Exactement.

— Vous croyez ? demanda Guff d'un air sceptique. Ça me paraît un peu tiré par les cheveux.

— Pas d'accord, fit Sara. Vous seriez surpris d'apprendre ce que peuvent faire les gens quand il s'agit de leur famille.

— Ou ce qu'ils ne feraient pas, renchérit Conrad. Comme par exemple se taire.

— Mais ce bizarre complexe d'Électre ? Vous croyez que…

— Peu importe, l'interrompit Sara. De toute façon, Elliott est l'homme que nous recherchons.

— Alors que fait-on, maintenant ? demanda Guff.

— C'est facile, dit Sara. Vous avez déjà entendu parler du dilemme du prisonnier ?

Ce soir-là, à vingt et une heures, Sara, Conrad et Guff rangèrent leurs affaires.

— Vous croyez vraiment que ça va marcher ? demanda Guff en enfilant sa veste.

— Ça ne peut pas rater, répondit Sara en glissant deux calepins dans sa serviette.

— Bien sûr que ça peut rater, rétorqua Conrad. Si vous en parlez à Jared, et si Jared en parle à Stockwell…

— Ne recommencez pas avec ça.

— Alors ne lui en parlez pas. Ce plan ne peut marcher que s'il reste secret. Ça veut dire que personne ne doit être au courant… notamment votre mari.

— Pourquoi êtes-vous aussi sûr que Jared est lié à Stockwell ? Pourquoi me ferait-il une chose pareille ?

— Je vous l'ai déjà dit : peut-être ne le connaissez-vous pas aussi bien que vous le croyez. Et si Stockwell et lui marchaient ensemble pour enterrer des affaires ? Stockwell a besoin de trouver des suspects riches, et comme Jared travaille dans un célèbre cabinet d'avocats, c'est le rabatteur idéal. Ce qui expliquerait d'ailleurs pourquoi il n'a pas de clients : ils sont tous passés à la trappe.

— C'est impossible.

— Vraiment ? En êtes-vous si sûre ? Réfléchissez-y, Sara. À tête reposée. Les gens ont sans cesse des faiblesses. Il ne lui faudrait qu'une incitation ; il doit en avoir marre de vivre dans un petit deux pièces ; il a besoin d'argent ; il a du mal à devenir associé…

— Je ne veux plus entendre ce genre de choses, dit-elle en bataillant pour ranger un dossier dans sa serviette. Bon Dieu, qu'est-ce que c'est que ce machin ?

— Du calme, dit Guff en l'aidant.

— Sara, si vous en parlez à Jared et qu'il joue dans l'autre camp, cette histoire va nous exploser au visage. On croira que tout se déroule comme prévu, et brusquement… Boum ! (Sara sursauta.) On sera liquidés !

Un silence pesant suivit les paroles de Conrad.

— Mais si Jared ne sait pas…

— Ça ira pour lui, Sara. Après tout, je ne vous demande pas grand-chose. Je ne vous demande pas de lui mentir, simplement de ne rien lui dire. Sans ça, on risque de voir s'écrouler tout le fruit de notre travail.

Sara se tourna vers Guff.

— Qu'en pensez-vous ?

— Je ne sais pas. Je comprends les inquiétudes de Conrad, mais en même je me dis que si vous vous méfiez de Jared, il n'y aura plus de retour en arrière possible.

— Pas de grands mots, dit Conrad. Il s'agit seulement d'un petit secret, pas plus. Alors, qu'en dites-vous ?

— Je ne sais pas, dit Sara. J'attends de voir comment ça va se passer ce soir.

Une demi-heure après son retour chez elle, Sara était assise à son bureau, devant un écran d'ordinateur. En arrivant, elle s'était attendue à trouver son mari occupé à cuisiner ou à taper sur son clavier, mais il n'y avait personne à l'appartement. Profitant de l'absence de Jared, elle avait troqué son tailleur pour un pantalon de jogging et un tee-shirt, et s'était installée devant l'ordinateur. Le moment était venu de prendre une décision. Avant son retour.

Elle pesa soigneusement les arguments. Tout au fond d'elle-même, elle avait envie de le croire. Mais plus le temps passait, plus elle regardait sa montre et plus elle doutait de lui. Et plus elle doutait de lui et plus les arguments de Conrad lui paraissaient convaincants. Elle n'avait pas besoin de mentir à Jared… il suffisait de ne rien lui dire.

Que ferait Pop à sa place ? Il dirait la vérité, songea-t-elle. Et les parents de Jared ? Ils mentiraient. Et ses propres parents ? Qu'auraient-ils fait ? Elle tira de son tiroir une photo de ses parents et alla s'asseoir sur le lit. C'était une vieille photo, prise le jour où Sara avait été admise au Hunter College. Son père était si fier que, lorsqu'ils étaient allés célébrer l'événement dans un restaurant voisin, il avait emporté la lettre d'admission pour la montrer au serveur. Puis il avait pris une photo de Sara avec la lettre. Puis de sa femme avec la lettre. Et même du serveur avec la lettre. Finalement, Sara s'était saisie de l'appareil photo en disant : « Et si on prenait des gens, pour la prochaine ? » Son père avait donc pris sa femme par l'épaule et, après avoir compté jusqu'à trois, Sara avait appuyé sur le déclencheur.

Une dizaine d'années plus tard, Sara aimait toujours cette photo, non parce qu'elle était exceptionnelle, ni parce que ses parents y étaient superbes, mais parce que chaque fois elle se rappelait cette journée, la lettre d'admission, la fierté, le serveur, le repas, et surtout les gens qui se trouvaient là.

Le bruit de la porte d'entrée tira Sara de sa rêverie. Jared était enfin rentré. Essuyant d'un coup de pouce le verre du cadre, elle comprit que le moment était venu d'abandonner les leçons du passé pour tirer celles du présent.

Lorsque Jared pénétra dans la chambre, elle vit tout de suite qu'il avait déjà préparé son excuse. Il se précipita vers l'ordinateur pour expliquer les raisons de son retard et se justifier à propos de Stockwell. Mais avant qu'il ait contourné le lit, Sara lui barra le passage. Jared se mordait la lèvre inférieure. Il avait l'air inquiet, presque angoissé, et elle pensa qu'il ne serait pas bien difficile de garder son secret. Ne rien dire. Elle s'assit devant l'ordinateur et serra les poings. « Ne regarde pas en arrière, se dit-elle, songe à l'avenir. » Et tandis que ses doigts couraient sur le clavier, Sara sentit la foi l'envahir. Par-dessus son épaule, Jared lut les mots qui s'inscrivaient sur l'écran : « *Voici le plan...* »

Au sous-sol, assis sur un carton de bouteilles de lait, il observait l'écran avec attention. L'ordinateur était lui aussi posé sur deux cartons empilés, et il éclairait la pièce d'une lueur bleuâtre. En voyant les premiers mots apparaître, il sourit, satisfait de son habileté. Il n'avait pas été difficile d'installer le branchement, mais il lui avait fallu un certain temps pour trouver le tuyau de la chaudière à gaz. Après cela, il lui avait suffi de lancer un fil lesté depuis le trou dans leur mur pour aboutir à la cave. Il fallait seulement s'assurer qu'il n'y avait personne à la maison, ce qui n'avait pas posé plus de difficulté que de connaître le lieu de leur rendez-vous à Brooklyn. Lentement, le plan de Sara apparaissait sur l'écran. En lisant, Elliott hochait lentement la tête. Aucune inquiétude à avoir. Sara, Rafferty, tous les autres… Jamais ils ne sauraient ce qui les avait foudroyés.

18

Le jour du procès, à six heures et demie du matin, Sara et Jared se retrouvèrent assis à la table du petit déjeuner, se dévisageant sans rien dire. Sara s'était préparé son petit déjeuner préféré, un grand bol d'Apple Jacks et un verre de jus d'orange, mais elle y avait à peine touché. Elle avait beau avoir tout organisé avec la plus grande minutie, il lui semblait qu'elle avait oublié quelque chose. Comme Conrad l'en avait avertie la veille, l'anxiété d'un premier jour de procès était souvent intenable. L'expérience n'y faisait rien ; non plus qu'une préparation minutieuse.

Jared était dévoré par les mêmes peurs que sa femme. Dix minutes auparavant, il avait grillé deux tranches de pain de seigle sans la croûte, mais n'en avait pas encore avalé la moindre bouchée. Depuis son entrée chez Wayne & Portnoy, il avait participé à plus d'une vingtaine de procès, occupant la place principale dans sept d'entre eux. Et bien qu'il ait eu souvent affaire à des jurés sceptiques, le premier jour était toujours semblable : manque d'appétit, estomac noué, douleurs à la nuque.

Sara repoussa son bol de céréales et son verre de jus d'orange, et griffonna quelques mots sur le coin du journal de Jared : « Bonne chance, mon amour. À tout à l'heure, au tribunal. » Puis, le plus silencieusement possible, elle déposa un tendre baiser sur son front. Une minute plus tard, elle s'en alla.

Jared était sur le point de jeter ses tartines grillées lorsque la sonnerie du téléphone retentit.

— Allô ?

— Elle a fière allure, ce matin, dit Rafferty. Beau manteau, belles chaussures, pas de bijoux. Visiblement, elle a décidé de faire bonne impression.

— Ne vous approchez pas d'elle, gronda Jared.

— Pas de menaces… Ça m'énerve.

— Où êtes-vous ? demanda Jared.

— Dans ma voiture. Juste devant chez vous. Je suis venu pour vous emmener au tribunal.

— Je n'ai pas besoin de…

— Ce n'est pas une proposition, Jared. Descendez. Tout de suite.

Jared enfila son manteau et prit sa serviette. Il s'attendait bien à une dernière intervention de Rafferty avant le procès, mais pas aussi tôt.

Dehors, il faisait un vrai temps d'hiver à New York : un ciel gris, un froid mordant. En ouvrant la portière de la voiture, il découvrit Rafferty et Kozlow.

— C'est le grand jour, chef, déclara Kozlow. Comment vous me trouvez ?

— Ça ira, dit Jared en regardant le complet qu'il lui avait fait acheter pour le grand jury. Mais n'oubliez pas les lunettes.

— Je les ai là, dit Kozlow en tapotant sa poche de poitrine. En sécurité.

En s'installant à l'arrière, Jared sentit que Rafferty le considérait avec froideur.

— Tout va bien ? demanda Jared en s'efforçant de combattre la nausée qui menaçait de le submerger.

— Je voulais voir comment vous alliez vous débrouiller.

— Eh bien, vous serez heureux d'apprendre que, hier soir, j'ai touché le gros lot : j'ai pris connaissance de ses questions à Claire Doniger et à l'agent McCabe, j'ai lu son exposé introductif, et j'ai regardé la liste de ses éléments de preuve. Ça se présente bien… nous sommes prêts à affronter ce qu'elle amènera.

— Et la sélection du jury ?

— Vous me prenez pour un débutant ? Je sais exactement ce qu'il nous faut : des femmes, blanches, études supérieures… et si possible un peu de gauche. Elles sont plutôt du côté des accusés. Et elles détestent les procureurs femmes.

— Et Sara, quel genre de jurés a sa préférence ?

— Ne vous inquiétez pas pour Sara. Elle n'a encore jamais sélectionné de jurés. Je suis sûr que Conrad l'aura cornaquée, mais elle se retrouvera quand même seule.

— Vous pensez donc avoir la situation bien en main ? demanda Kozlow. Vous croyez avoir toutes les chances de gagner ?

— En matière de défense pénale, il n'y a pas de chances, rétorqua Jared. Soit les jurés avalent vos bobards, soit ils voient bien ou vous voulez en venir, et ils vous font plonger.

— Dans ce cas, ils ont intérêt à avaler vos bobards, menaça Rafferty.

— Écoutez, je n'ai pas besoin de vos…

— Non, c'est vous qui allez m'écouter ! le coupa Rafferty. Il n'y a pas de chances, dites-vous ? Ça, je ne veux pas l'entendre ! Et vous n'êtes pas sûr du résultat ? Ça non plus, je ne veux pas l'entendre ! Tout ce que je veux vous entendre dire, c'est que vous allez gagner cette putain d'affaire ! Compris ? Alors, vous allez me dire : « Monsieur Rafferty, nous allons gagner ce procès. »

Jared garda le silence.

— Allez-y, répétez après moi, reprit Rafferty : « Monsieur Rafferty, nous allons gagner ce procès. C'est sûr, je vais gagner ce procès pour vous. »

Jared ne dit toujours rien.

— Vous êtes sourd ? lança Kozlow en appuyant son pouce sur la blessure de Jared au menton. Putain, dites-la, cette phrase !

Jared jeta un regard mauvais à Rafferty.

— Monsieur Rafferty, nous allons gagner ce procès. C'est sûr, je vais gagner ce procès pour vous.

— À la bonne heure ! dit Rafferty. Voilà exactement ce que je voulais vous entendre dire, monsieur Lynch.

Devant la salle d'audience, Sara attendait avec impatience la venue de Conrad. Ils ne devaient se retrouver que vingt minutes plus tard, mais elle avait pris l'habitude de voir Conrad arriver en avance. Et pour elle, s'il n'était pas en avance, c'est qu'il était en retard. Trop angoissée pour attendre encore dans le couloir, elle se rendit aux toilettes pour se passer les mains sous l'eau chaude. C'était un truc que lui avait enseigné Pop avant son premier entretien d'embauche dans un cabinet d'avocats : d'après lui, c'était le seul moyen d'éviter les mains moites.

Elle garda les mains sous l'eau pendant près d'une minute, puis il lui sembla entendre un bruit dans les cabines, derrière elle. Elle ferma le robinet et regarda dans le miroir. Personne. Elle jeta un coup d'œil sous les portes qui ne descendaient pas jusqu'en bas. Toujours personne. Il ne va pas recommencer, se dit-elle. Lentement, elle ouvrit l'une après l'autre les quatre cabines. Vides. En ouvrant la dernière d'un coup de pied, il lui sembla voir quelque chose derrière elle. Elle se retourna vivement mais ne vit rien. « Ne te laisse pas impressionner comme ça », se dit-elle, encore tremblante. Mais ses mains étaient à nouveau couvertes de sueur.

Après une nouvelle séance sous le robinet d'eau chaude, Sara reprit sa faction devant la salle d'audience. Toujours pas de Conrad. Finalement, à neuf heures moins dix, elle le vit arriver au bout du couloir. Du pas décidé qui lui était habituel, il se dirigea vers la salle d'audience.

— Prête ? lui demanda-t-il.

— Je n'en suis pas sûre. C'est normal d'être sur le point de s'évanouir ?

— C'est votre premier procès… et pas n'importe lequel. Je comprends que vous ayez la frousse.

— La frousse, c'est une chose, mais avoir envie de vomir, c'en est une autre.

— Tout ça est parfaitement normal. Maintenant, chassez ça de votre esprit et allez-y. Croyez-moi, dès le moment où le juge aura abattu son marteau, vous serez dans votre élément. Tous les grands avocats et les grands magistrats ont la même réaction. Au cours d'un procès, on a plus de présence d'esprit que d'habitude ; l'émotion frappe ensuite.

— J'espère que vous avez raison, dit Sara en pénétrant dans la salle d'audience. Parce que sinon, vous devrez me ramener au bureau.

Elle promena le regard autour d'elle. Ni Claire Doniger ni l'agent McCabe ne se trouvaient là. Il n'y avait que l'huissier, le sténographe et deux employés du tribunal.

Sara posa sa serviette sur la table de l'accusation et se tourna vers Conrad.

— Vous ne croyez pas…

Elle s'interrompit en voyant Jared et Kozlow pénétrer dans la salle.

Jared lança un regard glacial à sa femme puis s'installa à la table de la défense, tournant le dos à Sara et à Conrad.

— Vous n'allez pas les saluer ? demanda Kozlow.

— Fermez-la, dit Jared en ouvrant sa serviette.

Pendant dix minutes, les deux parties attendirent en silence à leur place l'arrivée du juge Bogdanos. De temps à autre, Sara jetait un regard par-dessus son épaule, examinant l'assistance.

— Il y a un problème, dit-elle finalement à Conrad. Je crois qu'on a des ennuis.

Mais avant que Conrad ait pu répondre, l'huissier annonça :

— Tout le monde debout ! L'honorable Samuel T. Bogdanos, président de la cour.

Caressant sa barbe bien taillée, Bogdanos prit place et fit signe à tout le monde de se rasseoir. Après avoir vérifié que les deux parties étaient présentes, il demanda s'il y avait des requêtes ou quelque sujet à discuter avant la sélection du jury.

— Non, dit Sara.

— Non, Votre Honneur, dit Jared.

— Eh bien, commençons. Mitchell, s'il vous plaît, faites entrer les jurés.

Le plus grand des deux employés du tribunal quitta la salle et revint avec vingt jurés potentiels. Tandis que ces derniers s'installaient peu à peu dans le box qui leur était réservé, Guff fit irruption dans la salle, l'air hagard, et attira l'attention de Sara.

— Il faut que je vous parle, lui annonça-t-il.

— Pourquoi ? dit-elle. Je pensais que…

— Oubliez tout ça. On a des problèmes.

Voyant que les jurés n'avaient pas fini de prendre place, Sara alla rejoindre son assistant.

— J'espère que c'est sérieux. Il ne faut pas que la cour ait une mauvaise impression de…

— Claire Doniger est morte, annonça-t-il en l'interrompant.

— Quoi ? C'est impossible !

— Je vous dis qu'elle est morte. On a retrouvé son corps ce matin. Elle a été massacrée… la gorge tranchée, un couteau planté dans le crâne… elle était complètement mutilée.

— Madame Tate, dois-je vous rappeler que nous devons sélectionner un jury ? fit remarquer Bogdanos, visiblement agacé.

Sara se retourna et vit que tout le monde la regardait, depuis le juge jusqu'à Kozlow, en passant par Jared et les jurés.

— Puis-je venir vous parler, Votre Honneur ? demanda Sara.

— Non, madame Tate, c'est impossible. J'ai déjà demandé si…

— Il y a une urgence, précisa Sara.

Bogdanos fronça les sourcils.

— Approchez.

Jared et Conrad la suivirent.

Sara se pencha vers le juge.

— Je regrette cette interruption, Votre Honneur, mais mon assistant vient de m'apprendre que l'un de nos principaux témoins vient d'être retrouvé assassiné.

322

— Quoi ? s'écria Jared.

— Qui est-ce ? demanda Conrad. Patricia Harrison ?

— N'en dites pas plus, dit Bogdanos. (Il se tourna vers les jurés.) Mesdames et messieurs, je le regrette, mais nous ne pouvons pas commencer avant quelques minutes. Je vais donc vous demander de bien vouloir attendre à nouveau dans le couloir. Mitchell, si vous voulez bien…

Lorsque tous les jurés furent sortis de la salle, Jared demanda :

— Qui est mort ? Que s'est-il passé ?

— Claire Doniger, répondit Sara. On l'a retrouvée assassinée, tôt ce matin.

— Quoi ? demanda Kozlow, atterré.

— Ne commencez pas à jouer les innocents, vous ! gronda Conrad.

— Et vous, ne vous hasardez pas à lancer une accusation, lança Jared en brandissant un doigt menaçant.

— Ça suffit, dit Bogdanos. Madame Tate, qu'attendez-vous de moi ?

Sara lança un coup d'œil à Conrad.

— Nous aimerions demander un report de l'audience, jusqu'à ce que nous ayons de nouvelles informations, dit Conrad. Nous savons bien sûr que le procès devra se tenir, mais nous sollicitons un report d'un jour ou deux pour repenser nos réquisitions. Claire Doniger était un témoin vital pour nous.

— Votre Honneur, il n'y a aucune raison de repousser l'audience, se hâta de dire Jared. Cette mort est évidemment très surprenante, mais son témoignage était redondant. Je demande que cette requête soit…

— Un témoin vient de mourir, monsieur Lynch, dit Bogdanos d'un ton sévère. Même vous, vous devez le reconnaître. Requête accordée. Nous reprendrons lundi matin.

— Qu'a-t-il dit ? demanda Kozlow tandis que Jared raccrochait le combiné du téléphone public, au rez-de-chaussée du 100, Centre Street.

— Je n'ai jamais entendu Rafferty comme ça. Il était bouleversé. Il avait la voix tremblante. Il n'a pas arrêté de me poser des questions, mais il avait l'air complètement perdu. (Jared ramassa sa serviette et se dirigea vers la sortie du tribunal.) Pour être franc, je me suis quand même dit que tous les deux, vous aviez…

— Mais vous êtes fou ou quoi ? Il ne s'agit pas d'une vieille voisine… Il s'agit de Claire. Rafferty était fou d'elle. Si j'avais seulement jeté un regard vers elle, il m'aurait éclaté la tête.

— Ils se sont peut-être disputés.

— Certainement pas. On l'a vraiment retrouvée avec un couteau planté dans le crâne ?

— Apparemment, elle a été massacrée. Vous avez une idée de qui aurait pu faire ça ?

— Seulement une, répondit Kozlow. Et si c'est lui, je le plains. Rafferty va le découper en morceaux.

En montant les trois étages jusqu'à l'appartement d'Elliott, Conrad s'efforçait de garder son calme. Elliott ne devait pas se trouver chez lui, mais mieux valait ne pas prendre de risques. Voilà pourquoi il avait insisté pour venir seul. Avec tout ce qui s'était passé, c'était le seul moyen de garder le secret. Une fois le secret bien gardé, son rôle à lui était des plus simples : pénétrer dans l'appartement et attendre l'arrivée d'Elliott. Le prendre ainsi au dépourvu. Et lui expliquer la situation : les empreintes retrouvées sur le couteau ayant servi à tuer Claire Doniger étaient celles d'Elliott. C'était bien lui l'assassin.

Bien sûr, Elliott nierait, mais cela n'avait aucune importance L'important, c'était le marché que lui proposait Sara : s'il acceptait de témoigner contre Kozlow et Rafferty, l'assassinat de Claire serait requalifié en homicide volontaire. À partir de là, la moitié du chemin était déjà accompli.

Devant l'appartement d'Elliott, Conrad posa le doigt sur le judas et frappa à la porte. Pas de réponse. Il frappa de nouveau. Toujours pas de réponse. Il tira alors de sa poche un trousseau de six passes que lui avait donné un collègue de l'Identité judiciaire. Ces passes ne servaient à rien sur les serrures récentes, mais ouvraient la plupart des serrures anciennes. Au quatrième essai, Conrad entendit le cliquetis du mécanisme. En souriant, il tourna le bouton de la porte et entra. Il allait surprendre Elliott, l'acculer. Il avait hâte de voir ses grimaces.

Le seul problème, c'est qu'Elliott était présent dans l'appartement. Depuis la veille au soir, il savait que Conrad allait venir, et il avait déjà prévu la façon dont il le recevrait. Il releva le chien de son arme. En pénétrant dans l'appartement, Conrad ne vit même pas venir le premier coup de feu.

Jared et Kozlow quittèrent l'ascenseur et se dirigèrent vers le bureau de l'avocat.

— C'est terminé pour aujourd'hui ? demanda Kozlow. J'en ai marre de porter ce complet.

— Alors enlevez-le. Je m'en fiche complètement.

— Vous devriez rappeler Rafferty, lui annonça Kathleen. Il n'arrête pas d'appeler depuis… (La sonnerie du téléphone retentit.) C'est encore lui !

— Passez-le-moi, dit Jared en pénétrant dans son bureau. (Il décrocha.) Rafferty, êtes-vous…

— Où étiez-vous ? demanda Rafferty d'une voix de dogue. J'ai besoin de savoir ce qui s'est passé… Où en est l'enquête… où l'ont-ils emmenée, je voudrais…

— Calmez-vous un peu.

— Ne me dites pas ce que je dois faire ! hurla Rafferty. C'est ma vie ! Vous comprenez ? Ma vie ! Je veux que vous retrouviez le salopard qui a fait ça et lui dire qu'il est déjà mort !

— Écoutez, ce qui s'est passé est terrible, mais il faut que vous vous calmiez. S'ils l'ont trouvée tôt ce matin, nous devrions avoir des nouvelles au cours de l'après-midi. D'ici là, vous devriez…

— Allez-vous pouvoir obtenir ces informations ?

— Je le pense. Sara devrait avoir accès au…

— Je n'ai pas besoin d'en savoir plus. J'arrive.

Il raccrocha.

Jetant un coup d'œil par-dessus son épaule, Sara s'assura que personne ne la suivait à l'intérieur du 80, Centre Street.

— Bonjour, Sara, lui dit Darnell quand elle monta dans l'ascenseur. Alors, ce procès ?

— La catastrophe, répondit-elle. Un de nos témoins vient d'être assassiné.

— La mafia ?

— Je préférerais. Ce serait plus facile.

Au sixième étage, quatre personnes descendirent, mais Sara demeura dans la cabine.

— C'est votre étage, Kojak. Qu'est-ce que vous attendez ?

— Ah, zut ! j'ai oublié quelque chose au tribunal ! dit Sara, il faut que j'y retourne.

Mais une fois seule avec Darnell, elle ajouta :

— Pouvez-vous m'amener au sous-sol sans vous arrêter aux autres étages ? Je veux que personne ne voie où je vais.

— C'est bien mystérieux, ça, dit Darnell en baissant un bouton. Direction le sous-sol, c'est parti !

Arrivée au sous-sol, Sara longea sans hésitation le couloir principal jusqu'à une porte portant l'inscription *Salle d'interrogatoire*. Elle ouvrit la porte suivante, s'installa tranquillement sur une chaise, et par un miroir sans tain observa l'agent McCabe surveiller quelqu'un. On ne voyait McCabe que de dos, mais visiblement la partie était rude.

L'agent de police avait les épaules raides, les poings serrés. Il prit une chaise rouillée et s'installa. À cet instant, Sara aperçut la personne que surveillait McCabe.

— Cessez de me dire d'être patiente, dit Claire Doniger au policier. Je suis ici depuis six heures du matin. Vous ne voulez pas me laisser passer un coup de téléphone, je n'ai le droit de voir personne... On dirait que je suis en état d'arrestation.

— Pour la dixième fois, madame, le procès ne commence qu'après la sélection du jury. Après ça, vous n'aurez qu'à traverser la rue pour aller témoigner. En attendant, on ne vous retient ici que pour votre propre sécurité.

Sara se renversa au fond de sa chaise. Tout se passait comme prévu.

— Non, je comprends, dit Jared au téléphone. (Longue pause.) Si tels sont les résultats, eh bien, on avisera. Et si je le vois, je le lui dirai. Oui, c'est sûr. Je te le promets.

— Alors ? demanda Rafferty avant même que Jared ait raccroché. Que disent-ils ?

— La bonne nouvelle, c'est qu'ils ont relevé des dizaines d'empreintes sur le couteau qui a tué Claire Doniger, répondit Jared. La mauvaise, c'est que toutes ces empreintes sont les vôtres.

— Eh bien ! dit Kozlow en riant.

— Ils se trompent, affirma Rafferty avec assurance. C'est impossible. D'abord ils n'ont pas mes empreintes.

— Maintenant si, expliqua Jared. Ils sont allés les relever à votre bureau. Pour Sara, vous êtes le suspect numéro un, et elle a envoyé l'Identité judiciaire à Echo Enterprises. Ils ont relevé vos empreintes sur votre tasse à café, votre bureau, et même sur vos poignées de porte. (Rafferty changea de visage.) Ça va ?

— C'est impossible, martela Rafferty. Je vous jure que ce n'était pas moi.

— Je vous crois, dit Jared. Mais en tant qu'avocat, je dois vous prévenir que…

— Cela fait même une semaine que je ne l'ai pas vue, insista Rafferty.

— Quelqu'un d'autre pourrait-il avoir accès à vos empreintes digitales ? demanda Jared. Quelqu'un qui aurait intérêt à vous faire accuser ?

— Vous ne croyez pas… commença Kozlow.

— Cette petite ordure, gronda Rafferty. Si Elliott… (Il se tourna vers Jared.) Suis-je déjà sous le coup d'un mandat d'arrêt ?

— Pas que je sache. Mais ce sera le cas avant ce soir.

— Bon. Dans ce cas, je les attends.

Il bondit de son siège et quitta le bureau en trombe, suivi de Kozlow.

— Qui est Elliott ? demanda Jared d'une voix forte.

Aucun des deux ne répondit.

Après le départ de Rafferty et de Kozlow, Kathleen fit son apparition.

— Jusqu'ici ça va ? demanda-t-elle.

— Je n'en sais rien. On verra dans une heure.

La première balle l'atteignit à la poitrine, la deuxième lui traversa l'estomac. Immédiatement, Conrad sentit le goût du sang dans sa bouche, qui lui rappela la saveur amère du réglisse. La douleur vint ensuite. Une douleur bien différente de celle qu'il avait éprouvée en se cassant le bras au rugby. Cette dernière avait été vive mais localisée. Celle-là l'envahissait jusqu'au plus profond de lui-même. Puis il lui sembla tout à la fois que son corps s'engourdissait et que la douleur augmentait. Sa vision commença de se brouiller, mais il voyait quand même son agresseur de l'autre côté de la pièce.

Elliott était assis à la table de la cuisine, observant la scène comme au cabaret. Il attendait la chute de Conrad, mais celui-ci ne cédait pas.

— J'espère que tu en as d'autres, s'écria-t-il à l'adresse d'Elliott, sans presque entendre ce qu'il disait.

Deux autres coups de feu éclatèrent. Une balle le toucha au bras, l'autre à la poitrine, et, bien que ses jambes eussent commencé à se dérober sous lui, il continua de tituber en direction d'Elliott, les bras tendus. Il voulut parler, mais en vain.

Elliott tira une nouvelle fois. Touché à l'épaule, Conrad recula. Pendant une seconde. Puis il reprit sa marche vacillante en avant. Il savait qu'il allait mourir, mais il était si près.

— Qu'est-ce qui te prend ? hurla Elliott. C'est fini !

Pas encore, songea Conrad. Pas avant que…

Un dernier coup de feu explosa dans la gorge de Conrad. Terminé. Il n'avait plus de balles. Portant les mains à sa gorge, Conrad se sentit perdre conscience. Tout devint blanc autour de lui. Il s'effondra sur le sol avec fracas. Sa dernière pensée fut pour sa première femme, le jour de leur rencontre.

Le pistolet toujours pointé sur Conrad, Elliott ne fit pas un geste. Enfin, lentement, il fit le tour du corps allongé par terre. Sans baisser son arme, il retourna le corps du bout du pied. Inutile de prendre le moindre risque. Mais tout était terminé. Conrad était mort.

De retour au 80, Centre Street, Sara se rendit directement à son bureau, où Guff l'attendait avec impatience.

— Alors ? demanda Guff. Comment ça s'est passé avec Rafferty ?

Sara s'assura d'abord que les volets étaient bien fermés.

— J'ai dû faire vite parce que j'étais dans une cabine de l'autre côté de la rue, mais Jared m'a dit qu'il est devenu fou. Kozlow et lui ont quitté son bureau en trombe avant même que Jared ait pu leur transmettre notre proposition.

— Je n'arrive pas encore à croire que vous lui en avez parlé, dit Guff.

— Comment pouvez-vous dire ça ? Il a le même désir que nous de coincer Rafferty et Kozlow.

— Et Stockwell ?

— Vous voulez bien arrêter ? Tout se passe bien. Jared n'a pas dit un mot.

— Ils croient donc vraiment que Claire est morte ?

— Qui ne le croirait pas ? dit fièrement Sara. Ils sont arrivés là-bas à six heures du matin, l'ont bouclée dans une salle, ont envoyé l'Identité judiciaire chez elle, puis une dizaine de personnes à Echo Enterprises pour relever des empreintes. On a même commencé à lancer des rumeurs dans sa boîte. Il ne nous manque qu'un cadavre pour faire un meurtre tout à fait crédible.

— Vous n'hésitez pas, hein ?

— Après ce que ces salauds nous ont fait vivre ? Certainement pas ! Pourquoi ? Vous êtes inquiet ?

— Les répercussions m'inquiètent… Monaghan n'a pas été furieux quand vous lui en avez parlé ?

Sara ne répondit pas.

— Vous lui avez dit, n'est-ce pas ? reprit Guff.

Sara ne répondit toujours pas.

— Oh, non ! geignit Guff. C'est inimaginable ! S'il l'apprend, on est baisés. Vous savez l'argent qu'on dépense pour cette opération ? Sans parler des illégalités !

— Je sais. Mais je ne voulais pas risquer de fuites.

— Mais vous l'avez dit à Jared, non ?

— Vous savez bien que ça n'est pas la même chose. Je pouvais le lui dire, comme il fallait bien le dire aux ambulanciers qui ont emmené le faux cadavre, et à quelques collègues de McCabe, mais je ne voulais pas aller plus loin. Je me suis dit que moins de gens il y aurait au courant, mieux ça serait.

— Vous arrivez à lire sur mes lèvres ?

Et silencieusement, il articula les mots : « C'est notre chef. »

— S'il veut virer quelqu'un, il n'a qu'à me virer ! s'écria Sara. De toute façon, on procède comme on l'a décidé. C'est le fameux dilemme du prisonnier : si Rafferty et Elliott ne bougent pas, ils s'en tirent, mais si l'un des deux craque, l'autre saura qu'il va plonger avec lui. Dans quelques heures, pour s'en sortir, l'un des deux va craquer. On n'a plus qu'à attendre le feu d'artifice.

— Vous croyez vraiment que ça va être aussi facile que ça ?

— Rien n'est facile, répondit Sara. Mais tant que nous serons seuls à connaître la vérité, tout se passera bien.

Après avoir traîné le corps dans le salon, Elliott retourna à la cuisine pour téléphoner à Rafferty.

— Allô ?

— Comment allez-vous ? demanda Elliott. La journée est plutôt dure, non ?

— Vous l'avez tuée, c'est ça ? dit Rafferty. Je vais t'éclater la tête, espèce de petit...

— Tut, tut, tut, tut, pas de réaction excessive, l'interrompit Elliott. Pourquoi ne pas venir jusqu'ici pour que nous ayons une petite conversation ?

— Si vous voulez parler, venez ici.

— Pas question. Ce sera ici ou pas du tout. Prenez le temps et réfléchissez. Vous ne regretterez pas le voyage. J'ai quelque chose à vous montrer.

— Que...

Elliott raccrocha. Puis il prit des balles dans une petite boîte et rechargea son arme. À sa gauche se trouvait une paire de mains en plastique, avec, à la base, deux mots écrits à l'encre noire : Oscar Rafferty. Et voilà, se dit-il. Il ne reste plus qu'à attendre.

— Pourquoi n'appelle-t-il pas ? demanda Guff, le menton appuyé sur le bureau de Sara et le regard rivé au téléphone.

— Cela ne fait que deux heures, dit Sara. Laissez-lui le temps.

— Il a peut-être des ennuis.

— Ça va. Je suis sûre qu'il est en train d'essayer de le convaincre. Vous connaissez Conrad : un vrai perfectionniste.

— Et McCabe, à votre avis, comment s'en tire-t-il, avec Mme Doniger ?

— Je suis passée les voir ; elle le rendait fou.

— Alors on devrait peut-être y aller, suggéra Guff. Simplement pour faire une mise au point.

— Si ça peut vous rassurer, allons-y, dit Sara en le suivant vers la sortie.

Quelques instants plus tard, Sara et Guff pénétrèrent dans la salle de surveillance jouxtant la salle d'interrogatoire, mais à travers la glace sans tain ils ne virent personne.

Avant même qu'ils aient pu réagir, l'agent McCabe les rejoignit, le front ruisselant de sueur.

— Dites-moi au moins qu'elle est avec vous ! s'écria-t-il.

— Mais qu'est-ce que vous racontez ? demanda Guff.

— Où est Claire Doniger ? lança Sara.

— Je ne sais pas, répondit le policier. Elle m'a demandé d'aller lui chercher un café, et à mon retour elle n'était plus là.

— Oh, mon Dieu ! s'écria Guff.

— Comment ça, elle n'était plus là ? répéta Sara, prise de panique. Elle ne peut pas être partie.

— Quand est-ce que ça s'est passé ? demanda Guff.

— Il y a moins de dix minutes. Je vérifiais dans les toilettes, et, quand j'ai entendu du bruit dans cette pièce, je suis revenu.

— Guff, allez voir du côté de l'ascenseur, ordonna Sara. Et jetez un œil dans l'escalier. Nous deux, nous allons inspecter toutes les pièces, ici. Nous sommes dans un sous-sol... Elle n'a pas pu se sauver par la fenêtre.

Le sous-sol servait surtout de réserve, et dans chaque pièce s'entassait

330

tout un bric-à-brac de mobilier de bureau. Comment a-t-elle pu s'enfuir ? ne cessait de se demander Sara. Savait-elle qu'il s'agissait d'un coup monté ? Quelqu'un l'avait-il prévenue ? McCabe l'avait-il laissée partir intentionnellement ? Soudain, Sara se figea sur place. Et si Stockwell avait barre sur McCabe ? Et si Jared en avait parlé à Stockwell ? Non. Il n'aurait jamais fait une chose pareille. Dix minutes plus tard, lorsqu'ils eurent fouillé toutes les pièces du sous-sol, il leur fallut se rendre à l'évidence : Claire Doniger s'était bel et bien enfuie.

— C'est incroyable ! dit Sara, haletante. (Elle se tourna vers McCabe.) Comment avez-vous pu la laisser seule ? Mais à quoi pensiez-vous ?

— Écoutez, chère madame, j'ai fait de mon mieux pour la surveiller. Ça n'est pas ma faute.

— Vraiment ? De qui est-ce la faute, alors ? Ça doit être la mienne, parce que j'ai eu la bêtise de croire que vous étiez capable de faire de la garde d'enfant !

— Calmez-vous, dit Guff en l'éloignant de McCabe. Ça ira.

— Non, ça n'ira pas ! rétorqua Sara. Dès que Rafferty et Elliott sauront qu'elle est vivante, nous sommes finis.

19

— Vous la croyez bête au point de se précipiter chez Rafferty ? demanda Sara, assise aux côtés de Guff à l'arrière d'une voiture de police qui filait à toute allure.

— Elle ne peut se réfugier nulle part ailleurs, dit l'un des deux policiers assis à l'avant. Sa maison est désormais considérée comme le lieu d'un crime.

— Mais ça, elle ne le sait pas.

— Si elle est vraiment amoureuse de Rafferty, c'est là qu'elle ira, insista le policier. Et votre mari ? Vous avez pu le trouver ?

— À son bureau, ça ne répond pas, dit Sara en s'efforçant de paraître rassurée. J'ai appelé certains de ses associés, mais personne ne l'a vu depuis ce matin, pas même sa secrétaire.

— Sara, et si…, commença Guff.

— Je suis sûre qu'il a seulement quitté son bureau, l'interrompit Sara, visiblement anxieuse.

— Et si ce n'était pas le cas ? Nous aurions peut-être dû attendre Conrad.

— Nous avons laissé un message à son bureau. Il le trouvera à son retour.

— Essayez encore d'appeler votre mari, dit le policier en lui tendant son téléphone portable.

— Pas maintenant, dit-elle, refusant d'envisager le pire. Après, quand nous en aurons fini avec Rafferty.

Lorsqu'ils furent arrivés chez ce dernier, les deux policiers allèrent parler au gardien.

— Nous venons voir Oscar Rafferty, appartement 1708, l'informa l'un d'eux. (Le gardien voulut prendre son téléphone.) Nous préférons ne pas être annoncés.

Le gardien les fit entrer.

— Je ne sais rien, je ne veux rien savoir, et d'ailleurs ça ne m'intéresse pas, prévint ce dernier.

— Vous êtes vraiment très coopératif, dit Guff en pénétrant dans le hall à la suite des policiers.

Personne ne prononça un mot pendant la montée en ascenseur.

Un peu avant le sixième étage, Sara se tourna vers Guff.

— Rafferty ne peut pas savoir que nous recherchons Claire. Donc, nous allons dire que nous sommes à la recherche de Kozlow. Compris ?

Les trois hommes acquiescèrent en silence.

Dans la poche de son pantalon, Sara étreignit le pistolet que Conrad lui avait donné avant de se rendre à Hoboken. Guff remarqua son geste.

— Ne vous inquiétez pas. Vous n'aurez pas à vous en servir. Il vous l'avait donné comme ça, au cas où.

— Ça ira, je me débrouillerai, fit Sara.

Sara sonna à la porte de l'appartement.

— Qui est-ce ? demanda Rafferty.

— Monsieur Rafferty, je suis Sara Tate, substitut du procureur. Nous nous sommes parlé la semaine dernière.

La porte s'ouvrit, révélant un Rafferty hagard, les cheveux en bataille. Il avait troqué ses vêtements Brioni pour un pantalon kaki chiffonné et une chemise froissée, les poignets ouverts.

— Qu'y a-t-il, madame Tate ? demanda-t-il sèchement.

— Désolée de vous déranger à nouveau, mais j'aimerais vous poser quelques questions.

— S'il s'agit de Claire, sachez que je n'ai jamais…

— Nous verrons cela plus tard. Pour l'instant, nous aimerions jeter un coup d'œil dans votre appartement. Nous avons des raisons de croire que Tony Kozlow pourrait s'y trouver.

— Mais enfin…, dit Rafferty en s'efforçant de reprendre contenance. Bien, si vous voulez…

Il s'effaça pour les laisser entrer, puis Guff et les deux policiers entreprirent immédiatement la fouille de l'appartement. Sara, elle, demeura avec Rafferty, étudiant ses réactions pour tenter de deviner ce qu'il savait.

— Je sais que vous avez envoyé des policiers relever des empreintes à mon bureau, ce matin, dit Rafferty pour briser le silence.

— Effectivement. Et j'ai été surprise de constater que vous n'étiez

333

pas à votre travail. Pourquoi avez-vous pris une journée de congé ? Vous aviez d'autres occupations ?

— Madame Tate, votre manque de subtilité est confondant. Si vous voulez m'accuser de meurtre, alors arrêtez-moi.

— C'est ce que je compte faire. Croyez-moi, nous aurons très prochainement l'occasion de reparler de tout cela.

À ce moment-là, Guff revint au salon.

— Personne, annonça-t-il.

Quelques instants plus tard, les deux policiers les rejoignirent.

— Il n'est pas ici, dit l'un deux. L'appartement est vide.

— Merci, dit Rafferty en raccompagnant tout le monde à la porte. Et maintenant, si ça ne vous dérange pas, je dois prendre des dispositions pour les obsèques de Claire. Elle n'avait pas de famille proche.

— Je croyais que vous n'étiez pas très intimes, fit remarquer Sara.

— C'était la femme de mon ancien associé. Je me dois de m'en occuper.

— Je vous comprends, dit Sara avant que Rafferty lui claque la porte au nez.

— Je suis persuadé qu'elle était là, dit Guff tandis qu'ils se dirigeaient vers l'ascenseur.

— Vous avez bien regardé partout ?

— Ce n'est qu'un trois pièces. Il n'y a pas beaucoup d'endroits où se cacher.

— Cela veut dire qu'il n'a pas de cave à vins, dit Sara.

— Vous croyez qu'il savait ? demanda l'un des policiers, dans l'ascenseur.

— Bien sûr qu'il savait, dit Guff. À l'heure qu'il est, le monde entier est au courant.

— Comment pouvez-vous dire une chose pareille ? s'écria Sara.

— Écoutez, Sara, je regrette un peu de gâcher votre conte de fées, mais je crois que le moment est venu de songer à l'attitude de Jared Si vous ne lui en aviez pas parlé…

— C'est faux ! l'interrompit Sara.

— Non, c'est vrai ! rétorqua Guff. Hier, j'étais d'accord avec vous, je pensais que vous aviez raison de le lui dire. Maintenant, regardez la situation en face. Je ne pense pas que Claire Doniger se soit enfuie toute seule du sous-sol. On a dû lui apprendre ce qui se passait vraiment. Et la seule explication, c'est que quelqu'un était au courant de ce que nous allions faire.

— Personne n'est au courant, Guff ! Et même si McCabe l'a laissée partir, ça ne veut pas dire que ce soit la faute de mon mari !

Dès que les portes de l'ascenseur s'ouvrirent, Sara se rua vers la voiture de police garée devant l'immeuble.

— Où allez-vous ? s'écria Guff. Ne courez pas comme ça.

— Il faut aller chez Elliott, dit Sara. C'est la seule autre personne impliquée dans cette affaire.

— Mais si Conrad…

— Si Conrad est encore là, nous confirmerons son histoire. Sinon, nous dirons à Elliott que nous suivons la procédure.

— Très bien, je suis d'accord, dit Guff. Mais il faut en parler à votre mari. Demandons à l'un de ces policiers de partir à sa recherche.

— Combien de fois faut-il que je vous le répète : Jared n'aurait jamais fait une chose pareille !

Bouleversé, Guff s'essuya les mains sur son pantalon. Il ne voulait pas s'opposer à elle, mais il commençait à s'énerver.

— Si vous avez tellement confiance en lui, dit-il d'une voix radoucie, comment se fait-il que vous ne parveniez pas à le joindre ? Pourquoi a-t-il subitement disparu ?

Sara regarda froidement son assistant.

— Donnez-moi votre téléphone, ordonna-t-elle à l'un des policiers.

Elle composa le numéro de Jared. Toujours pas de réponse. Elle referma l'appareil et le rendit à son propriétaire.

— Vous comprenez maintenant ce dont je parle ? demanda Guff. Il ne s'agit pas d'aller l'arrêter… Il faudrait seulement envoyer quelqu'un à son bureau pour tenter de le retrouver. Avec tout ce qui se passe, nous devrions savoir où il se est.

Elle réfléchit à la proposition de Guff.

— C'est tout ? Ils ne vont pas l'interroger ? Simplement essayer de le retrouver ?

— Ça dépend de vous.

Sara ouvrit la portière de la voiture de police et grimpa à l'intérieur.

— D'accord, dit-elle en claquant la portière.

— Pouvez-vous envoyer quelqu'un chez Wayne & Portnoy ? demanda Guff aux policiers.

— Entendu, dit l'un d'eux en tirant son talkie-walkie.

— Et l'un de vous deux devrait rester ici, ajouta Guff. Au cas où Claire Doniger déciderait de réapparaître.

— Je reste, fit l'autre policier.

Guff rejoignit Sara dans la voiture. Elle avait les bras croisés sur la poitrine, le regard rivé sur la rue.

— Sara, vous saviez bien que c'était la seule chose à faire.

— Laissez-moi tranquille. C'est fait.

Par la fenêtre, Rafferty s'assura que Sara et son équipe étaient bien partis, puis il se rendit sur le palier, vérifia une fois encore qu'il était seul et alla ouvrir la porte du local à poubelles. À l'intérieur se trouvaient Claire et Kozlow.

— Dites donc, pour que le concierge vous prévienne comme ça, vous avez dû lui filer un sacré cadeau de Noël, fit Kozlow.

— Heureusement pour vous.

— Non, pour vous, dit Kozlow en gagnant l'appartement.

Rafferty et Claire s'enlacèrent.

— Il y a eu des problèmes ? demanda Claire.

— Aucun. C'est fini, maintenant.

— Vous pourriez garder les embrassades pour une autre fois ? dit Kozlow. Je veux partir d'ici.

— Calmez-vous, conseilla Rafferty. (Il retourna à son appartement et enfila son manteau.) D'abord, il faut éviter le flic que Tate a laissé en bas, ensuite je tiens à avoir une petite conversation avec celui qui est à l'origine de tout ça.

— Il y a un flic dans le hall ? Comment sortir sans se faire remarquer, alors ?

— Cet immeuble a vingt-trois étages, une piscine sur le toit, une salle de gymnastique, un garage souterrain et une buanderie au sous-sol… Vous ne croyez pas qu'il a aussi une entrée latérale ?

— Où allons-nous, exactement ? demanda le policier dans la voiture qui filait à vive allure.

— À Hoboken, répondit Sara.

Le policier arrêta aussitôt la voiture.

— Pas question ! Pas avec cette voiture. Hoboken est à Jersey. Les flics de New York ne sont pas compétents là-bas.

— Vous avez compétence juridictionnelle en cas de poursuite, fit valoir Sara.

— Cet Elliott est-il en train de fuir devant nous ? Cherche-t-il à nous

336

échapper en franchissant la frontière de l'État ? Avez-vous vraiment l'impression que nous soyons lancés à sa poursuite ?

— Tenez, regardez ! Le voilà ! s'écria Guff. Je l'ai vu au coin de la rue ! On fonce !

Le policier ne fit pas un geste.

— Écoutez, je suis d'accord avec vous, ce règlement est idiot, mais si on l'enfreint, les flics de Jersey vont faire un barouf de tous les diables. Le dernier membre de mon équipe qui a franchi la frontière sans autorisation a été muté pendant trois mois à l'autorité portuaire. Il disait que les fumées des autocars étaient pires que l'odeur d'urine.

— Allez, dit Sara. On ne vous demande rien de terrible. On va seulement chercher ce type et le ramener au commissariat.

— Faites comme bon vous semble, mais, sans les papiers officiels, je ne vous y conduirai pas avec cette voiture.

— Très bien, dit Sara en ouvrant la portière. On ira en taxi. On ira le cueillir nous-mêmes.

— Non, dit Guff. Ne faites pas ça.

— Pourquoi ? Ce n'est qu'une connerie bureaucratique.

— Peut-être, mais c'est comme ça. Si on arrête Elliott sans autorisation, on compromet l'affaire et on risque l'annulation de toute notre enquête.

— Mais…

— Mais enfin, Sara, vous savez bien comment ça marche. Ne vous laissez pas emporter. Si vous ne respectez pas la procédure, le juge annulera vos éléments de preuve.

— Prenez dix minutes pour obtenir les papiers nécessaires, renchérit le policier. Ils pourront le faxer à la police de Hoboken, et ça sera prêt dès qu'on sera arrivés au tunnel Lincoln.

— Vous êtes sûr ? demanda Sara, hésitant.

— Tout à fait. Ça s'expédie rapidement, quelques feuilles de papier.

Une demi-heure plus tard, la voiture de police était bloquée dans les embouteillages à l'entrée du tunnel Lincoln.

— Ce n'est pas possible ! s'écria Sara en frappant le tableau de bord du plat de la main. Je savais qu'on n'aurait pas dû demander ces papiers.

— Du calme, dit le policier. Il vaut mieux prendre notre temps maintenant plutôt que de faire les choses dans la précipitation et le regretter ensuite.

— Ce qui me sidère, dit Guff, c'est que les criminels, eux, ne respectent pas ce genre de détails. Si je voulais commettre des délits à New York, la première chose que je ferais, ça serait de m'installer dans le New Jersey. Là-bas, on est intouchable.

— Oh, ils sont tous au courant ! dit le policier en s'efforçant d'alléger l'atmosphère. Mais qui aurait envie d'aller vivre dans le New Jersey ?

Voyant que personne ne réagissait, il ajouta :

— Allez, c'était une plaisanterie !

— N'insistez pas, fit Sara. Ce n'est pas le moment.

— Qui est là ? demanda Elliott dans l'interphone.

— Rafferty. Faites-nous entrer.

Un bourdonnement, et la porte s'ouvrit.

Par la porte entrouverte, Elliott aperçut Rafferty et Kozlow.

— Pourquoi avez-vous l'air si heureux ? demanda-t-il.

D'un coup de pied, Kozlow ouvrit la porte, révélant à leurs côtés la présence de Claire.

— Quelle surprise ! fit Elliott. Ils nous ont menti.

— En fait, ils nous ont monté les uns contre les autres, dit Rafferty en pénétrant dans l'appartement. La seule chose que je ne comprends pas, c'est comment ils ont pu remonter jusqu'à vous.

— C'est à lui qu'il faut demander ça, répondit Elliott en désignant d'un geste le corps de Conrad, allongé dans la pièce voisine.

— Oh, mon Dieu ! s'écria Claire.

— T'es pas malade ? fit Kozlow. Tu sais ce qui va nous arriver, maintenant ?

— Je sais exactement ce qui va arriver, répondit Elliott. Je vais disparaître.

Les dents serrées, Rafferty pivota lentement sur ses talons.

— Espèce de salopard !

— Il y a un problème ? demanda Elliott innocemment.

— Vous saviez depuis le début, n'est-ce pas ? Vous saviez qu'elle était vivante, et ce qu'ils allaient faire.

— Je ne…

— Ne jouez pas les imbéciles, Elliott. Vous vous empêtrez dans vos mensonges. Vous avez menacé Sara depuis le début. C'est comme ça qu'elle a su que vous étiez impliqué dans cette affaire, c'est comme ça qu'elle s'est lancée sur vos traces, et c'est pour ça qu'elle a refusé le non-lieu. Vous étiez censé vous tenir en dehors de tout ça, mais vous n'avez pas pu vous empêcher d'y fourrer vos doigts.

Elliott recula vers la cuisine, espérant attirer Rafferty avec lui. Pour que la mise en scène soit crédible, il ne fallait négliger aucun détail.

— Mais qu'est-ce que vous racontez, Oscar ?

— Espèce de sale petit menteur ! hurla Rafferty. Vous me prenez pour un con ? (Il poussa brutalement Elliott qui heurta la table de la cuisine.) Vous me croyez aveugle ? Je sais exactement ce que vous trafiquez. Vous essayez de récupérer l'argent !

Encore un peu plus près, songea Elliott. Près de la fenêtre. Dans le bon angle.

— Je vous jure que jamais…

— Arrêtez de mentir ! brailla Rafferty. Je ne vous ai demandé qu'un petit service : me trouver quelqu'un pour administrer la piqûre. C'était ça, votre boulot. Et qu'avez-vous fait ? Vous vous êtes retourné contre moi ! Contre moi ! Alors que c'est pratiquement moi qui ai assuré votre éducation ! C'est comme ça que vous me remerciez ?

Elliott se figea sur place.

— Vous n'avez rien assuré du tout ! s'écria-t-il.

— Ah bon ? Qui a donné de l'argent à votre mère quand Arnold l'a licenciée ? Qui lui a envoyé de l'argent tous les ans jusqu'à ce que vous ayez seize ans ? Qui a…

— Vous vous foutiez éperdument d'elle… Vous aviez seulement peur ! (Il s'avança vers Rafferty.) Jusqu'à sa mort, vous avez eu peur qu'elle lui fasse un procès. Qu'elle veuille se venger et qu'elle brise son couple ridicule. Ou pire, qu'elle ait une lueur d'intelligence et qu'elle traîne en justice votre société chérie. Une accusation de viol, ça peut faire vilain dans le tableau, hein ?

— Votre mère n'a pas été violée, dit Rafferty.

— Si, elle a été violée ! hurla Elliott, le visage cramoisi, une veine gonflée sur le front. Il l'a cognée tellement fort qu'il lui a brisé la mâchoire ! J'ai encore le dossier médical pour le prouver ! Et quand il s'est aperçu qu'elle était enceinte, il l'a flanquée à la rue ! (Il remarqua la réaction de Claire.) Vous ne le saviez pas, hein ? Vous saviez qu'il était impitoyable, mais pas que c'était un monstre. Si vous l'aviez su, vous l'auriez peut-être tué plus tôt.

— Ça suffit ! lança Rafferty. Laissez-la en dehors de tout ça !

— Pourquoi ? Elle est aussi responsable que vous. Plus, même. Si elle n'avait pas eu tellement peur de faire elle-même la piqûre à Arnold, on n'aurait pas eu besoin d'engager Kozlow. Et si on ne l'avait pas engagé…

— Hé ! connard…, l'interrompit Kozlow.

— Restez en dehors de ça, gronda Rafferty. (Il se retourna vers Elliott.) On a engagé Kozlow parce qu'on avait besoin d'alibis… vous savez bien que c'est vrai.

— Ça, c'est vrai, mais l'histoire de ma mère est fausse ?

— Écoutez, Elliott, votre mère était une dégénérée qui ne cherchait qu'à se faire sauter. Je lui ai donné de l'argent par pitié, pas par sentiment de culpabilité. Et si elle vous a dit qu'elle a été violée, c'est seulement parce que la vérité la gênait.

— Espèce de menteur ! hurla Elliott.

— Non, je ne suis pas un menteur, dit Rafferty en fourrant les mains dans les poches de son manteau. Et si vous voulez affronter la réalité, vous feriez mieux de me croire, plutôt que de continuer à vivre avec les fantasmes de votre mère.

Fou de rage, Elliott voulut prendre son arme.

— Espèce d'enc…

Trois coups de feu retentirent. Elliott reçut deux balles dans la poitrine, tandis que la troisième traversa la fenêtre, sur sa droite. Il s'effondra sur le sol, répandant son sang sur le linoléum. Ignorant sa victime, Rafferty regarda le trou qu'il venait de faire dans la poche de son manteau.

— Non ! hurla Claire en reculant jusqu'à se cogner contre le réfrigérateur.

— Bon Dieu, qu'est-ce que vous avez fait ? lança Kozlow.

— Il est mort ? demanda Rafferty en regardant la flaque de sang s'étendre sur le sol de la cuisine.

— Bien sûr qu'il est mort… Vous lui avez tiré dans la poitrine. (Kozlow s'agenouilla près d'Elliott pour s'en assurer.) Mais qu'est-ce que vous foutez ? Vous réfléchissez ou quoi ?

Debout derrière lui, Rafferty répondit :

— C'est ce que j'aurais dû faire depuis le début.

Il pointa son arme vers Kozlow.

— Tu es fou, Oscar ? hurla Claire.

Kozlow sentit le canon du pistolet sur l'arrière de son crâne.

— Oscar, si c'est vraiment ce que je crois, vous êtes un homme mort.

— Non, le mort, ça n'est pas moi, lança Rafferty. Considérez plutôt le tableau. C'est vous qui l'avez tué, pas moi. Vous. Si vous ne vous étiez pas conduit comme un con, nous aurions pu nous en sortir. Ça aurait été parfait.

— Baissez cette arme, fit Kozlow.

— Ne me dictez pas ce que j'ai à faire.

340

— Baisse cette arme ! s'écria Claire.

— D'abord je te bute, toi, et ensuite, elle, lança Kozlow, fou de rage. En comparaison, Patty Harrison, ça sera de la dentelle.

Kozlow tourna lentement la tête, espérant croiser le regard de Rafferty.

— Ne bougez pas ! hurla Rafferty.

— Oscar, ne fais pas ça, supplia Claire.

Kozlow s'apprêtait à bondir.

— Je vais t'ouvrir le bide et…

— Ne bougez pas ! répéta Rafferty. Vous m'entendez ?

Mais Kozlow ne voulait rien entendre. Il se rua sur Rafferty. Avant qu'il ait pu l'atteindre, un nouveau coup de feu retentit. Un jet de sang macula la cuisine et Kozlow tomba lourdement à terre. Sa tête heurta le sol avec un bruit sourd.

— Oh, non ! hurla Claire. Oh, non !

— Claire, ce n'est pas le moment de faire une crise d'hystérie !

Tremblante, Claire regarda Elliott, puis Kozlow. Tous deux gisaient dans une mare de sang. Elle se précipita vers l'évier pour vomir.

— Mais bon Dieu, qu'est-ce que tu fous ? s'écria Rafferty. Il ne faut pas qu'on s'aperçoive de notre présence ici !

Il tira une paire de gants en cuir de la poche de son manteau, les enfila, et, tandis que Claire continuait de hoqueter, ouvrit le robinet. Puis il versa du liquide à vaisselle dans l'évier, espérant faire disparaître l'odeur. Après cela, il prit les clés d'Elliott sur la table de la cuisine, gagna le salon et ouvrit la malle. Il y trouva le contenu du portefeuille de Sara et les mains en plastique avec son nom dessus. Les gants ne se trouvaient pas dessus, ce qui voulait dire qu'Elliott les portait.

— Parfait, c'est un magnifique alibi, dit Rafferty en jetant les mains de côté.

Il prit également les gants de Warren Eastham et les ramena à la cuisine.

Sachant que ces gants allaient intriguer les enquêteurs, il les fourra dans la poche arrière du pantalon de Kozlow, puis tira son cadavre par la main de l'autre côté de la cuisine. Après quoi il prit le pistolet de Kozlow dans la poche de sa veste et se servit de son propre pistolet pour lui tirer deux balles dans le dos et une dans la jambe. Enfin, il plaça son pistolet dans la main d'Elliott et fourra l'arme de Kozlow dans sa propre poche.

— Maintenant, ça a l'air d'une dispute qui a mal tourné, dit-il. Elliott a tiré dans le dos de Kozlow au moment où celui-ci partait. Voilà. Tout s'explique. (Il regarda Claire, toujours appuyée à l'évier.) Ça va ?

— Non, ça ne va pas, s'écria-t-elle. Tu lui as tiré une balle dans la tête ! Tu as tué deux hommes ! Mais qu'est-ce qui t'arrive ?

— Arrête, Claire ! Que voulais-tu que je fasse ? Les laisser dans la nature, en espérant seulement qu'ils ne me dénonceraient pas ?

— Pour toi, c'est déjà fichu. Tu crois que Sara Tate ne va pas...

— Ferme-la ! hurla Rafferty. Je ne veux plus t'entendre ! Ça va marcher !

Tremblante, prise de vertige, Claire semblait sur le point de s'évanouir.

— Emmène-moi loin d'ici, dit-elle.

— Ferme-la ! ordonna Rafferty en l'entraînant vers la porte. J'ai encore quelque chose à faire.

— Désolé pour le retard, fit le policier de Hoboken à Sara, tandis qu'ils se hâtaient vers l'immeuble d'Elliott.

— Ne vous inquiétez pas, dit Sara en sonnant à l'appartement n° 8.

Personne ne répondant après plusieurs coups de sonnette, le policier de Hoboken enfonça la porte d'un coup d'épaule.

Arrivés au dernier étage, ils frappèrent à la porte d'Elliott. Toujours pas de réponse.

— Elliott, vous êtes là ? lança Sara d'une voix forte. Conrad ?

Elle tourna la poignée et la porte s'ouvrit.

— Oh, mon Dieu ! s'écria-t-elle.

— Vous connaissez ces gens ? demanda le flic du New Jersey.

Incapable de détourner le regard des corps ensanglantés, Sara ne répondit pas. Ce n'était pas la même sensation que pour l'autopsie... ces gens-là, elle les connaissait.

— C'est incroyable ! dit-elle enfin. Pourquoi ont-ils... Comment a-t-il pu faire une chose pareille ?

Guff se tourna vers le policier de New York.

— J'espère que la paperasse valait vraiment le coup.

— Je ne suis pas responsable de ça, rétorqua le flic.

— Ça ressemble à un cambriolage, estima le policier du New Jersey en observant la scène. Le type en veste de cuir a tiré sur le maigre, mais quand il a voulu partir, l'autre s'est redressé et lui a tiré une balle dans la tête.

— Vous plaisantez ? dit Sara. Regardez les traînées de sang sur le sol. Visiblement, on a tiré le corps de Kozlow.

— Ou alors il a essayé de se traîner jusqu'à la porte, fit remarquer le policier.

— Oh, non ! s'écria alors Guff depuis le salon. Sara ! Sara ! Venez ici !

Sara se précipita dans l'autre pièce et découvrit Guff agenouillé près du corps de Conrad.

— Oh, non, pas lui ! Pas lui ! hurla-t-elle.

Elle se jeta à genoux à côté de Guff et prit dans ses mains la tête de Conrad.

— Une ambulance ! Vite, une ambulance !

Elle avait envie de pleurer, mais les larmes ne coulaient pas. Elle posa l'oreille sur la poitrine de Conrad. Aucun battement de cœur.

— Allez, allez ! dit-elle en lui tapotant la joue. Je sais que vous êtes encore là. Ne lâchez pas ! (Toujours rien. Elle se mit à lui marteler la poitrine.) Vous m'entendez ? Tenez bon ! Je ne vous laisserai pas partir comme ça !

Elle le frappa encore et encore, mais il ne bougea pas. Ses mains poisseuses de sang commençaient à trembler. Elle haletait.

— Conrad, s'il vous plaît. Ne me faites pas ça ! S'il vous plaît, ne mourez pas. Ne me laissez pas.

Les larmes finirent par jaillir de ses yeux. Elle avait envie de le secouer pour qu'il se réveille. De continuer à lui marteler la poitrine. D'entendre battre son cœur. Et surtout de le voir revenir.

Lorsqu'elle releva les yeux, Guff pleurait.

— Venez, lui dit-elle en ouvrant ses bras.

Elle le serra contre lui, et pendant une minute ils demeurèrent ainsi agenouillés, dans les bras l'un de l'autre.

— Oh, comme c'est triste..., dit-elle enfin. Comme c'est triste...

— C'était mon ami, dit Guff en pleurant.

Tout en s'efforçant de consoler Guff, Sara songeait à ce qui avait bien pu se passer. Malgré sa prudence, Conrad était tombé dans un guet-apens. Et pour cela, il avait fallu que quelqu'un sache qu'il allait venir. Sara se releva et s'essuya les yeux d'un revers de manche. Il l'avait avertie, mais elle ne l'avait pas écouté. Elle ne referait plus jamais la même faute.

— Appelez le commissariat pour savoir s'ils ont retrouvé Jared, dit-elle au policier de New York.

Puis elle aida Guff à se relever.

— Vous croyez vraiment que c'est lui ? demanda Guff.

— Je ne sais plus quoi penser. Tout ce que je sais, c'est que…

— Quoi ? s'écria le policier dans son téléphone portable. Quand ? (Un moment de silence.) Elle est avec moi. Bon, d'accord. Je la ramène.

Il ferma son téléphone et regarda Sara dans les yeux.

— Quoi ? demanda-t-elle. Qu'y a-t-il ?

— Le 911 vient de recevoir un appel de chez Wayne & Portnoy. Le policier qui s'est rendu là-bas… On lui a tiré dessus.

20

Devant l'immeuble de Wayne & Portnoy, la foule était plutôt calme et compacte. Refusant de se disperser, les employés du cabinet d'avocats, qu'on avait fait sortir du bâtiment, se pressaient autour de la porte pour ne rien perdre de la scène.

— C'est pas vrai ! grommela le policier en ralentissant. Dans cette ville, tout est prétexte à spectacle.

Avant même l'arrêt complet de la voiture, il ouvrit la portière et bondit au-dehors. Guff le suivit rapidement, mais Sara ne bougea pas.

— Allez, venez, lança Guff.

— Et s'il…

— Sara, tôt ou tard, il faudra affronter la réalité.

Elle acquiesça, sachant bien que Guff avait raison. Tandis qu'elle descendait de voiture, Guff se lança derrière le policier qui se dirigeait vers le bâtiment. Sara tenta alors de se frayer un chemin parmi la foule, mais elle perdit rapidement Guff de vue.

— Guff, attendez ! hurla-t-elle.

Il était déjà trop tard. En sautant pour regarder par-dessus les têtes, elle aperçut le policier qui brandissait sa plaque au-dessus de lui et avait presque atteint la porte d'entrée. Mais au même moment, elle aperçut, à une trentaine de mètres de là, quelqu'un se ruer hors de l'immeuble et s'extraire de la foule. Elle ne l'avait vu que de dos, mais sa silhouette athlétique était bien reconnaissable.

— Jared ! s'écria-t-elle.

S'il l'avait entendue, l'homme en tout cas ne s'arrêta pas. Sara tenta de l'apercevoir une fois encore, mais la foule était trop dense. « Jared ! » hurla-t-elle. Il ne se retourna pas. Sara se dirigea vers lui tout en se disant que ce ne pouvait être que lui. Mais en voyant disparaître cette chevelure brune parfaitement peignée, le doute se dissipa.

— Jared, c'est moi ! hurla-t-elle à pleins poumons.

Soudain, l'homme tourna la tête, et leurs regards se croisèrent. C'était lui. Son mari. Mais, sans répondre, Jared se mit à courir.

— Jared, attends ! hurla-t-elle alors que l'affluence semblait l'engloutir.

Elle se lança à sa poursuite, mais Jared se faufilait, profitant de la confusion pour prendre l'avantage.

— Jared ! hurla-t-elle. Arrête-toi !

Jared gagnait du terrain. Ralentie par la foule, Sara se laissait distancer.

Elle le perdit de vue lorsqu'il atteignit le coin de la 7e Avenue. Elle tira alors sa plaque de substitut et l'agita à bout de bras.

— Police ! Police ! Arrêtez cet homme !

Personne ne se hasarda à obéir, mais on lui fit plus de place. Elle s'engouffra dans le sillage créé par Jared au milieu de la foule.

Au coin de la 49e Rue, elle s'immobilisa. Jared avait disparu. Personne ne semblait courir sur la 7e Avenue. Soudain, elle entendit quelqu'un s'écrier : « Fais attention, connard ! » et vit un homme sortir du métro en regardant derrière lui. Elle se rua dans l'escalier du métro mais fut bientôt arrêtée par une multitude de gens immobiles. Remontant la queue à toute allure, Sara sauta par-dessus un portillon.

Un employé la retint par le bras.

— Désolé, il faut un jeton.

— Lâchez-moi, dit Sara en se dégageant. Mon mari…

— Ma p'tite dame, ça m'est égal de savoir qui est votre mari, vous ne…

Elle lui agita sa plaque sous le nez.

— Vous voulez parler à mon patron ?

— Excusez-moi, je ne savais pas que vous étiez…

Avant que l'homme ait pu finir, Sara se rua sur le quai. Il lui fallut encore une trentaine de secondes pour apercevoir Jared. Il se frayait un chemin au milieu de la foule, en direction de l'extrémité du quai. Comme, sur son passage, tous les gens restaient immobiles, attendant le prochain métro, elle se rendit compte que deux autres personnes couraient derrière lui. Et, en les rejoignant, elle comprit aussi pourquoi il fuyait.

— Vous n'abandonnez jamais, hein ? lança Rafferty, qui braquait une arme dans le dos de Jared.

À leurs côtés se trouvait Claire, le visage décomposé.

— Ça va ? demanda Sara à son mari.

— Oui. (Il se tourna vers Rafferty.) Laissez-la partir.

— Certainement pas. Maintenant j'ai un autre ot…

— Il a un pistolet ! hurla quelqu'un dans la foule.

En quelques secondes, tous les gens se ruèrent vers les portillons.

Profitant de la confusion, Sara prit son pistolet dans la poche de son pantalon.

— Ne faites pas ça, menaça Rafferty. (Il poussa Jared de côté et braqua son arme sur Sara.) Votre cervelle va gicler sur les murs !

Il avait les cheveux en bataille et transpirait abondamment.

Lorsque Jared se retrouva au bord du quai, Sara se figea sur place. Voyant l'arme pointée sur sa femme, Jared s'immobilisa lui aussi.

— Donnez-le à Claire ! ordonna Rafferty, tandis que les gens continuaient de courir sur le quai.

Claire tendit la main, mais Sara hésita.

— Ne vous sentez pas obligée de lui obéir, dit Sara.

— Fermez-la ! lança Claire.

Elle se saisit de son pistolet et poussa Sara vers le bord du quai, à côté de son mari.

Sara lança un coup d'œil désespéré à Jared. Il fallait faire quelque chose.

Sans perdre une seconde, Jared donna un coup de pied dans les jambes de Claire, à l'arrière du genou, la faisant chuter à terre. Elle lâcha l'arme qu'elle tenait à la main. Sara se rua alors sur Rafferty, qui menaçait à présent Jared.

Rafferty tira une fois, puis tourna son pistolet vers Sara, mais avant qu'il ait pu presser la détente, Sara lui lança un coup de genou dans l'aine. Il lâcha son arme, mais elle avait agi trop tard… il avait déjà tiré sur Jared. Tandis que Rafferty se pliait en deux de douleur, Jared poussa un hurlement.

— Jared ! cria-t-elle.

Il avait disparu. Elle se précipita au bord du quai. Il était allongé sur les rails, du sang coulait de son épaule.

— Jared, ça va ? Tu m'entends ?

Il ne répondit pas. Son regard vide exprimait assez le traumatisme qu'il venait de subir.

Du coin de l'œil, elle aperçut alors Claire qui aidait Rafferty à se relever. L'arme de Rafferty se trouvait près du bord du quai. Jared, lui, commençait à sortir de sa torpeur. Alors qu'elle allait récupérer l'arme,

347

elle entendit la sonnerie électronique annonçant l'arrivée imminente d'un train. Au loin, on apercevait les phares de la motrice. Il n'y avait plus de temps à perdre. Jared ou le pistolet ? Son choix fut vite fait.

Au moment où elle allait sauter sur la voie, Rafferty la saisit par les cheveux. Elle se retourna.

— Lâchez-moi ! Je vais vous tuer !

Elle se débattit, lui griffa le visage. Le faire lâcher, à tout prix ! Surpris par sa férocité, Rafferty la lâcha et se baissa pour ramasser son arme. Vite ! Le train arrivait dans la station. Il allait être trop tard.

— Jared ! Lève-toi ! hurla-t-elle.

Jared obéit et se leva en titubant. Ses jambes menaçaient de se dérober sous lui, il avait mal et l'odeur du sang lui donnait la nausée.

— Ça ira, lui dit Sara. Prends ma main !

Le sol tremblait déjà à l'arrivée du train, le bruit enflait.

Jared saisit la main de sa femme, mais avant qu'elle ait pu le tirer, elle le vit regarder derrière elle. Elle se retourna.

Rafferty braquait son arme sur elle.

— Lâchez-la, dit-il froidement à Jared.

— Ne faites pas ça, supplia Sara.

Rafferty ne répondit pas. Les phares de la motrice émergeaient à présent du tunnel.

— Dites bonjour de ma part aux parents de Sara.

La rame n'était plus qu'à quelques dizaines de mètres de l'endroit où ils se trouvaient. Il ne restait plus à Jared qu'un bref instant pour se hisser en haut du quai. Mais il ne voulait pas risquer la vie de sa femme. Il lâcha la main de Sara.

— Qu'est-ce que tu fais ? hurla-t-elle, parvenant à peine à couvrir le fracas du train.

— Il va te tuer ! répondit-il aussi fort.

— Je m'en fous ! dit-elle, la main toujours tendue. Reviens !

La rame n'était plus qu'à quelques mètres. Jared cherchait désespérément un espace sous le quai, mais Sara comprit qu'il n'y arriverait pas.

— Je t'aime ! hurla-t-elle dans le vacarme tonitruant. Jared ! Jaaaaaaared !

Au dernier moment, elle se jeta en arrière. En voyant Jared disparaître sous le train, Rafferty fit lui aussi un pas en arrière et sourit.

Dès que la rame se fut immobilisée, Claire se rua vers les portes.

— Allons-y ! lança-t-elle.

— Non, répondit Rafferty.

— Quoi ? Filons d'ici !

— Pas avant d'avoir vu son corps.

— Mais enfin, Oscar, c'est notre seule chance. Fuyons !

— Laisse tomber. C'est plus important.

— Arrête de penser sans arrêt à eux. On peut…

— Vas-y si tu veux, mais moi je reste. Je ne veux pas laisser de témoins derrière moi.

Les portes se refermèrent et Claire retourna à contrecœur vers Rafferty.

— On se tire dès que tu auras vérifié, d'accord ?

Sans répondre, Rafferty attendit le départ du train puis s'approcha du bord du quai. Sur la voie, il aperçut le sang qui avait coulé de la blessure de Jared à l'épaule. Le train l'avait peut-être repoussé de l'autre côté de… Il vit Sara qui se ruait sur lui.

— Vous l'avez tué ! hurla-t-elle.

Heurté de plein fouet, il lâcha son arme et bascula sur la voie, mais réussit à entraîner Sara dans sa chute. Folle de rage, Sara fut la première à se relever. Elle le saisit aux cheveux et lui donna un violent coup de genou au visage.

— Espèce de salopard ! Gros tas de merde !

Pour toute réponse, Rafferty lui administra une énorme gifle d'un revers de main, qui la renvoya sur le sol. Il allait frapper à nouveau lorsque le poing de Jared l'atteignit à la pointe du menton.

— Touche pas à ma femme ! grogna-t-il.

En un éclair, le regard de Sara aperçut alors le petit espace ménagé sous le rebord du quai, et qui lui avait sauvé la vie.

Avec son bras valide, Jared frappa Rafferty au ventre. Puis de nouveau au visage. Puis au ventre. Pour toutes ces heures d'angoisse, pour tous ces instants de peur que Sara et lui avaient vécus. Finalement, il le saisit par son col de chemise et regarda son visage tuméfié. À ce moment-là, un coup de feu retentit, et Jared s'effondra sur le sol.

Du sang coulait de son dos. Sara se retourna et vit Claire, debout au bord du quai, tenant à la main le pistolet de Rafferty.

— Jared ! hurla-t-elle en se précipitant vers lui.

— Ça va, Oscar ? demanda Claire.

Rafferty acquiesça, remonta sur le quai et reprit possession de son arme.

— Jared, parle-moi ! dit Sara d'une voix suppliante. Je t'en prie, parle-moi !

Jared ne répondit pas, mais, en se penchant sur lui, Sara aperçut l'étui de cheville en cuir que Barrow avait donné à son mari. Lentement, elle tendit la main pour s'emparer du petit pistolet.

— Pas un geste ! s'écria un policier en accourant sur le quai.

Il pointa son arme sur Rafferty. Derrière lui, Guff apparut.

Rafferty braqua alors son arme en direction de Jared et Sara. Claire ramassa le pistolet de Sara et fit de même.

— Laissez-nous partir ou je les tue tous les deux, s'écria Rafferty. Je ne plaisante pas !

— Je ne négocie pas, dit le policier sans baisser son arme et en s'approchant lentement. Et vous n'êtes pas en position d'exiger quoi que ce soit.

— Ah bon ? Vous et votre petit copain, vous n'avez qu'une seule arme. Nous, nous en avons deux. Si vous tirez sur l'un de nous, le deuxième achèvera ce couple charmant, là, en bas. J'ai donc la nette impression que la situation est à notre avantage.

Baissant les yeux vers la voie, Guff vit que Sara dissimulait le petit pistolet derrière l'épaule de Jared.

— Ne l'écoutez pas, dit Guff.

— Je ne plaisante pas, répéta Rafferty.

— Faites ce que vous voudrez, dit Guff d'une voix assurée. Mais si vous leur tirez dessus, il vous fera sauter la cervelle à tous les deux. Il commencera par elle, et ensuite vous.

Terrifiée mais incapable de bouger, Claire continuait de braquer son arme sur Sara et Jared.

— Vous pouvez les toucher ? demanda Guff au policier.

— Sans problème.

— Je vous préviens, ne jouez pas au con avec moi, dit Rafferty. Je vous laisse trois secondes pour vous décider. Un...

Personne ne bougea.

— Deux...

Toujours rien.

— Tr...

— Le pistolet de la femme est vide ! hurla Sara.

— Quoi ? s'écria Claire.

— Il est vide. Je l'ai vidé avant de quitter le bureau.

— Elle ment, dit Rafferty.

— Pas du tout, rétorqua Sara. On ne m'a laissée sortir que si je vidais mon arme.

Les mains tremblantes, Claire regarda le pistolet qu'elle tenait à la main.

— Claire, tirez-moi dessus, dit Sara. Il n'y a rien dans le chargeur.

— Ne la crois pas, Claire ! hurla Rafferty. Elle ment !

Mais, les joues ruisselantes de larmes, Claire baissa son arme.

— Alors, dit Guff en souriant, qu'est-ce que c'était que cette histoire de deux pistolets contre un seul ?

Rafferty continuait de braquer son arme sur Sara, et le policier la sienne sur Rafferty.

— Je n'irai pas en prison, affirma ce dernier.

— Oh si ! répondit Guff. Le seul choix qui vous reste, c'est de savoir si vous voulez y aller en ambulance ou en voiture de police.

— C'est faux. Je prendrai les meilleurs avocats de New York.

Sara savait qu'il avait raison. Il avait suffisamment d'argent pour cela. Et avec les empreintes digitales sur les gants, ils n'étaient pas au bout de leur peine. Elle baissa les yeux sur Jared, effondré sur ses genoux, qui continuait de saigner. Non, elle ne laisserait pas Rafferty s'en tirer à si bon compte.

— Vous pourrez avoir tous les avocats que vous voudrez, dit Guff. Tout ce que vous avez à faire, c'est de nous donner votre arme. Vous serez alors en meilleure position pour vous sortir de ce pétrin. (Il avait réussi à capter l'attention de Rafferty.) Vous savez bien que j'ai raison. C'est la seule chose intelligente à faire.

— Ce ne sera pas une affaire facile pour vous, dit Rafferty en retirant le doigt de la détente. Avec de bons avocats, je réussirai à m'en sortir. Je verserai une caution et…

— Vous croyez qu'on vous remettra en liberté sous caution ? s'écria soudain Sara. Le juge ne vous l'accordera jamais. Vous avez tué Conrad de sang-froid…

— Ce n'est pas moi ! lança Rafferty en brandissant à nouveau son pistolet.

— Sans parler des meurtres de Kozlow, d'Elliott et d'Arnold Doniger.

— Elle cherche seulement à vous pousser à bout, intervint Guff.

La respiration de Jared devenait laborieuse, Sara savait qu'elle n'avait plus beaucoup de temps.

— Ne l'écoutez pas, dit-elle. Quand vous vous serez rendu, vous ne reverrez plus jamais la lumière du soleil.

— Vous croyez que je n'ai pas compris ? demanda Rafferty. Vous espérez me pousser à bout jusqu'à ce que je vous tire dessus. Comme ça, le flic pourra me mettre une balle dans la tête. Non… je vais quitter cet endroit, donner un seul coup de téléphone, et, ce soir, je dors dans mon lit.

— Certainement pas ! Ils ne vous laisseront jamais sortir !

— Sara, fermez-la ! hurla Guff.

— Vous encourez la peine de mort ! s'époumona Sara. Et vous serez condamné à mort !

— Au revoir, Sara, dit Rafferty en abaissant son arme. J'ai été très heureux de faire votre connaissance.

Rafferty tendit son pistolet au policier. Celui-ci allongea le bras pour le récupérer, mais au dernier moment Rafferty lui tira une balle dans le ventre. Puis il se retourna vers Sara.

Vivement, Sara ajusta son arme et tira trois fois. Deux balles atteignirent Rafferty à la poitrine et une à l'épaule. Il tituba en arrière. Sara tira une nouvelle fois. Et une fois encore. Et une fois encore. Elle appuya sur la détente mais n'entendit alors qu'un déclic. Clic. Clic. Clic. Rafferty continuait de tituber. Il finit par basculer au bord du quai et tomba sur la voie. À ce moment-là seulement Sara reprit sa respiration. Les menaces, la frustration, les coups tordus, les manipulations… Tout cela était terminé.

Jared poussa un faible gémissement. Sara jeta son pistolet et le berça dans ses bras.

— Appelez une ambulance ! s'écria-t-elle. Vite !

Jared ouvrit les yeux.

— On a gagné ? murmura-t-il.

Les yeux de Sara se remplirent de larmes.

— Encore et toujours la compétition !...

— Réponds-moi.

Elle songea à Conrad.

— Oui, dit-elle en sanglotant. On a gagné.

— Magnifique, fit Jared dans un chuchotement.

— Ça va ?

— Pas bien. Je ne sens plus mes jambes.

21

— Le procureur va vous recevoir, madame Tate, annonça la secrétaire de Monaghan.

Elle franchit la porte, comme hébétée.

La mine sombre, Monaghan la reçut assis, les mains posées à plat sur son bureau.

— Asseyez-vous ! dit-il d'un ton sec. Allons droit au but. Ce que vous avez fait hier est l'action la plus incroyablement personnelle et la plus égocentrique que j'aie vue en dix-sept ans de carrière au parquet. C'est un véritable gâchis. Sans parler de la gabegie financière.

— Je peux tout vous expliquer.

— M'expliquer ! siffla Monaghan. Vous avez tué un de mes hommes ! Conrad est mort !

— Je n'ai jamais voulu…

— Peu importe ce que vous vouliez ! Vos intentions ne m'intéressent pas ! Ce que je constate, moi, c'est qu'il est mort. Et mort pour une raison idiote… parce qu'une débutante qui ne pensait qu'à elle n'avait qu'une envie : monter son coup toute seule !

— Mais les circonstances…

— Ne me parlez pas des circonstances ! Je sais que votre mari et vous étiez en danger. Mais si vous étiez venue me voir pour me faire part de vos problèmes, nous aurions trouvé une solution raisonnable. Au lieu de cela, tous les journalistes de la ville se demandent maintenant pourquoi je n'étais pas au courant de ce qui se passait dans mon propre service. Vous imaginez les conséquences, pour moi ? Oh, non, vous n'aviez pas le temps de penser à ça ! Vous ne pensez qu'à vous ! Vous n'avez pas pensé au parquet, vous n'avez pas pensé à moi, et vous n'avez pas pensé à votre collègue Conrad, dont visiblement vous vous fichiez éperdument !

Sara bondit de son siège et abattit son poing sur le bureau de Monaghan.

— Je ne vous permets pas de dire une chose pareille ! Conrad était mon ami ! Alors que vous étiez prêt à me licencier, il m'a prise sous sa protection. Et il est allé jusqu'à risquer sa vie pour moi. Alors vous pouvez me traiter de débutante idiote et incompétente, mais ne redites plus jamais que je me fichais de Conrad ! Si je suis encore ici, c'est uniquement pour lui !

— Dans ce cas, vous devriez peut-être envisager votre départ.

— Croyez-moi, j'y ai réfléchi toute la nuit. Il n'y aurait rien de plus facile pour moi que de quitter le parquet. Je serais ravie d'emballer mes affaires et de me laver les mains de toute cette histoire. Après une affaire pareille, j'abandonnerais le parquet sans le moindre regret. Mais je vais vous dire une chose : jamais je ne lui ferai un coup pareil. Chaque fois que je viendrai au bureau, je serai hantée par ce qui s'est passé. Je vais devoir vivre avec ça pour le restant de mes jours. Mais jamais je ne le regretterai… parce que Conrad mérite bien qu'on poursuive sa tâche.

Monaghan s'enfonça dans son siège et croisa les bras sur sa poitrine, offrant ainsi à Sara l'occasion de se calmer.

— Madame Tate, j'espère que ce sermon vous aura fait du bien, parce que maintenant le moment est venu de m'écouter. D'abord, je me fous éperdument des conséquences psychologiques que cette affaire a eues sur vous. Ici, nous ne faisons pas de la médecine, nous appliquons la loi. Et le procureur, c'est moi ! Vous comprenez ? Ça m'est égal que vous ayez réussi à vous sauver, à sauver votre mari, et à démasquer les malfaiteurs. Et d'une certaine façon, ça m'est également égal que les deux policiers soient désormais tirés d'affaire. Et vous voulez savoir pourquoi ? Parce que Conrad est mort ! Point final ! Cela seul me donne une excellente raison de vous licencier !

— Si vous voulez me licencier, faites-le ! Mais je ne démissionnerai pas.

— Madame Tate, foutez-moi le camp immédiatement ! Je ne veux plus vous voir, je ne veux plus entendre parler de vous ! Et pourtant, je ne vais pas pouvoir l'éviter, parce que la presse va maintenant faire ses choux gras de vos roucoulades avec le maire.

— De quoi parlez-vous ?

— Je parle de ce que vous allez faire cette après-midi. Heureusement pour vous, le cabinet du maire a déjà tout arrangé. Il m'a appelé hier soir, quand votre histoire s'est répandue : une femme substitut du procureur risque sa vie et enfreint la loi pour sauver son mari, avocat. Ah, les beaux titres ! Alors, allez à l'hôpital et servez-leur votre plus beau sourire. Le maire sera là-bas à midi. Il pense que les New-Yorkais vont porter ça à son crédit.

— Pas question qu'on me prenne en photo au pied du lit de Jared !

— Bien sûr que si ! Et vous voulez savoir pourquoi ? Parce que c'est moi qui vous en donne l'ordre, parce que c'est moi le patron, et que vous allez m'obéir.

— Mais ça n'est pas...

— Je me fiche de ce que vous pensez, madame Tate ! Il n'est pas question qu'une fois encore la presse s'en prenne à moi. Vous allez sourire aux photographes, vous allez passer de la pommade à M. le Maire, et il nous remerciera en nous oubliant au moment des restrictions budgétaires. Sinon, je vais devoir reprendre ma liste de licenciements, où votre assistant Guff figure en bonne place.

— Dites au maire que j'accepte.

— Je le lui ai déjà dit. (Monaghan se leva et d'un doigt indiqua la porte.) C'est ça, la politique municipale. Et maintenant sortez !

Dans son bureau, un petit groupe d'assistants s'était rassemblé autour de Guff.

— Si elle a vraiment fait ça, elle est complètement cinglée, dit un assistant aux lunettes cerclées d'écaille. Comment peut-on pousser quelqu'un à vous tirer dessus ?

— Ça vous ennuierait de me laisser seul ? demanda Guff, agacé.

— On m'a dit qu'elle ne voulait pas laisser la moindre chance à Rafferty de s'en tirer, dit un autre assistant. Elle l'a forcé à tirer et puis elle l'a abattu. Moi, ça me paraît complètement dingue.

— Moi, on m'a dit qu'elle avait tout décidé depuis le début, fit un assistant aux cheveux coupés en brosse. Que tout ça était un piège destiné à tuer Rafferty.

— Non, ce n'est pas la vérité, intervint Sara en se frayant un chemin au milieu du petit groupe. C'était une décision de dernière minute, prise sous le coup de l'émotion, et nullement réfléchie. Je pensais que mon mari allait mourir, et je voulais me venger tout de suite.

Sidérés, les assistants n'esquissèrent pas le moindre geste.

Elle baissa les yeux sur Guff, puis se tourna vers les autres.

— Je crois qu'il vaudrait mieux le laisser tranquille.

Le petit groupe se dispersa, et Guff suivit Sara dans son bureau. Lorsqu'il la vit préparer sa serviette, il s'écria :

— Ils vous ont licenciée ?

— Oh, non. J'ai été reléguée dans les derniers cercles de l'enfer : je vais faire des photos avec le maire.

— Vous plaisantez ?

— Pas du tout. Monaghan m'a passé un savon pour la mort de Conrad et pour le gaspillage d'argent, mais le maire voit dans cette affaire une excellente opération de relations publiques. De toute façon, il leur faut Jared sur la photo... Le maire a besoin de figurer à côté d'un lit d'hôpital.

— Comment va Jared ?

— Physiquement, ça devrait aller. La balle est passée tout près de la colonne et a touché un poumon. Il a également une paralysie temporaire des jambes, mais, d'après les médecins, c'est seulement dû au choc, parce qu'il a été touché dans le dos. Du point de vue émotionnel, c'est une autre histoire.

— Il a décidé ce qu'il allait faire, pour son cabinet ?

— Que voulez-vous qu'il décide ? Thomas Wayne l'a appelé personnellement pour lui demander de démissionner. Ce salaud n'a même pas attendu qu'il ait quitté l'hôpital.

— Je ne comprends pas pourquoi on exige sa démission. Ils ne pouvaient pas...

— Pour nous sauver, Jared m'a révélé une information confidentielle à propos de ses clients. Et surtout, ces deux clients ont été tués. Le parquet est peut-être aux anges, mais pour Wayne & Portnoy, c'est le cauchemar. Tous les clients du cabinet sont maintenant terrorisés à l'idée qu'on puisse divulguer leurs secrets.

— Et Jared, comment réagit-il ?

— C'est encore trop tôt pour le savoir. Il a d'abord été atterré, mais je crois qu'il se rendait compte que c'était inévitable. De toute façon, un cabinet d'avocats qui ne vous laisse même pas une semaine pour récupérer avant de vous licencier, ça n'est pas le genre d'endroit où l'on a envie de passer le restant de ses jours.

— C'est lui qui rationalise comme ça ou vous ?

— L'année dernière, c'était moi ; aujourd'hui, c'est lui. Mais je crois que c'est vraiment ce qu'il éprouve.

— Parfait, grommela Guff. Il y a au moins quelque chose de positif dans cette histoire.

Il n'en fallait pas plus pour Sara. Elle avait évité le sujet jusqu'à présent, mais le moment était venu d'en parler.

— Guff…

— On n'aurait pas dû faire ça, Sara. Ils étaient trop forts pour nous.

— C'est vraiment ce que vous pensez ? Vous croyez qu'on ne savait pas à qui on avait affaire ?

— Mais Conrad…

— Conrad le savait mieux que personne. Vous vous rappelez ce qu'il a dit.

— Bien sûr que je me rappelle… et grâce à ça, je ne l'oublierai jamais. Quand on a suggéré d'envoyer un flic, c'est lui qui a dit que nous devions agir nous-mêmes, que c'était la seule façon de garder le secret. Le problème, c'est que…

— C'est que ça ne rend pas les choses plus faciles, compléta Sara.

— C'est vrai, dit Guff, reconnaissant que Sara avait visé juste, à la façon de Conrad. Excusez-moi. Je ne voulais pas vous faire porter la responsabilité de ce qui s'est passé.

— Ça n'est plus ça… Peu importe la responsabilité. Et en l'occurrence je suis responsable. Je voulais seulement être sûre que vous…

— Ne vous inquiétez pas. Je m'en sortirai. À nous deux, nous allons avoir de quoi nous occuper. Des affaires à préparer, des journalistes à recevoir, des mémoires à rédiger…

— Des mémoires ?

— Bien sûr. Si je veux entrer à la fac de droit, il va falloir que je rédige des mémoires.

Sara sourit.

— Vous voulez vraiment faire votre droit ?

— J'ai l'air d'un menteur ? dit Guff en faisant la grimace. Ça a toujours été mon but. Cette affaire n'a fait qu'accélérer les choses.

— Bravo, Guff. Je crois que ça lui aurait plu.

— C'est sûr. Ça lui aurait fait un autre disciple à qui laver le cerveau.

Sara se mit à rire. Ils allaient sûrement s'en sortir.

— En parlant de disciples, ô, vous qui êtes le plus grand ! dans la précipitation, hier, je n'ai pas pris le temps de vous remercier pour tout ce que vous avez fait. Sans vous…

— Vous n'auriez pas dérobé le dossier ? Vous n'auriez pas vécu ce supplice ? Vous n'auriez pas eu de canapé ni de plaque de substitut ?

— Je ne plaisante pas, Alexander.

— Ouh la ! Alerte au prénom ! Alerte au prénom ! Tout le monde aux abris !

357

— Plaisantez tant que vous voudrez, mais je vous suis réellement reconnaissante. Ce n'est pas vous qui m'avez poussée à prendre ce dossier… Je l'ai fait pour avoir une affaire. Et comme ni vous ni moi ne savions que c'était un coup monté de Stockwell…

— C'est gentil à vous, mais ne vous sentez pas obligée de…

— S'il vous plaît, dit Sara, laissez-moi finir. Je vous promets que je ne vais pas me répandre en guimauves sentimentales. Dès mon arrivée ici, vous êtes devenu mon… mon ami. Et pour moi qui ne me lie pas facilement, ça représentait beaucoup. Même quand les choses allaient très, très mal, vous étiez toujours là pour m'aider, et vous avez toujours…

— Là, vous commencez à vous répandre en guimauves, chantonna Guff.

— Acceptez seulement cet éloge. Merci pour tout.

— Bon. Pas de quoi. J'espère seulement que notre prochaine aventure sera un peu plus prosaïque. On pourrait avoir un massacre au sein d'une secte ou quelque chose de tranquille du même genre.

— Ça serait une chance.

— Tout à fait. Au fait, Adam Flam veut vous parler.

— Qui est Adam Flam ?

— Le président de la commission de discipline. Ils viennent d'auditionner Stockwell.

— Ah bon ? Et qu'ont-ils décidé ?

— Il vous attend.

— Allez, Guff, dites-le-moi.

— Je ne dirai pas un mot. Si vous voulez le savoir, allez le lui demander. Salle 762.

— D'accord, dit Sara. Mais j'espère que ça ne sera pas une mauvaise nouvelle.

— Comment ça, vous n'allez pas l'inculper ? demanda Sara, assise face à Adam Flam.

C'était un homme taillé dans la masse, les yeux cernés, avec un fort accent de Boston.

— C'est ce que je viens de vous dire, répondit calmement Flam. La commission de discipline a estimé qu'il n'y avait pas suffisamment de preuves pour prononcer une inculpation.

— Pas suffisamment de preuves ? Dans ce cas, pourquoi avoir décidé une mise à l'épreuve ? Dès le début, Stockwell a été mêlé à tout ce qui s'est passé. C'est lui qui a réclamé cette affaire, et quand il l'a obtenue, c'est lui qui a fait en sorte que je la lui prenne.

— Il n'est pas illégal de réclamer une affaire. Pas plus que de mettre son nom sur un dossier.

— Et Claire Doniger ? Elle peut témoigner que…

— Mme Doniger ne sait rien. Nous l'avons interrogée jusqu'à trois heures du matin, et elle n'a rien lâché. Si Stockwell était impliqué, il n'avait de liens qu'avec Rafferty et Kozlow, et comme ce ne sont plus que des cadavres, ça n'en fait pas des témoins terribles. Nous manquons de preuves matérielles, et tant que nous n'en aurons pas, la commission a décidé de ne pas risquer de démoraliser le service en prononçant une inculpation qui ne mènerait à rien.

— « Démoraliser ? » Qu'est-ce que ça a à voir là-dedans ?

— C'est justement ce dont il s'agit. Victor Stockwell est l'un des substituts les plus respectés du parquet… c'est un des piliers de l'institution. Alors avant de s'attaquer à lui, il faut être sûr d'avoir des preuves solides. Sans ça, vous allez vous retrouver avec la moitié du parquet et de la police contre vous.

— Si je comprends bien, vous n'inculpez pas Stockwell parce qu'il a remporté le référendum de popularité l'année dernière ?

— Non. On ne l'inculpe pas parce qu'on n'a pas de preuves.

— Moi, j'en ai.

— Non, madame Tate, vous n'en avez pas. Et tant que vous n'en aurez pas, la morale devra faire bon ménage avec la réalité. Vous avez marqué des points, contentez-vous de ça.

— Ça n'est pas juste.

— Ce qui est arrivé à Conrad non plus.

Sara refusa de répondre. Elle allait devoir s'habituer à ce genre de réflexions.

— Rien d'autre ? demanda-t-elle.

— Nous avons décidé de ne pas vous suspendre pour avoir poussé Rafferty à vous tirer dessus. Et croyez-moi, c'est une faveur que nous vous faisons… si vous ne l'aviez pas poussé à bout, il n'aurait jamais tiré sur ce policier.

— Je ne prétends pas avoir agi intelligemment, mais je ne voulais pas lui laisser la possibilité d'exploiter une nouvelle fois les failles du système.

— Et le pistolet de Claire Doniger ?

— Qu'y a-t-il ?

— Il a été remis au greffe, ce matin. Il y avait six balles dans le chargeur.

— Et alors ?

— Vous avez prétendu qu'il était vide.

— Que voulez-vous que je vous dise ? Il y a des bluffs qui marchent, et d'autres qui ratent. Vous devriez être content que nous nous en soyons sortis.

— Non, c'est vous qui devriez être contente que notre commission n'ait pas retenu cet élément contre vous, rétorqua Flam. Et pour qu'il n'y ait pas de malentendu entre nous, sachez que Conrad était aussi notre ami.

Sara comprit alors que, même lorsque Guff serait parti à la fac de droit, elle ne serait pas seule.

— Merci, dit-elle.

— Ne me remerciez pas. D'après ce que j'ai entendu dire, vous allez faire un excellent substitut du procureur.

— C'est bien mon intention.

Après son entrevue avec Flam, Sara se rendit dans le bureau de Conrad. Cela faisait seulement vingt-quatre heures qu'elle s'y était rendue pour la dernière fois, mais déjà tout lui semblait différent. Le canapé était toujours à la même place, le bureau bien rangé, mais quelque chose clochait. En dépit du mobilier, la pièce semblait vide.

Sara ferma les yeux et tenta de se représenter son visage. Ce fut facile… plus facile qu'elle ne l'avait cru. Mais elle savait que cela aussi disparaîtrait. Alors, comme pour Lenny Barrow, elle avait réalisé un dessin.

Elle gagna le canapé et tira de sa serviette le portrait de Conrad, semblable à celui qu'elle avait fait de Jared. Elle contempla son visage, et, l'espace d'un instant, il fut de retour. Elle l'entendit crier, tempêter, faire la leçon, hurler. Il lui avait fallu la nuit entière pour parvenir à une ressemblance parfaite, mais il le méritait bien. Soigneusement, elle déposa le portrait sur le bureau impeccablement rangé. Elle l'encadrerait plus tard, mais pour l'heure sa place était là.

— Au revoir, murmura-t-elle en quittant le bureau.

En refermant la porte derrière elle, elle lut les deux citations fixées sur la porte en verre dépoli : « *Crimine ab uno disce omnes* – À partir d'un seul crime on connaît une nation. Virgile. » Et « La gloire est quelque chose qu'il faut gagner ; l'honneur quelque chose qu'il ne faut pas perdre. Arthur Schopenhauer. » Elle retira les citations de la porte, prenant bien garde à ne pas déchirer le ruban adhésif avec lequel elles étaient fixées.

De retour à son bureau, elle apposa les citations sur sa porte, recula d'un pas et en jugea l'effet. Ce n'était pas encore suffisant, mais c'était un début.

— Il aurait voulu qu'il en soit ainsi, dit Guff.

— Il fallait le faire.

Et sans même ouvrir sa porte, elle poursuivit son chemin.

— Où allez-vous, maintenant ? demanda Guff.

— À l'hôpital. Mais avant ça, je dois aller voir quelqu'un.

Au quinzième étage, Sara quitta l'ascenseur et s'engagea dans le couloir brillamment éclairé, non sans avoir remarqué la luxueuse moquette et les moulures tarabiscotées. Avec un simple traitement de magistrat, personne n'aurait pu s'offrir un appartement dans un tel immeuble. Arrivée devant la porte 1604, elle posa son doigt sur le judas et appuya sur la sonnette.

— Qui est là ? demanda une voix d'homme.

— Sara Tate.

Stockwell ouvrit la porte et lui adressa une petite moue.

— Bonjour, madame Tate. À quoi dois-je le plaisir de votre visite ?

— Je voulais que vous sachiez quelque chose, dit-elle sans s'embarrasser de préambules. Je sais que vous m'avez manipulée. Et ça mettra le temps qu'il faudra, mais j'arriverai à le prouver.

— Prouver quoi ?

Elle ignora la question.

— La commission n'a peut-être pas les éléments pour vous inculper, reprit-elle, mais ça ne veut pas dire pour autant que ça n'arrivera jamais. Quand j'y serai parvenue, cette suspension aura l'air de…

— Je ne suis pas suspendu, l'interrompit-il. Officiellement, j'ai pris un congé. Et si vous êtes venue proférer des menaces, je vous conseille de vous en aller avant que je ne porte plainte contre vous pour harcèlement. Vous vous prenez peut-être pour un super-substitut parce que vous vous en êtes sortie, mais vous avez encore beaucoup de choses à apprendre. Et puis sachez que je n'ai pas de temps à perdre avec des débutantes.

— C'est ça, continuez sur le même ton, fit Sara, un jour, je vous ferai ravaler votre suffisance. La vérité n'est pas bien difficile à trouver…

361

même les meilleurs substituts ne peuvent s'offrir un bel appartement dans l'Upper East Side sans un petit revenu supplémentaire.

— Sara, laissez-moi vous donner gracieusement une petite leçon de philosophie. Il y a une subtile différence entre le fait et la vérité. Le fait est objectivement réel, alors que la vérité doit correspondre au fait. Alors si vous ne pouvez pas trouver les faits, vous ne pourrez jamais prouver la vérité. Vous comprenez ce que je veux dire ?

— Le crime parfait n'existe pas, monsieur Stockwell. Si je ne peux pas apporter de preuve dans cette affaire, je l'apporterai dans une autre. De toute façon, je n'abandonnerai pas. Quoi que vous fassiez, et malgré votre philosophie de comptoir, jamais je ne renoncerai. Je suis comme ça : têtue !

Elle pivota sur ses talons et se dirigea vers l'ascenseur.

— Amuse-toi bien, connard ! Et à bientôt !

Avant de pénétrer dans la chambre de Jared, Sara s'arrêta au bureau des infirmières.

— Comment va-t-il ? demanda-t-elle.

— Ça va, répondit une infirmière avec des lunettes de petite taille. Avec de l'amour et un peu de physiothérapie, il sera sur pied dans quelques semaines. Il semble se ragaillardir quand on s'occupe de lui.

— Il n'a pas dû cesser de gémir, non ? Il est horrible quand il est malade.

— Tous les hommes sont des bébés pleurnichards, dit l'infirmière. Mais il n'a pas été si terrible que ça. Il a dû garder ses jérémiades pour vous.

— Ça, je n'en doute pas, dit Sara en se dirigeant vers la chambre.

En ouvrant la porte, elle découvrit Jared assis dans son lit. Il avait le bras gauche en écharpe et une perfusion dans le bras droit, mais son visage avait retrouvé des couleurs. Bien qu'on lui ait recommandé le calme, il prenait force notes sur un calepin. En apercevant Sara, il s'interrompit.

— Comment te sens-tu ? demanda-t-elle.

— Maintenant, ça va mieux.

— Et ton dos ?

— Ne t'inquiète pas pour mon dos. Comment supportes-tu la mort de Conrad ?

— Je m'en remettrai. Ça prendra du temps, mais je m'en remettrai.

Elle lut la peine et l'inquiétude sur le visage de son mari. Le sujet était encore douloureux pour lui et, bien qu'elle s'efforçât de faire bonne figure, elle ne supportait pas de le voir dans cet état. L'émotion la submergea. Et ce n'était pas à Conrad qu'elle pensait, mais à Jared.

— C'est terrible pour lui, admit Jared.

— Ce n'est pas lui, dit-elle en essuyant les larmes qui lui montaient aux yeux. Ça n'a jamais été lui.

Jared tendit les bras, étirant au maximum les tubes de la perfusion, et serra sa femme contre lui. Jamais il ne la laisserait s'éloigner.

— Sara…

— Je sais, dit-elle en l'étreignant à son tour. J'ai toujours su.

Lentement, elle retrouva la maîtrise d'elle-même. En s'écartant de Jared, elle remarqua le gros pot de pickles casher sur la table de nuit.

— Je vois que Pop a pensé à toi.

— Oui, j'ai reçu ça. Et puis je voulais te dire, au cas où tu aurais encore un doute, que je n'ai rien dit à…

— Ne t'inquiète pas. Ce matin, ils ont trouvé la dérivation sur notre ordinateur. C'est comme ça qu'Elliott a tout appris.

— Alors tu es prête à me faire de nouveau confiance ?

— Tu connais déjà la réponse, mon amour. Je regrette seulement d'avoir eu si peur, à la fin.

— C'est moi qui te dois des excuses, dit Jared. Si j'avais eu aussi confiance en toi que tu en as eu en moi, jamais je n'aurais appelé Stockwell. Et si je ne l'avais pas appelé…

— Je t'arrête tout de suite, dit Sara. Ça ne sert à rien de jouer au jeu des « si ». Tu es sain et sauf, nous sommes ensemble, et pour le reste nous nous débrouillerons. Et maintenant raconte-moi un peu ce qui se passe.

— Pas grand-chose, dit Jared en baissant les yeux sur son carnet. J'essaye seulement d'envisager ce que je vais pouvoir faire pendant le reste de ma vie.

— Sur un carnet ? Ça ne marchera jamais. On ne se sert pas d'un carnet quand on veut être créatif. Ça tue l'imagination.

— Je n'ai aucune imagination. J'ai seulement dressé la liste des gens qui nous doivent quelque chose. J'espère qu'il y aura au moins quelqu'un, parmi eux, qui m'aidera à trouver un travail. (Il jeta le carnet sur le lit.) Et dire qu'on en est arrivé là !

Elle s'assit sur le rebord du lit et lui prit la main.

— On s'en sortira.

— J'ai l'impression d'être sur des montagnes russes ; on est au

363

sommet, et puis on dégringole ; on est heureux, et puis on est triste ; on a un boulot, et puis on est viré ; j'ai un nouveau client, je me rends compte que c'est un psychopathe ; tu le tues, c'est moi qui suis viré.

Sara éclata de rire.

— Au moins, tu as le sens de l'humour !

— Je l'échangerais volontiers contre un boulot.

— Je sais ce que tu ressens. Mais après tout ce qu'on a vécu, je suis convaincue d'une chose : c'était écrit. Si je n'avais pas été licenciée, jamais je ne serais devenue magistrat, or c'est ce qui m'est arrivé de mieux du point de vue professionnel. Quant à toi, si tu n'es pas devenu associé, c'est que tu n'étais pas destiné à travailler dans un cabinet d'avocats.

— Et si tu n'étais pas assise ici à côté de moi, j'aurais de vrais problèmes à résoudre. Tu as tout à fait raison. Seulement, je n'aime pas que d'autres prennent une décision à ma place.

— Ça n'arrivera plus, mon cher. À présent, tout dépend de nous. En outre, dès que le maire sera venu faire ses photos ici, ton téléphone n'arrêtera pas de sonner.

— Le maire va venir ici ? s'écria Jared en se redressant brusquement.

— Eh, oui. Ça semble t'exciter. Tu vas jouer au toutou du monsieur.

— À quelle heure doit-il venir ? demanda Jared en lissant les couvertures sur son lit. (Il prit son carnet en souriant.) Ça pourrait vraiment m'aider.

— Laisse-moi te donner un conseil. Oublie le côté opportuniste et cultive le côté héros courageux et blessé. Ça sera beaucoup plus convaincant.

Sans répondre, Jared ouvrit son carnet à une nouvelle page.

— À ton avis, jusqu'où s'étend l'influence du maire ?

— C'est incroyable ! s'écria Sara. Pourquoi tiens-tu à tout prix à retourner dans un cabinet d'avocats ? Malgré son côté prestigieux, tu sais comme moi que la vie était terrible chez Wayne & Portnoy. Tu ne comptais plus tes heures, on ne reconnaissait pas la valeur de ton travail, tu détestais tes supérieurs… tu ne restais là-bas que dans l'espoir de devenir associé, ce qui t'aurait rapporté beaucoup d'argent, mais c'étaient toujours des promesses.

— Voilà pourquoi je n'envisage pas de retourner dans un cabinet d'avocats.

— Ah bon ? fit Sara, étonnée.

— Non.

— Mais alors, que cherches-tu ?

— Eh bien, si le maire dispose d'une véritable influence, je me disais que j'irais bien faire un tour au parquet.

Sara éclata de rire.

— Petit malin ! C'est pour ça que tu jouais les déprimés, avant. Tu essayais de susciter ma compassion pour pouvoir ensuite me refiler ton idée.

— Qu'est-ce que tu racontes ? fit Jared en souriant.

— Tu vois, je le savais ! Tu n'abandonnes jamais, hein ? Encore la compétition.

— Quelle compétition ? Je cherche un boulot intéressant ; tu as un boulot intéressant. Tu crois qu'il n'y a pas de place pour deux substituts du procureur dans une seule famille ?

— Dans une famille, certainement, mais pas dans la nôtre.

— Pourquoi ? Tu es jalouse ?

— Bien sûr que non, je ne suis pas jalouse.

— Qu'est-ce que tu as, alors ? Tu es inquiète ? Intimidée ? Tu as peur que je ne fasse pâlir ton étoile ?

— Mon petit ami, même en brillant de tous tes feux, tu n'arriverais pas à faire pâlir mon étoile.

— C'est lumineux, ce que tu dis là.

— N'essaye pas de changer de sujet, dit Sara. Je ne me laisse plus aussi facilement avoir. (Elle prit la télécommande du lit électrique de Jared.) Si tu n'es pas gentil avec moi, je t'écrase dans ce lit avant même que les infirmières t'aient entendu crier.

Elle appuya sur un bouton et lentement le lit se plia en forme de V.

— D'accord, d'accord, tu ne te laisses plus avoir ! Je retire ce que j'ai dit. Mais ça ne veut pas dire que je ne puisse pas devenir substitut.

— Je n'ai jamais dit que c'était impossible. Et si tu veux vraiment rejoindre le parquet, ce n'est pas moi qui t'en empêcherai.

Jared considéra sa femme d'un air soupçonneux.

— Vraiment ?

— J'ai déjà obtenu ce que je voulais. Comme toi.

— Alors tu m'aimeras même si je deviens substitut du procureur ?

— Oui.

— Et tu m'aimeras même si je redeviens avocat ?

— Oui.

— Donc, dans les deux cas, je gagne, c'est vrai ?

— Il ne s'agit ni de gagner, ni de perdre.

— Je le sais... Mais je voulais seulement m'assurer qu'entre nous tout était redevenu comme avant.

Elle se rapprocha et déposa un baiser sur son front.

— Tu sais, Jared, même avec tout ce qui s'est passé, nous ne nous sommes jamais perdus. (Elle plongea son regard dans le sien.) Heureusement pour nous, il y a des choses qui ne changent jamais.

À cet instant, on frappa doucement à la porte. Un homme vêtu d'un complet noir croisé passa la tête par l'entrebâillement.

— Monsieur Lynch ? Je me présente : Richard Rubin, je suis l'assistant du maire. Puis-je entrer ?

— Bien sûr, dit Jared en se passant la main dans les cheveux.

Tenant un vase vide à la main, Rubin se dirigea directement vers la table de nuit. Il dissimula le bocal de pickles sous le lit, déposa la montre de Jared dans le tiroir et jeta ses vieux papiers à la corbeille.

— Le maire apporte des fleurs, dit-il en posant le vase sur la petite table.

Il alla ensuite ouvrir les volets, inondant la chambre d'une lumière aveuglante.

— Il attend dans le hall avec les journalistes… Nous voudrions que, pour la première photo, on le voie entrer dans votre chambre.

— Quelle spontanéité ! plaisanta Sara.

Rubin ne réagit pas. Il revint près du lit et borda méticuleusement les draps sous le matelas. Après quoi il fit un pas en arrière, considéra le tableau d'un air approbateur et se tourna vers Jared et Sara.

— Vous êtes prêts, tous les deux ?

Jared se tourna vers sa femme en souriant.

— De quoi ai-je l'air ?

— Cloué au lit et pas rasé… mais plutôt mignon. Et moi ?

— Les yeux cernés et épuisée… l'air d'une starlette surmenée.

— Parfait, dit Sara. (Elle prit la main de son mari et adressa un signe de tête à Rubin.) Allez-y, mon ami. Ça tourne !

Remerciements

Pour leur immense talent et pour l'énergie qu'ils ont consacrée à ce livre, je voudrais remercier : ma femme et avocate préférée, Cori, sans qui ce livre n'aurait pas vu le jour. Lorsque j'ai décidé d'écrire un roman dont les personnages seraient un couple d'avocats, je savais que je le ferais aussi d'expérience. Ce dont je ne me rendais pas compte, en revanche, c'était que cela allait nous rendre tous les deux fous. Dès le début, Cori a su raison garder, et ce livre est aussi, et peut-être surtout, un témoignage de la force de notre union et de l'amour que j'éprouve pour ma femme. (Merci, Cori, tu sais que sans toi je serais perdu.)

Jill Kneerim, mon agent, pour la foi qu'elle a toujours eue en mes qualités d'écrivain, ses conseils avisés, et surtout pour son indéfectible amitié ; Elaine Rogers ; Sharon Silva-Lamberson ; Robin Chaykin ; Ike Williams et tout le monde à l'agence Palmer & Dodge pour leur soutien de tous les instants.

Je voudrais aussi remercier ma sœur, Bari, toujours présente à mes côtés, et qui m'a de ce fait plus aidé qu'elle ne peut l'imaginer ; Noah Kuttler, pour l'inlassable attention qu'il a portée aux moindres détails et nuances de ce livre (Noah, je ne pourrai jamais assez te remercier ; tu es vraiment formidable) ; Ethan Kline, pour l'attention scrupuleuse qu'il a déployée lors des premières versions du manuscrit ; Matt Oshinsky, Joel Rose, Chris Weiss et Judd Winick, pour leurs suggestions toujours pertinentes et leur inestimable amitié ; Matthew Bogdanos, qui m'a invité à connaître l'univers du parquet et m'a laissé observer, de près, le travail de ceux qui combattent la délinquance… merci pour votre confiance ; Maxine Rosenthal pour son aide extraordinaire ; Dale Flam, Sandy Missakian, Barry Weisburg, Ronnie Aranoff, Alan Michaels, Bob

Woodburn et Eric Menoyo qui m'ont accompagné tout au long du chemin ; les Drs Sam Snyder et Ronald K. Wright, qui m'ont tant conseillé en matière de médecine légale ; Sara Emley, pour les deux mots sur la couverture ; Janice Doniger, qui m'a appris en quels lieux il convenait de se montrer, et dans quelle tenue ; toutes les personnes travaillant au service de presse du parquet de Manhattan, dont la patience à toute épreuve m'a tant rendu service ; ma famille et mes amis, dont la présence, comme toujours, hante ces pages.

Enfin, je voudrais remercier un certain nombre de gens merveilleux chez Rob Weisbach Books et William Morrow : Bill, Wright, Patricia Alvarez, Jacqueline Deval, Michael Murphy, Lisa Queen, Sharyn Rosenblum, Elizabeth Riley, Jeanette Zwart, Richard L. Aquan, Tom Nau, Colin Dickerman, David Szanto et tant d'autres qui ont contribué à faire de ce livre une réalité. Je me sens très honoré de travailler avec eux. Je dois aussi des remerciements à Larry Krishbaum, Maureen Egen, Mel Parker, Airié Dekidjiev, chez Warner Books, pour le plaisir que j'ai eu à collaborer avec eux. Pour finir, je tiens à remercier mon éditeur, Rob Weisbach. Après un millier de pages ensemble, j'ai du mal à trouver les mots qu'il faut pour Rob. En sa qualité d'éditeur, il a su révéler des ressources que j'ignorais détenir en moi, et son influence est sensible tout au long de ce livre. Grâce à sa qualité d'ami, je sais pouvoir me tourner vers lui sans la moindre hésitation. Alors merci, Rob, pour ta confiance, pour ton enthousiasme, et surtout pour la foi dont tu as fait preuve.

Achevé d'imprimer en septembre 2000
sur presse Cameron
*par **Bussière Camedan Imprimeries***
à Saint-Amand-Montrond (Cher)

Edition exclusivement réservée
aux adhérents du Club
Le Grand Livre du Mois
15 rue des Sablons
75116 Paris
réalisée avec l'autorisation des éditions Belfond

N° d'impression : 003828/1.
Dépôt légal : septembre 2000.
Imprimé en France